U0862647

鸣　谢

本书在创作的过程中，始终得到十分重视爱国主义教育的著名企业家朱柱良先生、叶宝玲女士的大力支持。

特此致以深切的谢意。

九千里路风雨雪

叶树原 著

暨南大学出版社
JINAN UNIVERSITY PRESS

中国·广州

图书在版编目（CIP）数据

九千里路风雨雪/叶树原著．—广州：暨南大学出版社，2014．8
ISBN 978－7－5668－1078－6

Ⅰ．①九…　Ⅱ．①叶…　Ⅲ．①长篇小说—中国—当代　Ⅳ．①I247．5

中国版本图书馆 CIP 数据核字(2014)第 145491 号

出版发行：暨南大学出版社

地　址：中国广州暨南大学
电　话：总编室（8620）85221601
营销部（8620）85225284　85228291　85228292（邮购）
传　真：（8620）85221583（办公室）　85223774（营销部）
邮　编：510630
网　址：http：//www．jnupress．com　http：//press．jnu．edu．cn

排　版：广州市天河星辰文化发展部照排中心
印　刷：广东信源彩色印务有限公司

开　本：787mm×1092mm　1/16
印　张：17
字　数：420 千
版　次：2014 年 8 月第 1 版
印　次：2014 年 8 月第 1 次

定　价：38．00 元

（暨大版图书如有印装质量问题，请与出版社总编室联系调换）

序

祖国的西部，雄伟、壮丽而又迷人；那里的少数民族人民，又是那么善良、勇敢，民俗风情多姿多彩。西部还有很多至今未解的、说不清道不明的“谜”。

你知道“游勇”和“做东”的来历吗？你知道传说能决定生男生女的“换花草”之谜吗？你听说过“赶尸”是怎么回事吗？你知道贵州“红岩碑”怪字的内容吗？你知道令人大气不敢出的四川“天坑”吗？你知道“蛊药”和“媚方”吗？你知道资中“矮人”和峨边“侏儒”吗？你知道能吸人落水的“翠绿塘”和直径有三四十厘米、重达几百斤的巨龙竹在哪里吗？……

啊！太神奇了！太令人神往了！

本小说所描述的故事发生在20世纪40年代，小说主人公是一个带发修行的医科大学生，由于看破红尘，皈依佛门。但寺院住持看他六根未净，凡尘未了，故建议他西行取经，接受磨炼，最终除去心魔。西行途中，却发生了一连串令人心惊胆战、惊险离奇、扣人心弦的遭遇和温馨浪漫、令人羡慕不已、但却唏嘘叹息的爱情故事。

翻开小说，慢慢品尝吧！当你看到入迷的时候，注意自己的手心是否已经出汗，心跳是否加快，是否已经随着故事的层层展开而想入非非，并轻摸一下自己身边的咖啡杯是否已经凉了。

目　录

1 一夜论禅开天眼　带发修行寻佛踪

一九四七年二月的一个早晨。

广东肇庆鼎湖山庆云寺还笼罩在浓雾之中，远处的小鸟吱吱地欢叫着，近处的山溪安静地流淌着。几个人都合抱不拢的古树满山比比皆是。在古树旁边，生长着各种不知名的野藤，它们缠绕着古树，争着向上生长。寺前石阶旁，长满了青苔、野花和小草，偶尔一只青蛙蹦出，吓人一跳。这里真是世外桃源，外面的世界发生了什么事，这里全然不管也不问，真有“山中方七日，世上已千年”之感。有词为证：

采莲令·庆云寺

庆云寺，迷雾捆雨丝。依山建，林鸟吱吱。浓云偶开，紫光照，古树抱天池。霸王花，香气袭人，钟鼓齐响，远聆唱诵经诗。

清净世界，烟霞尽散竟无时。隐约现，如人财智。愚者方展，唯智者，迟露更相宜。大贤者，必有来求，有如拜佛，不闻贵在双知？

一早，山门洞开，两个小沙弥照例拿着扫把出来打扫卫生。

“昨晚的雨真大啊！”甲说，“早春下这么大的雨，真是少见。”

“可不是，你看看门口，从山上被雨水冲下来的树叶和泥土就有十多箩，够我们忙一天的了。”乙说。

“师父说，雨夜最好做功课了，还说雨夜是最容易悟出真知真谛的。”

“我昨晚也做功课了，整整研究了一夜呢！”

“做什么功课？莲花经？”

“不是。”乙说，“是炆狗肉经！我研究过了，如要狗肉香，必需禾秆烧。如要狗肉和味，单放丁香、草果、花椒、八角还不行，还要放紫苏叶和南乳……”

“善哉善哉，阿弥陀佛。”甲轻声骂道，“你就不怕如来佛祖惩罚你吗？”

“不怕，就怕没得吃。”乙说，“一提起吃狗肉我就直咽口水……”

两个小沙弥一边扫地一边聊天，忽然甲望见远处有一和尚倒在石阶上，就说：“喂，你看，前面好像有人倒在地上，浑身湿透……啊，是悟净师兄！”

“是他，是他，快叫师父来！”

甲一边跑去大雄宝殿，一边叫喊：“悟净师兄昏倒在石阶上了……”

众僧七手八脚地将悟净抬回僧房，给他灌姜汤，慢慢地，悟净睁开双眼，望见众人围着自己，才有气无力地说：“我这是在哪里啊？”住持净空法师望着神情憔悴、眼眶凹陷的悟净，叹了一口气，说了一声“阿弥陀佛”就走开了。

悟净，俗名叶树榕，24岁，是广州工商巨子叶阳明的第七子。一年前，本已准备好结婚，忽然间未婚妻凤珠不明原因而离去，并留下字条，叫他忘记她，说她是苦命人，云云。这突然的打击叫树榕如何受得了？经过极其痛苦的思索之后，他决定出家，便来到庆云寺。后来，他才慢慢得知，自己的未婚妻是被自己同父异母的大哥骗奸后卖给当时的市税务局局长做了五姨太，后来不久就郁郁而终。至此，树榕更自暴自弃，不睡不吃，或去暴晒，或去淋雨，只求早死，以求在阴间与凤珠早日团聚。

刚到庆云寺时，净空法师就看出树榕凡心未了、尘缘未了，所以，在最后一刻还是放弃给他剃度，只是淡淡地说："悟净，你凡心未了，还是带发修行吧！如过得两三年，你想还俗亦可；如真的看破红尘，再剃度未迟。"所以，树榕自到庆云寺至今，一直是带发修行的。

第二天晚上，一个小沙弥来请悟净到住持那边去，说净空法师要同他聊聊天。净空法师对悟净应是十分客气的：一，悟净的父亲叶阳明与净空法师是老相识，常以诗文会友；二，叶阳明每年所捐的香油钱不在小数；三，树榕出家时，叶阳明给了净空一笔可观的善款。

悟净跟着小沙弥的灯笼，高一脚低一脚地走过黑暗的廊道，来到净空的禅房，悟净对小沙弥说："师弟，你自便吧！"便轻扣净空的门。

"请进吧！"禅房内净空法师说。

悟净轻轻推开房门，只见净空盘膝坐在蒌蒲上。净空右手轻轻一摆："你也坐吧！"

师徒两人便盘膝对坐。一盏煤油灯加上几盏佛灯，照得房间亦不算黑暗。

"悟净。"净空说，"你上山出家已经有一年多了，我还没有单独同你好好聊聊，拉拉家常！"

"师父……"

"我知道，出家人心中已经无家，无父无母，无妻无儿，在这里聊家常，是有违佛法的，但我见你日渐消瘦，心事重重，你凡心未了、尘缘未了啊！"

"师父，我，我……"悟净沮丧地说，"我罪孽深重，你帮我渡过苦海吧。"

"悟净！"净空说，"苦海也好，乐土也罢，都在自己心中，如自己心中没有苦海，又何须渡苦海呢？"净空慢条斯理地说，"你以为出家做了和尚，天天拜佛，就可以脱离苦海？其实，拜佛，就是拜自己。今晚无事，我请你来，就是同你讲讲佛，让你知道出家修行之旨要和真谛，我们不如边喝茶边聊吧！"

净空说完，顺手拿起茶壶，给悟净倒了一杯。悟净忙道谢不已。净空自己喝了一口，便娓娓而谈：

"中国有三大教，儒教、佛教和道教，三者都是教学、教育。相传佛教是东汉永平十年（公元67年）开始传入中国的，当时负责接待摄摩腾和竺法兰两位印度法师的鸿胪寺，就是当时的'外交部'，他们两位是汉朝政府礼聘来的。他们来得久了，传经和翻译工作十分浩瀚繁重，'外交部'又不可能长住，所以后来政府在洛阳又建了一间白马寺，作长久接待之用。所以，当时的寺并不是寺庙、佛堂，而是政府的办事机构。这样一来，'教育部'（即礼部）就管着两个机构，一是孔孟教育，一是佛陀教育。

佛教教学的目的是求智能，梵文音译中有一句术语'阿耨多罗三藐三菩提'。译为中文的意思是‘无上正等正觉’，现代通俗语就是‘圆满的智能耨’。佛教认为人本身是全知全能的，但为什么有人会丧失呢？丧失就是迷失掉了。佛教就是使人将失掉的本能本性重新恢复。有些人迷得浅些，失掉的本能本性就少些；有些人迷得深些，失掉的本能本性就多些。像你现在不睡不吃，自暴自弃，昨晚还有意在外边淋了一夜雨，这就是迷得深了，失掉的本能本性就多了，你说是吗？”

净空说完望着悟净，悟净若有所思，瞪着双眼望着净空法师。

“佛法的教学，可以说是有三个中心：戒、定、慧。慧是目标，定是枢纽，戒是手段。以戒帮你得到定，定之后就自然得智能了，所以又称‘三无漏学’。你出家一年多来，忘了戒妄言妄思，如何得定，又如何得智能？你现在自暴自弃，难道是智能之举吗？”

悟净知道师父已经在批评他了。

“现在，全世界有四种不同形态的佛教，第一种是宗教的佛教，第二种是学术的佛教，第三种是不幸的邪教，第四种是传统的佛教。”净空法师接着说，“当你走进大殿时，必看到三尊像：一佛两菩萨。佛代表本身、本性，拜佛其实就是拜自己，‘佛’字是从印度梵文音译过来的，意思是‘觉悟’，自己彻底的觉悟。佛也可以分为两大类：智和行。阿弥陀佛代表无量觉，观音菩萨代表行（慈悲为怀）。大势至菩萨代表智，行为要有理智，不能依感情，依感情而丧失理智，问题就大了。悟净，你天天念佛，你念到哪里去了？你的行为是有理智的行为吗？”

悟净像个犯了错的小学生，哑口无言。

净空师父接着说道：“佛门中，所有佛都代表性德，菩萨代表修德，佛像不是用来迷信的偶像，而是世界教育史中最早的形象教学。寺院的护法殿中通常供奉的弥勒菩萨，是依照布袋和尚的形象造的，肚子很大，笑眯眯的，他的意思是你想入佛门，第一个条件就是要微笑迎人。他教我们要心气平和，能包容，能做到这点才能入佛门。你整天愁眉苦脸，能入佛门吗？四大天王其实也代表我们自己。第一位东方持国天王，代表负责、尽职，对家庭、对社会、对国家皆如此；第二位南方增长天王，代表日新月异，增长就是求进步、增智识；第三位是西方广目天王；第四位是北方多闻天王，教导我们要多看、多听、多考察、善观摩，我们才能进步。你现在看到一些善男信女，一入山门就跪拜，求保佑平安发财，你说冤枉不冤枉？是白拜了。”

净空法师喝了一口水，继续说：“你入佛门的原因，是因为在尘世间受到极大的精神打击，深陷苦海而不能自拔，故入空门，以为只要拜了佛就可以帮你脱离苦海。殊不知你拜的只是你自己，佛只是教你戒、定就能还你自己的慧，正所谓三无漏学。悟净，你错了，佛教你‘戒’，戒妄想妄行，你偏不为之，那又如何得定？又如何摆脱心魔？又如何能脱离苦海呢？”

“啊……”悟净至此才恍然大悟。

“佛法修学的总纲领就是觉、正、净。”净空法师又说，“不迷为之觉，不邪为之正，不染为之净。离开这三大纲领就不是佛学了。我们处事、待人、接物要觉而不迷，思想见解要纯正不邪，心地清净，不受污染，这是修行的总原则啊！法，是方法；门，是门道。八万四千法门，那只是手段方法不同而已。在这三大原则之下，先修哪一门都可以。选修一个，另外两个一定得到，所以是一而三，三而一是也。禅宗选择觉，它从觉入门，以求大彻大悟；净土宗和密宗从净入门，心净则土净。佛教有八大宗派，禅宗以外的称教下，教下走的是正门，专念阿弥陀佛。”

净空法师又喝了一口水，润了润喉咙：“你叫我师父，其实我不敢当，因为我尚未达到大彻大悟的境界，离成正果还有很长的路要走。佛教是释迦牟尼佛创办的，后人专称他为‘本师’，正如儒家称孔夫子为‘至圣先师’一样，我们自称弟子。所以，佛与我们是师生关系，佛本不是宗教。而佛教变成宗教仅仅是近两百年的事。宗教里面有父子，有主仆，比如天主教中耶和华叫天父，那信徒自然是子民了，传教的人叫神父。而佛教只叫‘和尚’，和尚是梵语，翻译过来叫‘亲教师’，他是主持佛教的教学的，其余的老师叫‘阿阇黎’，‘阿阇黎’是梵语，翻译过来叫‘轨范师’，即模范执行者。一个寺院里，和尚只有一个，他是‘校长’，其余的只能是‘阿阇黎’。现在的人，不论何人，只要是出家人，就叫和尚，那实在是太抬举他们了。”

悟净听到这里，心气早已平和了。他也不明白，为什么佛教的力量有这么大，一年来，自己走火入魔，自暴自弃，经净空法师一番点拨，竟天眼大开，重新看到自我的本能本性和眼前美好的世界。

“佛法讲的‘竖穷三际，横遍十方’，是讲横的孝道和忠义礼智信，以及竖的兄弟、朋友、父子的关系；佛法讲的‘无缘大慈，同体大悲’，缘是条件，慈悲是没有条件的，这里提倡的是大爱，大，即博也，只要你关心别人，哪怕是敌人、情敌、小偷、杀人越货的土匪，你都能修得正果。悟净，这一年来，你有这博大的胸怀吗？有关心过别人吗，有给予别人博爱吗？有帮助过十分需要你帮助的人吗？没有，半点也没有！”净空法师严肃地说，“如果没有，那还能算是佛门弟子吗？”

悟净哑口无言，面对净空法师惭愧不已。是啊，一年多来自己一直沉浸在痛苦的回忆中不能自拔，哪里还有什么工夫去关心别人，去做善事呢？他一抬头，见净空法师的茶壶没有水了，就给他加了开水，又重新坐下。

“中国人所讲的人格，是做人的资格，就是伦常，伦常没有了，那就连禽兽都不如了。佛教修学的功夫与儒家是一样的。要从意诚起，到心正、身修、家齐、国治、天下平。不过，佛学更强调从发菩提心起，菩提是梵语，译作‘觉悟’，佛教和儒教都提倡‘格物致知’。佛教说的物，是物欲、欲望；格，是格斗、离开，只要断了一切欲望，就断了烦恼；致知，就是求智能。所以要回到本性的智能，就必须格物，你能做到吗？”

净空法师停了停，望望窗外的一轮明月，若有所思地说：“你出身豪门，既年轻，又读了医科大学。在世人看来，你是才貌双全的人，但在我看来却并不是这样，你只是世间千百个糊涂虫中的一个罢了。我们佛教，求的是根本智，根本智讲的是‘般若无知’，无知就是根本智，完全不知道、不去看、不去听正道以外的东西。如你真正修到无知的时候，一接触外界，就无所不知，是非明了了，是一个十足的大智者了，明白吗？”

悟净听到这里，恍然明白原来自己的确是一个糊涂虫，这样下去，就算修行十世也没用。

“悟净，佛门里常讲的‘四弘誓愿’，第一就是‘众生无边誓愿度’。度，是帮助别人破迷开悟，帮助别人离苦得乐，如果自己没有品德，没有学问，就不能帮助别人。第二愿是‘烦恼无数誓愿断’，有烦恼不能成就学问，就算读了很多书，懂得很多，在佛法里叫‘邪知邪见’，不是真智能。智能，是从崇高的品德修养里流露出来的，就是说心地清净、平等、慈悲流露出来的才是‘真智能’。你要断烦恼，从哪里入手呢？佛祖教我们要从最重要的断贪、断嗔、断痴入手，这样，你自然就能脱离苦海了……”

“师父，我知错了！”悟净突然跪在净空法师面前，泪流满面，“师父，明天一早，你就替我剃度吧！我没有烦丝（头发），就没有烦恼，没有烦恼，我就能净心修行了。”

净空望了悟净很长时间，最后，叹了一声，说：“悟净，你听我一夜论佛之后，有所觉悟，师父我是看得出来的。但，你还不能剃度，我刚才听你说的一句话就知你凡心未了，你本末倒置，怎能将烦恼归罪到烦丝上呢！邪念在你心中，而不是在头发上，唉，算了吧！你与佛是有份无缘啊！”

“什么？师父你不要我了，要赶我走了？”悟净惊呆了。

“不是，不是赶你走！”净空法师叹了一口气，继续说道，“你我皆在国外留过学，中西文化都可谓略知一二。你出身豪门，自小娇生惯养，殊不知社会是十分残酷的。社会对世人来说，是儿童的天堂，中年的战场，老年的坟场。所以，我们佛教才大力提倡博爱，不论少年、中年、老年都能到帮助和爱护。”

“师父，帮助别人，关心别人，这个我能做得到！”悟净说。

“佛教说宏愿三千，我相信你能做得到，哪怕是每日行一善，我相信你也能做到。但有两种人，第一种人是以计算方式做的，每做一件善事，就记下来，做足三千件了，就如释重负了。这种人有善心，积的是阳德。另一种人出自行为的自觉性，只要自己能做到的，就马上去做，从不计较，也不记在心上，不让人知道是自己做的善事，这种人，有善心，积的是阴德。积阴德越多的人，得到的回报就越多，因他做善事时从来就没有想过要回报，但上天偏偏要给这种人以丰厚的回报。”

“啊！原来这样！”

悟净看看墙上的大钟，已经是深夜了，就说：“师父，估计你肚子饿了，不如叫伙房煮点夜宵送过来吧！”

净空这时也抬头望望大钟，再摸摸肚皮，笑笑说：“你不提我还不觉得饿，你一提我真的感到饿了！”

悟净听到师父说饿了，就连忙站起身，走到厨房边的一间宿舍。只见小沙弥睡得挺香的，枕头也湿了，大概在梦中有美食而流口水吧。悟净叫醒了他。

“喂，起来，师父肚子饿了，你替我煮……”

“嗯……知道了。”小沙弥迷糊着睡眼，“斩一斤还是斩两斤？”

“什么斩一斤斩两斤的？”

“你不是要称狗肉吗？”

“你这个家伙，你小心下地狱啊！”悟净一边捏着小沙弥的耳朵，一边骂道。

小沙弥被悟净搅清醒了，他望了望悟净，说：“师兄，你刚才说什么？”

“我要你煮两碗面拿来师父禅房，他饿了！”

“啊，我还以为斩两斤狗肉呢！”

悟净回到师父的禅房，重新坐下，问：“师父，佛教说轮回，真的有轮回吗？”

“六道轮回之说，不是佛教说的，释迦牟尼出世时，印度的宗教就已有九十六种，且有很多高级宗教，他们劝修‘禅定’、‘瑜伽’，就是讲神通，神通就是通神，他们以禅定的功夫所看到的世界，跟我们看到的不一样，以前比较难理解，而现在，得到科学家的帮助，就比较好理解了。物质是什么？光动、波动算什么？佛经《心经》里所讲的‘色即是空，空即是色’，色就是物质。‘色不异空，空不异色’，色空是一不是二，只是不同波动所产生的幻象而已。当一个人的清净到了一定程度，人，就不会‘死’，当然就有来世，有过去，就一定有未来。

宗教家知道六道，不能超过六道，他们知道有天，天外有天，这就是今天所讲的宇宙了，别的星球来的人就是天人，佛经里面有记载，印度宗教里也有记载，叫‘大自在天’。我在加拿大的时候，有一个虔诚的女基督教徒，她对人说：佛教所说的六道轮回是真的，我问她是怎么知道的，她说，她调查了一千多个例子，发现人经过催眠之后会说出前世的事来，她用录音带录下来，发现很多人前生是别的国家的人，有的是几百年前的人，于是追踪，查到这些档案，确实有这个人的名字，但这地方他从来没有去过，有的是从畜生道来的，也有的是从外层空间、外星球来的，他讲的语言，我们根本不懂，这些档案都有保存。在佛教里，是要用‘定功’的，当我们的心清净到了一定程度时，我们的感觉器官会发生变化，比如光波吧，长的、短的，我们现在都看不见，当我们获得‘定功’之后，所看到的就大不一样了，也许，四维、五维的‘鬼神’空间我们也能看到了。”

悟净听得津津有味，全神贯注。忽然，净空法师话题一转：

“悟净，你尘缘未了，在这里是难得定功的，我同你父亲商量过了，想让你离开山门，云游四海。一可以增长知识，所谓读万卷书不如行万里路，你可以利用这次云游的机会，访遍华夏的名山大川，灵庙古刹，得道师长。二可以了解社会，你走出豪门，走出佛门，走进社会的最底层，访贫问苦，也可以知道人生的真谛。三你是学医的，到各地寻找仙草妙药，或悬壶济世，或访友交流，使你学到的医学知识不至于荒废。”

“什么？你要我到外边云游？”

“对，这对你十分有好处，你如果在这里继续待下去，一定又会陷入另一场胡思乱想中，到时真的不能自拔了。我和你父亲都是为你好，才决定这样做的。”

“那，师父，我怎么去，去哪里为好？”悟净问。

“你走出去之后，一样是佛门弟子，不同的是，你只是带发修行罢了。云游僧云游，就不能坐车了，一定要自己用脚去走，一路化缘，做个苦行僧吧！去哪里呢，我同你父亲研究过了，现在东北及中原一带，国共正在开战，已经不可以去了，所以，我们的意见是你往西行，到西藏的布达拉宫和大昭寺朝圣完之后就回来吧。”

“一路化缘？”悟净面有难色，“如果走到荒山野岭，前不见村，后不着店的，怎么个化法？”

净空望着这个少爷出身的“出家人”，心里暗自笑道：“怪不得他父亲说要他出去磨炼了，他还未出去，就已经怕困难了。”他一想到这里，就慢条斯理地说：“你父亲已经替你准备了一百个大洋，以防不测。不过我有言在先，你要真的到了绝境时才能用钱，因为一出去就花钱，最后一定无钱可花，永远别想回来了。”

“为什么?”悟净问。

净空说,“你看看,从这里到广西要走一千多里,从广西到贵州也要走一千多里,从贵州到四川要走一千多里,从四川到陕西要走一千多里,从陕西到甘肃要走一千多里,从甘肃到青海要走一千多里,从青海到西藏要走两千多里,合计有一万多里,来回就要两万多里了。如果你一开始就花钱,找三个人抬钱去也不够你花,你没有钱,也不懂得化缘,是不是饿死无疑?”

“啊……”悟净张大嘴巴,半天也合不回来。

“啊,对了,你叔叶绍军长写了一封介绍信,你随身带着,说不定到紧要关头会有用的。”净空法师说,“我亦替你写好了几张度牒,你也随身带着吧!”

“那,我什么时候出发呢?”

“后天一早吧!”净空法师说,“你明天下山,买些药品和手电筒、香皂、雨伞、油布、水壶、草帽等必需品,再到文具店买个指南针也好,说不定到大山大岭时能派上用场。买完东西回来就打点好行囊,再到斋房领一个搪瓷的钵头,一支棍就可以了。”

“一支棍?”

“对呀,打狗也要有打狗棍嘛!”

正说着,小沙弥拿着两碗冬菇面进来:“冬菇面来了,师父,放在哪里?”

净空法师抬头一望:“你有没有搞错?用只大海碗端上来,十个人也吃不完!”

“师兄说要两碗,没有说要多大碗,我怕你吃不饱,就用最大只的大海碗装了!”

“你这个鬼头仔,你饿了就出声吧,其实你自己也想吃一份,又说师兄……”

“师父你真聪明,你真是我的好师父,那我就不客气了!”小沙弥做了个鬼脸笑着说。

净空法师和悟净还没吃到一半,小沙弥已经将一大碗面条吃光了。

2 刚到梧州钱丢去 倏忽又得两徒来

两日后，悟净背上竹箩，拿着木棍，戴着草帽，开始了他的西行之旅。他离开庆云寺，一路西行，过四会，穿郁南，到悦城龙母庙，上了香，不几日就到了广西梧州。

梧州，位于广东与广西的交界处，历来是重要的商埠，广西的土特产和广东的轻工业品、洋货，均在这里交易。到梧州经商的，多是广东珠三角南（海）番（禺）顺（德）的商贩，城中多讲广东白话，所以悟净到梧州并没有到异省他乡之感。

悟净一到梧州，就准备先到大同路找李老四的货栈。

李老四的货栈，是悟净的父亲——四老爷（叶阳明）的红颜知己何七姑所开，交由李老四打理。何七姑，原是土匪的老婆，丈夫死后众人选她为寨主，她一改过去打家劫舍的勾当，金盆洗手做起正当生意。负责打理梧州货栈的李老四，原为何七姑手下的一员大将，现已当了货栈的经理。由于工作勤恳，生意日见兴旺。他早已认识树榕（悟净），亦闻树榕看破红尘，皈依佛门。

话说悟净到了梧州，在郊外一小河边，放下背篓木棍，轻轻地舒了一口气："啊，终于到达梧州了！"于是，拿出毛巾，洗擦干净脸上和手上的泥尘，后又干脆脱去上衣，将上身也洗擦一遍。广东人最爱干净，天天都要冲凉，加上悟净是少爷出身，走了十多天，怎能不好好洗洗？他又坐下来，脱下臭不可闻的袜子，说："嗯，一股死鱼烂虾的气味！"

这时，草丛中有"沙沙"的响声，悟净从河边站起来，举头四望，只见茅草深处似有人在走动。"是谁呢？"悟净正感疑惑，回头一看，自己的衣服和钱袋不见了！悟净大惊失色，这次云游，有万里之遥，现才刚刚起步，钱银就被偷光了，以后如何是好？他一想到这里，就大声叫："有贼呀，有贼呀，有贼偷东西呀……"

附近几个放牛的老农闻声赶来，他们望见悟净上身搭着刚洗过的僧服，颈上挂了串佛珠，但穿着西裤，头上留着头发，还梳了个西装头，看他这身不伦不类的打扮，就奇怪地问道：

"你是出家人还是做生意的？"

"施主，我是广东鼎湖山庆云寺的和尚，叫悟净，我是带发修行的，现奉师父之命，向西求学，以求正果。"悟净双手合十说，"刚才，我脱衣擦身，一不留神，身上所带盘缠全被偷光了……我，我还要西行万里呢！"

"你要去哪里？"

"我要去西藏大昭寺、布达拉宫！"

"啊！"众农夫惊叹道。

"刚才走近你身边的那个小子我认得，自小无父无母，以偷为生，晚上睡在关帝庙，人家叫他做杬核仔，姓什么就不知道了！"一老农说。

"能带我去找他吗？"悟净问。

“即使找到他，他也不可能将钱还给你，所谓‘财到光棍手，神仙也难收’，这回你就自认倒霉吧！”老农说。

“他偷了你多少钱？”另一农夫问。

“是大洋还是西纸？”又一农夫问。

……

悟净好像被人当头打了一棍，茫然不知所措。到这等田地，将如何是好？他只得有气无力地背起背篓，到大同路货栈找李老四。

李老四正指挥手下员工搬运山茶、竹笋、腐皮，忽抬头见到一青年光着上身，背着竹篓，头发蓬乱来到门口，定睛一看：

“你，你……七少爷，你怎么啦？”

他一叫，众伙计纷纷放下手中工作，好奇地望着悟净。四嫂从房里出来，见树榕这个样子也吓了一跳。

“我，我被贼仔将衣服和钱都偷光了。”悟净说。

“快，快，快进来坐下，慢慢说，不要急。”李老四安慰道。

四嫂一把拉着悟净的手，一边招呼下人搬来张太师椅。

“坐吧，坐下喝口水，慢慢说给你四哥听，四哥会帮你找回银两和衣服的。”四嫂说。

悟净坐下来，咕噜咕噜地喝了几大口水，擦擦嘴角，将刚才在河边发生的事一五一十地告诉了李老四他们。

“你知道他叫什么名字？”

“不知道，听农夫说，他叫杌核仔，大约十四五岁。”

“是他？”李老四一听，就哈哈大笑起来。只见他拍拍胸口，“七少爷，你放心好了，一个小时之内，我连钱带人给你找回来！”李老四站起来，望了望，“张伯，你马上到食德福茶居找杌核仔来，说我找他，你多带几个兄弟同去！”

才过了三十分钟，只见张伯带了四个十四五岁的毛小子来，个个长头发，黑脸蛋。

“跪下！”李老四手中拿着藤条，大喝一声。

四个毛小子一齐跪下，还不停地打哆嗦。

“你个杌核仔好大胆，连我东家的钱也敢偷，你知罪吗？”李老四道。

这四个毛小子一听他们偷的竟是自己大老板的钱，面面相觑，竟半天也说不出话来。

“快把偷去的钱给我拿出来！”李老四又大声喝道。

只见杌核仔乖乖地将悟净的一百个大洋和衣服全拿了出来，李老四数数大洋又大声问：“怎么少了一个大洋？”

“我们刚才喝酒用了一个……”杌核仔坦白地说。

“好呀！你们自己说吧！偷了自家的东西，山规是怎样说的？”

“自断手指！”杌核仔说。

“好吧！”李老四顺手将菜刀往地上一扔，“当”的一声，还迸出火星，吓得杌核仔魂不附体，“自己斩吧！”李老四说。

这时悟净看清了杌核仔的面容，只见他生得倒也聪明伶俐，眉宇间自有三分调皮野气，奈何是个孤儿，无爹无娘，无餐饱饭，瘦得像个猴子，左脚穿了一只破布鞋，右脚穿了一只破皮鞋，由于皮鞋明显比他的脚板大，他又用麻绳将皮鞋跟与脚踝绑了个圈。

杬核仔自己起身拿起菜刀，慢慢地走到台面旁，左手又慢慢地伸出两只手指，放在台缘边，这时，厅堂内的空气似乎都凝固了，仿佛连众人的心跳声都能听见。杬核仔举起右手的菜刀，并转过头来，哀伤绝望地看着悟净，千钧一发之际，只听到悟净叫了声：

“慢！”

他一边说，一边走过去，将杬核仔的菜刀夺过来，轻轻地放在台面上，双手合十，说了声：“阿弥陀佛！”说完，轻轻地抚摸了一下杬核仔的头，“罪过，罪过！你的头好烫啊！发热了？”

这时只见杬核仔突然跪在地上磕头，流着泪说：“师父救救我吧，师父，你就收我做徒弟吧！我给你做牛做马都行！师父，我无爹无娘，无家可归，你的大恩大德我不会忘记的，就收下我吧！”说完，泪流满面。

在厅堂上的其余三个毛小子也不约而同地一齐磕头，齐声道：“我们都是孤儿，师父，你就收留我们吧！”

悟净和李老四都被这突发的场面惊呆了，一时不知如何是好。

“收不收慢慢再说吧，来，我给你把把脉，给你开剂药，治病要紧啊！”

悟净拿起杬核仔的手，细细切脉后，说：“不要紧，脉浮而数，浮主表，数主热，此乃外感风寒之象，我给你开剂中药，明天就没事了！”悟净切完脉，就开了中药一剂：麻黄、细辛、防风、布渣叶、石膏、粳米、白芷、甘草。

开完之后，交给四嫂，四嫂拿过中药处方，又摸摸杬核仔的头。

“啊！真是好烫啊，你看你的脸红得像关公，嘴唇也干裂了，杬核仔，这回你真的遇到贵人了！”她说完就让人出去拿药了。

晚上，四嫂亲自给悟净做了一道上好的罗汉斋，李老四问：“七少爷，你能吃蛋吗？”

“净空法师说，我带发修行，只是有血的不能吃，其他的可以吃！”

“这就好了，我给你来个‘碧雪炒五仁’，怎样？”

“好！但不知‘碧雪炒五仁’为何物？”悟净问。

“‘碧雪炒五仁’就是将腰果、杬仁、松子仁、花生仁和杏仁炸香后，再用蛋清牛奶味精上芡，甘香可口呢！”

“多谢四嫂了！”

由于悟净盛情留下那三个毛小子，李老四又多做了两盘荔浦芋炆扣肉，这几个毛小子，自打出娘胎以来，还未吃过如此丰盛的晚餐呢！

第二天，杬核仔喝了四嫂煮的白果粥和悟净的中药后，病竟痊愈了，一大早就起身守住悟净的房门，生怕悟净扔下他走了。当听见悟净的房门“吱”的一声打开后，杬核仔就马上跪在地上：“师父，你收留我吧，我跟着你做牛做马！”

“杬核仔啊！不是我不肯收你，而是我这次西行少说也要三四年，要行几万里，其中的艰辛和危险，连我自己也难以预料，你叫我怎忍心带你一起去受罪呢？”

“师父，你挨得，我就一定挨得，加上路上你一个人，遇到麻烦事也要有人帮忙照顾，师父，我会煮饭，会洗衣服，会挑行李，会游泳，会爬树……师父，你收留我吧，如果你怕我再偷你的东西，我现在就斩断三只手指，再跟你去……”杬核仔说完，就站起来寻刀去了。

“你你……不不……杬核仔，既然你铁了心跟我，那……我就收你为徒吧!”

杬核仔一听悟净肯收他为徒，就“扑通”一声双膝一跪，头拼命地叩在地上：“多谢师父，多谢师父……”额头竟叩出一块血肿来。

悟净在梧州小住了三天，替杬核仔买了几件新衣服，并给他起法号叫“慧智”，从此，师徒两人，别了梧州，向西进发了。

悟净替慧智剃光了头，换了一套出家人的行头，还在脖子上挂了一串佛珠，师徒两人一路化缘，不觉就到了广西桂平。

到了桂平，悟净想起叔父叶绍军长之托，就到李宗仁的妻子郭夫人家去拜访，没想到门卫说：她与李宗仁已去南京了。这样悟净就离开郭家上西山了。

西山，位于桂平市西边，故曰西山，山上有和尚庙和师姑（尼姑）庵。更有古树参天，绿树环抱，山上有多眼清泉，能治百病，有“圣水”之称。山中寺庙虽与华夏的名刹相差甚远，但在西南一隅，亦不失为参禅的好去处。

悟净上山拜访了住持，做了几天挂单和尚，论了几回佛学。平心而论，以悟净的文化功底，加上他记性好和净空法师学问高深，教导有方，几个回合西山住持就败下阵来。西山和尚对悟净这个半路出家的学者型的“和尚”也不敢小看了，加上桂平本身就是一个小地方，有高深学问的人也不会埋没在这里，所以悟净在西山小住了几天就继续上路了。

下山路上，悟净顺便到桂平镇走走，那时的桂平，只有两条像样的马路，与珠三角的墟镇相差甚远。师徒两人在马路上走着走着，忽然身后有人大叫：“抓住他，抓住他!”悟净一转身，只见一个衣衫褴褛的小青年从身边一窜而过，后边有两个穿着黑衣、拿着长枪的乡丁追来，悟净师徒忙退到路边。这时马路铺面的一小老板说：“又是追那个孪毛仔!”悟净觉得好奇，就问那个小老板：“施主，这个孪毛仔是干什么的?”

“他?”这个小老板望了望悟净师徒，知是出家人，就说，“看你们是出家人，我就不瞒你，这个孪毛仔是我们镇上的大户从上海买回来的，一同买来的还有他大姐呢!”他剔了剔牙缝，又说，“说起来也怪可怜的，听说这孪毛仔本来家中也有权有势，在租界住的，不知怎的，日本人来了，他家就破产了，听说日本人还要追杀他全家呢！这个孪毛仔文化挺高的，他还懂得讲番鬼话呢!”

“这就奇了，他为什么要逃跑，莫非他偷了东家的东西?”

“不是那么简单!”小老板欲言又止。

悟净见他不说话了，也不好再追问了。

下午时分，悟净师徒就离开桂平，向贵港和南宁进发了。

广西，以前是贫穷之乡，素有“七山一水二分田”之称，从梧州、桂平、贵港、南宁一线算起，这一带的经济在整个广西地区中已经算中等的了，既没有什么大山大岭，也不算是石灰岩地区，所以当地人的生活比起广西其他地方来，也算是比较宽裕的了。

师徒两人过了贵港，慢慢向南宁走去。一日傍晚，他们到一大户人家化缘，户主姓冯，主人在广东做生意，大概赚到钱了，就回家在马路边盖了间大屋，在围墙内还种了一圈金银花。当悟净师徒说明来意，并求住一宿时，主人十分热情地招待了他们。

在大堂，悟净与主人冯老先生饭后闲聊，说到家居平安时，只见冯老先生说：“不怕米贵，最怕运滞。”

“此话怎讲?”悟净问。

“我老母今年八十一了，以前身体硬朗得很，今年忽然面色发黄，腹胀如鼓，经多方诊治无效，说她得了鼓胀，眼下茶饭不思，估计命不久矣!”

“啊！原来高堂有病，那是否方便带我一看?”

“如大师能高抬圣手，也就是我冯家的造化了，若能治好我母亲的病，我必厚酬!”冯老先生说完，就大声叫道：“妙仙，妙仙。”

这时只见一妙龄少女，约十七八岁，闻声从房间走出来，望着冯老先生，问：“爸，什么事?”

“妙仙，你带这位大师去看看你嫲嫲，看看还有得医没有?”

悟净这时与妙仙打了个照面，四眼相对，只见妙仙脸一红，低下头，说：“师父，请!”

悟净跟妙仙姑娘走到冯老太的房间，只见冯老太正躺在床上呻吟，她把上衣向上翻，露出发光鼓胀的肚皮，下肢浮肿，而上肢却干瘦如柴，悟净走近前去细看，见她的肚皮有明显的蜘蛛痣，这时悟净已经明白了九分。妙仙搬来椅子，让悟净坐在床边，悟净安详地闭目给她把脉，良久又叫冯老太伸出舌头，只见舌底瘀黑，就起身对冯老太说：“老太君，你的病有得医，不用担心!”

说完，悟净就示意妙仙一同走出房门去大堂了。一见到他们，冯老先生就迫不及待地问：“怎么样，有得医吗？能不能过五月端午?”

“冯老先生，不急，不急!”悟净坐下来，喝了口茶，慢条斯理地说，“你母亲的病，已经十分凶险了，这一点，你要做好思想准备。”

“十分凶险?”

“对，十分凶险，她得的是肝硬化，已经是晚期了，加上她年事已高，所以我说她的病十分凶险，她可能最后得尿毒症，心衰而死……”

“大师，既然如此，你就放胆给她治病吧，治是死，不治也是死，只要她死得安乐些，死得没有那么痛苦，我做儿子的也就心满意足了!”

“师父，”妙仙也在旁边说，“你就尽力吧，结果怎样都与你无关，你放胆医吧!”

“好吧，既然你们这样信得过我，我就尽力而为吧!”悟净回头对慧智说：“你替我拿笔纸来!”

悟净写完处方后，交给冯老先生，说：“我只开三剂，三剂有效，就继续开方施治，若无效，就要另请高明了!”

冯老先生一看，只见处方写着：

内服：郁金五钱，川楝子五钱，元胡三钱，益母草五钱，北芪一两，丹参五钱，牛膝三钱，炮穿山甲三钱，柴胡三钱。

脐敷：田螺一个，芒硝三分。

涌泉敷：吴茱萸散加醋，调成糊，每日一次。

冯老先生将信将疑，叫下人马上到中药房取药，回来后马上煲，给老母服下。没想到第二天早上，老母不再呻吟了，肚皮也明显没有那么胀了。老母自己说喝了中药后，一晚都有小便。冯老先生喜出望外，找悟净喝早茶，到悟净房间，只见悟净早已起床，盘膝而坐，闭目做功课，于是他就不再打扰了。到了第二天，老太君的脚也没有那么肿了。第三天，冯老太的鼓胀竟全消了，还下床走到厨房找饭吃呢！

这回，冯家上下视悟净有如再生菩萨，尊敬有加，妙仙更一早就煮好白粥，蒸好莲蓉包，拿到悟净的房间。

"啊！妙仙姑娘！"悟净见妙仙一早来到，忙招呼她坐下。

"师父，你医术这样高明，为什么要做和尚呢？做个俗人不是很好吗？"妙仙问。

"妙仙姑娘，这个你就不懂了，人各有志嘛！"

"你出家之前有过女朋友吗？"

"有，有过！"悟净轻声地说。

"那你既然有女朋友，为什么还要出家？真是不可理解！"妙仙说。

悟净沉默了，再也不想说什么了。

"哦，我明白了，你肯定是失恋了才出家的，对吧？"

这时，妙仙隐约见到悟净眼角挂着泪珠，她心里一惊："可能我的话刺到他的痛处了。"于是两人相对无言再也不说话了。忽然，悟净说："妙仙姑娘，等会我给你嫲嫲开完处方就走了。"

"什么？你要走了？"妙仙吃了一惊，突然红着脸说："我不让你走！"说完，就出去了。

大约过了五分钟，妙仙同她的父亲又来到悟净的房间，冯老先生说："师父，听说你要走了？"

"是呀，等会我开完处方就走了！"

"不不，师父，为人为到底，送佛送到西，救人一命胜造七级浮屠啊！你就行行好吧！我跪下求你多留几天吧！"冯老先生说完真的跪下来求悟净，吓得悟净忙扶起他。

"那，我就多留几天吧！"悟净说。

冯老太的病一天天好转，冯老先生与悟净的感情也一天天加深，竟成了忘年之交。只见一天中午，他俩在大堂品茶论病。

"老太君的病，急不得，慢不得。"悟净说，"她老人家已经是八十高龄的人了，如下峻药，就必死无疑了，但也慢不得，慢了尿毒症也会要了她的命，更不要说心脏衰竭了，所以必须在她体质容许的情况下尽快消解体内的酸中毒，才能保住性命。"

"现在，看她的情况，还会有反复吗？"

"会，还会有反复，但我们只要做好善后工作，从加强体质入手，扶本固正，就可延长她老人家寿命。"

"那，煲什么汤水给她喝好呢？"冯老先生问。

“现在尽可能不煲汤，少饮水，如要增强体质，可大剂量服蜂王浆和蜂蜜。”

“现在我看老母，已经好了八成了，你真是神医，真有本事啊!”

“您过誉了，这主要是你母亲平时体质好，医生嘛只医病不医命，长不长命就要看她本人的造化了。”

“对对对，如果医生都能医好病的话，世界上就没有人死了。”

两人正说着，忽见门口来了两个人，悟净眼尖，一眼就认出其中一个小青年是一周前被人追捕的孪毛仔，他旁边还有一个姑娘，大约十八九岁，悟净看清楚了，他俩竟然是外国人。只见他俩惊惶失措地进了门，马上转身将门关上，跪在地上，用纯正的国语说：“伯伯、哥哥，救救我们两姐弟吧!”

冯老先生听不懂国语，悟净马上站起来，扶起两姐弟，说：“快起来，快起来，你们是哪国人？怎么会流落到此地，又怎么会被人追捕的?”

这两姐弟慢慢站起来，只听姐姐说：“我们是犹太人，从我祖父辈就来中国做生意了，我们住在上海法租界，我叫谢莉，我弟弟叫梅西克，日本鬼子打上海后，我们听说他们跟德国法西斯一样坏，要杀犹太人的，所以我们就准备离开上海。当我们回家时，家已被日本人占领了，父母也不知去向。于是，我们姐弟就从闸北跟着难民潮离开了上海。我们心里清楚，离日本人越远越好，于是我们就一直南下，到了广东韶关。到了那里，我们被一人贩子控制了，人贩子把我们卖到广西桂平后，我先逃了出来，并给我弟弟留了字条，我弟弟看到字条后就马上离开了，他找了我两天还找不到我，又回去桂平找我，这回他被人抓住了，过了两天他又设法逃了出来，出来前还偷了买主十个大洋，买主派人四处追捕我们……弟弟找到我后，我们昼伏夜行，好不容易才离开贵港，准备到南宁。但前面有岗哨，还贴了捉拿我们的告示，我们走投无路，又回到这里。我们现在已经身无分文，饿极了，大伯、大哥，救救我们吧!”说完泪如雨下，“看得出，你们是好人，如能救我们逃出虎口，要我们怎么报答都可以。”

“啊，原来是这样!”冯老先生听了悟净的翻译后说，“这样吧，你先在这里休息两天，过两天，这位师父也要去南宁，我相信他是有办法的，他是大师，也是医生。他叔父是军长，他叔父的64军就驻在广西。你们饿坏了吧！妙仙，快去厨房炒饭给他们吃，加只鸡蛋吧!”

不一会儿，妙仙炒好饭端了出来，两个人狼吞虎咽后总算恢复了元气。这时，悟净说：“我想到办法了，梅西克扮作我的徒弟，穿上和尚的行头，但要剃光头，你同意吗?”

“同意!”梅西克说，“师父，干脆我拜你为师，做你徒弟吧!”

“不行啊！我们要走到西藏才回来呢，来回要走两万多里呢！其中的艰辛难以估计!”

“我真的十分想去西藏，我爸爸是做药材生意的，我记得有一种药叫西藏红花，是十分名贵的药材，他常说如果有机会，他一定要去西藏看一看!”

“我也要去西藏，你也收我做你徒弟吧，我要去西藏看看，看看这个神秘的天国是怎样的，你也收了我吧!”谢莉说。

“你就更不能收了，你是女的，我们出家人怎能带女的上路呢!”悟净说。

“那，我也做和尚，或者你还俗，不就可以了吗?”谢莉说。

“不行不行，你们不要打断我的话。让你弟弟梅西克做几天‘和尚’，到了南宁以后就‘还俗’。谢莉姑娘你扮成护士，我做医生。我们先过关，慧智他们后过关，过了关以后我们一起再往南宁，可否？”

“我看这个主意倒不错！”冯老先生说。

“到了南宁，我叫我叔父想办法替你们找到父母，只要他们尚在人世，我相信一定能找到！”

“我不！”梅西克“扑通”一声跪在地上，“师父，我要做你的徒弟，我要跟你去西藏，师父，收下我吧！”

“师父，”在旁的慧智也说，“你就收下梅西克吧！我们路途中多一个伴，遇到什么事时也多个人帮忙，师父，你就收留他吧！”

慧智与梅西克年龄相仿，在慧智看来，多了梅西克同行，就多了一个朋友，多了一个伴，所以慧智也极力支持梅西克拜悟净为师，这样可以一同上路。在旁边的冯老先生也支持慧智的想法。悟净想如不收下这个徒弟，看来是不行了，他大概会长跪不起吧，算了，算了，想到这里，说：“既然这样，师父我就勉强收下你这个徒弟吧！记住，一路上，一要听话，二要同心，三要准备吃苦，记住了！”又说，“你的法号就叫真智吧！”

“多谢师父！”梅西克欣喜若狂，忙站起来拥抱师父、姐姐和慧智。

在旁边的妙仙一直沉默不语，心事重重，只见她轻声地说：“爸，我也要去南宁，我要同谢莉他们一起去。”

“你也去？”冯老先生瞪大双眼望着妙仙。

悟净听说妙仙也要去南宁，心里突然想到什么，就对冯老先生说：“冯老先生，我想让妙仙去也好！因为出了关之后，我们从贵港走到南宁，要走两百多公里，最快也要半个月，我们带着谢莉走，会有诸多不便。我想，出关后，让妙仙陪谢莉两个先搭车到南宁找我叔父，我们走路的，慢几天，快几天都无所谓了！到了南宁，让她俩在那儿玩几天，我有一个堂妹叫叶彩萍，与妙仙、谢莉年龄相仿，她们在一起，肯定玩得很开心的。”

“这也好，让妙仙去南宁开开眼界吧。啊，对了，还有二十天就是三月三了，让她也看看广西民歌的盛会吧！”冯老先生说。

“好啊！”谢莉和妙仙高兴得跳了起来。

晚上，悟净交代了冯老太服药事宜和注意事项，对冯老先生说：“冯老先生，你母亲已日见起色，估计近期是没有生命危险了。为什么我治疗这病与别人不同，又要加脐敷，又要加足敷呢？老太年纪太大了，如下峻烈的药，就必死无疑了，而方药中以活血去瘀，扶本固正药为主，在不足之处，加入脐敷药，加速体内的痰饮排泄。排泄，有前阴出和后阴出之分，这次是强调以前阴排毒，再加上足底敷药，引水下行，故能收到预期效果。我走了以后，你要给她多服蜂蜜和鲜果汁，肉类就尽量少吃，否则，非蛋白氮增高了，又要进入第二次中毒了。”

“老朽谨记了！”

“天下没有不散的筵席，我们明天就启程了，你自己也要多保重，有缘者，我们必能重逢的。”

第二天一早，悟净换了套西装，穿上皮鞋，带着两个徒弟、谢莉、妙仙，以及冯老先生所赠的一百个大洋，离开冯家上路了。

他们走了大约一个小时，在前边的马路边，有一间竹寮，竹寮旁站着几个士兵，马路上还横着一根竹竿，竹竿下懒洋洋地躺着一只黑狗。

“注意，你们看前边！”悟净说，“慧智、真智，你们不要慌，拿出度牒来给他们看，大大方方地往前走，记住了！”

悟净说完，就同谢莉、妙仙加快脚步，向着关卡走去。谢莉挽着悟净的手，俨然一对情人一样。关卡的士兵早就看到他们了，一见有女孩，就来精神了。

“站住！”一个士兵喝道，“你们是干什么的?”

悟净傲慢地瞅了瞅这个士兵，抬头望着远处的天空，说：

“你们这里谁是当官的?”

这时从竹寮跑出一个戴着歪帽子的老油兵，他上下打量了悟净，又望望他身边的两个女孩，问：“我是这里的排长，你是干什么的?”

“我是64军军部的，军长叶绍是我的叔父，我是军医，她们是护士，是我的助手。你马上派辆车送两位小姐回军部！”悟净一字一句，斩钉截铁，容不得这个老油兵猜疑。

“你们有信函吗?”

悟净从怀里拿出叶绍写好的介绍信，老油兵看完之后，马上立正：“长官，请！”说完，又大声喝道，“还不快点把拦路竹给我摆到一边！”

几个当兵的七手八脚将竹竿搬到一边，这个老油兵跟在悟净身后，又哈腰又递烟，说：“长官，你回去之后，请在叶军长面前多美言几句，我已当了十年兵了，还是个排长……”

“这个好说，不过就看你能否干净利落给我找辆车了！”

“得得得，我们这里有辆运军粮的车，马上就走，你稍等片刻……喂，大头六，你到前边看看运粮的军车什么时候开?”

谢莉一直挽着悟净的手，忽然凄然地说：“你如果能还俗，该多好呀！”

悟净望着她，一言不发，心里默念着：“罪过，罪过……”妙仙在旁看不过，也过来挽着悟净另一只手，几个当兵的看到直咽口水，喃喃自语道：“还是当官的好啊！”这时，叫大头六的士兵带着一个副官模样的人走过来，他一见悟净，竟大声叫了出来。

“树榕！七哥！”

悟净一看，原来是叶绍的儿子树标，两人一见又是拥抱又是蹦跳的，那高兴劲就不用说了，悟净粗略介绍了他这次西行的目的和谢莉她们的情况，树标立即十分有礼貌地对两位姑娘点头致意，并说：“放心好了，七哥交代的事，我一定尽力而为！”说完之后，看看开来的卡车，就说：“两位姑娘请上车吧！”

一切都来得太突然，一切都比想象中的顺利，悟净的心总算放下了。

“南宁见！”妙仙和谢莉在车上对悟净招手道。

“我在南宁等你！你不来我就……”谢莉大声说，声音带有抽泣。

悟净抬起手，慢慢地向她们挥手告别，心中莫名出现一丝惆怅，突然他狠狠地拍了拍自己的脑袋：“戒妄思，戒妄思……”

车走远了，慧智和真智也顺利过了关，悟净带着两个徒弟向着南宁继续上路。

3 瘟疫青帮米饭主　天灾人祸陷黎塘

悟净一行三人向西行了七八天，一路化缘，风餐露宿，师徒三人有说有笑，睡前悟净又给慧智、真智两徒弟讲佛经，虽说旅途劳累，但也充实。

一日，他们来到一小镇，名叫黎塘，还未进入镇中心，就到处听到号哭之声。抬眼望去，两旁的土丘山坟上站满了披麻戴孝的人，担幡买水的，烧纸钱纸衣的，满目皆是。有些穷苦人家，连棺材也没钱买，只用草席将尸首一裹了事。号哭之人当中，绝大部分是衣衫褴褛、蓬头垢面的农民，亦有衣着稍光鲜者。

“这地方出了什么事了？”悟净暗自忖度。

忽见一老农，哭丧着脸，双眼红肿，迎面而来，看样子，哀伤可怜，悟净忙上前施礼：“施主，请问这镇上究竟出了什么事？怎么满山冈都是披麻戴孝的人？”

老农抬头望着悟净发呆，竟一言不发。悟净又一次和声细语地追问，这个老农才“哇”的一声哭了出来：“师父啊！你有所不知了，我们这里发了瘟疫，天天死人，附近方圆百十里地人人自危，怕是无一幸免啊！看来现在轮到我们了，我的老婆和两个儿子都死了，死得好惨啊！”

老农说完就哭着走开了。悟净师徒三人这时才明白，原来这里发生瘟疫，死者无数。这突然出现的情景，令他们再也没有心思在路上说笑了。

“慧智、真智，我们进镇吧，投宿一晚，明天再走如何？”

“听师父安排！”

他们走进镇中的一条街，只见街上关门闭户，无一行人，悟净本想化完斋饭就找个农家寄住一晚，了解瘟疫情况，明天再走的，现在看来已是不可能了。忽然真智见前边有一客栈，于是师徒三人就前去投宿了。

客栈老板起先也不想收留他们，但见他们手中有钱，加上半个月来，已无一人前来住店，坐吃山空，也就勉强留下他们师徒三人。安排好住宿之后，一伙计提着水壶上来，悟净抓住机会，问道：“伙计，听说你们这里闹瘟疫，是吗？”

“是啊！天道黄道今年都不好，又犯太岁，要死很多人呢！”

“要死很多人？”

“对呀，现在已经死了四百多，不知到什么时候才算完，真叫人担心啊！”

“死的人他们有什么症状？”

“又是发烧，又是上吐下泻，两三天就死了，十分凶险啊！”

“啊！原来是这样！哎，这里没有医院吗？”

“哪有医院，要上医院就得去南宁！现在，我们连县界也出不了，省那边已经派人封路了，不让我们这个县的人离开，说是防止疫症蔓延呢！”这伙计望了望悟净三人，又说，“你们要去哪里？”

“南宁!”

“南宁?”这个伙计笑了笑，“我看你们这几天什么地方也别想去了，去南宁是不可能了，已经封路了，除非你们走山路!”

这伙计说完，就离开了，临出房门时，又回头对悟净说：“师父，晚上睡觉时留点神，钱财分开放，小心被人‘打脚骨’（敲诈）。”

“什么是‘打脚骨’?”

伙计没有回答，就径自下楼离开了。

客栈的灯忽明忽暗，远处不时传来号啕大哭之声，以及抢劫的吆喝声和枪声。

“师父，”慧智说，“我们的大洋要分开放了，如果今晚有贼进来，我们就一锅熟了!”

“对。”真智说，“我们今晚要小心提防啊!”

于是他们将两百个大洋分头藏好，悟净身上只带二十个大洋，慧智、真智他们身上各带十个大洋，其余的分别藏在床下及门后，他们刚藏好，就听到客栈大门被拍得呼呼响，客栈老板急忙走去开门：“谁呀，半夜三更的!”

“我，米饭大班主!”

“大班主，半夜三更前来，有何贵干?”

“少说废话，今晚入住的三个和尚呢?”

“在二楼三号房!”

叫“米饭大班主”的人头也不回，直上二楼。

“米饭主”是广西地区专门收容饥寒交迫的贫苦群众的堂会，“米饭班主”是堂会的首领。米饭主的出现，与太平天国时的天地会有关，据记载：米饭主组织初起于南（宁）太（平）泗（城）镇（安），咸丰四、五年后，浔（州）梧（州）郁（林）平（东）皆效之。

最早出现的米饭主是1850年冬在桂西北河池的韦世尧和韦世贵，随后有1851年活跃在桂东南北流的凌二妹。当时的地主富豪在“群盗如毛”、“四境骚然”的情况下，为保身家性命，于是有些地主、土豪就打着天地会的大旗借以保其家，或浑水摸鱼。道光二十九年（1849），广西桂平，平南胡以晃“有众聚食”被称为“东道主”，直至今日，请人吃饭者皆称“东道主”。平南、桂平等地群众及胡氏后裔，仍称胡以晃为“米饭大班主”。但后来的米饭班主已是半黑社会性质的团伙首领了。

“呯呯呯……”一阵剧烈敲门声，悟净等人知道恶人来了，不得已将房门打开，只见涌进几个凶神恶煞的人，带头的一个生得腰圆背宽，酒糟鼻，一脸天花疤。

“我叫胡飞虎，是胡以晃的第五代传人，你叫我米饭大班主就可以了。”

“米饭大班主请坐!”悟净施礼道。

“不必客气了，我问你，你是从哪里来的?”

“我是从广东鼎湖山庆云寺来的，我是带发修行的和尚，叫悟净，这两位是我的徒弟慧智、真智。”

“你们要去哪里?”

“我们要去西藏大昭寺。”

“西藏?你们三人带多少钱去?”

“不多，不多，二三十个大洋吧！”

“什么？去西藏要走十万八千里，才带二三十个大洋，你骗鬼吃豆腐吗？”胡飞虎瞪大双眼，露出凶光说，“老实告诉你，我们这里闹瘟疫，死人无数，现天地会有规定：凡过境者，有钱出钱，有力出力，你的钱要全部留下，你做和尚不是要拯救万民吗？这回正好，你念一万遍佛，还顶不过你出几十个大洋的功德呢！哈哈！好吧，你有多少钱，全拿出来吧，否则，我们一旦搜出你有‘落格’，你们三个就必死无疑了！”

悟净师徒三人你望我，我望你，不知所措，最后悟净说：“你们两个将身上所有的钱都拿出来吧！”

悟净师徒将身上的三十个大洋全部拿了出来后，胡飞虎有点信不过，又问：“去西藏就带这丁点钱？”

“施主，我们出家人，一路只是化缘，不需带太多的钱……”悟净说。

“施主，留下几个大洋给我们吧！我们有时买药什么的，也要花钱的。”慧智哀求说。

“去你的！”胡飞虎骂了一句，又说，“喂，和尚，你在寺庙中，必学过医人的，是不是？”

“稍懂一二。”悟净说。

“那好，明天你不要走动，我一早派人来接你去关帝庙看看，看看那些人还有没有得医，好了，多谢了，走！”

这帮人走了之后，房内六眼三望，无言以对。良久，真智问：“师父，什么叫‘瘟疫’？”

“瘟疫？”悟净回过神来，望着两个徒弟，“瘟疫，是传染病的统称，其发病原因、发病症状多种多样。通常的瘟疫有鼠疫、霍乱、疟疾、伤寒、天花、白喉，如果这些传染病失控广泛传播，就统称瘟疫了。”

“那你看这里的瘟疫算是哪种？”真智问。

“我看，像霍乱，因染上霍乱会发热，上吐下泻，如不及时医治补液，必定中毒，虚脱而死。”

“那，有得救吗？”慧智问。

“明天看看吧！我们处于十分困难的境地，身上的钱被他们搜去了，如要买药，又必须拿钱出来，如果他们见我们有钱，就肯定会再剥我们两层皮的，明天看看再说吧！”

第二天一早，胡飞虎果真派了两个人来，带了悟净师徒三人前去关帝庙。到了关帝庙一看，吓了一跳，原来那里已经躺满了濒临死亡的人，足有一两百人。关帝庙门口有几个乡丁打扮的人在喝酒。悟净进去时，由一姓陈的绅士和当地的镇长陪同，悟净细细给病人把脉，诊断后走出庙门，对镇长和陈绅士说：“两位，可否带我去后山看看？”

“可以！”镇长以为悟净要去看风水，说不定是哪方妖孽坏了这个镇的“龙脉”。上了山，悟净心中豁然开朗，说了声：“有救了！”

跟着上山的几个人，一听悟净说有救，都忙问如何救法。

“你们各位听着，这次瘟疫是霍乱所致，只要你们按我说的去做，一周内瘟疫就能得到控制：第一，通知全镇及附近各村村民，从今日起不得饮未煮开的水；第二，已死的，将尸体加放石灰掩埋；第三，未发病的，每人每日食生蒜头一大个，分四次服；第四，你们看，满山都是半边莲、石榴树、蒲公英，你们马上派人将这些草药摘回去煎汤给病人饮，汤药中加盐、红糖和生姜，能饮多少就饮多少；第五，粪池、沟渠全部用生石灰消毒，各家各户门口每晚烧艾草一把。记住了！”

悟净一席话，有如一股春风吹遍小镇，吹遍邻近各村。两三天过去了，死的人明显减少了，到了第四天，已经再没有人死亡了。这时，镇上的人都说上天派了个活佛来救他们，一时之间客栈门庭若市，烧香还神的、送斋饭水果的、求医问卜的，络绎不断。

第五天一早，慧智和真智闲着无事，就溜出大街玩了。路上，慧智对真智说：“被他们抢去三十个大洋，我的心老是不服，我要为师父赚回来！”

“怎么赚？”真智问。

“你跟我来，准备收钱吧！”慧智偷偷一笑，做个鬼脸对真智说。

两人走到缸瓦铺，买了两只碗，又捡了三粒石子，就走到镇政府门口摆起地摊来。

“喂，想赢钱就过来看啰，眼快赢，眼慢输，喂，想赢钱就过来玩啰！”

一下子，地摊上就围了里三层外三层。慧智的玩法十分简单，只要猜中哪只碗内有石子就赢。几个兵丁在旁边看得出神，慧智有意露个破绽，使那些围观的人更相信必赢无疑。

“怎么个赌法？”有个兵丁问。

“下多少，赢多少！”慧智说，“快下注啰，快下注啰！”

“你买哪边？”慧智问。

“左手！”众人说。

“开……”慧智大叫一声，左边是空的，众人输了。

一有人开赌，地摊就热闹了，一个上午，下注者不下百人，总是输的多，赢的少。到了中午，慧智已经赢了大约三十个大洋，见好就收，说声“明天再来”就走了。

回客栈的路上，不用说这两个家伙有多高兴了，一进客栈门，只见师父愁眉不展，一人独自坐在房内发呆。

“怎么啦，师父？”

“客栈老板下逐客令了，说我们没有钱交房租，叫我们搬走！”

“这好办，我们干脆搬到镇政府住吧，镇长不是叫我们搬到他那里去吗？看得出，他还想巴结我们呢！”

“搬到那里？”悟净想了想，叹一口气，“搬就搬吧！到那边起码不用交房租。”

“师父，今天我和真智出去摆地摊赢了三十个大洋回来，交给你吧！”慧智说完就从口袋里拿钱出来。

“你去摆地摊了？”

“对呀！”

于是，慧智一五一十地将在镇政府门口摆地摊设赌局一事告诉了悟净，悟净闭目合十道：“阿弥陀佛！”

“明天吧！明天我们搬到镇政府住吧，等这瘟疫完全平息，大概还需十天时间呢！”

晚饭刚过，门口又呼呼地响起拍门声。不一会儿，又有几个人冲上二楼，为首者干瘦如柴，后面几个却生得虎背熊腰，只见他们都穿着黑衣，衣服上一排排纽扣，活像舞台上的武小生，他们师徒三人从未见过如此打扮的人。只听为首的说："我们是青帮老大派来的，这几天各位平安无事吧?"

"无事，平安!"悟净合十道。

"无事就好！说明我们保护有方，和尚你知道我们这里的规矩吗?"

"有所不知，愿听其详!"悟净说。

"告诉你吧，凡外地人到我镇的，过路要收买路钱，过夜要收看更费，吃饭要收米饭费，知道吗？你们三人已经来了五天了，每天每人一个大洋，共十五个大洋，拿来吧!"

"施主，我们刚来的第一天，胡米饭班主已经将我们的三十个大洋全要了，今天小徒千辛万苦才借来几个大洋，准备上路的……"

悟净看看几个横眉凸眼的坏家伙，知道不是好惹的，就叫慧智把钱给他们。

慧智不情愿地将赢到的钱拿出十五个大洋给了为首的大汉。这大汉细细看了看慧智，奸笑说："想不到你也是三山五岳的人呢？你以为我不认识你，你今早在镇政府门口摆地摊时我就想'抽水'了，小伙子，如果你会做人，你我都有钱赚，怎么样?"

"多谢大哥关照!"慧智爽快地说。

"哈哈，不打搅了，走!"说完，一班人就下楼了。

悟净第二天就搬到镇政府。镇长听说悟净是个晚清秀才，十分同情他们，但奈何自己没有实力，手中无兵无枪，只能任由镇上的恶势力摆布了。自从悟净来了之后，镇上的疫情一天好过一天，到了第八天晚上，镇长饭后来找悟净聊天，亦有心巴结这个广东来的活神仙。茶毕，镇长说："现在省府封死路，你们想走也难，除非……除非走山路，避过岗哨，走三五天就可到南宁了。"镇长停了停，又问，"你到南宁，有要紧事吗?"

"要紧说不上，但我要参加六公祠弘扬大法会，三月三就召开了，所以十分心急!"

"这样……过两天，我介绍一个人给你，这人挺老实的，是个耕田佬，他能带你翻过后山去南宁的。"

"多谢施主！多谢了!"

"不用谢，我多谢你还来不及呢！现在，你也看到了，天灾加人祸，我们广西的老百姓真惨啊!"镇长叹了一口气，"啊，几乎忘了，明天，你两个徒弟要到镇东边起（建）炮楼，做一天，本来你也要去的，但我多方求情，才免了要你去。"

"建炮楼?"

"对，青帮的人通知的，那还不是他们收买路钱的地方。过境的外乡人，个个都要去做一天才可以走。去搬木担沙，不要说你是外乡的，我们本乡本土的，哪个敢不去？你就想开些吧!"

悟净师徒三人住在镇政府，其实所谓的镇政府只是间祠堂，他们住在东边偏房，西边是厨房和马厩。政府养了一匹马，名义上是急时用来发信或运输的，实际上已归副镇长兼米饭班主所有。

第二天，慧智和真智从炮楼回来，叽叽咕咕不知在商量什么，悟净见状，问："你们叽咕什么?"

"师父，我们什么时候能走?"慧智问。

"我们?"悟净低声说，"明天晚上九点钟，镇长派人带我们翻过后山，避过岗哨。你们收拾好行装吧，千万别告诉别人!”

“知道了!”真智回头对慧智笑了笑，“刚好!”

悟净也没有心情问他们叽咕什么，只是闭目念经……

晚上十二点，两个徒弟偷偷地溜出房门，到西边马厩把马缰解了，悄悄地牵到镇边一个密林中，把马拴在树上，又回到房间睡觉了。第二天一早，镇政府内就炸开了锅，说马被人偷了，人声鼎沸，师徒三人都起床了，悟净出去看个究竟，只见副镇长兼米饭班主暴跳如雷，大骂看更的，看更的也被骂得一头雾水，只是说：“明天看看吧，老马识途，它自己一定会回来的，这镇上还有谁敢偷您班主的马?”

“这倒也是!”米饭班主说。

天刚黑，只见慧智和真智就跑到密林深处把马牵走，拉到青帮首领的门口，慧智一人敲门去了。真智却跑到炮楼工地上，将工地那只拉石辘的水牛偷走，拉去找胡飞虎。

只说慧智敲开青帮的大门，说有单生意关照，并把马拉来给首领看，首领看了看马，就笑着说：“小伙子，我没说错吧，你是三山五岳的人，对吧?”

“首领好眼力，以后就跟着您发财啦!”慧智说得轻松，“这马，您随便给个价吧!”

“那，就十个大洋吧!”

“多谢!”

慧智拿了钱，一溜烟就跑了。

“喂，喂，小伙子，你这匹马是哪里来的? ……你个臭小子，有了钱，老爸姓什么也不知了。”

这边的真智，也将胡飞虎的门扣开，胡飞虎正想抽口鸦片烟，忽见真智前来，便有气无力地问什么事，真智说有头牛想卖给他，胡飞虎一听就知是“老鼠货”，就笑着说：“和尚仔也学得捞偏门了。”他看了看，“倒也够肥，说，要多少钱?”

“随班主打赏吧! 十个大洋可以吧?”

“好吧，十个大洋就十个大洋吧，呵……”烟瘾发作，胡飞虎交代马弁交钱给真智就抽烟去了，只听到这个马弁大声叫：“煲水杀牛!”

这时，只见真智细声对这个马弁说：“我告诉你，你班主的马是青帮的人偷的，你不要说是我说的，好啦，我走了。”

真智和慧智刚回到镇政府的祠堂，就见师父急得满头大汗地说：“你们去了哪里，这位老兄（带路的农民）已经在这里等候你们多时了。”

三人急忙带着行李，翻过后山，向着南宁急急上路了。

才翻了两个山头就听到从镇子方向传来了激烈的枪声，真智抖抖手中的钱袋，对着慧智努了努嘴，两人都会意地笑了。

4 失而复得真智能　打倒老蒋假救人

真智和慧智听到远处镇上“呯嘭呯嘭”的枪声，都开心地笑起来，真智说：“让他们鬼打鬼吧！”

悟净在旁边听到后停下脚步，望了望两人：“是你们整他们的吗？”真智在悟净身后也站住了，对师父说：“师父，你不是说恶有恶报，善有善报吗？”悟净回过头，对真智说：“话虽这样说，但你们这样会伤及无辜的，阿弥陀佛！还不快些跟我一齐念《白衣观音大士灵感神咒》！”悟净说完，就盘膝而坐，双手合十，真智和慧智见师父有责备之意，也只得跟着悟净盘膝坐在地上，闭目齐念：

“南无大慈大悲救苦救难广大灵感观世音菩萨摩诃萨（三跪三拜）。南无佛，南无法，南无僧，南无救苦救难观世音菩萨。怛垤哆，唵。伽啰伐哆，伽啰伐哆；伽诃伐哆；啰伽伐哆，啰伽伐哆，娑婆诃。天罗神，地罗神，人离难，难离身，一切灾殃化为尘。南无摩诃般若波罗蜜。”

师徒三人念完之后，拿起行李又继续前行了。这时月亮慢慢爬上山背，路也没有那么黑了，他们离黎塘也越来越远了，心里也慢慢踏实了。路上，慧智问：“师父，什么是青帮？”

“青帮？”悟净想了一下，说，“这是一种民间的秘密团体，现在已经多少带有一种黑社会性质了，有些甚至已经成为当地的恶势力了，比如黎塘这地方的青帮就是这样。”

“那，他们是什么时候出现的，怎么发展到广东、广西到处都有青帮？”

“你知道广东也有青帮？”

“知道，早就听说过了。”

“青帮，”悟净说，“也就是庆帮，是由潘庆其人根据哥老会的组织形式所创立的，其源流半出洪门，因此青帮是天地会洪门的支派，建于大约19世纪60年代吧，所有的青帮秘籍‘通草’中，都毫无例外地称他们是翁、钱、潘三人在清朝康熙年间创立的，还说他们三人领帮匡漕。还说，这三人的师父姓陆，陆的师父就是罗祖教的创教祖师罗祖。而罗祖是白莲教的信徒，因此青帮属于白莲教系统。”

“师父，什么是匡漕？”真智问。

“匡，是维护、兴起之意，漕指漕运。清朝康熙年间，在运河至京城的粮船水手，他们从事的工作是漕运，故成粮帮，由于他们信奉罗教，而罗清是教主，所以粮帮又叫清帮，而清帮后来又变成青帮，可能是相对洪门而改的吧，反正他们有些人自称青皮，以后就干脆叫青帮了。”

“我在上海时，听人说青帮是由庆帮转音而来的，庆帮就是安庆帮，是这样的吗？”真智问。

“听是听说过，有人说他们的禅祖名安清，又有人说是乾隆皇帝改安庆帮为安清帮的。这些源远流长的事，等你们长大了以后再慢慢研究吧！”悟净笑笑说。

师徒们一边走一边聊天，不知不觉已经穿过山林，来到小路。带路的老农说：“你们向前一直走，就到南宁了，前边没有什么岗哨了，我回去了！”

“多谢施主，多谢施主。”

老农走后，他们三人在乡间小路又海阔天空地聊起来，不觉天边已出现一片鱼肚白，附近的村落也已炊烟升起，晨鸡争鸣。早晨，乡间大雾茫茫，师徒三人行了一夜，口干舌燥，身子极累，衣服也被雾气浸润了，慧智说：“师父，前边有户人家，我们不如前去讨碗水喝，休息一下，你看好吗？”

悟净抬头一看，见前边五十米左右有一户人家，窗户亮着灯光，主人家大概已经起床了，于是就说：“好吧！我们前去吧！”

“慢！”真智说，“我们一早闯入别人家，不知这家人是好是坏，如遇到坏人，什么米饭班主之流，我们又要吃亏了！我们不如先将大洋埋在树头下再进人家门，你说好吗？”

“好！真智说得对！”悟净说。

只见真智、慧智两人快手快脚，将一袋大洋埋在蕉树下，拍拍手中的泥土才走到这户人家的门口。

“开门，开门，施主请开门，施主请开门！”悟净软声细语地说。

“谁呀？”里面传来人声，一会儿，只见一个三十多岁的男人出来开门。

“你们是……”

“我们是广东肇庆庆云寺的和尚，我叫悟净，是带发修行的和尚，这两个是我的徒弟！我们想到贵宅讨碗水喝，休息一会儿！”

“啊，你们是广东来的！欢迎欢迎呀！”这男人十分热情地招呼他们三人入屋，才坐定，主人就说：“我一早就打了个喷嚏，知是有贵人前来了，果然灵验。你们是广东来的，好呀好呀，两广两广，本来就是兄弟，兄弟之间往来无须客气，随便坐！随便坐！我马上烧些开水，给你们煮几个番薯，你们等一阵就有得吃了。”

主人的热情劲，使悟净大出意外，真是出门遇贵人了。慧智细细看着这个三十多岁的男人，只见他生得尖嘴猴腮，不像老实之人，但一想，反正自己的大洋已经埋好了，就算他是贼也奈何不了我们的。想着想着，师徒三人竟在凳子上睡着了。

不知过了多少时间，听到主人叫唤：“喂，几位师父，起来吃白粥番薯啰，趁热呢！”

三人睁开睡眼，只见主人已经将白粥和熟番薯端上来了，主人热情有加，师徒也就不客气了，狼吞虎咽一顿，肚子也不叫了。悟净吃完，问：“施主，哪里有茅厕？”

“在屋后边！”主人说完用手一指，“我带你去吧！”

“有劳施主了！”

悟净净手毕，站在茅厕旁往远处望去，只见前边有条河，河的左侧有条路，这条路就是通向南宁的了，但路旁好像有间竹寮，如果是一间哨岗或是当地土豪劣绅所设的专“打脚骨”（收买路钱）的关卡，那就麻烦了。悟净又回到屋里，只见真智、慧智两人像死猪一样睡得正香，也就不打搅他们了，就对主人说：“我们在这里休息一会儿，我们走了一个晚上，实在也困极了！”

“随便，随便！”

当他们师徒睡醒时，已经过了午时了。悟净睁大眼一看，主人不知去了哪里，就说："喂，你们两个马上将大洋取出来，我们上路了！"

徒弟二人走到蕉树下，挖开浮泥一看，立刻傻了眼，大洋全部不见了。

"师父，师父，大洋不见了！全不见了！"

"什么？"悟净大吃一惊，"不会吧！"

"全不见了！"

"这就奇了！"悟净跟着他们走到蕉树下，只见洞穴内空空如也，什么也没有了。

"这就奇了，我们埋大洋时，周围并无一人，怎么会不见的呢？"悟净自言自语。

"都是你出的馊主意，如果不是你说埋在蕉树下，大洋就不会不见。"慧智对着真智说。

"我怎么啦？"真智反驳道，"难道我的主意有错吗？如果我们入屋遇到坏人，不是送羊入虎口？"

"你们不要吵了……啊，我明白了！"悟净用手一指窗口，"我们埋大洋的时候，这个窗户正对着我们，当时窗口已有灯光，证明主人已经起床，不用审了，就是他拿走了！"

"我们去找他要回来！"慧智说。

"不行啊！我们当时都睡着了，又没有人见他拿走，又怎好说是他拿去了呢，就算真是他偷了，他不认账，我们也奈何他不得。"悟净说。

师徒三人一下子陷入了沉思，不一会儿真智说："我有办法叫他自觉拿出来！"说完就与他们耳语一番。

过了不久，主人回来了，只见他拿了壶酒和一袋花生米来，兴冲冲地对悟净说："师父，来，喝两杯再上路吧，喝了就不会累了！"

"施主，真是麻烦你了！"悟净合十道，"我昨晚大概外感风寒，现在头昏脑涨，还有些发热，看来我们走不了了，今晚要在这里过夜了！"

"好呀好呀！难得师父这样赏面！"

"不过，我这里有四百个大洋，放在身边不放心，怕被人偷去抢去什么的！"说完，将一个布袋在主人面前扬了扬。

"是呀是呀！你要自己收藏好呀！"

"不瞒施主，我们已经埋了两百个大洋了，一会儿我们再埋四百个大洋，请施主暂避一下，可好？"

"好，好，我不看你埋在哪里就成了，等一会我走开，你们自己埋吧！"主人说，"你们准备埋在原来的地方吗？"

"正是！"

"那，我现在就走开！"

"不，我们到天黑以后才埋，现在我们到周围走一圈。"

"那好，你们自己在周围走走吧！"主人说。

于是悟净就带着两个徒弟走到远处的山林看风景去了。快天黑了，他们又回到屋里，主人已经煮好盐水芋头和白粥，师徒们吃完后就对主人说：

"施主，我这里有一个大洋，麻烦你到街上替我们买些毛巾和香皂回来好吗？"

“好，好，应该的，应该的！”主人拿了大洋就高兴地走了。

主人走后，师徒三人马上到蕉树下，挖开一看，见两百个大洋又重新埋在洞穴里，他们匆忙拿了钱袋出来，打开看了看，一个不少，就马上绑上袋口，说了声：“走！”就离开了。

他们走到河边，才喘喘气，悟净赞道：“还是真智有计谋！”

悟净说完，就坐在河边，望望对岸的竹寮，对两个徒弟说：“对面竹寮，如果是政府军，我们就亮出底牌，说我们是64军军部的，如果是黑社会或当地土豪所设的，他们要多少买路钱，我们只好照办就是了，免得因小失大了！”

“师父，我们怎么过河？”

“桥在山那边，太远了，我们不如蹚水过去吧！不会很深的！”悟净说，“你们会游泳吗？”

“我不会！”慧智说。

“我会一点，但游不远！”真智说，“师父你呢？”

“我百分之九十九会，百分之百不会！”悟净开玩笑说。

“那是会还是不会？”两徒弟问。

“我呀，拼命加搏命可以游二十米！”悟净说。

“啊……”两个徒弟同时笑了。

“不怕，估计水不深，我先走，你们跟着我过去！”

悟净说完，就下水了，两个徒弟胆战心惊地跟在后边走，突然对岸有人打着手电筒照过来：“喂，你们是干什么的？喂，你们是哪里的？喂，不说话就开枪啦！”对岸当兵的才喊完，就响起了拉枪栓的声音。慧智心慌，一下子失去了平衡，“扑通”一声就掉到河里。

“救命呀，救命呀，有人掉落河啦！”悟净高声喊道。

对岸当兵的听到有人叫救命，从里边走出一个当官模样的，他望了望笑着说：“让他慢慢喝吧……”

悟净急了，他又不大会游泳，更不会救人，突然他大声叫：“慧智，快喊打倒蒋介石，快喊！”

慧智挣扎着，大叫：“打倒蒋介石！打倒蒋介石！”真智和悟净同时在水中叫“打倒蒋介石”，岸上那个当官的一听落水人在喊“打倒蒋介石”，这还了得？他马上说：“他们够胆叫打倒蒋委员长？真是‘寿星公吊颈——嫌命长’了！一班长，马上派人把他们抓起来！”

几个当兵的一窝蜂地下到河里，将他们师徒三人全抓起来，拉入竹寮里。慧智喝了一肚子水，在凳上不断地吐黄水，那个当官的走进来，望了望慧智，骂道：“你刚才骂什么？”

“我，我，我刚才说打救奖个仙，打救奖个仙（一角）。”慧智急中生智地用当地土话说。

“对，对，我们刚才喊打救奖个仙，你们就下来了！”

“啊，原来这样，他妈的我以为你们叫……哎，你不是叶军医吗？”

“哎，你不是排长吗?”

“对呀，我就是前边那哨卡的排长呀！叶军医，你们这么晚要去哪里?”

“找你呀!”悟净急人也有急计，望着排长认真地说。

“找我?”排长莫名其妙地问。

“对呀，上次你帮了我大忙，我还未问你高姓大名，是第几师第几团的……”悟净说，“我到了南宁怎么向我叔反映，所以又回头找你，不想迷路了。”

“鄙人叫曾志辉，是广东罗定人，现任第一师第三团第三营第一连第二排排长，请叶军医多多关照。”曾志辉一个立正，“难得叶军医这样仁厚博爱，记住兄弟，我不胜感激!”他说完，一边递烟一边叫手下：“快给叶军医倒茶来，大头六，拿些禾秆草来，给叶军医他们烘烘火，暖暖身子!”

慧智烘干了身子，神也回过来了，但他始终不明白自己叫救命却没有人救他，师父叫打倒蒋介石，当兵的就来救他了。以后，遇到危险时可能也要像师父一样大叫打倒蒋介石才有人来救呢!

“蒋介石是谁?”慧智问真智。

“不知道。”真智说。

悟净一边喝茶，一边作关怀状：“刚才几位兄弟下水救人，说明曾排长你带兵有方，我到南宁后，要将这事如实向我叔父反映，现在你们先拿两个大洋前去买酒喝，暖暖身子!”悟净说完，拿出两个大洋，递给曾排长。曾排长眉开眼笑，接过大洋，说：“还不多谢叶军医!”

“多谢叶军医!”下水的几个士兵高兴地说。

“这五个大洋是给你的，拿去买包烟抽吧!”

悟净又拿出五个大洋，递给曾排长，曾排长双眼眯得只剩一条线，高兴得咧开大嘴，“破费了，破费了，要叶军医破费，真过意不去!”曾排长接过五个大洋后，又说，“不瞒叶兄，我们半年都没有发军饷了!”

“这个我同你一样，你要骂就骂蒋光头，谁叫我们是杂牌军!”悟净说完，又问，“这里有电话打吗?我想打个电话给军部找我叔父!”

“你等等，你等等!”曾排长殷勤地说，“大头六，你给我摇通军部叶军长的电话!”

大约过了二十分钟，电话真的叫大头六摇通了，悟净接过电话：

“喂，我找叶绍军长……叔父，是我呀，我是树榕呀……你们都好吗……我明天就离开这里，大概两天就到南宁了……知道了，不用派军车了，我们要自己走来，否则佛祖会不高兴的，这里的曾志辉排长帮了大忙，你要提拔他，他刚才救了我们一命……什么……曾排长，我叔父叫你听电话。”

悟净将电话递给曾排长，排长一个立正：“报告叶军长，我是曾志辉，是第一师第三团……多谢军长栽培，我以后一定肝脑涂地为军长效命!”

曾排长放下电话，那高兴劲就不用说了，他大声地对悟净和手下的人说：“今晚，叶军长升我做连长了！我升官了，各位兄弟，今晚我请客!”

第二天一早，曾连长执意要派卫兵护送他们三人去南宁，悟净却笑了笑说：“多谢了，从这里去南宁，已经不远了，相信再没有坏人出没了，你以为这里是野猪林吗？如果是，你派鲁智深来也不顶用！”

曾连长见悟净如是说，只得说：“后会有期！”就径自到连部报到了。

悟净想错了，南宁近郊的土豪劣绅和土匪，并没有比沿路的少，反而更隐蔽、更凶残，势力更大。当他们走到离南宁尚有五十公里左右的时候，正是中午时分，路边竹树林旁有一茅寮，门前挂着一个招牌，只见上面写着：茶解渴，酒舒筋，饍养颜，饭养命。

悟净看了看，细细品味这几个字。真智望了望招牌，对悟净说：

“师父，我们进去吃碗饭再走吧，我饿了！”

“好吧！”

于是师徒三人就走进这间茅寮，茅寮内放着四张桌子，一伙计见有人进来，就马上大声喊：“有贵客到！”师徒三人刚坐下，伙计就忙着抹台，并问：“不知几位师父是要吃饭还是要酒喝？”

“我们是出家人，我是广东肇庆庆云寺的带发修行的和尚，他们是我的徒弟，我们只要炒三碟斋粉就可以了。”

“啊！你们是从广东来的？真是贵客啊！来来，我帮你们将行李放好，你们慢慢吃！”

这个伙计一边说一边去拿悟净的行李，悟净手快，马上制止了他，说：“不敢劳烦施主了！”这伙计悻悻然走到里边，与站在厨房门口的伙计打了个眼色，这伙计大概明白了什么暗示，一转身就回厨房了。不一会儿，只见这个伙计拿了一壶茶出来：“师父，请饮茶，这是西山有名的青茶，味香浓郁，不是贵客我们是不会拿出来的，请品尝！”说完，就放下茶壶，退回厨房门口，站着看着他们三人。真智口干，拿起茶壶先给师父倒了一杯，自己又倒了一杯，再给慧智又倒了一杯。悟净看得清楚：这茶色浊，气味有异感，不妥，这茶水可能放了蒙汗药。

悟净在庆云寺时，曾多次听到净空法师说过蒙汗药。蒙汗药在历史上有多种不同的说法，而配制的主料亦有不同，一说以草乌末为主药，《齐东野语》中记载：“草乌末同一草食之即死，三日后活。”经现代化学分析，草乌含有乌头碱，它对人体神经有先兴奋后麻痹的作用。另一种说法，蒙汗药的主药为曼陀罗花，曼陀罗花是一种一年生的有毒草本，夏秋开花，花冠呈漏斗状，曼陀罗花又叫风茄花、洋金花、山茄花，宋人周去非《岭外代答》中说：“广西曼陀罗花遍生原野，大叶白花，结实如茄子，而遍生山刺，乃药人草也。盗贼采干而末之，以置饮食，使人闷醉，则挈箧而趋。”广西盗贼由于原材料易得，多以曼陀罗花为主药制成蒙汗药。

悟净忙制止真智饮茶，但真智咕噜几下就喝完一杯了，悟净说：“慧智、真智，你们都不要喝了，我们走吧！”说完就叫伙计买单，伙计说：“你们不吃炒粉啦？”悟净说：“时间来不及了，炒粉钱我们照付，多少钱？”

“三个仙吧！”

“好，给你三个仙！”悟净还未拿出钱来，真智已经倒地了。这时只见里面出来五六个包了黑头巾的大汉，悟净一看：“不好，来了游勇！”

20世纪初，在广西、贵州和云南三省的边界地区，出现了一种奇特的武装力量，他们出没无常，去驻不定，时而露面，时而隐匿，举止神秘。老百姓都称其为“游勇”。他们与当时的其他群众武装力量相比，更具有显著的特色：他们剃半头，壮语叫“走雍”，蓬头卷发，再包一长黑巾，头巾两端绣有色线狗牙，裹在额头作重叠的人字，两边垂在左右胸前，额上的头巾勒住眉角，使眼角上竖，上身穿黑布对襟密银扣的短衣，但敞怀不扣，下着黑布裹脚长裤，脚穿绿羊皮单梁莺哥黑布扣鞋，腰间系条长银链，上佩七寸龙州短刀或手枪。

这五六个大汉中，为首一个奸笑一声：“留下买路钱！你们是跑不掉的！”

听这大汉说话，知是土帮。游勇分为各种帮派，凡操纯正粤语的，叫广帮；操带有乡下话的叫土帮；而操其他语言的，叫客帮。游勇经常进行的活动是“入湾”（拉人入伙）和拜台（入伙的洗礼仪式），拜台多半在三更半夜，在城郊僻静空旷处秘密进行，亦有明目张胆者。游勇经常袭击官军，劫富济贫，亦有打家劫舍、杀人越货者。他们绝大部分是广西失业农民、工人。太平天国失败后，一些农民武装依然活跃在左右江一带。中法战争打响后，冯子材等爱国将领为扩充兵力，将他们编入清军，战争的结局是不败而败，他们也被遣散，生活无着落，只能抱成一团，利用手中武器分赴各地，成为游勇。

“和尚你真聪明，我们的蒙汗药也被你识破，你知道你今天的结果吗？”

“愿听其详！”悟净说。

“你既然识破我法，就只有两条路：一是入湾，一是死。你自选一条吧！”

5 散兵游勇走正道　露水鸳鸯假洞房

茶寮内外都站满了人，一半是游勇，一半是当地的村民，这时，整个茶寮的气氛一下子全凝固了，他们都以惊异的眼光望着悟净。这时的悟净不知为何，情绪一下子竟变得异常平静，只见他双手合十，和声细语地对为首的游勇说："未请教这位施主高姓大名？"

"我姓张，名得财，我行不改名，坐不改姓，怎样？想告发我？"

"张大侠，我是出家人，已经皈依佛门，所以，不可能再加入贵堂贵会的了，这点相信你应该清楚，所以我只有一条路可走，就是死！"

张得财万万想不到悟净竟然选择死，他走到悟净面前，看了又看，又走到他的身后，上看下看："毛和尚，我佩服你的勇气和胆色，但是不要以为你选择死，我就不敢杀你。我这把刀不知杀过多少贪官污吏，奸夫淫妇，市井无赖。这样吧！我给你一次机会，我写两张纸，一张纸写有'死'字，另一张纸写有'生'字，如果你抓到'生'字，任你远去；如果你抓到'死'字，我也不杀你，只要你留下做我的军师即可，如何？"

"可以！那你肯定是写一张'生'、一张'死'了？"

"肯定！"张得财说，"如有假，我先死！"

"那好，你写吧，我执筹！"悟净说。

只见张得财打了个眼色，一个喽啰马上进去写了两张纸出来，并揉成一团，张得财左右手各执一纸团，说："来吧！要哪只手的纸？"

"左手！"悟净说。

张得财将纸团交给悟净，正欲哈哈大笑，突然见悟净迅速将纸团送入口中，吞了！

"打开你的右手吧！"悟净十分冷静地说。

张得财万万没有想到悟净将纸团送入口中。

"你，你，你为什么要将纸团吞下肚里？"

"反正一样！你不是说你不会作假的吗，如有作假你先死，所以你打开你的右手，如果是死字，那我就是生字了。如果是生字，我就只好认赌服输，去死就是了。"

这时围观的人一齐起哄："开吧！开吧！看看这个和尚是生是死！"众人正吵得开了锅，只见张得财突然"扑通"一声跪在悟净面前。

"师父，你就留下做我们的军师吧，昨晚我得到报梦，说今日有一得道高人路过此地，他必能成为我山寨的军师，带我们一起打天下，一起发财。刚才伙计一叫'贵客到'，我们就知你是上天派来帮助我们的，刚才开纸团一刹那，我更觉师父才智惊人，举世无双，必能成为我们的张良、刘伯温！师父，我求求你了，留下来吧，救救我们山寨吧！"

张得财说完，竟叩头不已，长跪不起。悟净忙念阿弥陀佛扶起张得财，张得财就是不起，还对手下说："你们这些饭桶还不快些跪下，求军师留下来！"

一下子，十多个游勇一齐跪下，这下子竟让悟净六神无主，这时一股清香从悟净身边飘过，一个银铃般的清脆的声音在悟净耳边响起：“师父，请受小女子张玉娇一拜！”

悟净连忙回头，只见一个十七八岁的姑娘跪在面前，这该如何是好？悟净正不知所措，张玉娇又说：“师父，不如先到敝寨小坐，了解了解我们的情况，再谈留下一事，你看如何？”

这是一个让大家都可以下台阶的话，事已至此，悟净只得说：“那，好吧，先到贵山寨看看，再作决定吧！”

山寨离茶寮后山约三公里，寨门为一山坳口，在坳口的正中建起一排木栅栏，木栅栏前边有一条天然的河流，河流上搭了一座吊桥，在山坳口的两边，摆了十多支乌铳，周围还放满了礌石滚木。木栅栏正中的后边一百米左右，有一支杏黄旗，旗上写着：天父神佑。杏黄旗的后边是一间大茅寮，这就是山寨的议事厅或聚义堂之类的建筑了。

张得财兴高采烈地引了悟净师徒三人入了山寨，在聚义堂坐下，手下喽啰忙着斟茶递水，玉娇更是亲手给悟净递过茶杯。悟净抬头一看，只见玉娇头发乌黑油亮，梳了一条大松辫，辫尾到腰，丰满的身材，明亮的大眼睛，透出一种少女特有的迷人的秀气，又有山野田间长大的那种大方得体、不受约束的野气。

“多谢玉娇姑娘。”悟净忙接过茶杯，刚好碰到她的玉指。

“师父，怎么你的手这么冰凉？”玉娇问。

“我，我……”悟净心里不停地念，“戒妄言，戒妄为，戒妄思……”

“哈哈哈哈……”张得财大笑起来，因他见悟净脸上由红变白，冷汗直冒，低下头不敢正视玉娇，“玉娇，你去通知厨房，今晚上几个素菜，要上等的！”

“师父，我给你做个面筋炆竹笋，白果莲子蘑菇汤，再来一个韭王炒笋尖，你看如何？”

“好，姑娘请随便。”悟净一边用毛巾擦去额头的汗一边说。

慧智和真智也站起来，嚷着要跟玉娇姐到厨房去，他们三个一齐出了大堂，只见张得财说：“还未请教师父法号？”

“在下悟净！”悟净说，“俗名树榕，姓叶。”

“啊，悟净师父，原来真是你呀！几天前，我已经听到有个活佛来到黎塘拯救万民了，你到黎塘后瘟疫也被你赶跑了，快死的也医活了，想不到今天我山寨竟请到你这个活佛，真是我山寨的造化啊！”张得财对悟净的敬仰之情溢于言表。看得出，张得财是求贤若渴的人，不只是说说而已，而是日思夜想，故而成梦的。要是其他人，能梦到军师之类的吗？

“张大侠，你的山寨现在可好？”

“悟净大师，山寨哪能说好啊，好，我们兄弟的家属就不至于饿死了。前年大旱，今年估计又大旱，田地颗粒无收，捐税又未减分厘，你叫我们怎么活下去啊？我们不能总靠偷靠抢，靠打靠杀啊，我们只求有工做，有饭吃，有田耕，就满足了。前年，我们从田阳搬到这里，因田阳前年闹大旱，没想到搬到这里后，去年这里也闹大旱。前年我们土帮尚有四百多人，去年被饿死、打死的就去了一百多。我弟弟张得贵在贵州边境那里更惨，死剩百余人了。今年，到现在还未下过一场透雨，番薯、木薯、竹笋、八角、油甘子、山鸡、野兔、四脚蛇、蛤蟆，总之能吃的都被我们吃光了，兄弟们真的没有办法，才在路边开了间茶寮，学着孙二娘的勾当，做起人肉买卖来。大师，我们苦呀！”

悟净细细听完了他的话之后，旁边的大喽啰也叫苦连天。

“那你叫我怎么帮你们呢？做你的军师？行军布阵我可不懂，打仗更是外行，我如何做得你们的军师？”

“大师你太谦虚了，只要你能指一条生路给我们走，我们就心满意足了。”

“这样……”悟净顿了顿，若有所思地说：“张大侠，现在外面的世界一日千里，发展很快，飞机大炮、电话电灯电报全有了，你们在这里做些人不人、鬼不鬼的勾当不是万全之策啊！”

“这个我们又何尝不知？但我们又没有第二条路好走，你叫我们在这里等死不成？”

正说着，玉娇和几个小喽啰及慧智、真智他们回来了，每人手里都拿着菜和煮熟的番薯、芋头。

“吃饭啰，一边吃一边倾（谈）啰！”玉娇一边说，一边笑眯眯地望着悟净。

“好好，大家坐过来，一边吃一边聊吧！”张得财说。

山寨里，层次等级分明，一些小喽啰自是出去啃熟番薯，这里的菜就没有份了。张得财他们拿起筷子，一边夹菜一边聊天。

“大师，好在你们是吃斋的，如果吃肉，我真不知道到哪里去找呢！”张得财说。

“悟净大师，吃些菜吧！”玉娇一边说一边拿汤勺给悟净装了满满一碗。

“张大侠，民以食为天，你如果要我替你拿主意，指给你一条生路，我想生路就是必须解决三百多兄弟的吃饭问题，这个问题解决了，其他就好办了。”悟净放下筷子，慢慢地说，“吃饭问题，可以从两个方面解决：一是自救。你看你们这里有那么多兄弟及家属，他们都是青壮年，是上好的劳动力。你们这里有河水，有山冈，有了水，你们可以请人规划一下，挖些水沟，种些水稻，岗地可以种些板栗、木薯、水果、菠萝之类，这样起码不至于饿死，有了水稻就有饭吃，有木薯就可以养猪，有水果就可以拿到市场去卖……”

众人都听得津津有味，这时一个大喽啰说：“大师，要做这些工作，不是不可能，只是我们广西人穷水瘦，连只牛也买不起，你想想，养猪要买猪苗，种水稻要谷种，就是种板栗也要买树苗。”

“买一头牛大约要多少钱？”

“好一点的大约要十个大洋！”

“小猪苗呢？”

“如果三十斤重的大概要一个大洋！”

“嗯，我知道了。”悟净停了一下，“第二个解决的办法，就是派人去城市打工，有了工钱就可以渡过这段青黄不接的饥荒日子了。”

“唉，现在生意难做，又兵荒马乱的，还有谁来请帮工？”张得财说。

“既然这样，我就留下来帮你们两三天，我一定要在三月三之前赶到南宁。”悟净胸有成竹地说，“明天，我带一批人上山，给你们规划开沟渠的工程，张大侠你带一批人下山去买两头牛及相关的农具、谷种、树苗、猪苗回来……”

“等等，等等！”张得财说，“我们现在已经是‘伯父老婆——伯母（百无）’了，何来这么多钱？”

“我这里有，我给你八十个大洋！”

“哗！”众人齐声惊呼。

“你拿四十个大洋买两头牛及农具，二十个大洋买我刚才说的，留下二十个大洋备用！”悟净说完，真的从布袋里拿出八十个大洋递给张得财，张得财马上跪在地上：“多谢大师救命之恩！”

众人也一齐跪下。慧智在旁边看了看，有点心痛地说：“你们要省着用啊！这是我师父的老婆本呢！”他说完又望了玉娇一眼。

“胡说！”悟净骂道，“出家人何来老婆本？”

“那你还俗不就有了吗？”张得财说。

“至于第二步，我到南宁再给你们想办法，我叔父是 64 军军长，相信他是会帮忙的！”

“哇！”众人叫了出来，“原来你叔父是军长呀！”

“等一会儿我写封信给你，你带着它去广州找我弟，他可是个蒸酒专家，还发明了很多设备呢！你去他那里领一套蒸酒设备回来蒸酒吧！”

晚上，张得财与悟净又在彻夜长谈，松枝的火总带着浓烟，茅寮内到处烟雾弥漫，熏得悟净双眼直流泪。

“你这次真的要云游很远吗？”

“是呀，我要去到西藏朝圣呀，我师父说读万卷书，走万里路，趁现在年轻，多增长点见识！”

“过几天，我带几个手下，抬你去西藏，这样你就不用走得这么辛苦了，我还准备叫玉娇陪你一齐去，让她也增长增长见识……”

“使不得，使不得！”悟净又摇头又摆手地说，“我们出家人，讲的是苦修行，不能坐车，更不能叫人抬的，至于煮饭这也不必，我们每到一处就化缘到一处，无须煮饭，洗衣服嘛更是小事一桩，不敢劳烦。何况出家人带着女子上路，成何体统？”

“那……”张得财挠了挠脑袋，“难道玉娇真的没有这个缘分？”

“张大侠，你说到哪里去了？”悟净说，“出家人六根清净。”

“悟净大师，你也不要太古板了！”张大侠说，“你又没有剃光头，明天换上套西装，那不又是一个大少爷了？”

“罪过，罪过，我罪孽深重，现在不宜谈情说爱！”

“现在不宜，那将来总可以了吧？”

“使不得，使不得！”悟净说。

“悟净大师！”张大侠发怒了，站起来“嗖”的一声从靴里抽出一把匕首，当的一声扔到台面上，说，“你看不起我们父女，你看不起我们穷人是不是！说！”

“张大侠！”

悟净正想解释，玉娇从外边进来了，她躲在门外，悟净与父亲的谈话她全听到了，心里有说不出的滋味。张得财见玉娇进来就高兴地对玉娇说：“你来得正好，你劝劝他，叫他不要太死心眼，佛是一回事，人是一回事，总不能信了佛就什么都不要了。”

“爸，你说什么嘛！”玉娇望着悟净，听见“呯”的一声，她老爸顺手将门锁死了，悟净是出不去了。

张得财走后，玉娇一把拉住悟净的手，两人一齐坐在床边。一阵沉默……

“悟净大师，我叫你树榕哥吧，可以吗？”玉娇说。

“随便叫吧！”悟净六神无主地说。

玉娇轻依在悟净身旁，叹息了一句：“树榕哥，我出身贫寒，想跟你去游历，增长见识，刚才我爸一时火起，他一辈子都被人看不起，他以为你也是这样的人，你不要怪他！”

“玉娇，我哪里是这个意思啊！什么贫贱富贵，我完全没有这个想法，不过我是出家人，既然皈依佛门，就要自觉遵守佛门规矩。”

玉娇又靠近悟净一点，用手指轻摸着悟净的手，悟净想缩开，但已被玉娇抓住了，只听她说道：

“树榕哥，我第一眼见到你就喜欢你了。”玉娇说，“我就对阿爸说我们不能杀你，阿爸在茶寮后边看到你也十分喜欢，说你将来必是大富大贵的人，那时我们根本不知你家这么有钱，所以，我根本不是喜欢你的钱，而是喜欢你这个人！”

悟净心里一阵冷一阵热，不知说什么才好。只听玉娇又说：

“树榕哥，我们广西妹子是出了名大胆的，只要是自己喜欢的，就直说，不懂得拐弯抹角。人要面，树要皮，我阿爸既然已经开口了，我又已经向你表白了，如果你还拒绝，你叫我们怎么办？不是伤透了我爸和我的心吗？”玉娇句句真言。

这句话，有如重磅炸弹，把悟净炸懵了。

“婚姻大事，总得要让家里知道，这样好不好，你明天对你阿爸说，就说我答应了，但要回家告诉家中父亲，再由父亲派人前来提亲，再明媒正娶，这样说可以吗？”悟净灵机一动地说。

玉娇一听，心里自然十分高兴，但一想会不会树榕又使计谋，先放他下山呢？于是她问：“树榕哥，这是你的真心话？”

“是，是真心话！如果老父无意见，我就……娶你吧！”

“树榕哥……”玉娇一把抱住悟净，丰满的胸脯压在悟净身上……

第三天早上，悟净带张得财、玉娇到大路的那边采摘酒饼树叶，因蒸酒要发酵，发酵就必须有酒饼树叶，采摘回来后混合米糠、米粉和一些麦曲种，加入适量的水，放在灶头上三五天就可以拿来用了。

今天，张得财十分高兴，因知悟净已经与玉娇有了不少交流。

他们过了大路，只见前面尘土飞扬，一班兵卒在修路架桥，说是在搞什么军用公路。悟净好奇，抬头望了良久，忽见曾志辉连长站在军车上指手画脚，悟净走过去同他打招呼。

“喂，曾连长，是你呀！”

“啊，原来是你呀，叶军医!”

曾连长忙从军车上跳下来，用手中的鞭顶了顶大盖帽，热情地递过香烟给悟净，悟净指指后边的张得财：“我少抽，你给他们吧!”

玉娇奇怪地望着悟净，心想：“原来，他是军医，还骗我是带发修行的和尚，我等一会要修理他!”

“你怎么带兵来修路?”

“我已经调到工兵连当连长了!”曾连长美美地一笑，“还得多谢叶军医的关照呢!”他说，“如果不是你在军长面前美言，我可能一辈子也当不了连长呢！你是我的大恩人啊!”

“哎，不用总挂在嘴边了，这些小事，何足挂齿，这是你的造化！喂，你修这路干什么?”

“军用公路呀，以后打仗时炮车、坦克都可以通行了。唉，上头又不多派些人来，做什么事都靠我这个连，真够苦的!”

“那为什么不交给地方上做呢？地方出民工，由你们来监工，这样不是快多了?”

“好哇！这是个好主意，就不知到哪里找这样的施工队?”

“哎，远在天边，近在眼前，我就是施工队的老板，这个也是老板，叫张得财……”

“啊，啊……明白了，明白了，叶军医，那你马上给你叔打个电话吧！我真是活受罪，兄弟们也真是累死了。”曾连长大叫，“大头六，快帮我接通军部的电话!”

大约等了二十分钟，电话接通了，悟净同叔父谈了很长时间才放下电话。走到曾连长身边，说：“从明天开始，这地段就交给张老板做了。你先带人到前边的路段规划好，等他们做好这段后，再带他们到前段去，记住不要克扣人家的工钱，否则我不放过你!”

“哪能呢!”曾连长笑着说，“克扣别人也不敢克扣你朋友的施工队，我也没有这个胆，放心好了!”

玉娇在旁边看到这个曾连长在悟净面前如此听话，这时才知道悟净神通广大。她正想着什么，曾连长拿出两百个大洋给悟净：“这是预付的工钱，做完再一起计数，我是不会叫你吃亏的，以后还望你多多关照呢!”

第四天一早，悟净执意要下山。张得财这班游勇的生活也全安排好了，悟净的心事也算了了。送行的人足有几百人，有些人说他是活佛，有些人说他是神仙，有些人说他是大恩人，他们一直送悟净到大路的工地上，玉娇始终牵着树榕的手，红着双眼问：“你什么时候回来?”

“快则两年，慢则四五年!”悟净说，“路途遥远，又艰难险阻，我也说不准!”

“能不去吗?”玉娇问。

“这是我的心愿，我一定要了却这个心愿，否则死不瞑目!”

“你要经过很多地方吗?”

“是呀，一般有大寺古刹的，我都想去，去南宁参加完弘法大会后就直接上田阳，过贵州，出汉中，到陕北，再去甘肃、青海、西藏。”

“树榕哥……”玉娇哭了，“我跟你去，你就让我跟你去吧！我懂功夫，又会打枪，你一个人去我不放心。”

“不行啊！出家人不能带女子同行啊，否则人家就说我是花和尚了！你回去吧，我每到一个地方，就给你写信。这总可以了吧？你帮你阿爸管好施工队，以后不用愁两餐了，田要耕好，地要种好，猪要养好，酒要蒸好，听说现在国共在打仗，有钱也没用，最重要的是有吃的，记住了！”

“如果我收不到你的来信，我就去找你！”玉娇哭着说。

“你疯了！”悟净拿出手帕，递给玉娇，“快抹干眼泪，这么多人，多难看。”

悟净三人走远了，不知怎的，张得财这个铮铮铁汉竟然潸然泪下，泣不成声。

6 铁心西行还俗去　悬壶济世别南宁

南宁，终于到了。

南宁，是广西省会，唐朝时称邕州，自古以来就是南来北往的著名商埠，它西达安南，东到梧州，北去百色，南至钦州，一河（邕江）绕城过，万树抱千楼，整座城市环抱在婆娑绿树之中。旧时的南宁，市容不整，楼房低矮，像样的马路只有两三条，其大小与广东汕头不相上下。市内通白话（粤语），粤曲大戏大行其道，大街小巷亦不时有人哼着粤曲小调的。广西的土特产如三花酒、纸包鸡、桂林米粉、跌打酒随处可买，沙田柚、马蹄、荔枝、龙眼、大树菠萝、芒果、木瓜等水果更是充塞街头巷尾。南宁市有一特点，就是这里的大树古树特别多，市民爱树种花的习惯一直延至今日，所以市内的绿化面积就算是在今天也是全国较高的。有诗为证：

广西南宁

古代名商埠，盛唐称邕州。
一水绕城过，万树抱千楼。
往西通安南，向东达梧州。
全城操白话，粤剧唱街头。
跌打药酒纸包鸡，蜜枣米粉三花酒。
贵妃只知妃子笑，龙眼香芒却难求。
伊岭岩，汗雨收。
大王滩，泳装游。
壮族铜鼓声声震，三月三歌罩人流。
火把节，更无忧。
若然玉环今尚在。
闻笙响，即舞袖。

悟净到了城边，打通了叶绍军部的电话后，叶树标马上开车来接悟净师徒三人，同车来的自然少不了妙仙和谢莉了。多日不见，众人的高兴劲就别提了。不一会儿，就到了叶绍临时的公馆。这个公馆是当地一南洋富商让给叶绍住的，占地不大，坐北朝南，环境十分幽雅清静，院子里种了几棵巨大的白兰花，看来这房子已经建了有些年头了。这是一间中西合璧的别墅，前边是古色古香的瓦房，后边是西班牙风格的洋房，共有二十间房间。院子里还停了两部汽车，一部是军车，另一部是悟净的父亲叶阳明送给叶绍的，是辆黑色的福特车。

到了叔叔家，悟净终于松了一口气，才坐在沙发上，就问树标哪里有地方冲凉，下人忙带悟净到冲凉房。悟净直冲了半个时辰，用了两块香皂，洗出四斤老泥，才穿了树标的睡衣走出来，头发梳整齐了，胡须也刮了。他走出大厅时，真是光彩照人，连妙仙和谢莉也惊呆了：原来，他是这么的英俊潇洒啊！

茶几上，早已冲好茶，摆满了香蕉、沙田柚等水果，谢莉一边走到悟净身边坐下一边说："树榕哥，你好端端的，出什么家啊？"说完，又伤感地抓住悟净的手。这时树标也坐到妙仙身旁，四人坐在大厅的沙发上。树标拿出一支香烟，妙仙马上给他点火，他吐了两个烟圈，说："七哥，不是我说你，你坐拥万贯家财，伯父又是广州商界龙头大哥，你又何必自找苦吃，出家当和尚呢？你看，世界这么美好！"他一边说一边抱住妙仙的肩膀，"我福还未享过呢！叫我出家，打死我也不干！"

"树榕哥，还俗吧！"谢莉一边给悟净剥沙田柚的皮，一边说，"又没有人强迫你当和尚，你现在还是带发修行，和尚寺的花名册里也未必有你的名，你这样死心眼干什么？"

"我爸说，你本来就是一个秀才，读书又聪明……"

"什么叫'秀才'？"

只见慧智冲完凉，来到大厅，听到他们说秀才，就插嘴问。

"秀才你都不懂，不肥的就叫瘦才！"真智出来了，也前来插话。

"不是！"妙仙说，"秀才就是，就是，我也说不清，总之是状元什么的。"

"对对！"谢莉说，"最大叫状元，第二叫……叫撞扁，第三叫秀才！"

大家都笑了，悟净本来低着头，沉默不语，听谢莉说完，才抬起头，望了她一眼，笑着说："以前呀，秀才是要到县里考试的，不管七老八十，未考中的都叫童生，考中了就叫秀才。三年后，到府上再考，考中了，就叫举人了。如再考，考中了就叫进士了。中了进士之后再考就叫殿试，因为要到皇帝面前考，再由皇上亲自点名的，如文采高超，又生得一表人才，皇帝中意了就有机会高中了。第一名叫状元，第二名叫榜眼，第三名叫探花，第四名叫传胪，第五名以后的都叫翰林了！"

"那撞扁呢？算是第几名？"真智问。

"你不要听你姐胡说，哪有什么撞扁的？"悟净笑着说。

"哇！那生得一表人才的岂不是很合算？"慧智说，"师父，你长得这样帅，不中状元也中撞扁了！"

慧智说完，大家都开怀大笑起来，悟净也露出难得的一笑。谢莉心中早已有了悟净，见他笑时露出一排整齐雪白的牙齿，再配上朱红的润唇，不觉心中动了一下，又靠近悟净身边坐过去。悟净这回身不移，手不动，目不斜视，像个木头人一样，树标看他这个样子，心里也为他惋惜。此时的悟净一时也未转过弯来，这两年来入了佛门，不知怎的，佛教的五戒竟成了他心中自觉遵守的纪律。

佛教中的五戒，第一戒是杀戒，第二戒是盗戒，第三戒是淫戒，第四戒是妄语戒，第五戒是酒戒。第四戒——妄语戒又分四种，一种叫诳语，即说假话骗人；第二种叫两舌，即搬弄是非；第三种是恶口，即咒骂人家；第四种叫绮语，即说些轻薄调戏的话。

为了调节一下气氛，悟净关切地问谢莉："谢莉姑娘，我叔父有帮你打听你父母的下落吗？"

"有，打听过了，现在还在上海登报纸寻人呢！"谢莉说，"前几天，有人发了一个电报来，说我父母已经回巴勒斯坦了，树榕哥，我好命苦啊！”说完，竟哭泣起来。

大家都在安慰她，她才慢慢地止住了眼泪。悟净好奇地问：“你们来到中国，已经多长时间了？”

“我爷爷在1901年就来了，我们两姐弟都是在中国出生的，我们还没回过巴勒斯坦老家呢！”

“你爷爷叫什么？”

“我爷爷叫哈同。”

“什么？哈同是你爷爷？就是建上海那间大名鼎鼎的爱俪园的哈同？”

“对，他就是我爷爷！”

“你知道吗？我父亲还同你爷爷做过丝绸生意呢！我父亲那间华夏贸易公司还是你爷爷的老主顾呢！”悟净喜出望外地说，“你知道吗，当年你爷爷建爱俪园花了多少钱？”

“多少？”谢莉问。

“七百万两白银！”

“哇！”众人目瞪口呆。

“看来，我们两家真是有缘分！”悟净说。

“我们两家有缘分，那我同你有没有缘分？”谢莉嗔娇地轻声问道，“快点还俗吧！你不还俗，明天我去庆云寺一把火把它烧了！”

“对，对！”真智说，“我再把那个老和尚拉出来打一顿！”

“你们犹太人做生意真是不得了，哎，听说在中国有好几万犹太人，对吗？”树标问。

“不清楚。”谢莉说，“总之，我知道在上海、广东、河南有很多我们的老乡！”

“你认为中国人好吗？”悟净问。

“好，我很喜欢中国人，中国人从来没有迫害过犹太人！”谢莉说，“还把我们看成是上帝派来的呢！”

“据我所知，犹太人来中国已经有三千多年了！”悟净说。

“真的？”谢莉好像有点不信，“我爷爷才来了几十年！”

“据史料记载，开封犹太人的文献，即康熙二年（1663）的《重建清真寺记》说：教起于天竺，周时始传于中州！就是说，从周代起河南就一直是犹太人活动的地方了。外国人中有耶稣会传教士宋君荣，罗马教士法国人西盎涅，还有本勃瑞奇、高德贝等人，都主张或接受‘周代说’，他们认为那个年代以色列的旅行家旅行到中国是很有可能的。《旧约·阿摩司书》中有一节，提到公元前八世纪以色列人就用丝绸了，而那时只有中国有丝绸，以色列人用的丝绸肯定是从中国输入的。”

“原来，我们的祖先已经来了三千年了！”真智听着，真的入了迷。

“当然，还有一种说法，说你们大规模迁入是始于汉朝，《正德碑》有明确记载，汉朝时期，从公元34年起，巴比伦一带的犹太人惨遭迫害、驱逐、屠杀，因此辗转迁徙，幸存者进入波斯东北，其中一部分人到中国定居下来了。此外，还有另一种说法，说是唐朝时大规模迁入的，法国一个犹太作家，到中国旅行时就记录了当时广州、杭州等地犹太人的活动情况。可见我们的祖先跟你们的祖先已经交了三千年的朋友了……”

正说着，门口响起汽车喇叭声，一听就知是树标的父亲回来了，大厅的人都站了起来。

“树榕到了！”叶绍走进大厅，笑眯眯地摸了摸树榕的头，“平安到达就好，平安二字值千金呀！你们看，还未剃光头嘛！”他一边说，一边走入大厅，卫兵将他的衣帽拿走后，他对大家说：“坐，大家坐吧！”他看到慧智和真智这两个小鬼，就笑着说，“这肯定就是你旅途中收的徒弟！”

这时众人坐下，下人重新上茶，叶绍说：“树榕，不是我做叔父的说你，你是一个有大好前程的年轻人，爱情受到挫折就要出家，成何体统？你说信佛，我不反对，但也不能不负责任地一走了之呀！你信佛，我就同你讲佛，其实佛祖教我们很多东西。上个月我去青秀山拜会寺中的高僧玄能大法师，他告诉我，做人最紧要的是记住六思：远思扬祖宗之德，近思盖父母之愆（过失），上思报国之志，下思造家之福，外思济人之急，内思闲己之邪。你出了家，又怎思盖父母之愆？怎报国，怎有造家之福？你听叔父说，你要出家，净空法师也不让你出家，你信得过他，他信不过你呢！说你尘缘未了，以后还有很多好姑娘中意你的呢！哈哈！傻孩子，叔父我没有说错吧？看得出谢莉姑娘就十分中意你。前几天，我试了试她，说给她介绍个男孩子，她都一口拒绝了。”他停了一下，又望了望谢莉姑娘，“你出家，主要是想使自己脱离苦海，没想到却造成全家，包括喜欢你的人陷入苦海，你是在积阴德呢还是在加重自己的罪孽？”

叶绍一席话，说得悟净哑口无言。

“七哥，你不如许下个愿，这辈子做三千件善事以报佛恩，这不就可以了吗？比你死守着青灯木鱼更实际些！”树标说。

“对呀，你弟弟讲得没错，你安排了三百个游勇的生活工作，就等于做了三百件善事；你驱赶了瘟疫救了镇上几百个人的生命，就等于做了几百件善事。三千件善事以你这样的好心肠，很快就能做完。若你入了佛门，身边又没有钱，想做善事也难了，做人要实际些！”

“还俗吧！”谢莉望着悟净，轻轻地摇了摇他，“还俗吧！”

“你不还俗我就不跟你了！”真智说，“慧智，你说呢？”

“我？我……师父还俗不还俗我都跟他的，我要跟他一世，我的命是他救的！”慧智说。

“不要说了，大家起身，去吃龙虎凤，我给你洗尘！”叶绍对悟净说。

“叔父，今晚就让我先吃斋吧！”悟净难为情地说。

一班人上了车，在车上，叶绍又说：“悟净，你知道净空法师为什么给你改这法号吗？悟净，他是说你唔净（广州话‘唔净’就是‘不净’），你知道了吗？”

“伯伯，”真智说，“我没有说要吃斋，我今晚要开斋了！”

“你这个假小和尚！”叶绍笑骂道，“你不怕你师父骂你吗？”

“骂我什么？我是假出家的，我跟师父说好了，到了南宁，我就还俗了，我呀，不但要吃龙虎凤，还要吃狮子大笨象呢！”真智又对慧智说，“你吃不吃龙虎凤？”

“我？”慧智望了望悟净，说，“师父吃什么我就吃什么……不过，你们吃不完的龙虎凤，我也可以帮忙……”

“哗，那你不是很爽？”真智捅了慧智一下，慧智也笑了。

“树榕，”叶绍认真地说，“你应该以一个学者的身份去求佛，求佛里面的学问，而不要以和尚的身份去，知道吗？佛教协会里也有些专门研究里面的学问而不入佛门的，赵朴初先生就是一个，他是大名鼎鼎的佛学专家，他也没有剃光头呀！”

他们在车上聊了一阵，就到了新华大酒店，新华大酒店位于南宁中山路，是当地一家十分有名的酒店，他们坐定点了菜，树标说：

“七哥，明天就是三月三了，阿爸说，我们一起去玩，玩个痛快！”

“好啊！我在上海就听过广西有个三月三了，想不到明天我就可以看到了。”谢莉高兴地说，“树榕哥，明天我们一起去玩。”

“叔父，我还忘了告诉你，谢莉的爷爷是上海的哈同，在广州同我们做了十几年生意了！”

“真的？”叶绍真是喜出望外，“原来哈同是你爷爷？那，歇代勃是谁？”

“歇代勃是我父亲！”谢莉说。

“你父亲？真是有这么凑巧的？你父亲前几年还请我吃过饭呢！”叶绍说，“前几年，我带兵上河南、山西，路过上海，树榕的父亲托我跟那批丝绸的单子，在上海我见过你父亲，哎，你父亲对人可和蔼客气了，并没有莎士比亚笔下的《威尼斯商人》所描写的放高利贷的夏洛克那样狠毒无情，看来莎士比亚把你们犹太人描写得太坏了！”

叶绍说得高兴，就举起酒杯。

“来来，谢莉姑娘，我敬你一杯。树榕，你也同谢莉姑娘一起来干一杯！”

“我……五戒……”悟净说。

“五什么戒！我现在老实告诉你吧！我查过庆云寺的花名册了，根本就没有你的名字，你连挂单和尚都不是，这句话本来我不想讲的了，怕讲出来伤了你的自尊心，现在不讲不成了，明白了吧？还不拿起酒杯，同谢莉姑娘饮一杯？”

悟净的精神圣地终于被击垮了，他颤抖地拿起酒杯，敬了谢莉一下，就抬头一饮而尽了。

其实，叶绍在骗悟净，他根本就没有看过庆云寺的花名册。

吃饭时叶绍提到他们64军要开拔到苏北打仗了，他自斟自饮了一大杯，大骂蒋介石：“这个老蒋，非要把我们这些两广兵拼光才安乐，白崇禧已经决定了让我们两广兵守武汉，他那个陈诚偏要调我去苏北，这真是司马昭之心——路人皆知！”

“叔父，那你们什么时候开拔？”悟净问。

“一周之内。军令如山，没有办法呀！”

“树标也要去吗？”悟净问。

“去！他怎能不去？他是副官，上阵不离父子兵嘛！”他说到这里，看看妙仙和树标的亲热劲，就对悟净说，“过两天，我想叫树标到黎塘去拜访妙仙的父亲，顺便带些礼金交给他，然后安排她先回广州老家，等我们打完这仗再回去，你看如何？”

“现在只能这样了！”悟净说。

“那，你准备怎样安排谢莉两姐弟？”说完，将一封电报交给悟净看。

“我，我一点思想准备也没有，叔父我真的十分想去外边走走，见识见识，我想等我游完西藏回来再说。再说，她是外国人，她父母会同意吗？”悟净一边说一边望了望谢莉，谢莉虽然不太懂白话，但她知道他俩在说她，就说："你们说我什么？"

"今晚回去我再跟你说吧！"悟净说。

晚上，别墅内的灯光十分柔和，过了惊蛰，外边草丛的蟋蟀也开始叫了。远处，几个卫兵走来走去的身影在门口晃动着，屋内的下人已经睡了。房间外，树标和妙仙嬉笑打闹的声音不绝，而悟净的房内，谢莉坐在悟净的身边，一言不发。

悟净也没有估计到事情变得这么快、这么突然，原来谢莉的父亲从巴勒斯坦的耶路撒冷发来一封电报，内容大致是说：复国组织要求所有以色列人尽快回去，参加复国的斗争，十八岁以上的男人去当兵，女人参加合作社，支持复国行动。一个小时之前，谢莉心里还高兴得甜滋滋的，眼见悟净肯还俗了，她终于可以同他生活在一起了，生活有着落了。在这兵荒马乱的年代，女孩子都有这个想法，都想快点有个归宿，再加上自己的亲人毫无音讯，自己如大海孤舟，无依无靠，一旦发现悟净这个值得自己爱、值得自己信赖的人，怎能不动心呢！但想不到仅仅高兴了两个小时，悟净交给她一封电报，说要她回去参加复国行动，这该如何是好？以色列人亡国已经一千多年了，这民族飘落到全世界各地，成为无国籍，准确来说是无祖国的难民，到处受人排挤、受人压迫、受人屠杀，他们多希望有自己的祖国，有自己的家啊！这也是所有以色列人梦寐以求的最大愿望，为了复国，他们可以牺牲一切，哪怕是生命。而后天，就会有两个以色列的族人来接她走了，是走，还是不走？如果不走，那就要忍受长期与父母、与祖国分离之苦；如果走，又要忍受长期与悟净分离之苦，并且可能再也没有团聚的一天了。

"树榕哥，我现在好痛苦，你叫我怎么办？你给我出出主意吧！"

谢莉在他身边时，他从来没有这样紧张过，突然间知道她要走了，悟净又马上陷入痛苦的迷惘之中，怪不得净空法师说他尘缘未了。

灯影下，谢莉晶莹的泪珠如一颗颗钻石一样，在柔和的灯光下慢慢地滚到衣襟里……

三月三那天一早，树标就安排好了车到青秀山玩，他们到了青秀山，上了香烛就到大王滩了。本来，今天青秀山有弘法大会的，悟净想既然庆云寺花名册上没有自己的名字，现在连挂单和尚也不是，就没有参加了，悻悻然离开青秀山，跟着众人去看三月三赛歌会了。

今天大王滩热闹非常，还未到赛歌现场，已经人潮汹涌了。路的两旁摆满了用遮阳布撑起来的小贩摊档，卖日用品的、工艺品的一堆，卖水果的一堆，卖牲口的一堆，卖鸡鸭鹅的又一堆，连绵数公里。快到赛歌现场，就听到广西特有的铜鼓声和芦笙乐曲声，以及有节奏的跳竹排舞的脚踏声、竹与竹的撞击声。路上的小贩卖五色饭的，卖粽的，卖桂林米粉的，卖神香衣纸蜡烛的，一档连着一档。

"到了，到了！"妙仙用手向前一指，只见前边岸上聚集了十多个姑娘，与河中坐在竹排上的那些小伙在对歌。岸上的姑娘歌声婉转，河上的小伙歌声浑厚洪亮，有时水上的小伙答不上来，惹得岸上的姑娘和围观的群众一阵哄笑，嘘声不断。

他们对歌的内容都是以爱情为主的，三月三是青年人谈恋爱、找对象的大好时光，所以广西姑娘特别开朗，性格豪放，看这民风特色，就足见一斑了。

她们唱什么内容，悟净他们没有一个听得懂，她们是用壮语唱的吧，妙仙倒听得津津有味。过了好一阵，谢莉说："我到前边买个绣球。"

"好呀，我们大家一起去吧！"悟净他们也远远地跟着走去。

三月三，也有抛绣球的习俗，但与其他地方不同。中原以前流传有抛绣球定夫婿的说法，说是某富家有女，其父设下抛绣台，女儿将绣球抛出，男子不管有钱无钱，长得是俊是丑，只要接到绣球就可以成夫婿了，所以许多戏曲小说都有这种描述，但据史料考正，并无此事。

广西，以前属南蛮之地，风俗自然与中原不同，抛绣球倒是确有其事，但抛法就不是戏曲小说所讲的那样了。三月三那天，一群姑娘对完歌之后或跳舞之后，将绣球拿在手中，在小伙堆里，看中哪个就有意抛向哪个，那个小伙接到绣球后，就跟姑娘上山到密林里去约会。这种抛法是有目的、有方向的，绝不是听天由命的，男子若不喜欢，也可以不接。

这种绣球，如高尔夫球般大小，用彩带编成，带尾。姑娘手中拿着尾绳，晃动几轮，就将绣球如放流星一样抛出去，尾绳也跟着绣球走了。这风俗，广西的壮族、苗族、黎族等民族都有，但各民族又略有不同。

谢莉买了个绣球，妙仙在旁边看。

"这么有趣！"

谢莉一边说一边将绣球的绳子拿在手中上下旋转，妙仙见状，就大声叫："谢莉，你小心不要打到别人身上，如不小心打中别人，别人以为你中意他了，他半夜就来抢亲，抬你上山寨了！"

谢莉听完，吓了一跳，偏偏这个时候，这个绣球的尾绳断了，绣球沿着抛物线飞远了。路上，树标和悟净四人慢慢走过来，忽然从天而降一绣球，正好打在悟净身上，吓了悟净一大跳。怎么从天上飞来一个绣球的？正莫名其妙之际，吓得面如土色的谢莉跑过来，说了声："好在是你们！吓死我了，否则今晚被人拉到山寨里成亲就麻烦了！"

悟净这时才知道谢莉在玩抛绣球，绣球的尾绳断了，正好打在自己身上，才放心地笑笑对谢莉说："原来是你抛的绣球呀！"

"真是天意！"树标说。

大家都乐开了，真智走过来，拾起绣球，交给悟净，问："师父，如果我姐这个绣球打中别人，你会吃醋吗？还是……"

"梅西克，你再说我就打你，你都不知道刚才我已经吓得只剩下半条命了！"谢莉说。

悟净没有回答真智的问题，这个问题也太复杂了，他四边望了望："哎，慧智怎么不见了呢？"

这时，众人才发现慧智不见了，正欲寻找之际，只见慧智跑回来，抱着两只鼓鼓的袋子，一边跑，一边拿着一块鹅蛋形的石块给悟净看。

"师父，师父，你看这是什么石？"

众人过来围着慧智，看他捡回来的石头，悟净看了看，说：

"啊，这是萤石，晚上会发光的，把它打磨好了，就成夜明珠了，你是从哪里捡到的？"

“前边的河滩，那里有一小溪，我见小溪里有鱼，就顺着小溪上去抓鱼，后来鱼不见了，只见河底有很多这样的石头，我觉得怪好看的，就捡回来了！”

“好吧，拿回去，说不定将来会用得上的。”悟净说。

晚上，悟净他们回到公馆，已经是八点多钟了，叶绍早已在大厅等候他们。一进门，树标就说：“累死了。”一屁股坐在沙发上。

“今天好玩吗？”叶绍首先问大家。

“好玩，人山人海的，真是太热闹了！”妙仙说。

“来来，你们过来，我给你们说件事，明天我也要走了！”

“怎么这么急，不是说一周之内的吗？”树标问。

“是呀，今天接到紧急通知，明天马上开赴苏北，看来国军在前线吃紧了！”叶绍说，“树标，你一会儿马上收拾行李文件，明天下午我们就走，另外，”他回头对谢莉说，“你的乡亲明天上午来接你，你要准备好，作好决定走还是不走。树榕，你的决定怎样？”

“我，我还是想去西藏走一趟！”

“既然这样，我建议你以医生的身份出行，不要再以和尚的面目出现，同时现在战事正紧，千万不要到中原各省，如要去贵州、四川、云南、陕西、青海、西藏这些大后方，看来还是可以的，还是相对平静的。你到了贵阳，就找我的结拜兄弟龙得志师长，这里有我写的介绍信。如果不远行，那明天我派车送你们回广州，你尽快作好决定吧！妙仙，我们想先把你送回黎塘，你顺便带些钱回去给你父亲，就说是聘金吧，在家等我们，我们打完这一仗后再来接你。”

大厅的气氛一下变得十分沉重，令人喘不过气来。妙仙低声哭泣着，谢莉紧拉着树榕的手，低头不语，真智及慧智也同大人一样，默不作声。

“师父，我不走了，我陪你！你去哪里我也跟你去哪里！”真智说。

“我，我跟定师父了，我学不了做和尚，那学做医生不是更好？”慧智说。

“你们两个明天起，叫回原来的俗名吧！你真智还是叫梅西克，你慧智还是叫……喂，你姓什么？”叶绍问。

“不知道，我没有父母，我是孤儿。”慧智说。

“这，真够可怜的，那就跟我姓吧！给你起个名字，叫有恒吧！”叶绍说。

“好了，我有名有姓了，我叫叶有恒了！”

“树榕哥。”谢莉说，“梅西克留在你身边我放心，你身边多个人照顾也好，明天我先回巴勒斯坦，回去后再回来你身边，我说到做到！我得先回去看看，同父亲讲讲你的情况，我想他们不会不同意的！如果我不回去，以后就说不过去了，人人都在为复国而战，而我却躲在温柔乡中，会被国人责骂的，你说是吗？”

树榕望着谢莉，千言万语不知从何说起，此时无声胜有声，他们相互拥抱着，疯狂了一晚。谢莉把自己的初夜献给了自己深深爱着的救命恩人。

第二天一早，公馆乱成一团，各种文件、用品丢得满地都是，进进出出的卫兵抬着大箱小包，忙个不停。一大早树标就安排一辆车，送妙仙上路了。妙仙哭得死去活来，不想才一个月，快活的光景就瞬间消失了，她带着叶绍给她父亲的聘金和一颗辛酸的心离开了公馆。可怜的妙仙直到死的那一天，也再没有见到树标。

上午十点左右，两个四十多岁的犹太人来了，一男一女。他们与谢莉讨论了好长时间，才见谢莉对树榕说："树榕哥，等我，我一定会回来的！"

她一边说，一边流着泪，将一张自己的单人照片送给树榕。"我回去之后，就往你广州的家发信，你收到后，就知道我的地址了。"

树榕也万分伤感，也拿出一张照片送给谢莉，背后还写着他在广州的地址。

分别的时间到了，谢莉紧紧地抱着树榕，泪水沾浸了他的肩膀和脸颊，然后只见她毅然提起手提箱，上车了。

车窗里，谢莉又探出头来，不断向树榕挥手："树榕哥，等我回来，树榕哥……"

载着谢莉的汽车渐渐走远了。

7 死在柳州棺材好　病得着时蚂蚁灵

树榕还俗后带着有恒和梅西克离南宁，穿宾阳，过合山，走大塘，慢慢向着柳州进发。他已经一改原来的打扮，穿起灰布长衫、布鞋，有恒和梅西克也重新蓄了头发，打扮成书童模样，挑起行李，一前一后地跟着。临离南宁时，树标还给了树榕一份地图和两百个大洋，树榕也在西药房中买了一些常用的西药和针剂，又到中药房买了一些常用的膏丹丸散，自己也配了一些独步单方。叶绍上车前对树榕千叮万嘱："你现在离开南宁，才是真正意义上的西行，路上艰难险阻，盗匪如毛，如实在不行就马上坐车回来。"他还写了几封信，给各地驻军的老相识，说必要时就拿出来，云云。

一路上，沿途要饭行乞的比比皆是，面黄肌瘦，形如枯槁。什么叫"衣衫褴褛"，现在的人很难想象，以为是电影舞台上补了补丁的衣服叫衣衫褴褛，烂了衣袖裤脚的叫衣不蔽体。实际上，那些难民原来的衣服是什么颜色的，有多长多宽，已无从判断了，烂得无可再烂，只要你看上一眼就会觉得心酸，真不知世间还有如此凄惨的群体，而且这群体数量还在不断地扩大。

到柳州了，树榕师徒三人找了个地方歇脚，吃了碗米粉，喝了一大碗山茶，擦擦头上的汗。柳州也是一河两岸，鳌鱼岗凸出其中，鱼峰山上的山洞更是强人出没的地方，他们专门从事绑票的勾当，将肉票放入山洞内，再向家属勒索钱财。这一带的山洞山峰与桂林地区没多大区别，都属石灰岩溶洞地区，土薄田瘦，近郊的农民生活尚好，再远一点就不宜耕作了。

树榕三人吃完米粉之后，就向市中心走去，走到一间工艺品店门口，只见一老板招呼树榕道："老板，你们是外地人吧？进来看看工艺品吧！这里有很精美的棺材，买小的可以升小官发小财，买大的可以升大官发大财！"

树榕稍停停脚，店老板就拿出了一个小棺材出来给他们看。

"你看，货真价实，楠木做的，可以放一个私章（图章）！"

"啊，原来是这样！"树榕心里明白了。

他细细地赏玩了一下这个小棺材，觉得做工的确不错，再想自己的私章也该有个地方放，就问："老板，多少钱一个？"

"两个仙。"

树榕想想也不贵，就把它买下了。师徒三人继续向市中心走去。

"师父，你无端端买什么棺材，怪可怕的！"有恒道。

"你有所不知了，你知道柳州最有名的土特产是什么？是棺材！人家说，生在湖南，食在广州，玩在苏州，死在柳州……"

"为什么？"梅西克问。

"因为湖南风水好，专出大官；广州粤菜世界闻名，所以说食在广州；苏州一带美女多，所以说玩在苏州，不是有句‘上有天堂，下有苏杭’吗？而柳州的棺材材质好，如能买到一个上好的柳州楠木棺材，真是百年不化的！”树榕笑着说。

“你又没死，买什么棺材？”有恒嘟囔着。

“哎，他们是取个谐音，棺材，官财。买小棺，就升小官发小财；买大棺，就升大官发大财。我们已经到过柳州了，买个小棺材回去做纪念也未尝不可，况且它也是一件十分精致的工艺品！”

说着说着他们已经走到市中心，只见马路到处都是棺材铺，来买棺材的人也真不少，有本地的，有广州的、香港的，还有更远从南洋回来采购的，真是棺材也能走出国门。

“以后，我死也要死在柳州！”有恒说。

“胡说，”树榕笑骂道，“大丈夫哪里青山不能埋白骨？为什么一定要死在柳州？人死了，什么事也不知道了！”

他们又向前走到一间棺材铺，见里面坐满了人，有人啼哭着，有人劝解着，有人在认真挑选棺材，有人在讨价还价。树榕好奇，就停下脚步，看个究竟。

“老板，买棺材吗？进来慢慢看，货真价实！”棺材铺老板说。

反正无事，树榕师徒也就进去看看。只见树榕左敲敲，右敲敲，前望望，后望望，俨然一老行家，老板见他这样专注，就讨好道：“看得出你也是一个行家，如你有心买，我就买一送一，买大送小！”

“我呸！真是大吉利是！”树榕骂道。

“我是出于好意，我以为你是做棺材生意的，原来你是自家用的……”

“这副棺材多少钱？”

“二十个大洋！”老板忙斟上茶来，“不急，不急，一世人漫漫长，是要慢慢挑的！”

“喂，老板，他们哭什么？哭得这样伤心？”

“啊！我这里是司空见惯了，主人的女婴溺死了，主人一时气不过来，昏迷到现在已经三天了，家人说估计已死了，就来买寿板了。”

“嗯……也可能还未死，是一时气急攻心，魂魄出窍而已！”树榕对老板说道。

“什么？可能未死？”

死者家属一听树榕这句话，马上一窝蜂地围上来问这问那，树榕自我介绍：“我是广州岭南医学院毕业的医生，今日偶然路过此地。你能否将你家主人的情况详细给我讲讲？”

“可以，可以！”一位老者说，“我家少奶奶前几天苏了（生了）一个女婴，她家婆也就是我们的老太夫人不喜欢女的，就叫人放入马桶内溺死了。少奶奶一听，当场昏迷过去，已经三天了，老太夫人说，她已经没有气了，就叫我们来买棺材。那些哭哭啼啼的，是少奶奶娘家的人……”

“那你是否可以到我寒舍一看，诊金不会少你的！”一个年轻的小伙说。

“你大概是死者的相公吧？”

“正是！”

“那，好吧！带我前去看看吧！”

这个年轻的小伙马上找了几台竹轿，抬树榕前去死者家。

死者家是当地一大户，有七八间精致的房舍。家属带树榕到死者面前，树榕先细细望了一回，再摸摸手脚，发现手足冷冰，呼吸近无。他马上拿出听筒，听到尚有微弱缓慢的心跳，再量量血压，见有20/40，心里大喜，就对家属说："你快带我到厕所！"

年轻的小伙马上带树榕到茅厕，只见树榕迅速将尿缸边的白色的东西刮了一大包回来，又马上回到放死人的厅堂，叫家属拿了一大盆开水和毛巾来，用开水浸透毛巾，包好白色的东西放在死者的鼻子上，又拿一个竹箩罩着鼻子。

树榕接着往死者的人中、内关穴和涌泉穴扎了几针，才十多分钟竟然见"死者"苏醒了。

"少奶奶翻生了，少奶奶翻生了！"

一家大小全跪在厅堂，感谢树榕。

"你真是活神仙啊！再世华佗啊！"一班老人拼命叩头。

一个老头拉着树榕的手，说："你救了我女儿一命，我一定要好好报答你！"

树榕扶起众人，说："请起吧，请起吧！少奶奶的命是救回来了，但她的病还未医治呢！由于她产后血虚，更由于肝火攻心，痰迷心窍，故一时失魂而去。现在她醒了，但她会乱叫乱喊的，你们说是疯了，我们说是歇斯底里，我还要给她开药呢！"

树榕的话刚讲完，就见少奶奶在床上乱叫乱闹，大家就更相信树榕的医术了。

晚上，少奶奶服完树榕开的中药，已经平静多了。第二天已经可以下床了，她在马桶上拉了几天后，精神竟全恢复了。

第三天早上，树榕执意要走了，少奶奶的父亲重重地答谢了树榕，并一路送他们出村口，老者问："叶医师，我真的不明白，你刮尿缸积出来，放在小女的鼻子上，不知有何作用？"

"啊，这个嘛，如果在大医院就好办了，只要我用阿摩尼亚水，放在她鼻子上，就可以了，但在这乡村地方，哪来阿摩尼亚水？我突然想起，尿缸中的沉积物，中药叫'人中白'，也含阿摩尼亚，所以就用来代替了！"

"啊，原来是这样！"

"你们农村也真是的，生男生女都一样，为什么要溺死女婴呢，这是十恶不赦的大罪啊！老太夫人她自己也是女的嘛！"

"我们农村，落后就落后在这里！"

"如果能自己决定生男生女该多好啊！"树榕禁不住叹道，"不过，现在科学尚不能做到这一点！"

"有呀！能自己决定生男生女的地方有呀！"老者说。

"真的？如果有，我一定专程上门拜访，求学拜师！"

"有，我告诉你，离我们这里不远，大约200公里吧，那个地方现在已经属于贵州省了，叫从江县，你到了从江县城再去四寨河，到了四寨河再到占里侗寨，那里就有这样的方子，他们土人中有一种叫'换花草'的草药，吃了就能决定生儿子还是生女儿了。"

"有这等奇怪事？"

"有，我们这里早就知道了！一百多年来，那里的人家绝大多数都是生一个男娃一个女娃，人口也没有增加多少！"

“真多谢你了！我一定要去看看。”

“你要小心啊！侗寨的人是不好说话的，他们是少数民族，你进了寨可能就再也出不来了，他们要么就不放你，要么就要你娶他们的女人做老婆，你还是不要去了。”

“不不，就算是刀山火海我也要去闯一闯。”

树榕说完就离别了老者往侗寨而去。

树榕三人越往前走，人烟越稀少，走过的山也越来越大，走过的峡谷也越来越深，走过的树林也越来越密。树榕一边走一边想着换花草一事：“现代医学不是说生男还是生女是取决于精子中的X染色体和Y染色体的吗？如果换花草一事是真的，那X、Y染色体的理论就可能被彻底推翻了……”

他正沉思着，忽闻有恒说：“师父，我们歇歇吧，我想喝口水！”

“好！歇歇吧！”

师徒三人坐在树林中的小路边的石头上，不远处，有一叮咚山泉潺潺流过，山泉中有几条娃娃鱼在慢慢地游着，有恒和梅西克放下手中的行李，就到山泉那边玩去了。

刚才走得满头大汗，树榕干脆将上衣也脱了，一阵山风吹来，吹得他打了几个喷嚏，鸡皮疙瘩也冒了出来。他躺在石板上，还在沉思那位老伯所讲的换花草一事，竟不知不觉睡着了。忽然一阵喷鼻香飘来，只听见有恒和梅西克大声道：“师父，快来喝鱼汤啊，快来喝鱼汤啊！”

树榕睁开双眼一看，原来这两个小子抓到娃娃鱼，煮了一锅浓浓的鱼汤，师徒三人真是饿了，美美地品尝着这少见的娃娃鱼汤。突然丛林中跳出几个大汉，手中拿着土枪和大刀，树榕一看：不好！又撞到游勇了。这回死定了，反正“棺材”也买好了。

鱼汤还未喝完，师徒三人就被人绑着拉到一个山寨里，山寨里为首的一个生得铜皮铁骨，他脚踏太师椅，用手一指树榕：“你是何方神圣，敢闯我山门？”

“我是黎塘那边来的，要到贵州去，顺便找一个人。”树榕异常镇定地说。

“你要找谁？”

“我要找张得财的弟弟张得贵！”

“你是张得财的什么人？”

“我是他的朋友！”

“你找张得贵有何贵干？”

“他叫我送五十个大洋来给他买米！”

树榕说到这里，为首的大汉马上叫手下的人：“快快，快松绑，你们绑了自家人了！”

“你是……”

“我就是你要找的张得贵，张得财是我的大哥！”

“二叔，我们找得你很辛苦啊！”

“快快，倒茶，快呀，你们聋了吗？”张得贵大声叫道，“金娇，快出来见见你姐的朋友！”茅寮后边出来两个姑娘，大的叫金娇，小的叫银娇，他一脸尴尬地说：“我们这里的山水瘦，男人不争气，生出来的都是女的，我已经生了六个了，个个都是赔本货！”

“天公真会开玩笑。”树榕心里想，“在这穷山沟，鱼肉也不多吃，天天就是吃番薯、粟米、杂粮，怎么养出来的女孩子一个比一个漂亮，肤色洁白，身段匀称。看看广州妹仔，天天不愁无饭吃，不愁无海鲜享用，怎么却一个个生得又黑又丑的？”

“你好！”两个姑娘大方地同树榕打招呼。

“坐坐，”张得贵一边招呼树榕坐下，一边迫不及待地问，“你是怎么摸到这里来的？”

其实，树榕哪里是有心来的呢！不过凑巧又走入贼窝，只得急中生智，胡诌一番罢了。好在他记性好，记得张得财曾说过有个弟弟也是游勇，没有跟他来黎塘，“自己在桂林发展”一事，这才顺利过关了。今天，刚好病人家属送给他五十个大洋做诊金，他就做个顺水人情，送给张得贵算了，也算是做一回善事，积一回阴德吧！

于是，树榕就从广州讲起，一直讲到叶绍安排了张得财父女做施工队……到去贵州、西藏求仙方仙药，粗略讲一遍，山寨内的人个个静耳聆听，“原来这个人是自己大哥的恩人呢！”这时，张得贵才对树榕肃然起敬。正在这时，一个喽啰进来，小声地对张得贵耳语几句，只见张得贵尴尬地说：“真是丑得很呀，今晚我们这里没有米，那就将就吃餐杂粮吧，委屈你们了！”

“二叔，从这里到墟市上买米，最快要走多少时间？”

“最快来回都要两个时辰！”

树榕看了看手表，又问：

“你们这里有多少人？”

“有一百二十多人。”

“现在这里多少钱一担米？”

“一个大洋！”

“这么便宜？”树榕吓了一跳。

“这里人穷呀，贱物斗穷人，买不起呀！”

“好！你派十个兄弟，每人买一担米回来！”树榕说完就拿出二十个大洋，“有剩的就买肉、油、菜之类的，剩下两个大洋，给金娇、银娇买新衣服吧！”说完，又对有恒和梅西克说：“你们想到墟市去玩玩吗？”

“想！”

“那就跟着一起去吧！我同二叔聊聊天，什么地方也不去了。”

饭后，金娇安排树榕住进一个山洞里，这山洞其实是个溶洞，外边看洞口很小，但里边很大，就算进去千军万马也能容得下。金娇引树榕到一个高台上，上面放了很多禾秆草，不远处还有松枝点燃着的火把，“床头”上放了一个瓦罐，里边装有粟米粥。

“如果半夜你饿了，就吃这粟米粥吧！”

“好的！”

树榕看见这个贼窝，心想金娇这样美丽的姑娘竟然生活在这样落后的地方，觉得一阵心酸。经过一段时间的奔波劳累，树榕的身体有些吃不消了。这一晚树榕只觉得脑袋发热，天昏地暗。树榕在自己的药箱找出阿司匹林和磺胺嘧啶，吃了之后倒头就睡了。

第二天醒来，金娇进来，问树榕感觉怎样。

“金娇！”树榕惊呼，“这回出大事了！我得了急性神经炎了，我下肢完全不能动了！

瘫了!”

“什么！瘫了?”

金娇一听知道问题大了，马上走出山洞。不一会儿山寨的人都来了，张得贵围着树榕看了一会儿，又伸手弯弯他的下肢，说，“没事的，包在我身上，一个礼拜我保证医好你。”

“多谢二叔。”

他们都出去了，金娇留下来照顾树榕。不一会儿，有恒和梅西克走了进来，将一张行军被加盖在树榕身上，有恒哭着说：“师父，你千万不能瘫啊!”

梅西克也望着树榕，不知所措。金娇说：“你们出去吧，这里有我照顾你们师父呢!”

下午时分，张得贵拿来一大碗药，叫树榕喝了，树榕问：“这是什么药?”

“这是不用钱买的药，我们山上到处都有，杜仲皮、蜈蚣、蝎子、生姜煮了一大锅，你喝了就好了!”

晚上，张得贵又拿来一壶酒：“你就喝了这药酒吧!”说完就走了。

树榕问这是什么药酒，金娇说：“这是黑蚁酒!”树榕第一次听到黑蚁酒这种东西，就好奇地问：“黑蚁也能治病?”

“这个药方也是山上的老伯教我阿爸的。前年我们在山上见到一个八十岁的老头、一个四十岁左右的女人和一个两岁左右的小孩，起先我们以为他们是祖孙三代，后来问清楚才知道那个女人是逃难上山遇到那个老伯的，后来就生了那个小孩。”

“那个老伯八十岁了，还能生孩子?”

“嗨，那个老伯身体健康得很呢！不但没有半根白头发，七十岁那年又长出了新牙，看他的样子，最多六十岁!”

“这就奇了，他究竟吃了什么灵丹妙药?”

“老伯说，他七十岁那年已经全瘫了，他也知道自己快死了，一群山蚁在他身边爬来爬去，他发狠道：‘我还没死呢！你们就爬来想吃我，不如我先吃你们好了!’以后他再也收不了口，一见到蚁就吃。半年过去了，他竟长出满头乌发，嘴里也长出新牙来。再以后他就专捉蚁来浸酒，每天饮两杯，身体一天比一天强壮，听说他老婆现在又怀孕了。”

“这么神……”树榕听得出了神。

这是读大学时从未听老师讲过的，又怎叫他不入迷呢！说来也怪，吃了张得贵的中药和黑蚁酒之后，树榕第三天就有反应了，下肢开始能上下屈伸了，到了第五天竟能拄着拐杖下地了。

8 桂林山水招生意　贵州侗寨惹人寻

第八天一早，树榕已经完全恢复健康了，昨晚已向张得贵说了如无其他事，明天一早他们就要起程去贵州省了。这天早上，茅寮的大堂里站满了人，除了张得贵及手下的几员大喽啰之外，金娇、银娇和几个妹妹全来了，还有一些三姑六婆什么的。张得贵一个人坐在大堂的正中，金娇、银娇分立左右。树榕三人收拾好行李，离开山洞，来到大堂，准备与张得贵辞别。

“二叔，其实，我今天有重要的事要与你商量，差点忘了！”

“什么事？”

“就是以后山寨的出路问题，我已经许愿做三千件善事报答佛恩的，所以这几天我想来想去，想到了出路：第一，要有饭吃，吃饭才是真正第一要事。我看你们这里，漫山遍野都是杜仲树，还有那么多野八角，为什么不采摘一些拿去卖呢？这里有那么多蜈蚣、毒蛇，为什么不捉些拿去卖呢？还有树蛙（石蛤）、娃娃鱼、山瑞、穿山甲、猫头鹰，为什么不捉些拿去卖呢？如能这样，你们山寨不就可以做正当生意了？就无须再做游勇了？”

“树榕，你有所不知，我们这里个个都穷，就算能捉到又有谁能买得起？买得起的人所出的价钱也不会高，加上这里家家户户都可以捉，你卖给谁？”

“卖到广东呀！卖到广州呀！广州的药材公司专收这些东西，广州的大酒家专收山珍野味，比如你们这里一只穿山甲能卖二个仙，到了广州就可以卖五个大洋了！”

“哗，能卖得这么多钱？”几个喽啰感叹道。

“对呀！”树榕十分认真地说。

“树榕，我们不是没想过，只是我们未运到广州，这些野味就全死光了，那些药材也全发霉了！”张得贵说。

“这也好办，这个我可以帮你，关键是资金。我留点钱给你们，你们一方面派兄弟上山捉野味，捉毒蛇，采中药；一方面，到桂林开一个贸易公司或货栈什么的，将山货交给广州来的华夏贸易公司的人，这公司是我老爸开的。”

整个大堂一下子安静下来，只见金娇一下子走到树榕身边，拉着他的手，对张得贵说：“阿爸，树榕哥说得在理，你就尽快到桂林开个货栈吧！”

为人为到底，送佛送到西，张得贵从未做过生意，怕自己做不来，在他和金娇的恳求下，树榕只得重回头去桂林，同他们选铺位、办货栈。

桂林，是个多民族聚居的历史名城，壮、苗、瑶、侗等民族更增加了桂林的秀色，使原已妩媚的山水更增添了几分生动。从桂林到阳朔，沿漓江一眼望去，山水交融，有如一幅饱含诗意的画卷长廊。有诗为证：

游桂林

横看如图侧成画，天公泼墨竟成花。
千帧万幅皆独秀，三姐花伞笑晚霞。
漓江捉鱼鸬鹚饿，渔火点点舞鱼叉。
象鼻一吹芦笛响，独秀叠彩采春茶。
群山穿洞洞穿岭，两岸挂绿绿农家。
凡间疑在仙界内，不知纷争弃繁华。

树榕师徒三人、金娇、张得贵和他的几个大喽啰，租了两辆马车，来到桂林三多路，找了一间像样一点的旅店住下。

广西桂林，是闻名全国的旅游风景区，素有“桂林山水甲天下”之称。区内的象鼻山成了桂林的标志，七星岩（栖霞洞）深邃宽阔、晶莹剔透，芦笛岩内的钟乳石，洞外的芳莲池，山水相映，真是一幅不可多得的水墨画。金彩山、独秀峰、伏波山更使桂林独树一帜，美不胜收。

树榕坐下，就问金娇：“你要吃什么？”金娇不假思索地说：“吃饭！”树榕不觉一阵心痛，就对金娇说：“金娇，今天我请你吃饭，你点菜，好吗？”金娇拉着树榕的衫尾，生怕他跑了似的，说：“你点菜吧，我可叫不出名字来！”树榕向伙计招呼道：“喂，伙计，来个荷叶粉蒸肉、荔浦芋扣肉、糯米鸡、雀肉酿苦瓜、酥肉咸蛋卷，再来一个鲜莲冬瓜盅吧！”树榕点完菜，又问张得贵，“二叔，要喝什么酒？”张得贵大声说：“番薯酒！”树榕笑了笑，说：“伙计，有竹叶青吗？”“有！”“那，就先来一瓶吧！”

酒至半酣，张得贵突然哭着说：“树榕，你待我实在是太好了，我知道你是个知书识墨的人，你以后一定会待金娇好的。”他又喝了一口竹叶青，“这些菜，我连名字也叫不出啊！”

吃完饭，他们回到旅店。没歇息多久，树榕就出去找铺位了，跟在后边的梅西克和有恒叽叽咕咕在说什么，树榕说：“你们在说什么？大声一点可以吗？”“师父，如果再给他们一百个大洋，我们就所剩无几了。”有恒说：“不妨！”树榕说：“车到山前必有路，以后我们想办法赚回来就是了！”

他们走到马骝山边，见沿路的店铺都是卖山货土特产的，心中就有数了。店铺对面是一片开阔地，是摆地摊卖土特产的山民落脚的地方，人山人海，十分热闹。梅西克走到一间卖野味的店铺门口，见门前写着“六个仙一斤高价收购山瑞（形似‘甲鱼’的爬行动物）”，再看看旁边，一间店铺半掩着门，大概生意不好，准备关门大吉了。梅西克走上前去问店主是否可以出租铺位，没想到店主正想出租，于是树榕三下五除二，一谈就成了。

落实了铺位之后，大家就有落脚的地方了。张得贵父女忙着搬行李，其他人也忙着买床、席和生活用品。梅西克拿了一块木板，用毛笔写着：七个仙一斤高价收购！写完就放在门口。

这时一些山民见两间连着的店铺写的收购价钱不一样，于是就等梅西克出来，准备卖给他，但不知梅西克跑到哪里去了。隔壁的老板一看，就气上心头，大骂道：“他妈的，一来就同我抢生意！喂，伙计，同我写八个仙一斤高价收购山瑞！”伙计马上拿了笔出来重新写上。这时卖山货的山民又聚集到这个老板门口，其中一个山民说：“慢，不要那么急，可能这两个老板在斗法呢！看最后谁的价格高就卖给谁！”“对，对！”其他山民附和道。

不一会儿只见梅西克从二楼下来，见隔壁的老板写的招牌改成八个仙，就马上拿出笔来，改成“九个仙一斤高价收购”。隔壁的老板又见梅西克改成九个仙，这回火了，骂道：“九个仙一斤收购？运到广州连盐水也没得喝了！”这时只见另一个伙计说：“老板，不如我们改成一个大洋一斤收购……”“你不是要我的命吧？过去，找他晦气去！”说完，就带两个伙计气汹汹地走进梅西克的店铺。刚好这时张得贵和他手下的几个大喽啰回来了，这个老板一看，不好，原来他们是一班恶人，看来在这里是做不成生意了，关门吧！他只得自认倒霉了。

“喂，老板，有什么关照呀！”树榕笑眯眯地问。

“没，没，没有！”老板有点发抖，“我，我只是想问问……”

“问什么？”张得贵问道，他瞪大双眼盯着他，吓得这个老板顿时矮了半截。

“问你们租不租铺？我隔壁那间也可以出租！”

“那，好呀！我正嫌这铺面太小呢！”树榕说。

几下工夫，树榕又租下隔壁的店铺。这时，外边聚集了大批等着卖山货的山民，隔壁的老板收了铺租，没好气地走了。只见梅西克不紧不慢地拿了笔在门口的招牌上加了几个字：九个仙一斤高价收购娃娃鱼！

“什么？你们是收购娃娃鱼？”众山民问。

“对呀！你以为我收购什么？”梅西克反问道。

“我还以为你们收购山瑞呢！你们收不收山瑞？”

“收！”梅西克也是不紧不慢地说，“怎么不收？”

“多少钱一斤？”

“五个半仙。”梅西克望也不望这些山民一眼，从身后又拿了一块木板来，上面写着“明天高价收购山瑞：五个仙一斤”。

“哇，明天只有五个仙？”

“是呀！生意难做呀！现在兵荒马乱的！”

“那，我们就快点卖了算了！”山民一窝蜂地将山瑞全交给了梅西克。

“这个梅西克真有两下子！我们做生意都比不上他，真是天生的！”树榕赞不绝口。金娇也在旁边对张得贵说，“阿爸，你要跟广州人学着做生意，否则三天你就亏光了！”张得贵频频点头称是。有恒在旁边听了，浑身不自在，心里总有点不服气：“哼，以后看我的吧！”

树榕这几天天天都教张得贵父女做生意，并将广州家的地址和父亲姓名都一一作了交代，还拿出一张叶绍写给他的介绍信，说遇到不测时可以拿出来作挡箭牌，云云。随后就依依不舍地离开金娇父女，向贵州上路了。

贵州，地处高原地带，是我国岩溶地貌非常典型的省份，瀑布、温泉、溶洞、湖泊遍及全省，形成集奇山、奇洞于一体的喀斯特风光。贵州省也是我国少数民族众多的省份，有苗、布依、侗、水、土家、瑶、壮等十多个少数民族。贵州属亚热带湿润温和型气候，夏天酷热，冬无严寒，雨水天和大雾天一年之中有两百多天。贵州省会贵阳，顾名思义，大概是说：阳光宝贵吧！所以这里有“天无三日晴，地无三尺平”之说。

树榕一行离开桂林后，直上和平、三江、洋溪、富绿，接着就到贵州省的从江县城了。从江县城是一个古老的城镇，是黔东南去广西的必经之路。县城靠山而建，常常大雾茫茫，若隐若现，城内青石为街，店铺古雅，民风淳朴。他们三人在当街的小食店坐下歇脚，小店老板娘忙上前招呼客人：“几位要吃什么？”

“有什么好吃的，你介绍几样来听听！”有恒说。

“这里的菜就真是太好吃了，很多达官贵人都专程来从江吃的，这里的酸辣鱼汤很有名，你要打火锅也成，有牛背筋啦，还有虾子米皮，乌江豆腐鱼，新舟甜酸羊肉，遵义豆花面，鸭溪凉粉，什么都有！”

“不如这样吧！你替我们来个鱼火锅吧，再搞一碟牛背筋，一盘鸭溪凉粉！”

“好哩！”老板娘说。

“等等，我是不吃辣的，千万不要放辣椒！”树榕说。

“听你的口音，是广东来的吧！”

“正是，老板有眼力！”有恒说。

“这广东老板不要放辣的！”老板娘大声向厨房喊道。

“听到了！”厨房应声答道。

“老板娘，我想问问你，你听过占里侗寨有换花草这件事吗？”

“有，有！”老板娘是个爽快人，“我们早就听说过了，不过我们汉人很难去人家侗寨的，我就没有去过！”

“占里侗寨距离这里这么近，为什么不去看看是真是假？”

“哪有这个胆？我是个女的，如果去了还能出来？”老板娘笑了笑，“再说，我又不懂侗话，天知道他们说什么？老板，人家生男生女关我什么事，你说是不是？我为什么要冒这个险？”

“那去占里侗寨要怎么走？”

“你真要去侗寨？你是男的，去看看也无妨。不过，你先要过了四寨河，再搭船，大约撑两个小时竹排就到增冲了。到了增冲，你看到有个增冲鼓楼，再向北步行一个小时，翻过一座大山，就到占里侗寨了。占里侗寨是周围所有侗寨中最富有的，我听我丈夫说山背后边是一个十分平坦的盆地，既然是盆地那米粮就自然丰富了……”

“啊！原来是这样。”树榕说。

“听说这个侗寨女的不愿嫁出寨外，男的也不愿娶寨外的，生活富足嘛！怎么办呢，田土又不可能再多了，后来听说有寨里头人规定：寨里的人只能生男生女各一个，所以一百多年来没见寨里面的人口增加！”

“对，对！能决定生男生女，这就最好！田土的确不会再生的。”树榕说，“那寨里的人谁来控制生育呢？”

“听我丈夫讲这寨里有一个秘方是不向外传的，这个秘方只掌握在寨中一老妇人手中，她死了又传给她的女儿。当寨里的人要结婚了，她问：你要先生男的还是先生女的，如果你说先要男的，那这个妇人就给你的老婆吃一种草药，那生出来的一定是男的！”

“有这样神奇？”树榕这时更感兴趣了。“那他们是不是都先要男的？”

“才不是呢！个个都希望第一个要女儿，女儿懂得做家务，在家帮得手！”

“那如果要女的，是不是给另一种草药呢？”

“这就不清楚了，我听别人说是几种草药合在一起才有效的！”

“啊，原来是几种草药合起来用……”树榕一下子又陷入沉思之中。

“啊，菜来了，各位慢用吧！”

树榕完全没有心思注意菜炒得好不好、火锅配料如何，只是一个人在冥思苦想，筷子夹了什么进嘴巴也不知道。突然，他叫了起来：“糟了，怎么我的嘴巴一点感觉也没有呢？全麻了，是不是中毒了？”

听见中毒，梅西克马上想起蒙汗药，就大叫起来：“老板娘，你在火锅里放了什么？我师父现在嘴巴全麻了，是不是中毒了？”

“什么？中毒了？”老板娘也着实慌了，“厨房，你快出来，看看怎么回事，你放了什么东西到火锅汤里了？”

厨房出来一个老头，只见他用毛巾擦了擦手，抱歉地说：“老板娘，你说这个广东老板不要辣的，我怕他吃亏了，不放辣就多放了麻的，这样，他就不吃亏了！”

“我的天呀！”树榕三人哭笑不得。

饭后，师徒三人抓紧时间上路，离增冲还有十多公里，天已经黑了，荒山野岭的，哪有旅店可租？树榕只得说：“我们今晚要住帐篷了！”

“好呀！我们西行至今还没睡过帐篷呢！”有恒说。

“好呀，好呀，我们就当夏令营吧！”梅西克想起在上海读书时的夏令营，反而高兴不已。什么叫夏令营？反正有恒不懂。他们师徒七手八脚的，不久一个简单的帐篷就在路边的树林中撑起来了，他们到附近的山溪洗了手脸，就坐下吃干粮。

“师父，你怕鬼吗？荒山野岭的！我真有点怕！”有恒说。

“世上哪有鬼，就算有那也不必怕，人怕鬼三分，鬼怕人七分，你不犯它，它怎会犯你？”

“师父，现在是几月份了？”梅西克问。

“我也忘了，大概是农历五月初吧！”

“听说，五月端午广州有扒龙船的，是吗？”有恒问。

“是呀，五月端午，广州可热闹了，又有粽吃，又有斗龙船的，那些龙船的锣鼓声呀，听到都令人兴奋……”

“师父，端午节是谁发明的？是纪念屈原的吗？”梅西克问，“上课时，老师是这样说的。”

“应该是吧！不过，据史书记载，屈原未死之前已有端午节了！”

“是吗？那屈原是哪里人？”

“楚国人，但严格来说屈原是秭归的苗族人，屈原的出生地在秭归，而秭归正属苗区，据考正屈姓为苗姓，与楚王同姓，自然应当是苗族人了!”

“想不到苗族也能出个大诗人!”梅西克说。

“不能这样说，少数民族的文化源远流长，深奥得很呢！现在我们去寻找的换花草，不也是少数民族的吗？你们犹太人在世界上，不也是少数民族吗？但你们出的科学家就不少，拿过诺贝尔奖的还挺多的呢!”

“这也是!”梅西克点头道。

正说着，隐约听到前边大路上传来铃声和人的吆喝声，这声音越来越大，越来越清楚。师徒三人不约而同往铃声的方向望去，只见远处来了七八个人，行头的手拿摇铃，边摇边念念有词：“有路让路，无路闪开！有眼闭眼，无眼塞耳……”后边跟着几个人，一跳一跳地向前走着，他们的衣服也看得越来越清楚了，原来后边的人穿的是清朝的古装，这些人个个面目呆板，似睡非睡，最后的一人也是边走边念咒语，念了一段之后，又向路的两侧抛撒纸钱什么的。这班人远远而来，走到离树榕最近处时只有三四米，他们没有发现树榕三人，照样慢慢前去，最后消失在黑暗之中。

“不好，我们碰到赶尸了!”树榕惊叫了一声。

9 千古之谜换花草　半路竟遇赶尸人

有恒和梅西克两人吓得毛骨悚然，他们紧挽着树榕，一动也不敢动。他们紧紧盯着这班似是由活人和死人混合的队伍，直至他们消失。

“他们走了！”山汽浓雾终于遮住了他们的身影。树榕说完，两个徒弟才敢出口大气。

赶尸，中国民间早有传说，就是赶尸人驱赶死人尸体，令之归乡。树榕早在广州已听人言之凿凿地说：某人亲眼看见赶尸人驱赶一群尸体还乡，犹如驱赶牲畜一般，尸体只能一味向前行，不能后退，遇人不让路，村民遇见赶尸人都会自动避开。赶尸人入夜歇店，将手一拍，尸体就面壁而立，纹丝不动。天明赶尸人一挥手，群尸又上路如故。这种赶尸，据说可以行数十至数百里之遥，许多客死他乡的、无法归葬的赖此得以尸骨还乡。

以上所言皆为传说，赶尸盛行于云、贵、川。人死了如何复生？如不能复生，又怎能走路？更兼夏天炎热，不要说赶尸走路，就是尸体防腐也难办到，这是没有科学道理的，恐怕是纯属骗人的鬼把戏。

话虽这样说，但树榕今晚竟亲眼看见赶尸，也着实吓了一跳。有恒和梅西克更是惊魂未定地问：“中间那几个是死人吗？怎么人死了也能走路？”

“怎么死人还会听赶尸人的号令？”

“死人为什么关节不僵硬？尸体为什么不发臭？”

他们两个你一句我一句地连续提出很多问题来，好在树榕出家之前看过一些科普杂志才大略知道其中的奥秘。

“你们不要怕！”树榕说。

“你呢？师父，你怕不怕？”梅西克问。

“我怕什么？我不怕，不过双脚有点发抖……”树榕笑着说。

“师父，看来赶尸是真的了，我亲眼见到了！”有恒说，“眼见为实嘛！”

“眼见也不一定为实。”树榕坐在帐篷旁边的石头上，说，“这是一种巫术，在科学上是绝对不可能的。前两年，我看到了美国哈佛大学一位人种植物学家在《人种药理杂志》上发表的一篇文章，揭露了这一不可思议的赶尸还魂术的秘密。原来巫师将含有蟾蜍毒素的药物和另外一些毒素涂抹在某一个他看中的，认为是该死的人的皮肤上，由于毒药的作用，这个人便心跳变慢，脉搏变细至极缓慢搏动。不小心的医生或家属一把脉，都说他无脉搏了，死了，以致被当成死人埋葬。巫师趁人不注意时，将这些‘死者’从棺材中掘出来弄醒，再给他吃山药和曼陀罗制剂，于是‘僵尸’就出现了！”

“是不是做蒙汗药那种曼陀罗花？”有恒问。

“对，就是曼陀罗花！”树榕说。

“这些巫师弄醒死人，那他的家属不会看到吗？”

“巫师临做手脚时，就嘱咐家属回避，不能看，否则就不能赶尸回家了。以前人老实，大人小孩都回避不看，这样巫师就可以放胆做手脚了。”树榕说，“这是一种处于生与死之间的‘活死人’，与传说中的僵尸极为相似。好几十个国家的巫师都会使用这些药物，制造还魂尸！”

“那，他们制造的药与中国的巫师制造的药相同吗？”梅西克问。

“大致应该是相同的，都以河豚毒素为主，因为河豚有丰富的产量，内脏极易获得。这些毒素就取自河豚的内脏。微量河豚毒素就可令人中毒致死，但极微量的河豚毒素却能令人发热兴奋，产生一种快感，关键是剂量。如果‘死人’中毒太深了，那巫师也就还魂无术了。”

“啊，对了，我在上海看了一篇报道说日本有人吃了河豚中毒死亡，在埋入泥土前又苏醒了……”梅西克说。

“除了河豚毒素之外，还要加入蟾蜍毒素，这种毒素能影响人的心脏和神经系统的功能，并能引起人极强烈的幻觉。狡猾的巫师会通过各种方法，将毒药放在被害者的屋内外、床上、椅子、日常用品上，于是毒素便渐渐地通过皮肤渗入体内，而造成假死现象。被害者一旦假死，巫师就有生意了，之后将假死者变成僵尸的方法就如我刚才说的那样了！”

“这些巫师这样黑心，他们不得好死！”梅西克说。

“师父，我们马上追上去，救活这些僵尸，好吗？”有恒跳起来说。

“难啊！不是我们怕那几个臭道士，而是就算截到这些僵尸回来，我们也一下救不了他们，无法让他们还魂！”

“为什么？”两个徒弟焦急地问。

“这些受害者处于一种半昏迷状态，成了任人摆布的僵尸，他们目光呆滞，毫无表情，老实听话。尽管过一段时间，他们会慢慢苏醒，但也难恢复正常人的生活，因为家人早就把他们遗忘了，或早已把他们当成死人了，他们也难以回到正常社会中去了。更有甚者，当他们还未苏醒过来时，就被赶回家下葬了。”

树榕说到这里，有恒和梅西克感到无比难过和无可奈何。

“以后我长大了一定要做破法人，背着宝剑，戴着竹笠，云游四海，专门去破巫师的法！”有恒说。

“我也是！”梅西克也跟着说。

晨曦总算露出云层，懒洋洋地散射到山间小路上，这里没有鸡叫，没有炊烟，只有鸟鸣，只有浓雾。他们师徒三人洗漱后就下山了，走到半山腰，远远就望到增冲鼓楼了。

增冲鼓楼建于1672年，距从江县城七十公里，是侗寨的标志性建筑，五层十三重檐，通高二十五米，是寨中长者议事的地方。该建筑属密檐式鼓楼，纯木结构，既优美别致，又雄伟壮观。在深山老林之中，在枫木竹寮环抱之内，在紫阳晨光之下，鼓楼显得那么宁静，那么别具一格，那么令人神往。

“到增冲鼓楼了！”

师徒三人兴奋地走到山脚的大路上，一路有说有笑，似乎已经全忘了昨晚遇到赶尸的恐怖。路上有一老人倒地喘息着，身边放着柴刀和担挑，看来是准备上山砍柴的农民。

“老伯，你病了?”树榕走到这老农面前，蹲下身来问道。

“我，我气喘啊！老毛病了！”这个老农用半通不通的汉语说。

“你是侗寨人?”

“嗯，我是!”

树榕伸手摸了摸他的头，见没有发烧；又把把他的脉，见是细数；再拿出听诊器，在他胸前仔细地检查了一会，发现他的双肺上布满吼鸣音，就知是个老哮喘病患者，他马上拿出半片氨茶碱和五粒白胡椒给老农吞下。才过十分钟，老农就不喘了。

“多谢了，真是太多谢了!”老农说完又拱手又磕头，“你们几位这么早要到哪里去?”

“我们要去占里侗寨!”

“啊！到占里有什么事吗?”

“我是广东的医生，听闻占里侗寨有换花草可以决定生男生女的，所以不远千里特来请教!”

“啊！原来是这样!”老农说，“你顺着这条大路上山，翻过山脊就到占里了。”

“老伯，你可以带我们去吗?”

“不瞒你们几位，我就是占里的，你们顺着大路慢慢走，我抄小路回去报个信，这是我们寨的规矩，有贵客来临，我们也要做好欢迎的准备呀！各位，你们慢慢走吧!”老农一边走一边指指远处的山腰，“过了山就到了。”说完，只见他钻进老林一下子就不见了。

树榕三人又走了一个多小时的山路，终于来到了占里侗寨。黔东的侗寨各有特色，民居多以竹楼为主，杉皮为顶，依山而建。高增侗寨出美女，小黄侗寨出音乐。占里侗寨民风古朴，树榕三人尚未到寨口，就早早听到欢迎的铜锣声和芦笙声，悦耳动听，节奏明快。寨门口也挤满了好奇又热情的侗寨人，门口站着个老人，旁边跟着几个背着鸟枪的小伙子，距离他们大约二十步开外站了一排侗族姑娘，她们衣着光鲜，如过节一般。姑娘们身上穿的是自纺自织自染自绣的衣服，并戴有银冠、银角、银花、银项圈，一身盛装打扮。她们踏着激动轻快的铜锣和芦笙的节奏，跳起了欢迎的舞蹈。还有几个特别漂亮的姑娘在寨门口拦上板凳，牵上红绳，板凳上一字摆开大酒碗。

“欢迎，欢迎，欢迎汉族兄弟来作客!”侗寨头人首先上前两步，握住树榕的双手。用不是很标准的汉语说。

“有劳头人了，有劳各位了!”树榕说。

“请吧，请到寨里头说话!”头人一挥手，侧身一让，他身边几个背着枪的小伙子马上退回两边，树榕就在头人的陪同下“闯寨门”了。几个姑娘拦住去路，她们一人斟一碗酒，唱着优美的山歌对树榕他们三人的到来表示欢迎，唱完之后就把碗高高举起，树榕左看看，右看看，头人只是笑：“姑娘等你喝第一碗酒呢!”

“看来，不喝不成了!”树榕心里揣度着。

他接过姑娘的碗，含笑地对敬酒姑娘说：“多谢!”就仰头一饮而尽了，这姑娘被他深情地一望，又一句温馨的多谢，竟满脸通红，她也稍低下头，回敬了树榕一个秋波。两人相对而视才几秒钟，第二个姑娘的碗又举到树榕的面前，树榕只得又喝一碗。喝完第二碗，又一个姑娘高举着碗走到树榕面前，这下树榕开始有点为难了，心想如果这样喝下去必醉无疑，虽说这些是侗人自酿的低度酒，但也是酒呀！正在此时，刚才在路上犯哮喘的侗族老头走过来，在树榕身边耳语："你不要接她们的碗！你接了，她们就以为你酒量大，就非喝完不可了，你不要动，让这些女孩子喂你！"

"啊！原来这样，你为什么不早点说呢！"树榕恍然大悟地说。

第三个姑娘见树榕不动手，就拿起碗"喂"树榕……大概喝了几碗吧，回头看看两个徒弟，已经脚步浮浮，手舞足蹈了："师父，这里的酒……比桂林……的三花酒……还厉害！"

过了酒关，几个姑娘又拉树榕他们去跳舞了。这舞跳得真开心，又豪放，又舒服，与广州的交谊舞大不一样……

鼓楼里坐满了人，树榕早有准备，拿出一枝玉石烟斗送给了头人，又拿出几枝做得也十分精致的木烟斗送给了几个背枪的小伙子，给刚才敬酒的姑娘每人送一块塑料包边的圆镜和一瓶花露水，寨内的人个个欢喜。送完之后树榕又给了头人两块大洋，叫他买只猪杀了，准备今晚请大家聚餐。

头人起先推却不要，说哪有客人请主人吃饭之理，推得多了就收下了，说："那就明天杀猪吧，今天还是我们请客。"

"汉族阿哥，不知怎么称呼你？"

"啊，我姓叶，名树榕，是广州岭南医学院毕业的医生。"

"啊！叶兄弟，失敬失敬！"头人说，"叶兄弟不远千里，从广州到我们这穷乡僻壤，不知有何贵干？"

"我听说你们寨有换花草，吃了之后就可以自己决定生男还是生女，不知是否真有这回事，特来请教。"

"换花草？"头人一听，脸色一沉，"叶兄弟，你问其他的还好商量，问换花草可能要令你失望了。"

"难道，换花草一事是谣传？根本就没有这回事？"树榕问。

"这也不是，换花草的确有这回事，而且还是我寨的祖传秘方，自祖上从陕川边界移民到此，已经流传一百多年了！"

"啊！你们原来是从陕川边界移民到这里的？"

"是呀！我们的祖上是当兵的，接到命令就移防到这里了，后来就干脆与当地人结婚生子，留下来不走了。你也看到了，我们这里是个盆地，土地肥沃，人们都安居乐业。但土地有限，为了控制人口的增长，我们祖上就规定每户只能生一男一女，所以一百多年来，我们的人口没有增加几个。"

"看来，这是得益于换花草了！"

"对！全靠换花草，才能控制人口的平衡！"

"那，换花草是一种草，还是几种草呢？"

头人望了望旁边一个老妇人便不作声了，这个老妇人轻轻地咳嗽了两声，说："生男娃还是生女娃，需要的换花草不同！"

"是给丈夫服药还是给妻子服药？"

"给妻子服药就可以了。"老妇人说。

“真奇啊!”树榕从这个老妇人口中已得到证实的确有换花草一事，并且掌握这秘方的人活生生就在眼前。这样看来，西洋的XY染色体学说还是不全面。西洋学说讲生男还是生女的是由精子中的染色体决定的。因为女性卵细胞里只有X染色体，男性精子有两种，一种带X染色体，一种带Y染色体，XY染色体相结合就是生男的，XX染色体相结合就是生女的。但今天这个老妇人清楚地讲了换花草只需给老婆服用，也就是说生男生女与老公无关，这不是彻底推翻了西洋学的染色体理论？树榕越想越远，突然回过神来，对头人说：“头人大叔，我在柳州时，治过一个假死后又疯了的女人，她的病的起因就是她的婆婆见她生了一个女孩，就将女婴溺死在马桶里，这个年轻的女人精神受到极大的打击，一下子就昏死过去了，三天还未苏醒过来，家人准备埋葬她了，后来我到了柳州才把她救回来。各位大叔，各位大婶，在我们中国，重男轻女现象十分严重，这个柳州女人的悲剧每天都有可能重演，你们是否可以公开这个秘方救救苍生，不让这些悲剧重演呢?”

大堂内鸦雀无声，头人和那个老妇你望着我我望着你好一阵子，而后头人说：“叶大哥，这个忙我们实在难帮啊!”头人好像上气不接下气。

“头人大叔，你也有哮喘病吗?”

“是呀，我们这个寨，有几十人患哮喘病啊!”头人说，“你刚才说，要我们公开这个秘方救救苍生，但你为什么不想想，如果我们公开了岂不是害了苍生?”

“此话怎讲?”树榕问。

“你们汉族这样重男轻女，他们得到秘方之后，个个都生男孩，那长大以后谁还有老婆?没有老婆就麻烦了，有财有势的就娶到老婆，穷的、没钱的那就只有打一辈子光棍了，或者就到我们侗寨来抢女人了，这不是更可怕?更害了苍生?”头人一席话，说得句句在理，树榕一时也搭不上话来。

过了一会儿，树榕说：“头人大叔，其实生男生女都是一样，生男好听，生女好命，女孩还懂得照顾老人家呢!”

“个个都是你这样想，那又何必要换花草呢?”头人又反问道。

的确，如果个个都认为生男生女都一样，那还要换花草来干什么?

“叶兄弟!”老妇人问，“在广东难道没有比我们换花草更好的秘方吗?”

“没有，只有打胎的药!”树榕说。

看来这样谈下去是没有结果了，换个话题聊聊吧，过两天再想办法打动他们，看看他们愿不愿献出换花草这一秘方。只见树榕又说：“头人大叔，你们寨有多少人有哮喘病，等一会儿都叫他们来让我看看，让我想办法替他们治疗……”

“要收多少钱?”妇人问。

“不收钱!”树榕说。

“那太好了，我儿子和两个女儿都有哮喘病，我马上带他们来让你看看……”

“慢！吃完饭再看吧，叶大哥肚子也饿了!”头人说。

刚摆好碗筷，外面淅淅沥沥下起雨来。侗人来回走动摆酒搬菜的，汗和雨水浸湿了他们的身子，他们好像特别适应这种生活，衣服湿了也不当回事。大家围着火炉，喝酒、吃菜、唱歌，一直到下午两三点钟。吃完饭，衣服也干了。

下午鼓楼外排了长队让树榕看哮喘病，他先简单地将他们分为寒底和热底两大类，寒底的交代他们用胡椒煲石蛤（在山上生活的一种青蛙），热底的叫他们用白果煲石蛤，平常的日子叫他们上山摘胡颓子叶煎水代茶。这些病人中，小孩子占了半数，树榕想主要是他们生活水平低，白天父母去田地工作了，小孩子没人照顾，冷暖不知；更主要的原因是晚上受寒，又加上山里潮湿，雾气大，最容易受凉，反复感染，就变成哮喘了。于是，他又临时设计了一种"保健衣"，教侗人依样而做：衣服的前边胸部露出，腹部加厚，衣服的后面背部加厚，腰部露出，这样一件衣服的包裹面积就减少了一半，夏天也不怕小孩子蹬被子了。病人临走前，树榕都送给他们几片氨茶碱备用。

吃完晚饭，树榕师徒三人走到寨边的河岸上散步，他一边慢走一边想，他想到换花草的神奇功效，又想到西洋人的XY学说："……难道，难道吃了换花草，改变了卵细胞表面的磁场和电荷？看来，有这个可能。吃了生儿子的换花草之后，卵细胞的电荷对带Y染色体的精子的引力就增加，加速了这种精子的游进速度而首先与卵细胞相结合。如吃了生女儿的换花草，卵细胞对带Y染色体的精子的排斥力就增加，使X染色体的精子首先与卵细胞相结合……我回去之后，要从电荷的角度来重新研究这种染色体的理论，也许会有新的发现。"

想到这里时，忽然身边响起了一阵银铃般的说笑声，树榕抬头一看，只见几个漂亮的侗族姑娘从身边走过，她们一边走一边回头望树榕，笑一笑又走开了。

傍晚，难得的好天气，夕阳从西边的山旮旯中射过来，照得人、树林、云彩都染了一片光亮的红色。山雀归巢了，吱吱地叫个不停，几只白鹤在树榕他们身边盘旋了一会儿，又飞向树林深处。梅西克和有恒跟着白鹤跑了十多米远，这里的白鹤不怕人，梅西克说："师父，这些白鹤在欢迎我们呢！"

"是吗？"树榕抬头望着远处的白鹤和夕阳，青山和青山深处的炊烟，"啊！这里太美了！"

第二天一早，吃过早饭，树榕到处找头人，原来头人安排人杀猪去了，树榕只得回到鼓楼等他。师徒三人才坐定，一个特别漂亮的姑娘走了过来，只见她穿着短裙，裙尾还未过膝，有如西洋的超短裙一般，小腿绑了彩色鲜艳的裹腿，光着脚，踝上还戴了银圈，不过银冠就没有戴了，颈上的银圈也不见了。她大方地向树榕问好："叶大哥！"

"啊！你好！你家住在这附近吗？"

"不远，我家就在风雨桥边！"姑娘说，"我爸说了，他很快就回来了！"

"你爸？"

"我爸就是这寨的头人，我是她的大女儿！"

"啊！原来你是这寨的公主！"树榕笑着说。

这时，头人从外边回来，见他们都在鼓楼，就说：

"叶兄弟，今天准备杀猪，被它跑了，追到半山腰才捉到，现已办妥了！"他望了这姑娘一眼："金莲，叶兄弟吃早饭了没有？"

"吃了！"原来那个姑娘叫金莲，"是我煮的！"

坐下不久，树榕又重提换花草一事："头人大叔，你看这样可以吗？我想在贵州办间药厂，专门生产换花草的制剂，资金由我出，你们寨出秘方，赚到的利润对半分，你看成吗？”

“办厂？”

头人想都没有想过，只要他肯交出秘方，就可以分一半的利润。有这等好事？只见他拿出树榕送给他的玉石烟斗，塞了一撮烟丝进去，点了火，慢慢地抽着，想着……树榕知他在思考，也没有催他回答。

过了一会，头人说：“叶大哥，昨晚我寨几个老人研究了一晚，最后还是决定这秘方不能外传，一旦外传了就有违祖训了。叶大哥，令你失望了！”

树榕听后，刚才还有一丝希望的神情全跑光了，他既无奈又尴尬地说：“没啥，没啥，我亦只是想用科学的方法探讨它，研究它，将它发扬光大而已！”

既然头人不准备公开秘密，树榕他们就决定离去了，临走时，头人还是十分热情地指派金莲带他们下山。

10 误闯罂粟雷公寨 贼公自送贵阳城

“金莲，你回去吧！已经到大路了，你已经送我们走了十多里路了。”树榕说。

密林深处的侗寨已经留在身后了，崇山峻岭也望不到了，前面已经是比较平坦的“大路”了。金莲一路走，一路问了树榕很多关于外面世界的东西，还说如果有机会她也要去读书，也要跟树榕一样做医生。忽然听见树榕叫她不要送了，已经走得很远时，心里不免无限惆怅，问树榕：“叶大哥，你还会回来找我吗？”

“这……大概会的，等我们回来的时候会经过你山寨的！”树榕说。

“那大概什么时候会回来？”

“说不准！”树榕说，“大概要两三年吧！”

树榕说完，从口袋中拿出一支自来水笔，递给金莲，说：“金莲，你是个好女孩，你有读书的想法很好！我们现在分别了，我送支自来水笔给你吧！希望你以后好好读书，成为侗寨第一个有文化的女状元！”

天空浓云密布，一转眼又下起雨来，道路泥泞不堪，前面的牛车正吃力地向前走着，路上的行人忙穿起蓑衣，戴上竹帽。金莲始终站在三岔路口呆呆地望着树榕三人远去，一直到望不到他们的身影为止。

道路越来越难走，天不时地下雨，路越来越泥泞，他们三人干脆将鞋也脱了，光着脚，一步步地艰难地向前行。离开占里侗寨后，才走了几里平路，转眼又要走山路了。他们要去贵阳，就必须先到凯里，就必须穿过雷公山。

雷公山位于雷山县城东三十公里，海拔两千多米，为苗岭山脉的主峰。雷公山遍布原始森林，人迹罕至，山脚有一小路逶迤而上。雷公山整日云雾缭绕，山中多有山涧清泉，飞流瀑布，蛇虫鼠蚁更是遍布山野。

树榕三人行到山顶已是夕阳西下，晚霞染红了西边的天空，他们终于松了一口气。树榕脱下油布雨衣，举头一望，竟然发现不远处有一苗寨，傍岩而建，而层层梯田从山脚一直修到山顶，在夕阳的照射下犹如一块块红色的宝镜，倒映着天上的云朵，在寨旁的瀑布溅起的水雾上，挂着半圆的彩虹。

“啊！太美了，简直就是陶渊明笔下的世外桃源！”

有恒和梅西克也被这美景陶醉了。

“师父，我估计，我是第一个到这苗寨的犹太人。回去以后，我一定要写部回忆录，将这里的人间仙境……”

“站住！”

梅西克还未说完，忽然前边跳出几个大汉，他们手中拿着火药枪和弩，指着树榕三人喝道：“你们是哪里人！要到哪里去！”马上将他们包围起来。

“各位大哥，我是广州来的医生，要到贵阳去，路过贵地，望高抬贵手放我们过去！”树榕说。

“广州来的？”几个大汉你望着我，我望着你，其中一个说。

“广州在哪里？”

“广州在广东呀！那边离海很近了！”树榕说。

“你们汉人诡计多端，你们是不是来做密探准备打我们苗寨的？说！”

“各位大哥，你们误会了，我们不是密探，我的确是医生，这两个是我的徒弟！”

“不管是不是，走！到寨里再说！”

为首一个大汉说完，就吹起牛角号，其余几个人用枪押着他们向山寨走去。去山寨的路两边种满了艳丽的鲜花，简直是漫山遍野。树榕刚开始时还没注意，还听梅西克说“多美的郁金香啊”，后仔细一看，原来是罂粟花。

“不要说了，这是罂粟花，是用来制鸦片烟的！”树榕提醒徒弟小心点。

“不许乱说！”几个大汉又大声喝道。

到了山寨门口，刚才的兴致全无了，迎接他们的拦路酒和姑娘没有了，只剩下荷枪实弹、弯弓搭箭的苗民。他们被押到一个石屋，这石屋又黑又臭，里面还养了几头牛，牛粪的臭味扑鼻而来，令人作呕。

“进去！老实点！”

他们被推进这个石屋，门就被关上了。苗兵马上去向寨主汇报，说捉了几个汉人探子。寨主听完之后，又翻翻树榕他们所带的行李，沉思一会儿，说：“看来，不像是探子，你看他们带的行李，都是药物、医书、佛经，不像，不像！”

在旁边另一个大概是师爷的人物，向寨主进言道：“这也难说，因为汉人十分狡猾，他们如果是探子自然也会伪装一番，总不能带枪支电台来吧？”

“嗯……”寨主低头思考着。

“寨主，你看！”一个苗民翻到树榕的地图，“你看，这是什么？”

“这是地图！”师爷见多识广，一眼望过去就知是地图，“还是军用地图呢！肯定是奸细！”

其他苗民一齐附和。

“这样吧！”寨主沉思了一会儿，说：“现在政府军就要入山寨来铲除我们的罂粟，如果他们真的来了，我们只好又再钻深山老林了，前年他们不是来过一次吗？烧到我们整个山寨没剩几间棚。我看这样，我们现在正缺人手收罂粟浆，你就将那两个小的押去帮我们做工，年纪大的自称医生的我考考他，如果他真的是医生也可以替我们寨的人看看病，但不管怎样，不能放他们走，让他们在这里做个十年八年吧，就算他们是奸细也不会对我们构成威胁了。”

“这样好！”众人齐声道。

“那他们睡哪里？”

“就睡牛棚吧！抱些禾秆野草进去就成了，晚上要把他们绑紧点，白天才能放出来，工作时要有人看紧，不要让他们跑了！”头人说。

“头人，你叫那个医生给寨里的人看病？”一个巫婆模样的老妇人说，“千万不要啊！

这样会得罪神的!”

这巫婆说完，个个都急着说有理。头人想了一下，说：“你现在就问问神吧!”

只见巫婆马上作法，抖动着双手双腿，头也不停地左右摇摆，她晃着手中的小铜铃，跳了一会儿，将三只狗牙向天三拜，再扔到地上，众人上前一看：“哎，奇了，神说这个医生好呀!”

巫婆不服，又重复做了一次，结果也是像刚才一样，这时头人笑了：“放心吧！他跑不了，又能替我们治病，是上天送来给我们的礼物呢!”

这一夜又冷又饿，石屋内又湿又臭，蚊子更是大得惊人，白天天气还挺闷热的，但晚上却冷得树榕三人直发抖。他们紧挨着，等待着天快些亮。

好不容易熬到天明，门“吱呀”一响，来了几个苗民，解开了他们绑在手脚上的绳索，说了声：快点吃，吃完就去割胶！顺手扔进几根没有一点热气的玉米棒，三人狼吞虎咽，刚吃完，这几个带枪的苗兵就押着他们上山割胶。才走了几步，一个大婶在后边叽咕了几句，就对树榕说：“你不用去割胶了，跟我来吧!”

树榕跟她来到一间很大的棚寮，上了二楼。只见二楼坐了几个人，中间那个一看就知是头人，旁边坐了两个女人，一老一少，她们的背后还站着两个带枪的苗兵。

“坐吧!”头人摆摆手，示意树榕坐下。

“多谢头人大叔!”树榕一边坐下，一边活动着昨晚被绑肿了的手腕。

头人和这两个女人都默不作声，只是从上到下打量着树榕。过了一会儿，只见老妇人点点头，头人才说：“先生你贵姓?”

“我姓叶，广东广州人。”树榕说，“我是医生，路过贵寨，并无恶意，望头人放我们出去。”

“你是医生?”头人问。

“正是!”

“既然你是医生，我想考考你的功夫！我女儿今年十八岁了，从她七岁那年，得了怪病，耳朵流脓水，不久就天旋地转，总叫头晕，站也站不起来，还常呕吐。现在，她已经全聋全哑了，未聋之前还会叫‘爸爸’，现在什么也不会叫了，你如果是医生就替我女儿治治，治得好我会报答你，治不好这辈子你也休想回家了。”

“这……”树榕一听就傻了眼，他对头人说：“头人大叔，医生治病救人这话不假，但不是每一种病都可以治得好的，如果每种病都能治好，那世上就没有人死亡了。你说是吗？你女儿的病，我不妨一试，尽力而为吧!”树榕说完，又对头人说，“我可以替她检查一下吗?”

“可以！你检查吧!”头人说完就叫手下的人将树榕的行李拿来。树榕拿起耳窥仔细地查看了她的外耳道、中耳道，又检查了她的鼻子、瞳孔、淋巴、脉搏、舌头。检查完后，心里已经清楚八九分了：这是一种慢性卡他性中耳炎，时间长了就引起耳水失衡，前庭神经受损，而发展为今天这个症状。

“头人，你女儿得的是几种病的混合体，第一，是慢性卡他性中耳炎，第二，是美尼尔氏综合征，第三，是后天聋哑。”

“有得医吗?”

“难啊！这种病比较棘手啊！”树榕现在学乖了，先卖个关子吊吊他们的胃口，“这样吧，我先开个处方，再同她针灸，每日一次，看看情况如何再说吧！”

“那就快些开处方吧！”老妇人说。

树榕从容地拿出毛笔墨汁，在白纸上写下：

三斑二豆去了油，麝香多少任君收。
葱白埋丸绿豆大，棉花包裹耳中留。
不论千年与近日，隔山听见水长流。

他写完之后，交给头人，并解释说：“三斑，就是三只斑蝥，二豆去了油，就是两粒巴豆去了油，麝香二分，捣烂加葱白埋成绿豆大小，用棉花包裹药丸放在耳道中，这样你的女儿不久大概就可以听到声音了。这是外用方，现在我再给你开个内服方。”只见树榕又写另一个处方：荆芥、防风、羌活，各四钱，细辛一钱，茯苓、车前子、苍耳子、藿香、桂枝、石菖蒲各三钱。

头人又接过处方，他不太识字。这时师爷走上来，头人将处方递给他，他看了一会，说：“我们这里没有麝香，如何是好？”

“我有带来！”树榕说，“你们快点将中药买齐吧！我现在先同她针灸！”

“快，快，快派人去镇上捡中药！”头人说。

这时老妇人又和头人耳语了几句，头人侧身对树榕说，“你从现在起，就不要回石屋了，就睡在我们这大棚吧，但不要随便走动，也不能下楼，知道吗？”

“头人大叔，我那两个徒弟……”

“他们两个不成！他们还是住在石屋里。”

“那你也不能绑住他们呀，你绑肿了他们的手脚，白天怎么帮你做事？”树榕说。

头人想了一下，就对手下说：“好吧，从今晚开始，就不绑他们了吧！”

不知是上天有灵，还是头人的女儿有福，经过树榕十天左右的治疗后，有一天早晨头人的女儿突然开口叫“阿爸”，这一声不得了，全寨的人都知道了，都震动了，老妇人更是高兴得连连叫道：“再叫一声，再叫一声，叫呀，叫呀！”

头人马上派人杀猪还神，他的高兴劲就不用说了。树榕见她能开口了，就知道她已经不聋了，就问她：“姑娘，你现在耳朵还痛吗？”

“不痛了！”姑娘的发音虽不大准，但在场的人个个都听得清楚。

“还流脓吗？”

“不流了！”姑娘一边说一边摇头。

“头还晕吗？”

“不晕了。”姑娘笑了，笑得那么开心，那么天真，她笑起来还挺美丽的呢！

吃饭的时候到了，头人第一次给树榕敬酒。这天树榕真的喝醉了，大概是心中苦闷吧！

自从头人的女儿能开口说话以来，树榕就多了个人聊天，每天下来也没有以前那样死气沉沉了。她父母见女儿说话一天比一天多，一天比一天清楚，心里也有说不出的高兴。

有一晚，头人同他老婆聊天，他老婆问："孩子他爸，现在女儿的病已经治好了，你怎样报答人家？你不是说过要报答人家的吗？"

"我也在想这个问题！"

"如果他要钱，你给他多少？"

"他行李箱中的钱我还给他，并且他要多少我就给他多少，只要我出得起！"头人说。

"如果他不要钱，要走，要去贵阳呢？"

"那不成！"头人马上说，"他要金要银可以，要我们寨中的东西也可以，但不能走。他一走，我们就没有这样的医生了，要是以后我们自己得了什么病，到哪里找医生？那天我们不是问过神吗？神都同意他留在这里的！"

"这样……他肯吗？"

"这就轮不到他说肯不肯了，最多他的两个徒弟不用睡石屋，不用他们割胶，这够开恩了吧！"

"你明天先问问他想要什么再说吧！"老妇人说，"说句真心话，这个医生我也挺喜欢的，如果他能留下来……"

"明天问问他再说吧！"头人说。

他们夫妇俩的谈话，全被他们的女儿听到了。

第二天，在吃早餐的时候，头人对树榕说："叶医生，我曾经说过，你若治好我女儿的病，我要报答你，现在你治好了，我也应报答你了。我应怎样报答你呢？不如你说说，你需要什么，比如金、银、任何东西，只要我有的我都可以拿出来，我说话算数！"

"头人大叔，你说要报答我，不必了。治病救人是我们的天职，如果你真的想报答我，明天就放我们师徒三人下山吧！我还要去西藏拉萨游历呢！"

"你要去西藏？"头人停了一下，"你要金要银都可以，但不能走！这个条件我不能答应。你们汉人有本事，这个我清楚，但你们汉人狡猾，这个我更清楚。前年，我们山寨来了两个汉人，我们请他们喝酒跳舞，把他们当成上宾款待，但他们走后就带兵上来，将我们的山寨烧光了，把我们的罂粟花全毁了，你说我怎么信得过你们汉人？况且，我们的罂粟胶还未割完，你就更不能走了……叶医生，这样吧，明天是六月十九，是我们苗民的重大节日爬坡节，到时你去玩玩，挑一个自己最中意的女子做老婆，在这里成个家吧！"

头人今天还算客气，把树榕的两个徒弟也请来吃早餐，他夹给树榕一块烟肉，又说："这样吧，从明天开始，你两个徒弟都不用去割胶了，今天，你们休息一天，到周围走走吧！"说完又向身后的两个苗兵耳语了几句。

到了下午，苗寨的人都动起来了，原来明天就过节了，姑娘们忙着把她们的节日盛装拿出来，男人忙着准备酒肉，有些人忙着检查"刀山火海"、铜锣芦笙……傍晚时分，山上的苗兵不知从哪里抓到了两个外地人，带到头人那里审问。不多久突然来了几个苗兵，将树榕三人又绑起来，押回石屋里去了。

第二天天亮了，门还是没有人来打开，只听到外边热闹的锣鼓声、芦笙声、踏舞声、喝酒的吆喝声，一浪高过一浪，直至深夜才慢慢平静下来。大约半夜二点钟，石屋的门突然"吱"的一声开了，进来了一个人，原来是头人的女儿，只见她背着树榕他们的行李，气喘喘地小声说："叶医生，快走吧，你们跟我来！"

树榕马上推醒了有恒和梅西克，三人连忙背好行李，跟着头人的女儿，匆匆地离开了山寨。这姑娘一边下山一边说："叶医生，你们快走吧！下午我们抓到两个汉人，听阿爸说是准备来烧我们山寨的探子，所以他怀疑你们是同一路的，又把你们关上了。你顺着这条路往前走很快就到凯里了，那里有很多汉人，你们也不用怕了。叶医生，对不起你啊……"

树榕三人蹚过小河，回头向头人的女儿挥了挥手，就没命地向凯里方向逃去了。

师徒三人不敢停留，怕苗寨人发现他们逃跑派人来追，一路没命地向前赶路。当他们到达凯里时，浑身上下已经湿透了。

凯里是黔东重镇，古老的街道极具地方民族特色，奈何黔东多雾多雨，整个城镇从楼房的墙壁到街道的石板都长了青苔，满眼都是青灰色。如有闲情逸致，到附近的镇远古城、梵净山、麻塘革家走走，观光一番，亦不枉黔东一行。但现正逃亡之际，哪有心思去欣赏这些古朴风光和自然美景？到了镇上，师徒三人实在累得不行了，想走也走不动了。树榕说："我们找个僻静的地方坐下，吃点饭休息一下吧！"

他们来到一间小饭店，随便叫了点饭菜，就风卷残云般吃个精光。

"师父，我们今晚不如在这里歇息一晚，明天再去贵阳吧！"梅西克说，"我很多天没有洗澡了，早就变成腌菜了！"

"好吧！"树榕说，"问问小店老板，哪里有客栈，我们歇息一晚吧！"

老板介绍离小店不远处有一间汉人开的客栈，他们三人就住了进去。掌灯的时候，客栈老板进来聊天，原来他是广东罗定人，前几年为躲避日本人才跑到这里来的，异地见老乡自然多了几分亲切感。

"你们是来看赛马的吧？"老板问，"这几天可热闹了，上刀山、下火海都有得看。"

"不是！我们要到贵阳去！"树榕说，"未请教老板贵姓？"

"我姓曾！"

"姓曾？"树榕说，"我在广西遇到一个当兵的也姓曾，叫曾志辉，他也是罗定人！"

"什么？你见到他了？他是我的弟弟，我上来贵州开小店都是他的主意，他还给了我十五个大洋呢！可惜他官运不通，当了十年兵还是个排骨（长）！"

"啊！曾志辉是你弟弟？"树榕笑了，"他现在已经是工兵连连长了，是我叫我叔父提拔他的！"

"怎么……"

"是呀，我叔父是64军军长，你弟弟又在旅途中救过有恒他一命！"树榕指指有恒，"所以，我就叫我叔父升了他当连长了。"

"啊！原来你是我弟弟的恩人！"这时老板得知弟弟升了官，开心极了，"老婆，快给我多炒几个菜来，我要同叶先生喝两盅！"

月上树梢，酒至半酣，树榕他们也的确累了，就说休息了。临睡前，曾老板说："你们早点休息吧！明天去看赛马，还有斗牛、斗鸡、上刀山、下火海看呢！"

第二天一早，师徒三人起了床，发现晾晒在外边的衣服越晾越湿，已经有一股酸臭味了。曾老板走进后院，看看他们的衣服，尴尬地说："贵州这里是这样的了，天无三日晴啊！”树榕叫梅西克到装衣服的竹篓子里拿出干净的衣服好去赛马场。梅西克打开竹篓子一看，糟了！钱和衣服全不见了，书籍和药物却还在。

“什么？全没有了？”树榕和曾老板也吓了一大跳。

原来昨晚小偷进来，趁他们睡着的时候把他们的衣服和钱全偷了。

“这可如何是好，这可如何是好……”树榕急得直跺脚，“我们西行才刚刚开始呢！”树榕摸摸自己口袋，见还有二十个大洋，就问他们二人：“你们口袋里还有多少钱？”

“我有十个大洋，从分开放到现在我还未用过！”有恒说。

“我也是！”梅西克说。

“我还想今天赶马市集，买一匹马帮我们驼行李的呢！”树榕说，“曾老板，买一匹马要多少钱？”

“一般的马五个大洋就可以，如果要买红鬃的那就贵了，起码两百个大洋才行，如果要买汗血红鬃马那就更贵了，非要两千个大洋以上不可！”

“汗血马不是产自新疆的吗？”

“正是，这种马只有当地极有钱的人才买得起！”

“那马市一般摆几天？”

“三天。”曾老板说，“要不我陪你们去一趟吧！哎，真不好意思，昨晚我可能喝得也太多了，也睡得太沉了……”

“不要这样说了。”树榕说，“既然已经被偷了，就算给他买路钱吧！说不定还破财挡灾呢！”

他们四人吃完早饭就走出市镇，离市镇不远就是泥泞路。现在天天下雨，路不烂才怪呢！行人虽然都戴有竹帽，披了蓑衣，但还是衫湿裤湿，都像从水里捞上来似的。

“这地方其实应叫‘海里’，你们看这些人个个都湿漉漉的，像是从海里捞上来的一样！”有恒说。

“哈哈！你说得有道理。”树榕说，“广东的蕉岭，其实叫焦岭，一度是十分干旱的地方，广东乳源古母水，其实叫‘苦无水’，水比油贵。这地方叫凯里，大概也是因太潮湿才叫海（凯）里的吧……”（“海”和“凯”在粤语里发音相同）树榕还没说完，就目瞪口呆了。

原来，他看到远处有几个苗兵用枪押着一个小伙子，赶他过河，小伙子身边还有一个老妇人在哭喊着。大雾茫茫，但树榕老远还是认得这小伙子穿的衣服就是他的，就是昨晚被偷的那几件中的其中一件，而这些衣服是树榕从广州下九路自良西服店做的，这穷乡僻壤绝对没有这样的衣服。

“难道，这些苗民帮我抓小偷……”树榕还未反应过来。

“师父，你看！”梅西克也发现了这几个苗民和小伙子，“他们把这个小偷捉住了！”

“这些苗民抓错了！”有恒说，“他们把穿了你的衣服的人当成是你，抓他回去苗寨了，活该！”

“不要声张，让他们过了河我们再走！”树榕说。

真是破财挡灾，树榕他们不见了衣服，却躲过了一劫。他们眼见这些苗民走远了才慢慢向马市走去。马市人潮涌动，卖马的、买马的真不少，有的在看马，从牙齿看到四蹄、腰腹；马鬼（中间介绍商）一边吆喝着，一边打着只有他们内行人才明白的手语。树榕他们逛了半天，终于花五个大洋买了一匹白马。

回到客栈，有恒对梅西克说："梅西克，你马上用茶籽水洗干净马身，我去去就来。"

过了一会儿，有恒买了一包铁红（染色颜料）回来，烧开了水慢慢地、仔细地给白马毛染色，染了几遍之后，又用少许猪油抹了一遍。

"你为什么将它染红了，为什么不染四个马蹄？"树榕问道。

"师父！"有恒笑了笑，"你看我的汗血马漂亮吗？"

"真的很漂亮，染了色之后就如关云长的赤兔马了，还四蹄踏雪呢！"树榕说，"可惜过不了几天染的颜色退了，又变回白马了！"

"师父，我明天去卖马！"有恒说。

"我也去！"梅西克说，"我们要赚回被偷去的钱！"

晚上，曾老板按树榕的吩咐找了一个理发匠来，把他们三人的头发全剃光了，曾老板还自作聪明地说，"对了，对了，这么潮湿的天气，头发真的长出虱子了！"

"这虱子是从苗寨带来的……"师徒三人齐说。

第二天，师徒三人穿了和尚的行头，挂上了佛珠，牵着"汗血马"，就去马市了。到了马市，他们的"汗血马"一下子成了马市的围观中心。梅西克用英语叽叽喳喳地大声吆喝，有恒当"翻译"，"解释"说他们是从西域（新疆）来的，围观的人一句也听不懂这个外国人在叫什么，只知这个翻译说他们是从新疆来卖汗血马的，树榕只是盘膝打坐，闭目养神，合十念经。

这时，有一富豪走到人群中来，围着"汗血马"看完又看，连叫"好马！"他问树榕："师父，这马多少钱？"

树榕半睁开眼，见一个圆头圆脑的中年人，生得满面麻子，还穿了他从广州买来的西装，连头上那顶礼帽也是树榕的。"原来他是个大贼头，"树榕心想。

"有缘可送可卖，无缘不送不卖。"树榕说。

"什么叫有缘？"

"不瞒施主，我们卖马主要是化缘建敝寺的大雄宝殿以还神愿，凡能投得高价者必有后福，施主不闻'小舍小得，大舍大得'吗？"

"啊……大舍大得！"旁边一个穿绸缎的富人说，"这汗血马，少说也值一千个大洋，那我就出一千吧！"

只见他说完，就掏出一千个大洋，放在树榕面前就想把马牵走。

"慢！"那个圆头圆脑的中年人说："我出一千五！"

"我出两千！"

"我出两千二！"

圆头圆脑的中年人旁边有个尖嘴猴腮的师爷对他耳语道："三老爷，这马起码值三千，就算用来打种交配一次就值一百个大洋！交配三十次就有三千个大洋了。"他说完后，圆头圆脑的人大叫一声："你们不要同我争了，我出三千！我要做善事，大舍大得嘛，哈哈……"这时，其他人也不敢跟他争了，只见他拿出三千个大洋放在树榕面前，树榕说："阿弥陀佛，善哉善哉！佛祖一定保佑你。"

说完，只见他拿出庆云寺的信笺，写了一行字：今年行好运没有灾难再重来。

写完之后，交给叫三老爷的买主，买主一见有庆云寺三个大字又有这批语，更兼得了这“汗血马”，高兴得恨不得马上回家放鞭炮还神了。

树榕师徒三人只恨自己生少两只脚，飞快离开凯里，溜之大吉了。

过了三天，眼看就要到贵阳了，树榕师徒也就放慢脚步，优哉游哉地坐在马车上，一路说笑。

“师父，我真佩服你如此淡定，我真怕你露馅呢！”有恒说。

“我也是被逼出来的，不淡定不成啊！我看见他穿了我的衣服，就知道他是贼头了。”树榕说，“我佩服你们两个才是真呢！你们扮得太逼真了，一唱一和，我要是围观的也一定相信。加上梅西克那副外国人样，又讲英语，谁能不信?”

“我们前一天晚上早就商量好了！”有恒说。

“对了，有恒，你是怎么想到要染马毛的呢？你又怎么懂得染的呢?”树榕问。

“我是听了曾老板说汗血马能卖个高价钱，就想到染马毛的主意了。我们的钱已被人偷得差不多了，再不想办法赚一点，我们就要挨饿了。至于染马毛的手艺那就简单了，因为我在梧州染布坊做过工，所以就懂了！”

“啊！还是你厉害，还是你有本事！”树榕随口称赞道。

梅西克在旁听到后心里不服气，想：还未到关键时刻，不知谁最厉害呢！

师徒三人正开心地说着笑着，忽然前边叫停车，原来到城边的关卡了，树榕跳下车，对哨兵客气地说：“老总，我是广州来的，要找三师的龙得志师长！”

“你是师长什么人?”

“我是他的世侄，我叔父64军军长叶绍同他是结拜兄弟！”树榕说完就拿出叶绍写的信给哨兵看，当兵的看完，就客气地对树榕说：“叶军医，你稍等，等我打通师部电话。”

“请便！”树榕说。

三人坐在哨兵的竹凳上，不一会儿，哨兵说：“师长马上派车来接你们，你们先在这里喝杯茶吧！”

树榕师徒三人刚坐下，前边来了一行人，其中一个骑着马，为首一个头上手上还包了绷带，只见那人大叫道：“不要放过他们三个！他们是大骗子！”

树榕一看，原来是买马的三老爷，树榕这回心里踏实多了，他对那几个当兵的说：“他们是一班贼头，我在凯里时被他们偷了衣服和钱，现在他穿的西装也是我从广州买的，你们要给我捉住他！”

哨兵一听，马上拿起枪，向着三老爷大叫道：“下马！快下马！你们这些贼人一个也不要想跑掉！”

三老爷一听心里有点发毛，“我从没来过贵阳偷抢，怎么士兵知道我是贼呢？现已到哨卡，回头已不可能了，死就死吧，死也要出口气的了！”想到这里就下了马，几个士兵用枪指着他们，他们着实慌了。但三老爷也是见过世面的，只见他抢先道：“老总大哥，你不要听他们的，他们卖了一匹假汗血马给我，才过了两天就褪色了，他还写了一张纸给我呢，不怕他不认账！”

三老爷一边说，一边拿出那张纸来给当兵的看。

“这位老板，我早就说了，你有缘无缘就要看马了，马褪色就是你无缘！你做坏事太多，上天惩罚你啊！你现在身上穿的衣服都是我的，你还说你不是贼？”

“放你狗屁！这西装是我从贵阳买的，你说是你的，你有什么证据？”

“老总！”树榕说，“你们去看看他衣领上的招牌，有没有写明是广州自良西服店的就知道了！”

几个当兵的如狼似虎地一齐上去揪起三老爷的衣领一看，果然是广州自良西服店做的。

“你们这班贼真是胆大，偷了人家的钱财还敢来捉人，来呀，把他们通通给我捉起来！”一个兵头回头对树榕讨好道，“叶军医，这些小事，就交给我吧！”

说时迟，那时快，几个士兵一下子将三老爷几个绑了起来，这时来了一辆汽车，车上下来一人，原来是龙得志的儿子龙启泰。龙启泰也曾跟父亲去过广州树榕家，所以大家也挺熟的，他一下车就叫声：“七哥！”

“啊，是启泰你呀，要劳烦你了！”

“哪里，哪里！”

两人激动地交谈了一会儿，启泰见绑着几个人，就问怎么回事，树榕就一五一十地告诉了他，启泰也笑了。

“你是赵三的弟弟——赵四（找死）。”

“不，不，不，”三老爷还想反咬一口，“你看，他还写了一张纸条给我，说买了他的马，包我今年行好运呢！没想到我一骑，就跌破头，手骨也折了！”

树榕不慌不忙，拿出笔来，在他写的一行字中点了一点给启泰看，两人看完，都抱着肚皮笑个不停。

“你自己看吧！”启泰说。

三老爷一看傻了眼，原来那行字成了：今年行好运没有，灾难再重来。

11 恐怖凶宅谜已解　且看如何度众生

贵阳为贵州省会，西南重镇，地处云贵高原，山清水秀，人杰地灵。但“贵阳”多雾多雨，晴空日少，贵阳，顾名思义，大约有阳光宝贵之意吧！有诗为证：

游贵阳

南明河畔甲秀楼，西望黔灵横贵州。
文昌阁内人气盛，花溪清澈惹人游。
贵阳委实阳光贵，懒雾七日不愿收。
婀娜多姿黔妹妹，摘花一朵望君留。

在龙得志府第里欢声笑语，餐桌上摆满了当地名菜，龙太太频频为树榕夹菜，龙师长和启泰也频频向他敬酒，席间欢乐的气氛把树榕他们一个月来的焦虑不安的心情一扫而光。主人对树榕他们的冒险精神大加赞赏，又对他们在苗寨受困倍感不安，为他们的脱险慨叹不已，又为他们卖汗血马哈哈大笑。

“今年行好运没有灾难再重来，有意思，有意思！”师长对树榕的才智赞叹不已。

“变成今年行好运没有，灾难再重来了！”龙小姐说完，众人又大笑不止。

龙小姐为龙得志的二女儿，年方十九，现在贵州大学上学，修的是中国历史。她相貌端庄，不算闭月羞花，但亦可算大家闺秀。龙太太是四川资中人，虽徐娘半老但风韵犹存，大方得体。龙得志性格豪爽，一派军人风度，个头中等，说话铿锵有力，掷地有声。龙启泰比树榕小两岁，喜欢物理化学，也在贵州大学读书，还有一个月就毕业了，准备出国深造。

“来来，七少爷，这是贵州有名的鼎罐城酸辣汤，尝尝！”龙太太给树榕舀了一勺汤。

“多谢！”树榕欠身道，“辣吗?”

“不辣！”龙太太说。

“七哥，你尝尝这个爆炒龙虾，可香呢！”龙小姐又夹了一只小龙虾给树榕。

“辣吗?”树榕照例问道，因为他最怕辣了！

“不辣……”龙小姐笑着慢吞吞地说，“才怪呢！”

迟了，树榕已经将小龙虾送入嘴里了，才嚼了几秒钟便辣到树榕张嘴呵气。

“你呀！你这个丫头，不要这样捉弄你七哥，你明知他怕辣的！”龙师长说。

“来来，吃这个烧豆腐果、鸡肉饼、糕粑，这些都不辣的，套全鸭有点辣，不怕，你慢慢就习惯了！”龙太太说，“你这个丫头！”

龙小姐做个鬼脸，叫下人倒杯凉的茶来，让树榕凉快凉快。她看树榕已经没有那么难受了，才说：“刚才我给你吃的爆炒小龙虾是最辣的，你以后要记住了！我们贵州人呀，同四川、湖南人一样最爱吃辣的了。俗语说‘湖南人不怕辣，四川人辣不怕，贵州人怕不辣’！”

“那贵州女孩不是个个都火辣辣的了？”树榕说。

“哎，那你就错了，贵州女孩最温情纯良了！”龙师长笑着说，“除了我家二小姐之外！”

“我很火辣吗？”龙小姐夹起一块肉，一把塞住她老爸的嘴，“我明明是温良恭俭呢！”

“老鼠掉落天秤！”龙师长说。

“那叫什么？”龙小姐睁大双眼望着老爸。

“那叫自己称自己！”

众人哈哈大笑。

散席后，他们来到客厅的沙发上品茶，龙师长得知树榕他们三人准备到西藏去云游，就心存顾虑地说：“树榕呀，你要去西藏见识见识，理论上可以讲得过去，但实际走起来就不是那么简单了。从我们贵阳到西藏，有两条路可走，一条从夜郎出四川，经剑阁出汉中，再从汉中到西安、兰州、西宁，再去拉萨。第二条路是，到了四川成都，就西向康定、雅江、巴塘，直入西藏。不管你走哪一条路，都必须考虑几个问题，一是气候变化，那里气候无常，干燥严寒，加上高原反应，不是一般人能受得了的，弄不好就客死异乡了，这点切记切记。第二点，就是民族生活习惯不同，语言不通，你去了又能了解到什么？能有多少收获？第三就是中途匪盗如毛，多得不可胜数，你有得去，未必有得回。再有就是生活来源、生病、自然灾害，你考虑过吗？”龙师长一片好心地说：“你们这些年轻人啊，一时心血来潮，说去就去而不想想后果，不要说你们几个人去，就是四川去年派了一个团到甘孜，半路已经病倒四分之一了，到了甘孜又被当地土匪射杀过半，回来的路上又冻死一批，回到成都一团人只剩下一百多人了，知道吗？”

树榕听了龙师长一席话如梦初醒，才觉得自己很幼稚，考虑太不周全了。师长抽了一口烟，继续说：“其实，你大可以在贵州、四川、云南等地游历呀，这些地方实在有太多自然风光和人文景观了，有太多的神秘东西了，你能在大西南跑个遍，已经不简单了。如果要去西藏，万万不可，一定要去，最多也只能去到青海就要回头了！”

这时大厅的人都在仔细地聆听着，因为只有龙师长才算得上是真正见过世面的人。

“不如这样，你先在贵州安顿下来开间医馆，有空就到贵州周围走走，单单一个贵州就够你考察了。你有了固定的工作和收入，又不影响你云游的志趣，何乐而不为？至于青海……我，我想起了，我在南京军校认识一个同学姓马，现在驻守青海湟中县，我同他联系好了，你才能去，否则你千万别去，去了就不能回头了。”

“这也好！”树榕说，“那，过两天我在贵阳找个地方开间医馆，先安顿下来再说。”

“这就对了！”师长说。

第二天，龙家两兄妹陪同树榕走马观花游了一圈贵阳。贵阳市容就不敢恭维了，市民说得没错，贵阳这城市，天无三日晴，路无三尺平，灯无三盏明，确实如此。不过贵阳的甲秀楼和黔灵山倒是值得一去的。树榕在文昌路看中了一间闲置的路边店铺，觉得在这里开间医馆倒也不错，加上它靠近文昌阁，每逢初一、十五或其他佛祖菩萨诞辰，人流也不小，于是就对有恒说："我们进去看看吧！"

走进里面一看，只见一个大汉横躺在长凳上，望了树榕他们一眼，又自顾自地睡了。

"喂，兄弟，你们这间铺出租吗？"树榕问。

这大汉理都不理，启泰说："不要问他，回去问问我爸就知这铺是属于谁的了！"这时有个大婶在旁边看到了，就小声说："这店铺属文昌阁产业，不知怎的被这班流氓霸占了。他们横行霸道，整条文昌路，他们都要收保护费呢！""算了，算了，宁得罪君子，莫得罪小人，我们到另一个地方租吧！"树榕说完，就离开了。在这店铺的对面，住着一大户人家，二楼的临街窗口，正有一丽质少妇在梳洗打扮。他们离开了几十米远之后，有恒说："你们先走，我随后就来！"说完又跑回原来那间店铺。

只见有恒走入店铺，拿起正在熟睡的大汉的草帽，向着对面马路二楼窗台的少妇吹了几个口哨做了几个鬼脸，又做了几个下流的手势，气得二楼的少妇马上把窗门关上。有恒做完"哑戏"之后，放下草帽就离开了。

过了一会儿对面马路来了几个大汉，走入这间店铺，见到熟睡的男子就是一顿拳打脚踢，打得他哭爹叫娘的还不知祸从何起。只见他一瘸一拐地离开店铺，嘀咕着再也不来这店铺了。

第二天，树榕找到文昌阁的住持，说明来意，住持说："你们能租下是最好不过了，不过我得声明，这条马路不干净，白天黑夜都有鬼。白天嘛，你们已经看到了，是一班无赖烂鬼，晚上则是真正的冤鬼！"

"有这等事？"

"这是一间凶宅，几年前有好几个人在里面上吊死了，从此就晚晚闹鬼，搞到人心惶惶，我们已经打过斋设过道场了，但不顶用，那冤鬼越闹越凶，没有办法，我们才想出一个以邪治邪的办法来，叫那些黑道大哥在那里帮忙看铺。自从他们来看铺以后晚上倒是不闹鬼了，可白天搞到左邻右里鸡犬不宁，最近还收保护费呢！我们上个月叫他们走，不用他们来看铺了，没想到他们反过来要收我们看铺费、保护费和饮茶费共一千个大洋，这不是请神容易送神难吗？"

"啊，原来是这样！"树榕说，"真鬼假鬼我们都不怕，他的父亲就是这里驻军的师长！"

"那就最好不过了！"住持说。

"那每月租金多少钱？"

"两个大洋吧！"

双方谈妥之后，住持带树榕他们去这店铺，交了锁匙，临走还说："这是后花园的门匙，你们最好晚上不要进去，否则撞到鬼就麻烦了，以前有个女孩子在里面上吊死了。"

回到龙家大院，树榕将租铺位的情况给龙师长说了一遍，龙师长说："好办！"马上找人叫那黑帮的头子来，训斥了一顿，那头子唯唯诺诺地走了。

第二天，树榕、启泰几人又重新来到这店铺。现在他们才发现这店铺还挺大的：铺面大约有一百平方米，一个大厅，两个偏房。大厅后边有一扇锁上的门，锁头早已生了锈，大概是很长时间没有人开过了，他们费了很大力气才将锁头打开，顿觉眼前一亮。原来里面有个大花园，花园里种了许多桂花树和李子树。花园后边又是一幢两层的楼房，楼下早已破旧，窗框残缺，二楼尚可，有三房一厅，稍加修整便可住人。花园内有一口井，水质一般，大概是长期没有人用的缘故吧。井边长满了杂草，井的外边就是围墙，围墙倒也结实，不过已多处长了青苔。

“这间楼阁是文昌阁的产业？”树榕自忖道，“这就奇了，看里面的摆设倒像个富贵人家，桌、椅、床、灶没有一样像佛门弟子用的！”

大概龙小姐看出树榕心中疑惑，就说：“七哥，告诉你吧，这间屋原属当地一富豪，十多年前，不知怎的家里不明不白地年年死人，最后连刚过门的媳妇也无缘无故地上吊了，所以主人就认定这是一间凶宅，不能再住人了，就举家搬往外地，临走时将它交给文昌阁暂时代管……至于为什么他们走后就闹鬼，那就说不清了！”

“叫你来这里住，你敢吗？”树榕问。

“不敢！”龙小姐说，“我最怕鬼了，不过有你们在这里住就不一样了。”

“你敢在这里住我也不敢留你，最怕万一有个什么三长两短的，叫我如何向你父亲交代？”

看完花园，树榕就安排人打扫花园、楼房、铺面和修理门窗，叫人买了一些旧的中药柜回来，自己又亲自去采购一批中药和常用的工具。七天之后，在一阵鞭炮声中这间“永春堂医馆”就正式开张了。

俗话说：“本地姜”不辣。树榕他是“外地姜”，加上他是正规的医科大学毕业生，在贵阳人心中自然就比“本地姜”辣一些了，加上开张那天龙师长带了一班社会名人、三教九流的人前来祝贺，一开始就先声夺人了。

来诊治的人形形色色，有内外妇儿科的、皮肤肿瘤的、刀伤跌打的，那时的人看病也不知分什么科，只是听闻某某医生医术高明，就前来就诊了。树榕给人看病耐心周到，收费合理，不到一个月就名声大振，门庭若市。

一日傍晚，一负责煮饭的大婶来报：放在锅里的剩饭剩菜全不见了。树榕心不在焉，支支吾吾也就过去了。但大婶来反映的次数多了，他也觉得有些蹊跷了：“怎么小偷只偷剩饭剩菜，不偷些更贵重的东西呢？”他想了一下，“大婶，想必小偷是个极饿极穷的人，他既然不偷钱财，只偷剩饭剩菜，以后就煮多一点饭菜放在锅里，让他们拿去吃吧！救人一命，胜造七级浮屠啊！”

浮屠是梵语，意为佛塔。树榕的心地真算善良，还吩咐下人煮多一些饭菜让小偷来偷。饭后几师徒坐在后花园乘凉，龙家两兄妹来了，就一齐围着竹台聊天。

“七哥，这段日子还过得惯吗？”启泰问。

“惯，惯，还挺有意思的！”树榕说。

“那，你们楼内有没有闹鬼？”龙小姐问。

“没有！”树榕说，“可能是街市小民以讹传讹吧！先前户主未走之前就年年死人，可能是死于某种传染病或慢性中毒，后来他们搬走了又可能有老鼠什么的半夜前来捣乱弄出响声，于是就越传越玄了。你看我们，快一个月了，不是生活得好好的吗？连半只鬼影也未见过！”

“我真想见见鬼呢！”有恒说。

“我也是!”梅西克也说。

这对活宝有什么事总是一唱一和的，树榕看看他们笑着说：“如果真的来了鬼，大概你们会吓出泡尿来呢!”

“啊，对了，听说你们最近常被小偷偷去剩饭剩菜，是吧?”启泰问。

“对，对，”树榕说，“每日来看病的人那么多，进进出出的，可能来看病的人太饿了，就走到厨房偷点吃的，这没有什么稀奇吧?”

“嗯，这也是!”

“七哥，我可能不能出国留学了!”启泰说，“如果不能出国，我跟你学医算了!”

“此话怎讲?”

“我昨晚做了个梦，梦见数百根圆木堆积在一起，我在木堆上走来走去。我醒后将梦里的情况跟人说了，别人说木堆即材，我是材之外，想必出国难了!”

“才不是呢!”树榕说，“这是材之上，你必定是第一批出国的呢!”

“真的?”启泰转忧为喜道。

他们兄妹走后，树榕就上二楼休息了，他还未合眼，忽隐约听闻楼下有开门之声，不久又再没有声音了。他出于好奇就跑到楼下看个究竟，一楼及花园没有人，他又走到厨房看看，也是什么也没有，他顺手打开锅盖，一看：刚才还在的剩饭剩菜全不见了。

“唔，这小偷就在这屋里!”

树榕想到这里，就大声说：“是哪一位?是哪一位拿了我的剩饭剩菜?如果你能走出来，我马上再煮锅新鲜的给你吃，不用怕，不用躲躲闪闪的，出来吧，出来吧!”

周围没有回音，安静如常，忽然一阵风吹来把树榕的煤油灯也吹熄了。树榕马上走出大厅，拿起给人看病的手电筒，又重新在花园和一楼每个角落细细地检查一遍，但还是没有发现任何可疑的迹象。

“真是奇了!”

第二天晚上，树榕有意早早关灯，手里拿着电筒，专等异常声响，他一个人偷偷地蹲在厨房门的后面，但整整守了一夜，就是没有人来，他只得上二楼睡觉了。但第二天早上，煮饭的大婶又嚷道剩饭被偷了。这时医馆上下的人都议论开了，说一定要捉住这个小偷。大婶怕鬼，还专门买了些纸钱回来烧了一通。众人说轮流值班守住厨房就一定能捉住小偷，树榕心想，这也好，发现问题总要弄个水落石出嘛！于是树榕就安排了值夜班。一周过去了，剩饭剩菜再也没有人偷了，好像小偷已经发现有人值班似的。于是，树榕就大声宣布：“从今之后，再也不用值班了，来偷饭菜的，也是可怜之辈，如果是歹徒又何止偷剩饭剩菜的，让他偷吧!”

到了晚上，树榕一个人偷偷地躲在厨房的柴堆后面，静静地守候着小偷的来临。到了半夜三点钟左右，树榕已经有点困，正想打个盹，忽然厨房门吱的一声被人推开了，走进来一个年轻女子，只见她轻手轻脚地走到大锅前，打开锅盖见到剩饭就没命地往嘴里塞，极为狼狈，看样子她已经饿了好多天了。树榕急忙打开手电筒，正射到这姑娘身上，这姑娘被这强光吓了一大跳，极恐慌地放下手中的剩饭，转身就往门口逃去，树榕急急上前一把死死抱住这姑娘，叫道：“姑娘，你不要慌，不要走，我不是坏人，我是医生，你有什么困难可以对我说，何必这样偷偷摸摸的?”

这姑娘被树榕死死抱住，自知走不掉了，就双膝一下子跪在地上，眼泪像泉水一样涌出来：“先生，你放了我吧！我再也不敢偷你的饭菜了，只是我和母亲饿极……”

树榕这时才看清这个姑娘，长得十分漂亮，大眼睛，小酒窝，苗条的身段，只见她梳了一条长辫，发色枯黄，脸色苍白，穿了一件黑色的土布大襟衫，一双手工的红布鞋。

“姑娘，你坐，你坐，我姓叶，是这间医馆的医生，你先吃饱饭，我再慢慢同你聊，你要相信我，你有什么困难，可以对我说，我应该可以帮你解决的！”

树榕诚恳的态度和文静英俊的面容，使姑娘安静下来了。

“饭菜冷了有细菌，会生病的，不如我现在烧火给你炒热再吃，这样吧，你来烧火吧！”

这姑娘十分听话，坐在灶前烧起火来，树榕找了两只鸡蛋和一些腌肉，炒了一盘饭给她，只见她狼吞虎咽地一下子就吃完了，最后还打了个饱嗝。树榕又给她递了一碗水，看她咕噜噜地又喝了，心想：多可怜的姑娘啊！

“姑娘，你叫什么名字？”

“我叫胡雪冰。”

“你家住在哪里？”

“我就住在这里。”

“什么？你就住在这里？怎么我从没见过你的？”

说到这里，姑娘哇的一声哭了起来，哭声是那样凄凉，那样叫人揪心。慢慢地姑娘终于讲出她自己的故事来：原来，这间楼房的主人姓胡，叫荣昌，在世时一向以做生意为生，由于经营得法，慢慢就赚到不少钱。他先后娶了三个老婆，大老婆、二老婆是本地人，第三个是四川成都人，住在浆洗街。有一年，胡老板又出外做生意，自然也就少不了拈花惹草的，回来后发现自己得了麻风病，并且已经传染给了二房。他自知罪孽深重，麻风发病是迟早的事了，就上吊了。他死后，他的大儿子与二房通奸，不久，大儿子也染上了麻风，儿媳也染上了麻风。后来，他又奸污了他的少母三房，三房也被传染上了。不久，大儿子的病来得快，他也自知这回彻底完了，因为一旦被乡亲发现他得了麻风病，就必须活埋的，如发现他奸污了两个少母，也是要浸猪笼的，总之两条路没有一条是好死的。在无可奈何之际，他自己吃了毒药自杀了，他老婆见他死了，也上吊了，二房也跟着去了。三房由于病情较轻，而且肚里已有了雪冰，就躲起来将女儿生了下来。大房将这楼交与文昌阁住持，也回娘家去了。

这楼房厨房背后有一道夹墙，夹墙外有一扇极隐蔽的门，一般人是不会轻易发现的，因当时社会治安不好，一般有钱人家建房子时都建有夹墙，收藏贵重的东西，雪冰母女就住在夹墙内，忍辱偷生，在没有人的雨夜就偷偷溜出来，买些食品用品回去。在树榕他们未搬进来之前，晚上她们母女俩也有时偷偷跑出花园玩一阵子，所以外边的人就说里边闹鬼了。

“原来是这样！”树榕叹了一口气，问，“你母亲叫什么名字？”“我母亲叫李梦兰，我父亲叫胡荣昌。”树榕终于明白过来了，他舒了一口气，说：“那，你母亲现在在夹墙内？”

“是，她已经一个星期没有吃过东西了！你们来了之后大门换了锁，我就不能出去买东西吃了，只有偷了。”

“那，你快带我去看看她！我现在拿些葡萄糖给她喝，一会儿她就能回过神。”

胡雪冰带着树榕走进夹墙，迎面扑来的是一股极难闻的臭气，树榕用手电筒在前边探路，胡雪冰边走边轻声喊道：“妈，我带叶医生来看你了，他是个大好人呢……”

他们走到一张床前，只见一个丑陋的女人直挺挺地躺在床上，活像僵尸一样，她的面部长出几大块凸起的疙瘩，颜色稍红，双耳已经变了形，双手的关节如鹰爪一般。好在没有发现她有皮肤溃烂，估计她未染病之前是个抵抗力甚强的人。

“快，快抱起你的母亲，马上喂她葡萄糖水！”

胡雪冰照树榕的吩咐，喂了她母亲葡萄糖水之后，她母亲才慢慢苏醒过来。她又拿出炒热的饭，一点一点地喂她吃下去，树榕拿出听诊器和血压计给她母女俩详细检查一番，之后就对雪冰说：“胡姑娘，你现在要做的第一件事，就是将门后的马桶拿到外边去，用石灰撒在上面，倒在粪坑里，这些粪便是有细菌的，的确会传染人的。你作为她的第二代，应该没有传染性了，并且已经有免疫力了，但你母亲要及早隔离，天亮之后我派人来你们的房间喷些消毒水，你要搬出去住，不要同你母亲住了。”

“但如果我们被人知道了，就要被活埋了，不行！”胡雪冰反对说，并显出一种极不安的恐怖情绪。

“这个，我会替你保守秘密的！”树榕说，“你放心好了，以后你吃饭也不用偷了。”

“叶医生，你是我们的大恩人啊！”胡雪冰一下跪在地上，声泪俱下。

凶宅之谜是解开了，但怎样安排胡雪冰的母亲呢？在哪里替她治病呢？胡姑娘又怎样安排呢，下班后他和启泰、龙小姐他们围了一圈，在花园争论起来：“七哥，你好心，我们都知道，但万一这事传开了，那就是件大事了！”启泰看来是第一个反对收留胡雪冰的。

“你不要以为胡姑娘长得漂亮，就舍不得人家走，将来这事传开了，对你和医馆都是个致命的打击啊！”龙小姐说，“我听人说麻风婆生的女儿特别漂亮的，皮肤白里透红，勾人魂魄的。”

“师父，我小时候听我父亲说，我们以色列人，几千年前到现在都是这样，得麻风病的人都是要用石灰掩埋死的，很悲惨的呢！”

“你们各位莫急！”树榕慢条斯理地说，“麻风病并没有像你们说的那样可怕，尤其是第二代的亲属已经没有传染性的了，你们一定要以科学的态度对待！现代已经发明了氨苯砜，可以有效地控制麻风病，治愈了成千上万的人。很多以前的难治之症现在已变得十分简单了，不是吗？比如，以前觉得很可怕的肺痨（结核病）现在已经变成小儿科那样简单了！如果我们采用中西结合的办法，我相信一定能彻底治愈这种病的！”

“我们是否可以到郊外找个僻静的地方，办间专门治疗麻风病的医院呢……”启泰说。

“我正是这样想的，我想明天去相关卫生部门，希望得到他们的支持，这样我们就可以名正言顺了！”树榕说。

“说到麻风病，我们贵州就有很多人患有这种病，尤其是苗族的山寨里，他们一旦患上了，就被寨子的人隔离到离寨很远的地方，让他们自生自灭了！”龙小姐说。

“有些不法之徒，还专门到那些麻风寨去收购麻风病人的血痂呢！他们将它放在仇人的茶汤里害人，我已经听阿爸讲过好几次了。”启泰说。

“这样缺德的人，真不得好死！”龙小姐说，“明天我叫阿爸帮你忙。”

第二天，龙师长约了两个省卫生局的官员和他手下的副师长参谋长，一齐到天香楼吃饭，帮树榕想想办法。才坐下，就见一个唱独脚戏的人来了。

所谓的独脚戏，原是流行于江、浙、沪一带的滑稽戏，是由王无能于1917年创造的，其实当时的文明戏开场之前或有其他空档，独脚戏就来戏中串戏，一只架子，一面锣，一面钹，学学各种方言，南腔北调，引观众发笑，解解寂寞。抗战时独脚戏传到大后方，又加上当地艺人的发挥创新，竟成为一种群众喜闻乐见的艺术形式。

这个唱独脚戏的演员使出浑身解数，使得酒楼内气氛热烈起来，笑声不断。树榕是广东人，对当地的贵州话不甚了了，只得别人鼓掌自己也跟着鼓掌。好不容易唱完了，艺人走了，树榕想抓紧时间谈谈正题，没想到一个参谋长说：“哎，我昨晚做了个梦，不知是凶是吉！”

“那就说来听听，这有广东来的高人，他大概会帮你解梦的！”众人起哄道。

“我呀，昨晚梦见隆冬季节饲养蚕桑，满房子都是蚕丝，不知是凶是吉？”

众人一下子都望着树榕，龙师长说：“你想好了就不妨替他解解吧！”又说，“启泰说你甚精于此道的。”

“这个梦嘛……”树榕沉思了一会说，“是叫你移师东进啊！隆冬季节出丝，即冬丝，也就是东师，这是好兆头啊！是你立战功的好机会啊！”

“什么？移师东进？这回惨了，现在中央军也打不过共军，叫我东进不是赶羊入虎口？还说什么好兆头，世侄，你有所不知了，那是霉头啊！”

“来来来，你也替我解解梦，”一个副师长说，“前两晚我梦见房梁之上悬挂三把大刀，不一会又添了一把，吓得我一身冷汗，我是不是被人暗算了？”

“谁会暗算你啊！你多心了！”龙师长说，“终日疑神疑鬼！”

“三刀为州字，又添一刀，唔，你可能要赴益州了！”树榕说，“四川古时叫益州，你还可能升迁呢！”

“如能去四川，比东去中原自然好多了！”副师长满意地说。

树榕正想插入正题，那个省卫生局的官员又来问：“喂，世侄，你解梦这样内行，我听人说，能解梦的人一般都懂拆字，你同我拆个字，如何？”

树榕笑了笑：“这些是茶余饭后的东西，信则有，不信则无，何必当真！”

“来来，玩玩嘛！”卫生局长说完，随手就写了一个“也”字递给树榕看。

“局座，不知你要问何事？”

“我，我，我老婆想移居他处，不知可否？”局长说。

“弟弟，共产党还未到来，你就想溜之大吉了，是不是？什么老婆想移居他处，一派胡言！”参谋长对卫生局长说。

“这，这，这真是我老婆的意思嘛！”局长狡辩说。

“这个也字嘛！”树榕沉思了一会，就说，“你不宜移居他处啊！你看，也字加三点水就是个‘池’字，你想走水路又没有水，去不得。也字加‘马’字就是‘驰’字，你想走旱路又没有马，也不成。同时，你看也字加‘土’就是‘地’字，就算你亡命天涯也是苦不堪言啊，因为到了他乡，没有土地，土地就是财富，就是资本。你在这里有田有地有店铺有大屋，为什么要走呢?”

“这也是，我不过随便问问!”局长擦擦头上的汗说。

“我看你这么灵，不如也同我拆个字!”龙师长也来凑热闹。

龙师长说完，就龙飞凤舞般写了一个草体“可”字，递给树榕。

“龙叔叔，不知你要问什么?”树榕问。

“我想解甲归田，可否?”

树榕细细端详了他的字迹，就说：“不可，你看你的‘可’字写成不字形，就说明了你不能退下来的了，加上你姓龙，龙要有水才能翻江倒海，大有作为。现在你写个可字，是‘河’字欠水，所以你今后应是没有什么大作为的了。不正为歪，你现‘可’字写成不字，缺一个正字，看来你将来会‘反正’呢！可与贺同音，这样说来不解甲归田还可喜可贺呢!”

众人一听他将来会“反正”，吓得出了身冷汗，‘反正’不是和老蒋作对的代名词吗?

“我的结局会如何?”

“你的结局嘛……是安享晚年，因‘可’字上头加草花头，就是‘苛’字，而你现在正缺草字头，所以结局尚可，平平稳稳，安享晚年是也!”

……

一轮解梦拆字之后，树榕见时机已到，就将自己想办间麻风病康复院的想法同几个赴宴的官员聊开了，没想到个个都说好，只是省府没钱，资金需自筹。“有他们在行政上的支持就足够了，至于资金问题，自己慢慢想办法了，如真不够那就打电报回广州问我父亲要。”树榕心里想道。

将散席时，秘书送来急电三封：一封令参谋长即赴徐州某师任正师长，即日起程；令副师长赴重庆守备司令部任正师长，即日起程；令龙师长即带兵赴武汉守备，即日起程。几个人面面相觑，皆称赞树榕“学问”高深，胜过刘伯温，云云。

回家路上，启泰好奇地问树榕：“七哥，你怎么对解梦拆字有这么深的研究？刚才吃饭时，他们那班人对你佩服得五体投地，称赞不已呢!”

“我临来时，庆云寺的净空法师对我说，如要行医救人，单学医还不行，还要学麻衣柳庄、紫微斗数、易经、风水，一切玄学都要加以研究，岂不闻医者心也吗？加上一般人文化水平低，喜欢人神两医，如能精通此道，就能事半功倍了！所以我就抓紧时间钻研玄学了!”

“说得有道理，我们这里的人看完医生还会去求神的，如你医术巫术能通通搞定，那必能名声大振了!”启泰说。

“其实呀，韩愈早在一千年前就说过，‘巫医乐师百工之人，君子不齿’，以前巫和医是一回事，是没有分开的，所以君子亦不愿意同巫医并列，以免有失身份。但从现在的医学角度来说，病人心里得到安慰，又有神的帮助，那好了三成就变七成了，好了七成就变十成了，这大概与神经介质中的乙酰胆碱有关吧。这正合了医缘一说了!”

快要分手的时候，龙小姐挽着树榕的手，并轻轻地吻了一下他的脸颊，说：“如果建那间康复院要我帮忙，就说吧！我明天还要上课，下课后才能……”

“树榕，”龙师长从衣服的口袋里拿出一份电报，交给树榕，“你慢慢看吧!”说完，就开车走了。

树榕打开电报一看，原来是弟弟从广州发来的：

七哥如见：

父无端入狱，我正为他办保外就医。大哥将所有财产全部控制了，正欲偷偷拍卖。叔父在前线全军覆没。你要多保重。

12 麻风禁区施援手　徒弟巧卖随侯珠

父亲无端入狱使树榕不知所措，更打乱了他的全盘计划，他当时想可以从几个方面筹集资金，一是自己行医所赚的钱可以全部拿出来，二是有父亲这座大靠山，三是社会集资。现在父亲出事了，同父异母的大哥又控制了所有财产，龙师长又调走了，单靠自己行医所得是远远不够的，这该如何是好呢？

晚上回到医馆，见自己的衣服早已被人洗好晾干了，房间也收拾得井井有条，树榕心里想只有雪冰才这么细心，才能整理得这么干净。正想着，雪冰进来，她替树榕倒了一杯茶，就坐在对面的椅子上，问："叶医生，你在想什么呢？"

"我？"树榕望着雪冰，这才发现她的确十分漂亮，用倾国倾城来形容也绝不夸张，仔细看来，还有点像外国的美女呢！她的眼睛是褐色的，睫毛特别长，双眼一转仿佛地球也要跟着转动一样。难道刚才龙小姐所说的"麻风婆生的女儿特别漂亮"是真的？树榕下意识地望了望她的眼睛，说："我……我在想……想你母亲和你的医疗方案，又想办一间康复医院，专门收治麻风病人，好让他们早日康复，重返社会。"

"那你想好了没有？"

"同你们母女的治疗方案基本想好了，你母亲以西药氨苯砜为主加以中药配合治疗，你就以中药为主加以西药配合治疗。雪冰，你不要有什么顾虑，你是不会传染人的，给你吃药只是预防措施，你的病跟你母亲的不同。"

"全靠你了！"雪冰感激万分地说。

"说到办间麻风病康复医院一事，我正为这事头痛，主要是资金不足的问题。我这间医馆，开张不久，积蓄有限，我家里又突然发生变故，一时又不可能拿钱出来支持我。想集资嘛，同我关系最熟的龙师长这几天又要带兵走了，我一下子到哪里找熟人呢？"树榕一下子陷入了迷惘之中，"要办一间医院，起码要征地，要建房子，要买医疗器械和药物，还要请人帮忙……"他停了一会，又说："如果办不成这间医院，就无法安置你母亲，所以我心里真是乱成一团，不知如何是好！"

他说完，雪冰正想开口，只见有恒和梅西克探头探脑地在门口张望了一阵，又走了。

"你们两个给我回来！"树榕大声说道。

两个人只得慢吞吞地走回来，但不敢进门，树榕有点火了，说："我跟你们说过多少次了，雪冰是不会传染的，怎么你们总是听不进去？你们这样做是对人家的一种侮辱，知道吗？你们跟我学医就要相信科学，相信我！知道吗？进来坐吧！"

"不了，我还没冲凉，我先去冲凉……"有恒说完就一溜烟走了，梅西克也说要去上厕所，也掉头走了。

树榕十分尴尬地望着雪冰，抱歉地说："雪冰，对不起啊！世人对这种病的偏见是如此根深蒂固，要他们一时改过来也不是一件容易的事啊！"

“叶医生，不如我先走吧！”雪冰一边站起来，一边说。

“你不要走，你走了就说明你会传染了，他们是对的了，明白吗？哎，我们继续聊天吧！你母亲是四川哪里人？”

“我母亲是四川成都人，但我外公是从山西搬到江苏，又从江苏搬来四川的。”

“啊！那你就是山西人了。”

“对，我们应是山西人。”

“山西是历史上出美女的地方”树榕笑着说，“你知道为什么吗？”

“不知道。”

“山西在中国历史发展中有其独特的地方，当时山西主要受夷人控制，后来又被汉人控制，再后来又被胡人、西域人控制，在人种方面就成了大杂烩了，所以生出来的女孩子特别漂亮，既有汉人细嫩的皮肤，又有胡人高大的身材，兼有西域人洁白的肤色，这就是根源了。你看你的眼睛是褐色的，不像我们是黑色的，像个外国女孩子，像个波斯姑娘！”

“啊，原来是这样！”雪冰有生以来第一次听人家说到历史。她站起来对树榕说：“叶医生，你忙吧，我去找我母亲谈些事！”说完就下楼了。

树榕拿起笔来，正画着将来康复医院的平面布置图，忽然雪冰又回来了。

“叶医生，你们办医院，要多少钱？”

“不知道，但我初步估计，至少也要上万个大洋！”

“叶医生，我这里有五百个大洋和一些金银首饰，全交给你，你就收下吧！”

雪冰说完，就把一大包东西拿出来放在桌上，打开一看原来全是金首饰和珍珠项链、宝石戒指、玉佩玉环之类的一大堆，树榕看了这堆宝贝也惊呆了，心想怎么她会有这么多贵重饰物的呢。

“叶医生，你知道吗？这些东西对我们是没有用的，我们以前也不敢出外见人，就更不敢到外边花销了，将它交给你正派上用场，你就收下吧！”

“真是太多谢你了，这可真是及时雨啊！”

中午吃饭的时候，树榕将雪冰捐献金银首饰一事告诉了大家，并说：“等一会儿，我们三个一起到外边走走，选选地方，回来再谈需要多少钱，你们两个快点吃吧！”

饭后，师徒三人到郊外一高山边看看地形，发现有间早已空置的道观。树榕灵机一动，这道观面积很大，只要装修一下就可以使用，而且这地方周围没有人家村落，离市区只有十多公里，不算太远，这道观如能拿来做康复医院就已经成事一半了。一想到这里，树榕就马上同两个徒弟直奔市政府，市政府的官员说这是无主产业，大可以加以利用，并表示支持。一切看来都很顺利，就这样办康复医院的手续一下子就办妥了。

回到医馆，师徒三人在树榕房间坐下。树榕高兴地说：“吉人自有天助！”

说完，就拿起算盘的的咯咯地打起来，打了一阵，又眉头紧皱道：“还差三千个大洋呢！”

有恒和梅西克在一旁看雪冰那包宝贝。有恒问：“师父，这是玉器吗？”

“是呀！”树榕抬头望了望这两个徒弟一眼说。

“怎么石头都这样值钱?”梅西克问。

“怎么?这是石头?这是玉!”树榕笑了笑，“你知道历史上最贵重的玉器值多少钱吗?”

“不知道。”

“最贵的是随侯珠和和氏璧。单单和氏璧，秦王就愿意出十五座城池来交换，你说有多贵?”

“那随侯珠呢?”

“随侯珠是一颗夜明珠，据《随州志》记载：‘春秋随侯是汉东国姬姓诸侯，出游时见一蛇受伤，使人以药敷之，蛇因而得救。第二年蛇含明珠以报之，珠径寸余，夜能发光，如月之照，可以烛室，故谓之“随侯珠”。’和氏璧和随侯珠为春秋二宝，和氏璧因‘完璧归赵’而家喻户晓，而知道随侯珠的人就不多了。”树榕说。

“那，我们在南宁大王滩捡到的是不是随侯珠?它也能发光!”有恒说。

“那是萤石，如果你一下子就能捡到一大堆随侯珠，随侯珠就不值钱了。”树榕笑着说。

有恒乌黑的眼珠子在不停地转动，梅西克又问：“以前的随国在哪里?”

“随国近濮水，这样看来应在今天的河南濮阳附近吧!”

明天就是农历六月初六，贵阳花溪布依族每年六月初六都有盛大的赛歌和赶歌会活动。下午，龙小姐下课后来到树榕的医馆，见看病的人渐少，就问：“七哥，明天我们去不去花溪的六月六玩?”

“明天?”树榕想了一下，就说，“去吧!我也从未见过布依族的赛歌怎样赛法，加上我们现在选址的那间道观离花溪不远，不如大家都去玩玩吧!听说布依族的蜡染挺出名的呢!买一两件回来当摆设也好!”

“那我就通知阿爸和阿哥同去了!”龙小姐说，“玩完最后一天，阿爸后天就要开拔了!”

“你跟不跟你爸去?”

“我才不去那个鬼地方呢!他打他的仗，我读我的书，我为什么要跟他去。”龙小姐含情一笑，“我也想留下来陪陪七哥你!”

“有恒，梅西克，”树榕大声说，“明天我们不开馆了，去花溪玩一天!”

有恒和梅西克这两个活宝正不知低声商量什么，忽闻师父说明天放假去玩，就高兴地说：“好啊!我们又有得玩了!”

晚上少有的好天气，月朗星稀，和风阵阵。龙小姐来到树榕的房间，问功课，问饮食，问医病……一晚都问个不停。树榕望着龙小姐，觉得她似乎今晚有一样重要的事情要问，不过还未开口。

“七哥，你一个人出外云游，离家千里，家里人牵挂你不?”

“家里人?”

“是呀，比如说你阿爸阿妈、你爱人，他们能让你一个人出来冒险的?”

“我阿爸已经入狱了，不知何时才能结案。我阿妈死了几年了，我爱人……哎，叫我怎么说呢？说有也可以，说没有也可以，不如我详细告诉你吧！”

于是，树榕就把他在广西的游勇山寨认识玉娇、金娇的过程说了一遍，又将谢莉的情况也简单介绍了一下。

“在游勇的山寨里不答应不成啊，不答应就出不来了。至于谢莉小姐，同她再见面的机会就极渺茫了，她回到以色列之后，天涯海角，天各一方，纵有千缕情缘，也不过是一场美好的回忆罢了！”树榕说完，木然呆坐，心里情浪一时翻滚不已。

“七哥，听你讲的经历，到现在我还从未遇到，多浪漫啊！比看言情小说还有意思。”龙小姐说完，起身坐在树榕身边，问，“我们以后会不会发生这种浪漫的故事呢？”

树榕看着她那含情脉脉的大眼睛，轻声地叹了一句：“不可能了……”

“为什么？”龙小姐一把抱住树榕的肩膀问，“为什么不会？难道你嫌我不漂亮，不温柔？”

龙小姐正说着，忽闻门外有人下楼的脚步声。

“是谁在偷听我们说话呢？”树榕想。

第二天，花溪一带人山人海，热闹异常。本来树榕也约了雪冰一起出去玩的，不知怎的她坚决不去，加上所有人都反对带她去，他也只好作罢。他们一行人有说有笑，龙小姐更是大方地挽着树榕的手臂，招摇过市，若无其事。龙师长和一班大官他们也自有一番乐趣，谈今论古，指天笃地。若要问他们谁唱的歌最好，他们就一脸茫然，说“都好，都好”。跟在后边走的树榕和龙小姐、启泰和启泰的女朋友佩琼又是另一番光景，他们谈的是婚姻自由、考试中举、新闻趣事。走到半路，树榕见前边有些摊档专卖蜡染工艺品的，就上前看看，看见有些挂包，想买两个送给有恒和梅西克。他举头望了望四周，只见两个小鬼在不远处向他招手，示意众人去他们那边，师长及树榕他们也不约而同地向那边走去。

到了那边大树下，只见有恒在一个劲地向下挖，梅西克在旁帮手。

“你们挖什么？”师长好奇地问。

“我一块大洋掉在树洞里了！挖来挖去还没挖出来！”有恒说。

“还越挖越深呢！”梅西克说。

“那，你们就慢慢挖吧！”师长说完就想离开到别处去游逛了。

突然，有恒高声叫起来，“找到了，找到了！”说完就拿出一块石头出来，他把这石头周围的泥巴抹掉，原来是一块鸡蛋大小的半透明的玉石，这玉石还发出耀眼的绿光。

“啊！”梅西克大声说：“这是我祖父找了一辈子的随侯珠！”

一听到是随侯珠，龙师长等一班达官贵人都停住了脚步，马上回头围着有恒他们，拿过这个绿光闪闪的随侯珠看完又看，都感到万分惊奇，这时几个报社的记者闻讯赶来。

“请问龙师长，什么叫随侯珠？”

“随侯珠与和氏璧是春秋二宝，价值连城，你们没听过‘侯珠弹雀’的成语吗？随侯珠是夜明珠，是稀世珍宝啊！”

“那，随侯珠有什么特征呢？”

“你看，它像鸡蛋一样大，而史书记载也是‘径盈寸’，与之相符；第二是发绿光的；第三，晚上，如月照之可以烛室！”

“那你又怎么可以一下子就确定它是失落了两千年的随侯珠呢?”

“当然不可以，但单从它能发光这一点，就知道它价值连城了，以前慈禧太后的凤冠上那四颗夜明珠，它们不是随侯珠，身价却超千万两白银呢!”龙师长看完之后，将随侯珠交还给树榕，说:“你先拿回去好好保管，以后慢慢研究吧!”

龙师长说完这句话时，周围已经围了好几十人了。

要求来看随侯珠的人越来越多，尤其是在晚上，师长临离贵州前还特意安排了一个班的士兵负责保护它呢！这样一来，想要一睹为快的人就更踊跃了，梅西克说:“师父，以后我们这样好了，每看一次收大洋一块，你说可以吗?这不是可以帮补我们建康复医院的资金吗?”

“啊！对，对，怎么我没想到呢!”

从那天起，每来看一次随侯珠，先交一个大洋。不到一个星期，树榕就收到几百个大洋了。有一天，来了一个贵州大学的教授和两个洋人，这个教授看过几次了，那些洋人也起码看过两次，他们这次专门来找树榕谈谈。

“叶医生，贵徒弟喜得夜明珠，这是千真万确了，这位安得烈先生想同你商量，这颗夜明珠你们卖不卖?”

“这个……”树榕故作吞吐状，欲言又止。

“这不知是不是随侯珠，如果是，那我们就变成卖国宝的罪人了!”在旁边的启泰说。

“这个简单!”一个叫安得烈的洋人说，“我只不过是同你买夜明珠，没有说同你买随侯珠，对吗?”

“对，对，”另一个叫菲利浦的洋人说，“我们买回去，只是收藏而已，不会影响你的。”

“那，你们能出多少钱?”启泰问。

“我们愿意出一万美元!”

“你先考虑一下吧!”启泰说，“这样，我们明天还有人买，价高者得!”

“好吧，再见!”

这班人走后，树榕心知肚明，这是他两个徒弟搞出来的把戏，但现正缺钱建康复医院，也只好骗骗这班外国人了！当天晚上，贵州大学一个总务又来了，他说这班洋人志在必得，叫树榕开个价，如合适今晚就成交，不等明天了。树榕说:“这样好了，五万美元吧，少一分钱也不谈了，买了之后，要马上离开中国，十年之内不得在市场上出现，若有发现转卖，罚十倍价钱。他们必须立字为据，并要有个中国人担保。”没想到晚上十点钟，这大学总务又转了回来，迫不及待地拿了五万美元和一张保证书来，拿了“随侯珠”匆匆走了。

“哈哈哈哈……”医馆内一片笑声，启泰笑得前躬后仰的，“这班洋人大概以为春秋二宝，他们已经得到一件了。”

“这不是随侯珠，我想就是夜明珠罢了!”树榕说。

其实什么夜明珠也不是，只不过是块在山溪捡到的萤石，加上中国一个古老的传说和那天几十人在现场作证，以及龙师长发表的一番高论，再加上记者在报上一刊登，它一下子就身价百倍了。这些树榕也不好对启泰说清楚。现在好办了，有了钱，树榕马上招聘了几个医生和护士、杂勤人员，添置了药物器械，在那间弃置的道观门前挂起一个醒目的牌子："贵阳麻风病康复医院"，这间医院就这样正式开张了。

由于多开了一间康复医院，树榕要两头走动，他买了一部半旧的小汽车，请了个司机，就方便多了。雪冰的母亲早已迁到康复医院留医治疗，雪冰一边吃预防药一边在文昌路的医馆帮忙，心情越来越好。更令雪冰高兴的是：经多次检查，她全身已无感觉障碍区，皮肤涂片和病理组织中未发现有麻风杆菌，神经组织正常，可以说她已是一个完全正常的人了。

虽然树榕已经将她的检查报告通报了医馆所有的人，但人们总是客气地躲开她，回避她，让她心里痛苦不减当初。

一晚，树榕在房间的台灯下正写着医疗方案，雪冰轻手轻脚地走到他的身边，这回，她一入房就从后边轻轻地抱住树榕：

"叶医生，忙着呢！"

"是呀，正忙着替康复医院那几十个病人制订医疗方案，坐吧，要喝茶吗？"

"叶医生，你同我检查一下，我身子有点不舒服……"

"什么？哪里不舒服？"树榕一听她有点不舒服，就紧张起来，忙放下手中的工作，"哪里不舒服，快说给我听！"

"我也说不清，你同我检查一下吧！我要去诊室的检查床躺下吗？"

"不用了，你就躺在这里吧！"树榕指指他的床说。

雪冰躺在树榕的床上，树榕走过来，拿着听诊器，问道："哪里不舒服？"雪冰一会儿说脚跟不舒服，一会儿说小肚不舒服，一会儿又说心乱跳，翳闷得很，一会儿又说有咳有痰，树榕听完之后，也笑了："雪冰，怎么今晚你全身都不舒服的，如果真的是这样，你身上的零件，件件都要拆下来修理了！"

雪冰望着坐在床边的树榕，拉着他的手笑着说：

"不如我脱去衣服，你不是检查得更清楚了？"

她一边说，一边自己脱去衣服，树榕情不自禁地呆呆看着，不知所措。她一把抱住树榕就往床上拉，树榕整个人都压在她的身子上了……

有一天一大早，树榕带着一大班采药工和草药回来了。原来树榕一大早就去了苗寨的麻风村，一方面动员那里的麻风病人下山来就医，一方面上山采药，但病人他们死活不肯来，最后费尽了唇舌，才来了三个病人到康复医院。树榕他刚坐下，见两个徒弟想出门，就问："你们出去做什么？"

"去找断肠草！"两个徒弟说。

树榕的治疗麻风病的方子中，常用到断肠草，而最近刚好市场又缺货。

"啊，那就去吧！"

这时雪冰已端来香片茶，放在树榕身边，树榕见她来，就高兴地说："雪冰，告诉你一个好消息，我刚才已同贵州卫校联系过了，同意你去进修，时间一年，你马上收拾行李吧！"

"真的？"雪冰高兴得跳起来。

“哪有假的!”树榕说，“你收拾好之后，我叫小车送你去!”他一边说一边大声叫大婶帮手收拾行李，又交五个大洋给雪冰，并说，“以后，每周星期六下午，我派车接你回来。”

雪冰才收拾好行李，贵阳卫校的副校长就来到了，树榕对副校长说：“我现在十分忙，你现在同雪冰姑娘先走，星期六下午我请你吃饭!”说完依依不舍地拥抱了雪冰一下，送她上车了。

送走雪冰，树榕就召集所有采药工开会，并交代有恒去邮电局给银娇发个电报。

“雷公藤，又叫断肠草、胡蔓藤，种类很多，广西、四川、贵州、云南各有不同，我们贵州也有几种，现在据留医部反映，最近病人服了药之后，反应比以前大了……”

正说着，忽然见一个满面尘土、污糟邋遢的姑娘站在门口，她望望招牌，一眼看见树榕，便极疲乏地说：“树榕哥……”她叫了一声就昏倒了!

“啊，是银娇!”树榕马上冲到门口，一把抱住银娇，“快，快，把她扶进去再说。”

这时有恒和梅西克还未离开医馆，待发的电报还拿在手中，怎么银娇突然会找到这里来的呢？众人都惊愕不已，不得其解。

13 纵论长寿双泉寺　肺痨气瘿话绿林

“快，快，快把银娇抬进来！”

众人七手八脚地将银娇抬入医馆，树榕连忙给她吊了针。不一会儿银娇终于缓过气来，苏醒了，见到树榕就“哇”的一声哭了出来。原来上个月她父亲的施工队接到当地部队的一宗生意，说工程量很大，要三百人以上，叫他们按时到某地集中。她父亲以为这回发达了，就尽可能多地召集一些青壮年，连原山寨的人马也召来了。集中之后就被当官的用汽车全部接走了，过了几天才有消息说他们被抓壮丁了，全部派去当兵了，都到中原打仗去了。银娇没有办法，只得按树榕写信给她的地址到贵州来找他，同来的还有她姐姐金娇。没想到到贵阳时遇到坏人，抓走了金娇，并叫银娇拿钱来赎人，否则就把她卖掉。众人听到这个消息之后，一下子都懵了。

“那，你知道金娇现在何处？”

“这些强盗要我们到黔灵山的弘福寺交钱赎人。”

“要交多少钱？”

“一千个大洋！”

“什么时候交？”

“明天下午三点钟！”

“你安心在这里休息，我马上去想办法，有恒，你马上帮我叫启泰来一趟。”

黔灵山位于贵阳市西北约三里地，山顶有建于清康熙年间的弘福寺，为贵州禅宗中心。山上大树参天，北边有一大山，叫大罗岭，是坏人出没的地方，平时人迹罕至。大罗岭中有一伙强盗，为首的叫洪国宝，据说是太平天国洪氏的后裔，这伙人已经在这里打家劫舍多年，加上与当地官员互相勾结，官匪双方倒也相安无事，惨就惨了老百姓了。但这伙强盗也有点良知，不为害贵阳当地的市民农夫，而是专门找些外地客商下手，故每每都能得手。洪国宝有个老婆叫桂花，四十岁刚出头，是个说一不二的母夜叉，洪国宝也要让她三分。

当晚，树榕找来启泰和市警察局局长，研究解救人质的方案，最后决定：警察局便衣先上大罗岭埋伏，树榕带钱去赎人，如金娇有损半根头发，就抓人杀贼，绝不手软。

第二天，树榕带着两个徒弟和一千个大洋，在下午三点钟准时到达弘福寺门口。只见门外有一大汉，草帽上插了根鸡毛，一看就知是盗贼的联络人。树榕上前与他打个照面：“大哥，我是金娇的亲属，是带钱来赎人的，请你带路吧！”

大汉上下打量了树榕一番，又望望周围，见他带了两个小鬼头来，就问：“这两个是你的什么人？”

“是我的徒弟。”

“徒弟？你是干什么的？”

“我是开医馆的医生。”

大汉又仔细看了有恒和梅西克一回，见是两个毛小子，才放心地说：“跟我来吧!”

这大汉带着树榕他们上了山，穿过遮天蔽日的森林，潺潺的溪水，九曲十三弯的路，终于来到一个山窝。这山窝不大，但内有几间瓦房，旁边还有多间茅棚。树榕他们被带入其中一间较大的瓦房，瓦房门口种了一棵老藤金银花，香气袭人。这大汉说：“你们老实点，在这里等着，不要乱走动!”

说完，就走出去了。树榕环视周围，只见这屋内摆了一个神台，神台上供奉着三幅画像，一幅为王匡，一幅为王凤，一幅为天王洪秀全，神台边放有八仙桌一张，旁边摆有马胡（一种四方的木凳）两张，其他摆设就没了。

“啊！原来他们就是所谓的绿林好汉，又是太平天国洪氏后裔，与一般惯匪有所不同呢!”树榕想。

西汉末年，新市人王匡、王凤组织荆州饥民举行武装起义，义军以绿林山为根据地，故称绿林军。自此历史上将聚集山林、反抗王朝、诛除恶霸土豪的武装称为绿林好汉，后又泛指群盗股匪。新市，即今日湖北省京山县，亦有说当阳县的，这些东西让历史学家慢慢考证好了。从他们所挂的画像得知，王匡、王凤是他们的祖师爷，那他们就是绿林“好汉”无疑了。他们又挂了洪秀全的画像，而洪秀全是广州花都人氏，后跑到广西桂平金田起义并建立太平天国，加上头头姓洪，这样说来这伙人应是洪氏家族的后裔了。但这伙人毕竟是一群强盗，应如何同他们打交道呢？他们对金娇有否做出了暴行呢？树榕正想着，门开了，进来几个人，为首的一个是四十岁左右的大汉，络腮胡子，灯笼般的大眼睛，用树榕的专业术语就叫甲亢患者。跟着后边进来的妇女大约也有四十岁，衣服整齐，腰间绑一条红绸带，还插了一把驳壳枪，她的双眼也跟为首进来的人一样，也是凸大眼，还略见脖子粗大，下有囊袋。他们后边跟着几个喽啰。为首的大汉扫了树榕一眼，就坐在马胡上：“你就是来交赎金的?”

“正是。”

“你是做什么的?”

“我是医生，我是行医的。”树榕只同大汉谈了两句话，从他的口音中就知他们是讲白话（广东话）的，因广东人国语总说不好，怎样学也学不像，不过这也给广东人贴上了标签，你一开口就知道你是广东人了，不管你在外乡混了多长时间。“大王，听你口音，你是广州人吧!”树榕干脆用白话问他。

“对，对呀!”这个“大王”似面有喜色，“你也是广州人?”

“对，对，我是广州西关人，听你口音好像是花都附近的吧?”

“对对，对，我就是花都的!”

贼婆见树榕是广州人，又生得眉清目秀，早已有了好感，她望着树榕道：“未请问贵姓?”

“我姓叶，树叶的叶。”

“啊，叶先生，”贼婆道，“本来在异地见到老乡应满怀高兴才是，我们此举也实属无奈，既是老乡我们就收一半吧!”贼婆桂花道。

“女大王，”树榕说，“我虽是一介寒儒，并没有多少银两，但既然已拿来了，只要金娇毫发无损，我们亦愿意如数交割，也算是一份乡情嘛!”

“叶先生你放心，金娇已认我为干妈，谁敢动她一根毫毛，我宰了他!”贼婆望着大汉说。

原来，这贼婆是个醋坛子，金娇被捉上山当晚，山寨王就想强暴她，但她死命反抗，后惊动贼婆，贼婆一气之下，将金娇收入自己睡房，并宣布金娇为她的干女儿。山寨王心想，眼下想强暴金娇已经不可能了，以后慢慢再找机会吧!

“能否带她出来，让我一见?”树榕问。

“可以，怎么不可以!”贼婆说完，就对身边的喽啰说，“带我的干女儿出来!”

不一会儿，金娇被带来了。金娇一见树榕就扑上去，抱着树榕痛哭。

“树榕哥，我好怕啊，快带我走吧!”

“不要哭，不要怕，我不是来接你了吗?”树榕安慰道。

“你问问她，有损一根毫毛没有?”贼婆说道。

“他们有为难你吗?”树榕问。

“这倒没有!”金娇说，“干妈对我还挺关照的，凡是男人一个也不准他们靠近我。”

“多谢大王!”树榕顿首道。

“喂，叶先生，我们是老乡，你既然已经来了，不妨在这里吃顿便饭吧!”贼婆说。

“不敢不敢!”树榕一边说，一边拿出一千个大洋交给贼婆，“我们还是早些下山，免得家人挂念。”

“哎，我答应你，放你们下山，就不会反悔，你要相信我。”贼婆说，“我听说你是医生，我想你多留一阵，同我们山寨的人看看病。”

“看病?”

“对，如果你能治得好，我不但不收你的一千个大洋，还送你五十两黄金!”

“什么病要你出如此高的报酬?”

“哎，我们山寨弟兄这几年个个都有气无力，骨瘦如柴，每天都有人发热，能拉得出去干事的没有几个，个个都成了病军。你既然上山来了，就帮帮我的忙吧!”这回，贼婆反过来求树榕。

树榕想了一下，觉得他们已无恶意，就说：“好吧，你马上叫你兄弟前来，我一个一个地检查，看看到底是怎么回事。”

“那好极了!”

贼婆一声令下，不一会儿在门口就聚集了三百多人。树榕粗略地给他们检查完后，已经天黑了，就对贼婆说：“我想先让我徒弟回去，报个平安，如何?”

“可以，可以!”贼婆一边交代喽啰送有恒他们下山，一边交代厨房杀鸡准备晚饭。

吃饭时，山大王首先抱拳对金娇说：“叶太太，这几天多有得罪，千万见谅，以后说不定还要到医馆麻烦你们呢!”菜端上来了，贼婆频频劝酒，酒至半酣，树榕说：“两位大王，你山寨兄弟得了两种病，一种是结核病，一种是甲亢，都会发热，第一种是会互相传染的，第二种是地方病，是由于食物中缺少碘元素所引起的。”

“难治吗?”

“说难不难，说不难也难!”

“此话怎讲?”大王问。

“说不难，结核病，中医叫痨症，现在已经发明了链霉素、雷米封，对痨症是十分有效的，所以说不难。第二种病，是甲亢，由于兄弟们缺碘所以个个都眼凸，大颈泡，但只要以后多吃含碘的食物，比如咸鱼、海带就能治好，所以说也不难。说难，是因为你山寨患病的人众多，而一般西药通常都要服用一两年才能彻底治好，这需要大笔资金，所以说难。那些大颈泡的兄弟姐妹，如果严重的要做手术，由于你们人多，这笔开支是十分庞大的，所以说难。”

“啊!”众山贼目瞪口呆，“怪不得我们一到下午就发热，原来得了这些病!”

“那有没有其他办法，既能治好病，又花费不多的呢?”大王问。

“我正在想这个问题，”树榕说，“如果按常规，不要说你送50两黄金给我，就是200两黄金也治不了这么多兄弟的病啊!”

“那怎么办?”大王急了，“难道我们在这里等死不成?你看我们夫妇，脖子都大了，眼都凸了!”

“我有一个办法，你们不妨一试!”

“什么办法，快说!”山寨人都急了。

“先说痨症吧，你们山寨周围都有野生狼毒（一种野芋头），又有野生的金银花，你们马上找这两种药回来，每人每天用二两狼毒，半两金银花，另外加鸡蛋二只，米少许，每天就喝这些汤，吃这些蛋，不出两个月就可治愈。另外，患气瘿的病人要多吃些海鱼海盐，不要买井盐，记住了!如果是大颈泡的，就用黄药子三钱研末黄酒冲服，三月即见效。”

“那太感谢你了!”大王站起来，马上安排人上山采药。

“大王，天已经黑了，明天吧!”树榕说。

“明天太迟了，我现在还在发热呢!你摸摸我的手!”大王说。

“记住，药要煲两个钟头以上，因狼毒是有毒的。”树榕说。

晚上，金娇紧紧地抱住树榕，说:“树榕哥，抱紧我，到现在我还好怕，我们还没下山呢!”

“不用怕，看得出，他们现在已无害你我之心了，说不定将来还会报答我呢!”

外面的月亮穿过云层，山风钻进屋里来，它们似乎总想偷听树榕他俩在说些什么悄悄话。树榕抚摸着金娇的背部和头发，说:“金娇，这次见到你，真的瘦了!”

“这两天，吓死我了，”金娇说，“好在有干妈保护我，否则我真的没脸见你了!”

“你们是在哪里被劫走的?”

“下车之后，”金娇说，“有一男一女，问我们要去哪里，我们说要去文昌路，找我老公，他们又问我老公是干什么的，我告诉他说是做医生的，他们就说上车吧，你老公叫我们来接你们的，后来他们放了银娇就把我带到这里来了。”

“你们也够大胆的了，两个姑娘家出远门连一个男人相陪都没有，你们以为现在是太平盛世吗?下次呀，出远门一定要先通知我，起码找个人陪才能出行，知道吗?这回就当吸取教训吧!”

“还有下次吗?”金娇撒娇地钻进树榕怀里，“下次去哪里我也要跟着你。”

树榕双手紧紧地抱着金娇，生怕她又一次被人拐走了……

过了好一阵，金娇抬起头，对树榕说："树榕哥，我告诉你，玉娇姐已经不在人世了。"

"什么?"树榕吓了一跳，他以为金娇在说梦话，"你再说一遍!"

"真的，她已经不在人世了，上个月她同她阿爸被骗入了军营，之后，之后……"

"之后就怎么啦?"

"之后，她阿爸就被抓去当兵了，她逃回来时已经被人糟蹋了。过了一个星期，她得知自己染上了花柳梅毒，再也没脸见人，就投河自尽了。"

"呀……"树榕大惊，昏了过去。

"树榕哥，树榕哥!"

金娇惊叫着，她用力摇动着树榕，泪如雨下。过了好一阵，树榕醒来，他把牙齿咬得格格响，说："我一定要为玉娇报仇!"

第二天一早，山寨的人见到树榕，都尊敬有加，原来昨晚他们吃了狼毒银花煮鸡蛋之后，发热竟全退了，山大王还紧紧握着树榕的手，说："叶医生，你真神了，一服药，全寨的人都退热了，你真是再世华佗啊!"他老婆桂花拿出一对金手镯来送给金娇，说："干妈我没有什么东西送给你了，就送这对手镯给你做个纪念吧。"

临走时，山大王将一千个大洋归还给树榕，说："兄弟，这钱我们不能收了，我们是同乡，千里能相会，已是缘分；我劫金娇上山，得罪在前，你还同我们治病，又感恩在后，如我再收你的钱就天理不容了；以后要是我们山寨的兄弟有病，还望兄弟你多费心思呢!"

自从树榕上山救了金娇、为玉娇设了灵位，到弘福寺祈福认识了印光大师之后，两人交往渐渐增多，后竟成了忘年之交。一日，一护士来报说弘福寺住持印光大师拜访，树榕忙请印光入内，进茶毕，说："印光大师前来，必有赐教!"

"赐教不敢当，"印光大师说，"上次你说欲求治疗梅毒和麻风的仙方，小僧我功底浅，无从帮助。但我的师父双泉寺法师他有办法，你不妨屈尊前去请教。"

"那太好了，双泉寺是不是安顺附近的那间宝寺?"

"正是!"

"那太好了，我一定尽快抽空前往。"

今日启泰的心情特别好，因他接到电报，通知他教育部已经批准他公费出国留学了，九月份即可启程。有恒和梅西克看着他手里的电报，也为他高兴。

"启泰哥，"梅西克问，"你这次出国留学，去哪个国家?"

"去法国。"

"法国远吗?"有恒问。

"远，坐飞机也要一天呢!"启泰说，"电报就快，只需两分钟就到了。"

"那你坐飞机去还是坐电报去?"

启泰瞪大眼睛望着有恒，不知怎样回答他。这时树榕和银娇进来，得知启泰的好消息也为他高兴，树榕看完电报对启泰说：

“我看你还是坐飞机去的好。”

“我也是这样想的，”启泰说，“听说有一种喷气式飞机，飞得更快！”

“什么叫喷气式飞机？”有恒问。

“喷气式？”树榕想了一下，说：“喷气式就是屁股冒烟那一种。”

“为什么屁股冒烟的飞得更快？”有恒又问。

“你这么蠢，”银娇在旁听了就说，“你屁股冒烟了看你跑得快不快？这么简单都不懂。”

树榕和启泰望着银娇，都笑了。树榕坐在沙发上，对启泰说：“明天，我准备去一趟双泉寺，你去吗？”

“去，现离出国还有两个月，我陪你去玩玩。”

第二天，树榕和启泰、有恒、梅西克等人离开了贵阳城向安顺出发了。

出了贵阳城，郊区风光与黔东等地又有所不同，放眼望去只见周围村寨的房顶多为石板铺砌而成，而这些石板有厚有薄，天然而出。附近村民上山掘挖即得，不需烧制。这些石板，内中多有鱼虫鸟兽的印记，而当地村民不知是宝。

树榕一行来到郊外这地方，见沿路有人摆卖这些石板，就下车好奇地去看看。有恒见到一块石板上有一种古怪的图案，就大声叫道：“师父，师父，你来看这是什么东西？”

众人过去一看，原来一石板上有一条似蛇非蛇、有脚有翼的动物印记，树榕看了一下，就惊喜地说：“这是翼龙化石！”启泰也细细看了一会，说：“不错，这是七千万年前的恐龙化石，不过现在绝种了！”

“为什么会绝种的？”梅西克问。

启泰想了一下，望着树榕说：“被广东人吃光了。”

启泰这幽默一说，过了几秒钟，众人大笑不止。

“广东人呀。”启泰又说，“天上除了飞机不吃，地上除了汽车不吃，海上除了轮船不吃，就什么都吃！”

“哗！”有恒瞪大双眼惊讶道，“广东人的牙齿真厉害，这么有力，难怪恐龙也绝种了。”

车很快就到了双泉寺，双泉寺在安顺的西南面，寺院清雅脱俗，鸟语花香，林密青翠，泉水甘甜。他们下了车慢步上山，见山周围的村民肤色红润，神采奕奕，就算是七老八十的人也没有老态龙钟之感。启泰对树榕说：“这地方的人很长寿！”啊，原来他们来到了有名的长寿村，但树榕细看，这里的村民不论男女老幼都拿着水烟筒抽烟，这种民风竟能造就长寿村？奇了！

他们走到双泉寺门口，经小和尚引见，拜会了住持无为大师。无为大师银须白发，腰背硬朗，声如洪钟，红颜朱唇，一派仙风道骨。无为大师看过印光大师的介绍信，就爽朗地说：“这个小徒，又给我找麻烦了！”

“大师，今年贵庚？”

“一百有三了！”

“啊!”

树榕等人个个瞠目结舌，都为无为大师的高寿惊讶不已。有恒小声嘟囔道：“我有你一半长寿就满足了!”无为大师耳聪目明，连有恒那细如蝇飞的声音也听得清楚，就笑着说：“此言差矣，此言差矣，我附近的村民过一百岁者，何止十人，九十岁者比比皆是!”他一边说一边做个手势：“喝茶。”

“大师，但我刚才看见，沿途村民十有八九都抽烟，他们坐在板凳上拿起竹烟杆（一种水烟斗，俗称大辘竹）抽个不停，连妇女也抽！不是说抽烟有害健康吗？科学家不是说抽一支烟短五分钟命吗？为什么他们抽烟竟能长寿？”树榕对这个问题太感兴趣了，这里的实际情况与现代科学好像格格不入。

“叶施主，你们学医的，不论中医西医，都把长寿二字复杂化了，越研究就越糊涂，其实呀要长寿只需做到一个字，就可达到了。”

“一个字？就这么简单?”树榕不解地问。

“对，只需做到一个字即可。”

“什么字?”

“‘乐’字，乐即寿，寿即乐，这叫乐寿是也!”

“乐，快乐的乐……”树榕细细品味一番，“有道理，有道理!”

“叶施主，要做到‘乐’字，并不容易啊！你看今之世人，为名斗，为利斗，为色斗，斗个不停，这些争斗世人能轻易放得下吗？放不下那就折寿了。这里的人普遍长寿，当然与他们的生活环境和生活习惯有关，你看看这周围的天气，不冷不热；这里的水甘甜无污染；这里的空气清新宜人；他们的工作是繁而不重，他们勤于劳作而不过头；他们的生活，安于清淡而不追逐甘肥；他们的心态，满足现状而不怨天尤人。他们打到一只山猪回来就与人同享，打不到猎物时就称赞自己的番薯番瓜是如何可口香甜。一年四季，酸竹笋酸苦麦菜不会少，猪牛鸡鸭肉食不多。单单讲他们喝酒，就叫‘笑酒’，喝酒时将竹竿插到酒坛里，找一两个话题出来，边聊边喝，边喝边笑，男女同饮，其乐无穷，乐在其中，你们学得会么？你说到抽烟，我看是他们的长寿秘籍！他们在劳作之余抽烟休息，精神体力得到良好的恢复，乐在其中，就算是抽烟有害，那正负相抵，正比负大，那又何害之有？尘世间的东西，哪样无毒？米饭无毒？霉菌什么的，总有一些不良之物吧？菜肉无毒？什么高脂肪、胆固醇、高糖，总有一些不良之物吧！你全戒了吧！那不用入佛门也早已成仙了!”

“大师言之有理!”启泰说。

“要做到‘乐’字真不简单啊。”无为大师继续说，“乐寿，乐寿，要长寿就必须乐，不但自己乐，还要他人乐，难就难在后者。要他人乐，是很多人做不到的。以佛家之说，长寿者须十成，即与人为善，敬重尊长，爱惜物命，敬爱存心，成人之美，劝人为善，救人之危，兴建众利，舍财积福，护持正法。这些佛家之言，附近山民皆能做到，这是民风淳朴，天赐长寿呀！现世风日下，争权夺利，为三斗米而折腰者不可胜数，又哪有资格言及长寿二字？又何必归罪于抽烟呢?”

众人面面相觑，茅塞顿开。树榕听了无为大师一番高论之后佩服得五体投地，他认为无为大师谈出了长寿的真谛，的确是一位值得敬重的学者、长者、前辈和老师。

“听大师一席话，胜读十年书，晚辈我佩服之至！”树榕道。

“啊，我们离题了，你们这次来是来求医治梅毒和麻风的药方吧？”

“正是！”

“仙方不敢当，老衲这一辈子，在医治麻风和梅毒方面确实积累了小许经验，现年纪大了，正愁后继无人，现在你来了，我正好找到传授的徒弟了，这也是上天的安排呀！梅毒这病，中医早有论述，明末陈司成著的《霉疮秘录》中首次叙述此病，并指出用丹砂、雄黄等含砷的中药来治疗。中医对麻风病有过多种命名，如疠、疠风、恶疾、大风、大麻疯等。唐代为了隔离麻风病人而专门设立‘疠人坊’，中医认为麻风多为风、湿、热、毒所致，邪之所腠，其气必虚，所以处方中多强调补益强壮之药。老衲有二方可供叶施主参考试用，一是治疗麻风的方，可用黄藤根一两，水煮至沸，再煎一小时，倒出头煎液，再加水如法重煎一次，两液混合，上下午分服，此方颇见成效。另一方，治疗梅毒的：可用公猪肉丝六两、轻粉四钱、芝麻油一斤，先将肉丝剁烂，再把轻粉研成细末，与肉丝混合，团成绿豆大小的丸，放入香油内炸，至黄色为止，成人每天一次，每次服七丸，十天为一疗程，轻者服半个疗程，重者只需服一个疗程。”

“多谢大师！”树榕立时拜谢道。

“当然，常用的药物，如大枫子、蛇麻花，以及其他中药配合，我就不在这里班门弄斧了！”

“大师，现黄藤根、大枫子、轻粉皆缺货，到哪里去买或采集呢？”

“啊，这样……”无为大师想了一下，说，“你们到七眼桥镇附近的屯堡村寨吧，那地方是中草药的集散地，你们所需的药那边都能买到。”

“七眼桥在哪里？”树榕问。

“七眼桥在安顺的东边，夜郎城的南边。”无为大师说，“你们要去就尽早启程，听说现在兵荒马乱，到处抽税抓丁，怕你们路上遇到麻烦啊！”

“多谢大师！”

树榕一行辞别了无为大法师，离开了双泉寺，向七眼桥出发了。七眼桥，是黔西古镇，是贵州与云南的交通要道，地势险要，历来为兵家必争之地，亦为云贵两地商贾汇集之所。树榕他们走着走着，不觉来到山脚，天气炎热异常，众人汗流如注。当他们从山脚下到峡谷后，又是另一个世界，清风送爽，凉风阵阵，令人不禁驻足流连，乐不思归。树榕他们正欣赏着山川峡谷，忽然前边出现一个关卡，士兵拿着枪大声喝道：“站住，你们是干什么的？过来检查！”

树榕和启泰身边都有军部的“护身符”，士兵看完之后，就说：“慢走，你两老走好！”就放行了。

“慢！”

忽然从旁边走出一个当官的，他蛇头鼠眼，看了树榕他们好一阵。

“你是军医？”

“正是，阁下是……”

“他是我们这里的头，营长周唯尊！”这个士兵向树榕介绍道。

“那你们的军长是谁?”周营长问。

“叶绍，是我叔父!”树榕答道。

“你当了军医多少年?”周营长又问。

“三年了!”树榕说，“怎么，你认识我叔父?”

这个周营长没有回答他，只是从头到尾地打量着树榕这几个年轻人。这时从炮楼门内走出一个人，一看是曾志辉，怎么这么巧又在这里碰到他。

“曾连长，你怎么在这里呀!”树榕大声喊道。

曾志辉亦看到树榕，马上跑过来，敬个礼：“叶军医，你好呀，好几个月没有见面了!”曾志辉见到树榕就如见到财神一样。

“怎么?你们认识?”周营长问。

“我们何止认识，他还是我的恩人呢!如果不是他，我可能也在徐州打仗了!”

“误会，误会!”周营长马上面露笑容地说。

这下子大家的紧张气氛全没了，曾连长说：“不要站着说话了，到前边小店喝两盅再说。”

“好!大家一齐去吧!”树榕说。

七眼桥附近有一小酒寮，专门为这关卡的官兵和过路客商而设，生意也马马虎虎过得去。席间曾连长小声地告诉树榕：“叶军医，张得财也在这里当兵呢!”

“什么?他怎么会在这里当兵的?”

抽个如厕的空，曾连长就一五一十地告诉他：周营长得到上级指示，要抓壮丁三百人，就往张得财身上打主意，把他的施工队全骗入军营，通通抓上车，运往前线。曾连长认识张得财就向周营长求情，刚好这时玉娇亦同时被骗入营中，周营长将她奸污了，最后就卖个人情，放了玉娇，并将张得财安排到曾志辉的工兵连，一齐调到这里来开山路、修碉堡了，但他的弟弟张得贵就同大队开往徐州“当炮灰”了。

树榕听后，怒火填胸，但一想现在他有兵有枪，还不能将他怎么样，回去之后再慢慢收拾他，现最紧要的是先把张得财赎出来再说。一想到这里，就对周营长说：“周营长，我有一位亲戚，叫张得财的，上次被贵部错抓到这里来当兵，是否可以将他交还给我呢?”

“什么，张得财是你的亲戚?”

“对呀!”

“要赎他出去，难呀，他已经是花名册上的人了!”周营长说，“要在花名册上除名，不拜拜神怎么行?”

“这个我懂!”树榕说，“那要多少香烛钱?”

“不多，不多，一百个大洋吧!”

“那好办!”树榕说，“如果我不赎他出来，回到军部也不好交差呢!”

“那也是。喝，喝，干杯!”

酒足饭饱后他们就离开小酒寮了，奇怪的是今天酒寮老板不前来结账的，眼睁睁地让他们走了。晚上周营长留他们在关卡过了一夜。

第二天，树榕又请周营长出来饮酒吃饭，张得财已经换过一套整齐的衣服，刮了胡子，比昨晚精神多了，吃完饭就离开酒寮，酒寮老板也没有来收钱。周营长见状觉得奇怪，有恒说："走吧，这叫隐身术，你想学吗?"他有意挑逗周营长。

"想，想，想学极了!"周营长对有恒说，"我学了隐身术以后，不但吃饭不用付账，走进金铺还可以……嘻嘻!"

"那，就交学费吧!"

"交多少?"

"两百个大洋吧!"有恒说。

"哇，两百个大洋?"周营长说，"不如这样子，张得财的赎身钱我不收了，我的学费你也不要收了，大家扯平，怎么样?"

有恒望了望树榕，树榕也不知有恒葫芦里卖的是什么药，只是笑笑而已。有恒说："好吧，我师父答应了!"

有恒说完，从身上拿出一个蜡丸和一个铁盒，交给他，说："你要沐浴更衣，诚心参拜三晚，不能有邪念，到第四天晚上子时打开铁盒，记住里面的咒语，再打开蜡丸，吃了里面那些仙丹就可以了，你学得好，还可以穿墙过壁呢！这是茅山法术，懂吗?"

"懂了，懂了。"周营长喜出望外，"这回发达了!"

周营长待树榕等人离开之后，的确十分诚心斋戒沐浴三天，到了第四天晚上子时，打开蜡丸一看，原来里面写有饭后不用买单的隐身术秘籍，内中只有三个字：先付钱。

"他妈的，这个狗杂种，连我也敢骗!"周营长骂道。忽然，大路上开来了一辆军车，从车上跳下几个宪兵，直走入周营长的办公室。

"你叫周唯尊?"一个宪兵望着周营长问，"现有人控告你强奸军人家属，走吧！跟我们到军事法庭去吧!"

"我，我……"周营长被荷枪实弹的宪兵绑了个结实，拖死狗般押上车了。真是天网恢恢，疏而不漏，周营长终于得到了报应。

14 红崖碑前解疑惑　夜郎国里当夜郎

七眼桥其实是个镇名，它位于贵州安顺市东，要找的山草药是在七眼桥镇境内的屯堡村寨。该寨位于云鹫山峡谷中，名云山屯，它是一个古老的屯堡，堡内多有明清时代的建筑，峡谷深达千米，谷底狭窄，江水咆哮而过，上有铁索桥，沿崖两边依稀可见古代的岩画。

“这真是一个神仙洞府啊！”树榕在铁索桥边，环视四周，不无感慨地叹道。他们一行人来到堡内一间山草药的货栈说明来意，老板十分热情地说：“没问题，两天之内我就能替你将货办齐，你在堡内休息两天，货齐后我派人通知你便可！”

“要等两天？”启泰说。

“两天也挺快的了，你们不妨到附近走走，看看这里的名山大川，也不枉此行！”

“什么名山大川？”

“这里有全国最大的黄果树瀑布，还有叫考古学家伤透脑筋的红岩碑和夜郎古国，你们不想去看看？”

“啊，那就要去看看了！”树榕说。

他们一行到街市的食肆中找个位置，就打起牙祭来了。

“老板，有什么好吃的？”

“有……有！”老板笑眯眯地走过来，“到我们这里，不尝尝鸡肉水饺那就对不起老祖宗了；菜嘛，尝尝甜酸羊肉，云鹫山野菌怎样？面食嘛，就要个卷粉裹裹，好吗？”

“好，好！上菜吧！”

贵州菜系多以酸辣为主，配以野生菌，再用新鲜的甜竹筒盛载，单卖相就叫顾客垂涎欲滴，食指大动。众人边说边聊，倒也忘了这两日的辛劳。

“师父，夜郎古国究竟有没有存在过的？”梅西克问。

“有，不闻‘夜郎自大’的成语吗？”树榕说，“相传，夜郎古国至少在战国时期至西汉时期的二百五十多年间存在过，当时汉王派使者前往夜郎，夜郎王说了‘汉孰与我大’而贻笑了两千年，可见历史上肯定是有的！”

“我听人说安顺这里就是夜郎古国，不过也有人说黔北的桐梓才是夜郎古国，不知谁真谁假。”启泰说。

“如按《后汉书·南蛮西南夷列传》所记载：‘西南夷者，在蜀郡徼外。有夜郎国，东接交趾，西有滇国，北有邛都国，各立君长。’这就划出了大夜郎国的大致范围了，应在贵州省（除东北部外）、广西西北部、云南本部及四川南部一带。又根据《史记》记载：‘夜郎者，临牂牁江。’这样范围又进一步缩小了。关于夜郎国及其国都之谜，按清朝人郑珍在《牂牁六县问答》一文里提出的：‘安顺府地即汉夜郎县。’如加以发挥，大概可以定在安顺、镇宁、六枝一带的了。”

“桐梓上还有个夜郎坝呢，这又作何解释?”

“这方面的考证，不但要看历史遗物、记载，还要考虑到民族中两千多年的交融。我国西南地区少数民族众多，夜郎的后人迁到桐梓并与当地苗、布依、侗、水族人互相交融，死后在桐梓附近留有墓地，也不是不可能的。如按《史记》‘西南夷君长以百数，独夜郎、滇受王印’之说，只有找到夜郎王和滇王的王印之后，才能大白于天下了。”

“那我们快些去买把锄头吧!”有恒说。

“买锄头干什么?”众人问。

“去挖夜郎王印呀!”

“你想得美!”众人笑笑道。树榕又说：“唐朝诗人李白已经流放过夜郎，即唐玄宗天宝元年（742）改珍州的夜郎郡，后又分出并入溱州，李白流放的地点应是今天桐梓县城西北角60华里一带，他晚年在安史之乱中，曾为永王李璘的幕僚，因璘败而受牵连，流放夜郎，后遇赦还。再后来，又据他自己的诗中所说：‘三载夜郎还，于兹炼金骨’，‘独弃长沙国，三年未许回’等，于是有人说他在夜郎生活了三年，但是当年被贬之路，路途遥远，让李白日夜赶路，也要半年时间，又哪有可能在夜郎待上三年呢?加上半路遇赦，所以他有没有到过夜郎还是一个谜呢!”

“那桐梓的太白坟和其他遗迹又作何解释呢?”启泰又问。

“那是传说的东西和带有当地人纪念性质的东西，这就不好同历史混在一起了，你说呢?”

树榕说到这里，对梅西克和有恒说：“你们快些长大吧，长大了就去研究这些千年之谜吧!”

“我认为最紧要的是要买把锄头挖开看看，比你们空说一通更实在!”有恒说。

说到这里，众人都说去冲凉了，聊天也聊到这里了，树榕结了账同大伙到一间客栈住下，找地方休息了。

半夜隔壁传来一阵痛苦的呻吟声，半个小时过去了这呻吟声不但没有缓和迹象，还似有加重之势，不一会儿树榕的房门被人轻轻但又紧急地拍打：“叶医生，叶医生，我听别人说您是医生，您行行好，来看看我妈吧！我妈痛死了!”

医生的本能令树榕连说：“来了，来了。”树榕连忙打开门一看，原来是住在隔壁的一个苗族姑娘，后边还跟着个背枪带刀的大汉。

“怎么啦?”

“我妈痛死了，这次出门，她又忘了带鸦片烟膏，吃什么止痛药也不止，求你过去看看她吧!”

“不急，不急，你带我去!”

树榕一边穿衣服一边跟着这苗家姑娘来到隔壁这个妇女床边，只见这妇女衣着光鲜，一看就知是寨主夫人之类的“贵妇”了。这妇女满头大汗，手抱胸腹，面容痛苦，曲卷着身子。

“大嫂，你哪里不舒服?慢慢告诉我!”树榕说。

“我一直患有心胃气痛，痛我就吃点鸦片烟，这次出来得匆忙，忘了带，现在疼痛不已，如钻心一般……”

“平时有这样痛过吗?”

“有，不痛时什么事也没有，好人一个，但一痛起来就像钻心穿肠似的，痛不欲生。”

“唔……”树榕沉思了一会，他问清了她痛的部位在心窝窝里，又看看她的眼睛，只见眼睛满布虫斑，再轻轻按压心窝，妇人惊叫大痛，又扣扣背部和号脉，见脉弦数，右侧关脉特弦，心里已清楚八成：这是胆生虫!

三更半夜，如何找药去?他又没有随身带针带药来，怎么办?这回，树榕也急得满头大汗，忽然，他对姑娘道：“你找店老板来!”

不一会儿，店老板来了，树榕问：“贵店厨房有没有酸醋?”

“有，多的是!”

“有没有苦凉之药?”

“苦凉之药?有，我店后边就种了很多杧核莲，我家人和伙计如遇热气，就煲来喝的!”

“有救了!你马上拿一碗醋来，再抓把杧核莲捣烂，混合醋，给这个大嫂喝了吧!”

这苗族大嫂喝了苦醋才两三分钟竟然不痛了，众人终于松了一口气。

“多谢叶医生了，太多谢了!”说这话的大概是苗寨的头人、妇人的丈夫，“叶医生，你真神了，她心胃气痛多年，每痛必须用鸦片烟才能止，为何这次喝了这苦酸醋就能止痛呢?”

“她是你夫人吧!”

“正是!”

“她患的不是心胃气痛，是胆生虫，而虫遇苦则安，遇酸则伏，故能马上止痛!”

“啊，神医!神医!”

“她目前还没彻底治愈，今晚仅仅是止痛而已，明天还要开剂中药，将胆里的虫子打出来，才能彻底治愈。”说完叫有恒拿了笔来，给她开了个处方：鹤虱、榧子、芜荑、使君子各三钱，槟榔四钱，乌梅五个，川椒一钱，细辛五分，元胡五钱，苦楝皮二钱，大黄五钱，元明粉三钱冲服，米醋半碗同服。

写完后，交给苗寨头人，这头人双手接过处方：“神医，贱内要服多少剂?”

“两剂吧!”

“那，”头人回头望了望那位姑娘，“那我们干脆不走了，等治好病再走吧。”

“那也好，”树榕说，“我们也要在这里等药，两天之后货才能买齐，这两天我们正想到红岩碑和黄果树瀑布玩玩。”

“真的?那太好了，也太巧了，我的苗寨就在红岩碑附近，加上再过两天是七月半，热闹非常呢!”苗族姑娘说。

“不如这样，过两天我带你们一同到我寨上玩玩吧!”头人说。

“不了，不了，我们自己随便走走就可以了，不敢麻烦各位了!”树榕想起过雷公山时被苗人扣留那段日子就心有余悸。

“哪里话嘛!你是我的恩人，又是贵客，如你路过敝寨都不进来，你是看不起我们苗家了!”

“那，就去吧!”启泰说。

启泰从未入过苗寨，更没有被人扣留过，没有睡过猪窝牛棚，他哪里有这些体会啊。

“去吧！不怕，师父！我们不会被扣留的了！”梅西克看透了树榕的顾虑。

“大叔，要喝酒吗？”有恒问。

“要喝！你不喝才不尊重我们呢！”苗族姑娘说，“我们七月半不但有酒喝、有歌唱、有马赛，还有跳芦笙、斗牛呢！”

“那大家就一齐去吧！”树榕说。

第二天，苗族大嫂吃了中药，泻了一大堆虫子出来，顿觉轻松多了，再服一剂真的就完全不痛了。

七月半是苗族的盛大节日，时间是每年的农历七月十三。七月十二那天下午，寨主早早就带着夫人和几个兵丁回山寨了，他也要准备过节了，留下他的女儿做向导，带树榕一行上山。他女儿有个很好听的名字，叫玉环，大概头人希望她将来长大了如杨贵妃一样漂亮吧。

七月十三，树榕就早早起床，还在刷牙就听见玉环在窗口唱起歌来，她的歌声清脆悦耳，动听婉转。树榕停下来侧身听她唱歌，忽然楼下有一男声接着唱，其歌声也十分动听，听得出这歌声好像还受过专业培训的。树榕低下头一看，原来是启泰正向着窗口对歌呢！

“原来启泰也有音乐细胞！”树榕笑了一下，就大声说，“启泰，你就大声一点唱，太动听了！”

他们两个对了一阵歌，旅店的人赞不绝口，掌声四起。忽然歌声中断了，树榕放下手中的毛巾，想：“怎么不唱了？”这时楼梯传来“笃笃”的下楼声，只见玉环飞跑下楼，走到启泰面前，红着脸把一个红丝绸做的小圆球往启泰手中一塞，又跑上楼去了，启泰呆呆地站在院子中，傻乎乎地望着窗口。旅店的旅客见状，顿时掌声雷动。

树榕请了一辆马车，不一会儿，就到红崖碑前了。

这红岩古迹距贵州省关岭县城东行二十五公里处，以红岩山晒甲山腰那离地三十米，高一百米的悬崖为碑体，而碑文在绝壁的最高处，“非重木叠架不能上”，其高其大，世间少有。令世人更称奇绝者，还在于碑上所刻的字，大者如斗，小者如升，或大或小，排列不整，纵横难分，其字体非篆非隶，个个皆为怪字，无人认识。从发现至今，国内的古文字专家、金石甲骨文学者、古彝文学者无人读懂，多有国内外学识渊博人士前来，多方考察研究，还是一头雾水，望文兴叹。

“这是什么怪字，为什么要写得这样高，这样大，让人看不懂？”树榕百思不得其解，“启泰，你是第一次来参观吗？”

“对，我是第一次来这里。”启泰说，“听我爹说，咸丰年间，贵州都布政使吕佺孙得到的拓本是‘碑文三十余字’，而邹汉勋等纂《安顺府志》记此碑共二十字，现在，该碑只有十九个字了。”

“怎么越来越少呢？”树榕问。

“不知道。写这碑的目的，有几种说法，一说是殷代高宗（武丁）伐鬼方的功德碑，一说是夏禹导黑水至三危入南海的禹碑，第三种说法是诸葛亮南征的诸葛亮碑。你看附近晒甲山一带有诸葛营、孔明塘、孟获屯、关索岭、马跑泉，无一不是与蜀汉有关的。”启泰说。

“玉环，”树榕问，“这附近全是苗寨吗?”

“不是，才不是呢!”玉环说，“这碑附近住的人，不是苗人，也不是当地汉人，连说话的口音、生活习惯、衣着也不同，我听老人说他们是从浙江一带迁来的。”

树榕沉思良久，又仔细看着碑上的怪字，说：“按道理，不论是殷武丁的功德碑，还是夏禹碑，或是诸葛碑，都不外乎歌功颂德，没有必要将字写成这样古怪，让人看不懂，人人都看不懂，还歌什么功颂什么德?”

“七哥说得有道理!”启泰说。

“你看，这碑这么大，又这么高，目的就是让人看到，还刻在路边，目的就是要引起人们的注意，但又不能明讲。嗯，可能是反对朝廷，或犯上作乱的动员令之类的东西!”

“反对朝廷?”启泰说，“跑到这西南边疆之地反对朝廷，还作动员令，有意义吗？要反对朝廷，必须有兵马才能与之抗衡呀!”

“这也是!”树榕想了一下，“启泰，你不要说没有可能，明朝时不是在这里屯兵过几万人吗？而明朝的永乐皇帝朱棣是朱元璋的儿子，朱元璋死后他找了一个很好的借口，说要清理皇上（也就是朱元璋之孙）身边的奸臣而发动了政变，后来这个小皇帝不知下落，他能跑到哪里去？他跑出来要复辟皇位，就必须有兵马，而他爷爷朱元璋曾在这边远地方屯兵，又远离京城，所以建文帝（朱元璋之孙）跑到来这里也未可知。他跑到这里之后，由于种种原因，斗不过朱棣，只得作这个令人猜测的讨伐朱棣的檄文也就成了可能了，你说是吗?”

“我没有七哥你这么深的学问，不过我看你的分析是对的。这么大块碑文，作者一方面要人注意，一方面又要人一下子猜不透，就算猜透了、被忠于朱棣的人发现了，也难入罪，道理是这样了。”

他们两人一边议论一边看，其他人不太懂，也无从插嘴，呆呆地听着他们各抒己见。过了一会儿，树榕问：“玉环，黄果树瀑布距离这里远吗?”

“不远，只十里地!”

“好！我们快去看看，来到安顺不看这全国最大的黄果树瀑布，那就太对不住自己了!”

马车才走了几分钟，就见前方水声轰鸣，雾气四起。在雾气的上空，挂着半圆形的彩虹，路边不远处就是深入地下几十米的急湍的河流，哗哗作响。马车转过一山包，黄果树瀑布就出现在眼前。

“啊！太壮观了!”众人由衷地发出赞叹。

黄果树瀑布，距安顺 45 公里，它高 74 米、宽 81 米，瀑布下边还有一个宽 163 米、高 21 米的天然坎型瀑布，大瀑布的腰部，有一条长 134 米的瀑布水帘洞。距瀑布十里远就能听到瀑布的咆哮声。前边的天星桥内还有水上石林，河水穿流于石峰石壁间，真可谓石上流水，水上有石，石上有树。

“这简直是鬼斧神工!”树榕道。

“叶医生，我们下去水帘洞走走吧!”玉环说。

“好，我们也当一回孙大圣，钻一次水帘洞。”树榕兴奋地说。

众人跟着玉环往水帘洞口走去，走到入口处，有两个小姑娘，十三四岁，手里拿着蓑衣，轻声说：“大哥大姐，租蓑衣吗?”

树榕看看这两个小姑娘，问：“多少钱租一次?”“一个铜板。”“好，你就租给我们五件蓑衣吧!”

“我没有五件，只有两件。”小姑娘说。

“不租不成吗?”有恒问。

“不成，你从水帘洞出来，就会变成落汤鸡了!”玉环说。

“小姑娘，你租给了我们，你怎么收回蓑衣?”

“我跟着你们走，到出口地方再收回。”

“那，你不是也淋湿了吗?为什么不买多一件?买多一件，自己披上就不湿身了!”

“我买不起!”

“那叫你爹娘买吧!”

“我们没有爹娘。”这两个小姑娘越说越小声。

树榕仔细看着这两个小姑娘，心里一阵莫名的刺痛，又问：“你们吃过饭没有?”

“今早吃过……粥了。”

树榕从身上拿出几个仙，正想交给这两个小姑娘到附近买点东西吃，这时从旁边蹿出一个男人，嬉皮笑脸地说：“多谢!”就把这几个仙拿去了，只见他一拿到钱就钻入一伙人中聚赌去了。

“他是你的什么人?”

“他是我的舅舅!”大一点的小姑娘说。

“玉环，我们还有没有可吃的东西?”启泰问。

“有，在行李袋中有一包粉卷裹裹!给这两个小姑娘吃吗?”玉环问。

“正是!”

玉环拿出一包粉卷裹裹，递给这两个小姑娘，她们饿坏了，拿起粉卷裹裹就往口里塞。

“慢点，慢点，还有呢!”有恒在旁边看着她们的狼狈相，想起自己当乞丐时的惨况，也不禁流出泪来。

这时那个“舅舅”又走回来，见她们在吃东西，也伸出手来，有恒也给了他两个，这时，“舅舅”说：“各位老板，我这两个外甥女是可卖的，如果你们看中了，我都可以卖。我家里穷，养不起，你们有钱就买了她们吧，也给她们一条生路吧!”

“跟着你这个好赌的舅舅，那真是死路一条了!”启泰说。

“你要多少钱才卖?”树榕问。

“我要二十个大洋一个，买两个就三十个大洋吧!”

树榕抚摸着这两个身材瘦削的小姑娘发黄的头发：“小姑娘，你们叫什么名字?”

“我叫徐大妹，她叫徐二妹。”

“你们愿意跟我们去贵阳吗?”

“愿意!”大妹说。

“跟你们去贵阳有饭吃吗?”二妹问。

“有，有，一定吃到你饱!”树榕泪眶都湿润了，他交代梅西克拿出三十个大洋，交给这个“舅舅”，就带着她们走了。这个“舅舅”拿到钱，又一溜烟跑去聚赌了。

树榕众人回到镇上，给两个小姑娘买了两套新衣服和新鞋，玉环又替她们梳好头，启泰看看手表：下午一点钟。

“快上山寨吧，我阿爸该等急了!”玉环说。

离开红崖石碑东南十里地就到玉环所在的苗寨了，苗寨的人老早就发现了他们的马车和玉环的身影，牛角号吹个不停。还有半里地才到苗寨，就听到令人兴奋的铜鼓声，到了寨门口，欢迎的枪声向天齐放，悠扬的芦笙声响彻山谷，欢笑声、欢迎声、吆喝声此起彼伏。“这回，不会把我们押到石屋了吧?”树榕心想。

要闯第一道关了：喝酒关。

苗族姑娘一字排开，人人拿着大碗，不喝不能走。树榕三人有经验，就是不动手，让她们“喂”着喝。启泰没有经验，用手拿着碗，这可惨了，非喝完一碗不可，才过了一关，启泰就脚步也浮了，玉环自始至终都跟着他，扶着他。苗族小伙子都眼红了，他们心里想原来公主在外边早有意中人了！什么“早有”，还不是今早在窗口对歌对出来的！可是启泰却还糊里糊涂呢！这回连有恒、梅西克也成了苗寨姑娘的重点进攻对象了，说实在的，这两个毛小子也挺帅气的，尤其是梅西克。

过了第一关，就要过对歌关了。启泰有音乐细胞，又在贵阳长大，当地土话也懂，对歌难不倒他，只见他与玉环一来一往，听到寨中男女有时如痴如醉，有时高声喝彩，连头人两夫妇都为他们的精彩表演大加赞赏。有恒被人拉出来对歌，他很聪明，女孩子怎么唱，他就怎么唱。树榕与头人坐在主宾席上，头人不断催他起来对两句，但他始终说：“我听不懂歌词，不会啊，以后学会苗话才对吧!”

到了跳芦笙的时候了，启泰更是使出浑身解数，风度翩翩，令这里的女孩子羡慕死了。原来他在读书时就爱跳舞，尤其是爱跳民族舞，那些招式还挺专业的呢！玉环今晚尽情围着启泰，一步一步地合着节拍与他对舞，她的心已完全沉浸在无限的欢乐之中。到最后头人也加入舞圈来了，他也不示弱，吹着芦笙，一蹲一蹬，一踢一跳，很多比他年轻的还没有他跳得好呢！一阵鼓声过后，舞跳完了，欢迎客人的仪式结束了，大家又重新坐在原处吃饭了，大盘大盘的肉菜，大碗大碗的酒，使树榕真的乐而忘返。而启泰身边的玉环更是寸步不离，其他女孩也没有机会接近启泰了，她不是给他斟酒就是给他夹菜。头人两夫妇更是喜上眉梢，而树榕心里却在打鼓：“启泰以为这是学校的文艺会演啊!”

树榕最关心的就是刚买回来的两个小丫头大妹和二妹，一会儿夹菜给她们，一会儿又问冷不冷，这两个小姑娘一辈子也没有吃过这么饱，吃得这么好，她们也寸步不离树榕，生怕一旦走失了就再也找不到这个好人了。眼看赛马就要开始了，参加比赛的马匹纷纷进场，忽然寨门旁边有人吵起来，吵了一会儿，头人说：“带进来问问怎么回事!”苗兵带了两个买马的人进来，只见一个说：“头人，你做个主吧！我们两人加上你的管家，三家出钱买了十七匹马，共用去二百七十个大洋，你的管家出了三分之一，我出二分之一，他出了九分之一，你说，我们三人怎样分马吧!”

这一问，真的难倒了头人。坐在旁边的树榕不动声色，只是低头思索着。头人说：“等我想个办法！”

过了一会儿，他大声宣布：“谁能算出这些马怎样分，我就将玉环许配给他！”

他一言既出，驷马难追，这可急坏了玉环，只见玉环死死拉着启泰的手：“启泰哥，快想办法吧，否则……”

启泰也在想，但没有急，他也不明白玉环急什么。树榕想到了，他也有心成全启泰之美，就对头人说：“我去方便一下！”就起身了，他走到启泰身边，小声说：“找出最小公倍数，再加一只马进来，就可以分了。”启泰一想，顿时拍拍脑袋：“成了！”

这时，只见苗寨内的人大部分都说：分不均就杀了论斤称，头人只是摇头，其中一个买主更不肯拿马肉回去。这时，启泰说：“头人，你再牵一匹马进来！”头人不知启泰葫芦里卖的是什么药，就叫一个苗丁再牵一匹马进来。启泰说：“这位大哥，你出了二分之一的钱，你就拿九匹马走吧！”

“多谢了！”这个出得最多钱的合伙人高兴地牵了九匹马走了！

“头人大叔，你出了三分之一的钱，你牵六匹马走吧！”头人开始有点明白了，叫管家牵了六匹马走开。

“这位大哥，你出了九分之一的钱，你牵两匹马走吧！”这位大哥又牵了两匹马走开了。

这时，空地上只剩下一匹马，启泰对头人说。

“分完了，这匹马还给你！”

“你真聪明，你真有本事！”头人恍然大悟，对启泰大加赞赏。

“肯定啦，不聪明还能当我们头人的女婿？”管家在旁拍马屁道。

玉环那一直悬在半空的心终于放下了，她跑过去一把抱住启泰，把头藏在他的怀里，半句话也说不出来。

赛马开始了，斗牛开始了，跳芦笙又重新开始了……众人一直玩到深夜。

半夜，头人派人来安排树榕一行人睡觉的地方，树榕问：“今晚我们睡在哪里？”

“石屋！”来人说。

“什么，又是石屋？”

树榕一听到石屋两字就毛骨悚然，惨了，这回又要同牛和大蚊子睡在一起了。他摸摸大妹、二妹的头，说：“不要怕，只挨一夜，明天回贵阳就好了！”

“叶医生，怎么啦？石屋不好吗？我们头人也住在那里，大得很呢！”来人说。

“什么？你们头人也同牛睡吗？”

“什么牛？”来人莫名其妙。

不管如何只得跟着去，树榕一行来到一间石屋面前，原来此石屋不是彼石屋，这石屋如城堡一般，用石砌成，十分高大。石屋有三层楼，楼下为苗兵和管家住，二楼为尊贵的客人住，三楼是头人一家大小住。到了那里还未坐定，启泰就被玉环“劫持”走了。树榕他们住在二楼，这层楼收拾得很干净，被、席、面盆、蚊帐一应俱全。树榕安排他们四人睡觉之后，独自站在窗口，望着外边皎洁的月亮，在云贵高原能有这么迷人的夜色实在是很难得啊！想想今天到黄果树瀑布，大开了眼界，真不枉此行。他拿起笔来，想了一下就写了一首诗：

游黄果树瀑布

吼声震地冲天盖，烟雨有意把虹栽。
一刀劈开大世界，万千玉马奔下来。

他有写诗的习惯，每到一地总喜欢留下诗句，这次西行所到之处皆如此。他正欲写下游红崖石碑的诗，忽然门响了："叶医生，叶医生，快开门！"

叫开门的人是管家，树榕连忙放下笔，走到门口，才把门打开就见管家气喘喘地说道："叶医生，你快去看看，有十多人，吃完饭之后都说心口痛，现正痛得打滚呢，连头人也一样，现头人已经叫人将厨师抓起来了，怕是他放毒……"

"走，走去看看！"

树榕二话没说，就叫醒了有恒和梅西克，一起跟管家走了。他们走到鼓楼，见有十多人都伏在桌上或躺在椅上，呻吟不已，个个面容痛楚，屈卷身子，他详细询问了之后，就知这是胆虫作怪，树榕想："怎么一条小小村寨，竟有如此多人患胆生虫的？"于是他就对管家说："管家，他们患的是胆生虫症，加上今晚他们狂饮一夜引起胆囊发炎，故发急症，目前我身边没有什么药，只好按你们的老规矩，先叫他们吃点鸦片烟止了痛，明天我再开处方处理吧！"他又问管家，"头人怎么啦？""头人也隐隐作痛。"

他跟管家来到风雨楼，见头人和几个大头目坐在一起，桌面摆满了肉菜和烧酒，树榕细看原来是一盆盆生蛇肉、生老鼠肉，还有油炸花生之类，树榕忙问："头人大叔，你怎么啦？"

"又要麻烦你了，今晚得了个好女婿，心里高兴，就与这几个大兄弟在这里畅饮，没想到酒至半酣就发作了！"

"你以前有这样痛过吗？"

"有，多次了！"

"头人大叔啊，你们的饮食习惯要改啊！生蛇肉内有一种丝虫，对人体危害是十分大的，这些丝虫或卵，跑到哪里就危害到哪里，跑到胆里就危害胆，如跑到脑壳里还会抽风呢，搞不好还会半身不遂……"

"叶医生，我们这里的人都说抽风的人吃了生蛇肉就能治好，这寨有好几个抽风的人吃了生蛇肉真的治好了，你今天说吃生蛇肉会患抽风病，是不是……"

"头人大叔，抽风病的原因是多方面的，脑血管栓塞、血栓形成、脑出血，都会患抽风症，大凡这类中枢神经性的抽风，食了蛇是对治病有一定帮助的。但生蛇肉内有丝虫，这些虫跑到脑袋里也会患抽风症，不过与刚才讲的发病原因就大不一样了。"

"啊，原来是这样！"

"现在，你们先吃下鸦片烟膏止了痛，明天我再同你们讲讲这里的饮食习惯问题。还有，这里水的碱性太重，含矿物质特别多，你们平时要多摘些金钱草、苇茎回来煲水喝，否则，就易患胆石症了。就全国范围而言，贵州的胆石症发病率是相当高的，这主要同水质有关。”

树榕说完就燃起一支烟，在头人的足三里穴和胆囊穴上灸了三十分钟左右，头人大叫“舒服舒服”，叫下人将酒菜撤了。

话说回石屋三楼，玉环把启泰带到一个已经收拾得十分干净的房间，房间内点燃了一对红烛，一壶酒，两只杯，她叫启泰自己坐坐就走出去了。大约过了半个钟头，门开了，进来四个苗家姑娘，后边跟着玉环，启泰抬头一看，只见玉环已经盛装打扮。以前启泰无法想象苗家姑娘的盛装，但今晚一看玉环才算是开了眼界：玉环脉脉含情，小移玉步来到启泰面前，她头戴银冠，银冠顶部两侧有约六十厘米高的“牛角”；银冠的中央有一排长约二十厘米的银片，一字形如孔雀开屏状散开；“牛角”与孔雀开屏及银冠的顶部的结合处有一个半圆球状的银珠，分外夺目；银冠的下边是可以左右摆动的银吊饰，如女孩子的刘海一样。她脖子上戴上银圈，前宽后窄，通花剔透，胸前挂着对称的吉祥如意的银锁，银锁的上端各有一碗底大小的银牌，银锁长约二十厘米，高约十厘米，下边又串了一排银吊饰，银腰带横过腰部，做得也通花剔透，她今天晚上穿了一件蓝底长衫，衣袖为红底黑图案的花纹，下身穿了一条长裙，长裙由红色黑边的各种图案组成，呈条状。

启泰望着玉环，惊呆了，玉环身边几个姑娘给启泰和玉环各倒一杯酒，两人各拿一杯，一饮而尽，启泰还傻乎乎地说：“多谢，多谢，你们坐，你们坐！”几个姑娘互相看了看，“嘿”的一声笑起来，笑完就慢慢退出房间，将门反锁而去。

启泰见几个姑娘离开了，就笑着对玉环说：“来敬酒也不用穿得这样隆重吧？”玉环只是含笑不语，启泰问：“这套行头有多重？”“有五十斤！”“什么？”启泰一听，就傻了眼，忙说，“快脱下来，你不嫌重的吗？”“那……你还不快点帮我脱去！”玉环娇滴滴地说。

启泰说完就走到玉环身边，替她将穿在身上的、戴在头上的银饰物一件一件地拿下来，他一边脱一边咕噜道：“这么重，送给我戴，我也要考虑一下！”

启泰替玉环脱去银饰物之后，好奇地拿起银冠，看了又看，问：“我戴戴，看看有多重，可以吗？”

“怎么不可以，你不能戴还有谁能戴？”玉环笑着说。

启泰将银冠戴在头上，做了几个调皮的动作，如孙大圣一般，引得玉环哈哈大笑，忽然，门外传来少女的嬉笑声。

“啊，她们还没走，那就进来吧，进来吧！”启泰一边说一边往门口走去。

“启泰！”玉环娇嗔地叫道，“能叫她们进来吗？一个还不够，你还要几个才够？”

玉环一叫，在门外偷听的姑娘就散去了。启泰一头雾水，“怎么她们不能进来，怎么一个几个的？”

玉环一把倒在启泰怀里，轻声说：“今晚是我们的好日子，能叫她们进来吗？”

……

15 风花雪月日子短　荆棘丛生道路长

树榕一行这次到安顺办药十分顺利，又带了两个小丫头回来，启泰更无端做了苗寨驸马，并带着玉环同回，可以说现在的树榕是要钱有钱，要人有人，百事皆顺。他们租了两辆马车，浩浩荡荡地回到了贵阳医馆。

医馆一下子热闹起来，金娇忙指挥人卸货，梅西克又忙着记数，人出人入，树榕满心欢喜，他找来有恒，说："明天，你带这两个小妹妹到银娇的学校办读书手续吧！"回头又对启泰说："你也要回家报个喜了，我叫金娇和你回去，说今晚我请你母亲和妹妹到黔贵大酒楼吃饭，快回去吧！"

启泰和金娇出去后，门外走进一班人，为首的一个是当地的"戡乱救国"办公室主任，叫郭福华，他生得粗眉大眼，番瓜头，麻蓉汤圆的鼻子，满口黄牙，身后跟着一个士兵。只见他一进门就拱手向树榕道："叶大夫，辛苦了，去买药回来？"

"啊，郭主任，什么风把你吹来了？快快请坐。"树榕客气道。

"哎呀，我是无事不登三宝殿呀！"

这个郭主任也不客气，一进门就坐在树榕办公室的沙发上，旁若无人。树榕忙递烟过去，下人又来倒茶。只见郭主任双眼左转转，右瞅瞅，又看看墙上挂着的针灸人体穴位图，说："叶大夫，我开门见山吧，现在戡乱救国时期，个个都为国家出力呀！现前方打得紧，兵源不足，上级已下命令，凡年满十八到四十五岁的男人都要二丁抽一去当兵呀！"

"郭主任，你的意思是我也要去当兵？"树榕问。

"不敢，不敢，你是有军籍的军医，谁能再抽你，不过你的两个徒弟……"

"他们才十四岁多，十五岁都不够呀，怎么当兵呀？"

"他们生得人高马大，谁能相信他们才十四五岁啊！"郭主任奸笑了几声，吞了一口烟，又说，"我看，他们起码十八岁！"

"哎，郭主任，你要相信我，他们真的没满十八岁啊！"

"那，他们有医院的出世纸吗？"

"什么医院出世纸，有恒是个孤儿，连父母都未见过，何来出世纸？梅西克在上海时由于要逃难，匆忙逃离，出世纸哪里能找到？况且他是外国人，是以色列人，过几个月他就要回以色列了，你也不要打他主意了，洋人不好惹呀！"

"啊，是这样，那就麻烦你通知一下，叫……叫那个什么……什么有恒的到我办公室先检查身体吧！"

"他还没满十八岁，检查什么嘛！"

"哎，例行公事嘛！"

正说着，金娇回来了，她望了郭主任一眼，就说："龙小姐不肯来，启泰哥马上就回来了，你问他吧！”郭主任色迷迷地死盯着金娇，问：“这位是你的什么人？”

“是贱内！”

“啊，原来是叶太太。叶大夫，你好桃花运呀！”

郭主任说完，又一个人在抽烟，就是赖着不走。树榕正忙着，也无心陪他，这时门外进来一个人，是启泰，启泰一见他就问：“郭福华，你来干什么？”

“啊，是大少爷呀！”郭主任连忙站起来，向启泰鞠躬，“啊，现在上级要征兵，两个抽一个，所以我找叶大夫商量商量。”

“商量什么，这里的人你不要打主意了，你打主意也打错地方了，滚吧！”

启泰三下五除二就把郭主任打发走了，树榕觉得奇怪，怎么郭主任这样怕启泰的呢，就问启泰，启泰笑了笑：“以后再告诉你吧，总之他再来就赶他走，他不走就打电话叫我来！”

郭主任刚走，城西的税警陈中队长带了一个士兵又进来了，才进门，抬头望见启泰，先是愕然，后又马上赔笑道：“啊，大少爷，是你呀，你怎么有空到叶大夫的医馆来聊天呀？”

“什么有空没空的，这医馆是我同叶大哥开的，你们来干什么？”

“啊，是这样，刚才听到哨卡的兄弟说，说你们的药材过关时未交税就走了，所以，上级叫我来问问，是不是……你也知道，上头压得紧，我们下边的手足也难做啊！”

“上头？不如说是你自己吧！”启泰心里想。

“是，我们过关时没有交税，但告示上说得很清楚，是卖药材的老板交税，我们是买药材的，交什么税？”树榕问。

“今天不同了，买卖都要交税。”陈中队长说。

“交多少？”树榕问。

“就小小意思，交两个大洋吧！”陈中队长说。

“金娇，就给陈队长两个大洋吧！”

金娇鼓着腮给了陈中队长两个大洋，他拿过大洋，吹了吹，又放在耳边听了听就一摇三摆地走了，连收据也没有写。

“这班人真是祸国殃民，挂着税警的招牌，到处榨油水。七哥你怕事，要是我，一个铜板也不给他！”

“算了，算了，我们去吃饭吧！”

树榕他们刚想出门，门口不知从哪里聚集了一群人，为首的一个是当地的混混头，他们一走到医馆门口，就呼天叫地的，说苍天大老爷无眼。

“我可怜的老母啊，你昨天还好好的，今天吃了这间医馆开的药就死了，你死得好惨啊，你这间是什么医馆，是间杀人馆，谋财害命馆，我跟你没完……”说完，就指挥一班混混把一个老妇人的尸体抬到医馆门口横放着，哭天叫地，声言要赔五百个大洋。

“怎么回事？”树榕马上找来值班主任医师，这主任说：“这个老妇人是个要饭的，昨天饿得走不动了，就躺在医馆门口，我可怜她，就给她吊一瓶葡萄糖，她吊完针似乎恢复了一点体力，就千多谢万多谢地离开了，想不到现在竟死了。”

启泰在旁看了这个老妇的尸体一眼，说：“这个老太婆，已经七老八十了，在这条马路已经行乞两年有多，现带头闹事的那个男人不知是不是她的儿子也不好说。”

“啊，我认得这个男人了，他就是我们刚来租这铺时横睡在铺面的那个混混！”有恒说。

“这样吧！我叫警察局的局长来一趟吧！”启泰说，“现在是没有办法的办法了，不过我怕请神容易送神难啊！”

“现在还有什么办法？只能见一步行一步！”树榕说完就去打电话了。

他们正在商量，门口十多个混混无赖已经向医院扔石块了，有些还冲进来，打烂医馆内的医疗器械，搞到在里边看病的病人个个心惊胆战。不一会儿警车来了，警察局局长亲临现场，指挥警察把闹事的混混抓了起来，送入监仓。

“兄弟我来迟了，兄弟我来迟了！”警察局局长说完，就坐在沙发上。

启泰会意，马上拿出五十个大洋，交给他，说：“局长，这是给你手下的兄弟饮茶的。”他又另外拿出五十个大洋，“这是给你饮茶的！”

“大少爷，这样关照下官，嘻嘻，我就不客气了。不过这班要饭的，最多只能关到今晚。我们也没有那么多米饭养他们，他们明晚的米饭钱……有十多人呢！”

启泰会意，又拿出五个大洋交给局长，局长接过这几个大洋，还未起身，说：“这个老要饭的，她的尸体怎么办？拿去烧也要柴火呀！”

启泰又会意，只得忍痛又拿出二十个大洋，交给局长：“那就麻烦局长了，你将她烧了吧！”

“好说，好说！”

局长走了。门口的混混也走了，医馆内满地烂玻璃、烂桌、烂凳，茶杯、茶壶都给打烂了，树榕眼看自己亲手建立起来的医馆一转眼竟成了废墟，又眼见那个警察局局长来敲竹杠，心里更有说不出的滋味，金娇偎依在树榕身边，轻声说：“树榕哥，不要想得太多了，叫他们马上收拾干净吧！就当破财挡灾吧！”

“七哥，这个鸟局长，我爹在这里的时候，像只哈巴狗，摇头摆尾，我爹现在去了武汉，人一走，茶就凉，真是世态炎凉啊！我见他那个恶心样，真想揍他一顿！”

第二天上午，树榕指派梅西克和有恒两人用手推车将昨天被砸烂的医疗用品拿去废旧市场卖掉，并买五斤酒回来。两个小鬼将一车烂家伙推出门，向旧市场走去。临出门时，有恒说：“师父，这辆手推车的手柄也被砸变形了，不如也把它卖掉吧！”“卖就卖吧！”树榕说。

他们一边走一边聊天，有恒说：“师父买那么多酒，自己又不喝，总是拿来招待人家，他也够大方的。”梅西克说，“我们不如自己开间酒肆，专卖酒，你看如何？”“好啊，我也想做点生意。”两人一拍即合。他们走到一间酒坊，买了五斤酒，一路上梅西克说：“我们算是合资吧！”“对！以后谁也不准偷喝！”

走到半路，有恒嘴馋，就说：“不如倒二两出来尝尝，看看酒味如何？”“不成，除非你拿钱出来！”“好，拿就拿！”有恒拿出一个铜板，交给梅西克，梅西克收了铜板算了一下，说：“我们有百分之三十赚呢！”又走了一阵，梅西克说：“我也想喝两口，这酒闻起来还挺香的。”“那你也要拿钱出来！”有恒说。

梅西克拿出刚才有恒交给他的铜板交给有恒，有恒倒了一杯给他。

“不如我们在树头歇歇再走!”梅西克说。

他们坐在树头边，有恒望着梅西克喝酒，馋根又起，他咽了一口口水：“不如我再喝两口!”

他说完，又将铜板交还给梅西克，梅西克见他喝了两次，又说想再喝两口，将铜板又交给有恒……两人坐在树头竟将买回来的酒喝光了。

“想不到今天一开张就这么好，好……生意!”有恒醉醺醺地说。

“对……对……，我们还赚了百分之三十呢……”梅西克舌头打结道。

“我们还是……快些……将这破烂卖掉吧!”有恒说。

他们两人走到旧货市场，只见空地上摆满了破烂废旧的东西，一个兵丁一见他们停下来，就走过来要收地摊费，有恒给了他一个铜板，这个兵丁就离开了。跟着又来了另一个兵丁，说要收税，有恒说：“我……我……们还没卖呢！等一会吧!”过了一会儿，他们将手推车兼车上的破烂全卖了，就到旁边一酒肆再买五斤酒三斤熟肉。他刚买完，一个兵丁又走到他面前要收买酒税，梅西克只得给了他一个铜板，这个兵丁拿了张收据出来，交给梅西克，说：“等一会出市场门口就要检查的，不要丢掉了!”

到了市场门口，两个兵丁用枪拦住他们：“收据，拿收据出来!”

梅西克醉眼望了他们一眼，就大模大样地说：“后边!”就走出门口了。跟着出门口的有恒拿出收据给兵丁看，兵丁看完，就说：“走吧!”他们还没走出四丈，忽然后边有个兵丁说：“那两个小子，刚才卖破烂还未交税，站住，你给我站住!”他们一边说一边追上来，有恒一见，马上灵机一动，将收据交给梅西克：“你快跑!”

梅西克接过收据就跑，后边的兵丁追上来，问有恒：“他呢?”“跑了，快追吧!”这两个兵丁就没命地往前追，梅西克终于被他们追上了。

“我叫你跑，我叫你跑!”一个兵丁抓住梅西克的衣领道。

一个兵丁狠狠地问：“你为什么不交税?”

“交了!”梅西克醉眼望着这个兵丁。

“收据呢?”

梅西克拿出收据，这个兵丁无可奈何，放了梅西克，他再回头一看，有恒不知跑到哪里去了。

回到医馆，馆门口又聚集了一大班人，有恒和梅西克酒气已过，他们站在旁边看了一下，只见门口周围全是垃圾，臭气熏天，这些人是树榕请来打扫卫生的。

“师父，怎么啦?”有恒问。

“不知哪个缺德鬼，叫人将垃圾倒在我们医馆门口，搞得乌烟瘴气!”

“师父，我看有点不对头啊!”梅西克说，“那些扫街的哪有这个胆，肯定是贵阳的黑社会的人搞的。”

“有可能了!”

树榕正在沉吟道，忽见又来了班人，为首的大叫：“走开，不是做生意的就走开!”他后边跟着十多人，还抬了两口新棺材来，说要找这里的老板推销棺材，只见为首的在马路边高声叫：“你们医院天天医死人，我是上门推销棺材的。”

启泰一看不对劲，马上打电话，又叫警察局局长带人来，将他们赶走，花钱已经是不在话下了。

“这将如何是好？”

树榕像泄了气的皮球，一屁股坐在办公室的沙发上，启泰也气得半天也说不出话来。

“看来，我们不交保护费给当地的黑社会，他们就派人来捣乱！”一个当地的医生说。

“对呀！这班人很难缠的！”附近一个卖面包的老板凑过来说，“我刚开张时，他们也是天天来搅，不是泼屎尿就是来打砸橱柜，搅到没法做生意……”

“交保护费？不交！”启泰说，“我从来就没有交过什么保护费！”启泰气愤地说。

“唉，不交，我们医馆就只有关门了！”树榕叹了一口气，“现在你爹已经不在这里了，他们就无所顾忌了！”

到了中午吃饭时分，卫生局的新局长来了，一看后边还带了三四个人，他们见过树榕和启泰后，就开门见山地说：“叶大夫呀！敝局不得不通知你啊！你开那间麻风病康复医院，市民和村民反应很大，说你影响到他们的正常生活啊。现在我不得不通知你，你必须一周之内搬走！不如你们搬入深山吧！那里保证没有人来投诉了！”

“什么？要我们搬走，我们才开张三个月呀！”

“没有办法了！宁犯天条，莫犯众憎啊！”

“那，还有其他办法吗？”树榕问。

“这个嘛，不是没有，要研究研究啊！”局长说，“我今晚有空，不如到齿留香酒楼慢慢谈吧！怎样？我也是为你好啊！”

“那，好吧，我今晚就在齿留香酒楼等你！”树榕说。

这班人走后，树榕再也没有力气站起来了，只见他坐在沙发上，气得双手发抖，启泰在旁劝道：“七哥，你不要生气了，这些人，哪是什么‘研究研究’，今晚去酒楼还不是‘烟酒烟酒’？”

从齿留香吃完晚饭回来，启泰将公文袋一把扔到办公室的沙发上，树榕、玉环、金娇都默不作声，只见启泰道：“我早知他是来敲竹杠的了，今年给了他二百个大洋，明年不知又要交多少了？康复医院留医得起的病人不多，而外边有病无钱医的就实在是太多了。七哥，你这份好心我是理解的，但你一个人的能力有限啊，政府不支持，你就算有万贯家财也会散尽的，你要好好想清楚啊。”

“那，你的意思是……”

“我的意思是关了康复医院，只留这个医馆，如有钱，不如扩大这边，比分散资金，分散人力，两头都顾不了强！”

正说着，门外传来汽车声响，估计树榕派去接雪冰的汽车回来了，因为今天是周末了。果然，办公室门口进来一人，正是雪冰。大家都不约而同地抬头望去，竟被她的美丽惊呆了，原来雪冰自从上了进修班之后，剪了学生装短发，白衫白短裙，褐色的大眼睛，长长的睫毛，手里拿着树榕替她买的书包，平底白布鞋，她的出现有如从天上突然来了天使一般，她一进门，见办公室坐了那么多人就大方地笑着对大家点点头：“你们好！”

她的眼睛与金娇的眼睛一碰，金娇自觉矮了三分，论身材没有雪冰丰满，论皮肤没有雪冰洁白，论身高没有雪冰高，论气质更没法与雪冰相比。“她是谁呢？与树榕哥有什么关系呢?”金娇暗想,“她实在太美了!”她一想到这里,马上一把抱住树榕,娇声地说:“树榕哥,这位姑娘太漂亮了!她是你的新相好?还是这里的护士?”树榕知道这事也瞒不过她,正想说个清楚,就见启泰插嘴道:“她,她是医馆招来的护士,你叫她雪冰吧!”

雪冰似乎看出什么东西,但她十分坦然,道:“树榕哥,启泰哥,你们谈正事,那我就先上楼了!你们慢慢谈吧!”

玉环从未见过如此漂亮的姑娘,低声对启泰道:“她起码要五百头牛作聘礼……”

晚上睡觉时金娇再提雪冰一事,女人嘛对这些事情是十分敏感的,尤其是比自己漂亮的女人。树榕也老实,就将前因后果、如此这般地全告诉了金娇,金娇听完只是淡淡地说:“她遇到你这个大好人,才能有今天,我也一样。”

上早班时,听见玉环和启泰又在唱歌,后花园的人都为这对歌手祝福,都羡慕他们,并为他们美妙的歌声喝彩。不过今天他们唱的是启泰教她唱的国语流行歌,玉环嗓子好,唱什么样的歌都好听。大家正在准备开工前的消毒和清洁工作,门口来了个邮差:“收信!”他派了两封信就走了。

“叶大夫有信,启泰大少爷有信!”搞卫生的大婶说。

一听到有信,树榕连忙走到办公室,拆开一看,原来是启泰的父亲写来的,信中说:“兰州的马师长在塔尔寺认识一个喇嘛,叫嘉松文德,十分乐意接待树榕前去。到了西宁之后通知他就可以了!”

“太好了,太好了!”

树榕高兴得跳了起来,启泰也从楼上下来了,看到父亲的信之后,也为树榕高兴。另一封是教育部寄来给启泰的,启泰一看信封,见印有“教育部”字样,心里就想难道马上就要出国留学了?他一边想一边拆信,原来里面是一张通知书,通知书说,现因国家戡乱内战时期,财政困难,今年的公费留学取消。

启泰收到信后如被人当头一棒,跌在沙发上,半天也说不出话来。树榕接过启泰的信,看完之后也大感意外,他安慰道:“启泰,不一定要出国留学才有出路的,留在国内,为国家出力,还不是一样?俗语说,人离乡贱,物离乡贵,你出了洋,说不定还要受洋鬼子的气呢!”

“树榕哥说得对,”玉环说,“国家这么大,样样都有得研究,单单我们那个红崖碑就够你研究的了,你跟树榕哥做医生,同我们寨子和附近的人看病,有空就到红崖碑去做你的学问,或到黄果树瀑布玩,不好吗?我又可以天天陪着你。”玉环也在旁边安慰道。

“形势难料,形势难料啊!”启泰说,“好吧!以后跟树榕哥做医生吧!对了,树榕哥,那你决定什么时候走?”

“越快越好,再迟,天气冷了就麻烦了,又要等明年了!”

“对,青藏高原天气十分寒冷的,那你准备去几天?”

“一个月吧,可以来回了!”树榕数了数手指,算了一下,“如果后天我起程,从这里搭车到成都,再从成都搭车到汉中,到汉中转车再到兰州,再到西宁,大概要十天,一来一回,要二十天,在西宁塔尔寺玩十天,够了!”

“带几个人去?”

“带有恒去就可以了!”

“我也要去!”梅西克、金娇和雪冰同时说。

“哎，你们都不能去，梅西克你在这里是主力，去不得，金娇和雪冰是女子，更去不得，沿途治安不知如何，要是遇到土匪什么的，连我自己也保护不了，还搭上个夫人，岂不是赔了夫人又折兵？所以你们都不能去，我很快就回来了!”

“既然一个月左右回来，那我也跟你一齐去!”启泰说，“我也要去开开眼界!”

“那好！明天金娇你去安排好两个小姑娘读书，安排你伯父张得财去当采购，你和玉环、雪冰一起去卫校进修，梅西克你先做临时总管吧!”树榕又对梅西克说，“你要多关心大妹、二妹这两个小姑娘，等她们将来长大了就做我们的好帮手，知道吗?”

16 蛊药媚方一齐出　湟中救人两下难

明天就要出发了，玉环紧紧地抱着启泰，依依不舍，总有点不放心，房内的电灯时明时暗，外面的虫鸣时高时低，今晚特别闷热，启泰光着上身还不停地流汗，他一边扇扇子一边对玉环说：

“玉环，七哥已经说了，明天你和金娇去卫校进修，以后我们就多两个帮手了。”

“启泰，你尽快回来啊！”

“哎，你怎么这么啰唆，不是说好一个月之内我们就回来吗？又不是去一年两年的！”

“路上你会不会遇到漂亮的姑娘就不回来呢？”

“怎么会呢？这里是我的家！这里是贵阳，你以为这是哪里？真是的！”

玉环穿着薄薄的内衣，汗已经湿了她的身子。启泰使劲扇了一阵扇子，让玉环凉快凉快，玉环幸福地躺在启泰怀里，过了一会，玉环起床，拿出一壶酒，给启泰和自己各倒了一杯，说：

“启泰，这是壮行酒，喝了会保平安的，这是我们苗家的规矩，喝了吧！”

说完，娇滴滴地举到启泰面前。启泰笑了笑，“这么多规矩？”就不假思索地喝了，喝完之后，觉得浑身发热，很快就与玉环缠绵起来……

第二天，玉环说：

“启泰，你一定要三个月之内回来，否则，你会发病的，记住了！”

启泰觉得奇怪：“怎么三个月之内要回来，不回来就发病？”他想了一下，猛然想起苗人的蛊毒，就问：“玉环，你是不是给我喝了有蛊毒的酒？”玉环笑了笑：“你紧张什么？我又不是要你的命，我只是爱你，怕失去你，才这样做！”

“你真是的！连我也信不过。”启泰不高兴地说。

蛊毒，传说苗妇常用此术验证汉人男子对爱情的忠诚度。汉人男子娶了苗女之后，倘回家探亲或远行，苗女便暗中下蛊，如果他能如期归来，则有药可解，不然，毒性发作身死矣。蛊毒的制法，是把许多毒虫放在一个容器里，让他们互相残杀，最后所余的最强者即为蛊，有些苗妇还配以其他毒草，成为独门单方的蛊药。服下蛊药的人有一个月内发作的，也有三个月、半年、一年、三年不等的时间内发作的。

中蛊者，其症状或咽喉肿胀，不能吞饮；或面目青黄，日见枯槁；或胸有积物，咳嗽时作；或胸腹鼓胀，肢体麻木；或作痛血泻，肠痛肚绞；或十指皆黑，吐水不沉，嚼豆不腥，含矾不苦。

据史书记载：“下蛊之人，其居必洁，盖蛊死之鬼为之拂拭，故窗牖之上，纤尘不染也。”倘不幸中蛊，最直接的办法是吃解药。《本草纲目》所推荐的方法最简便：烧灰服少许，立愈。其次是服最常用的药——甘草，《南越日记》记载：“饮食先嚼甘草，毒中，则吐，复以甘草煎水饮之，乃无患。”此外，解蛊之药有耳垢、襄荷、白矾、石榴根皮、洋桃等。

古时苗女下蛊，以保证汉商对爱情的忠贞，倘商人不返身死，也是对负心人的一种报复，罪有应得。当然，苗女除了为了爱情而放蛊药之外，尚有为报私仇，消解怨气，或谋人钱财，或代人报复而放蛊毒的；亦有一些苗瑶地方，在农作物成熟之时，恐粮食为窃贼所盗，常请蛊师放蛊，人有盗者，即立刻颠扑，或后归而病。

这种制蛊技术，为苗妇独有，母传女，一代传一代，以惩治抛妻弃子的负心郎为主要目的。玉环下蛊毒于酒中，自然是怕启泰找个借口，一去不回头。看来，苗女最为实际，只要你喜欢，将身子给你又何妨；可一旦你说话不算数，那就对不住了，你讲再多好话也没用，只要实际行动——回来就行了。启泰知道玉环对自己下了蛊毒之后，顿时吓得直冒冷汗，不知所措。

"你，你……怎么可以这样呢？"

而在厢房的雪冰和树榕又有另一番景象，他们晚上也如漆似胶，雪冰坐在树榕的身边，树榕躺在沙发上。树榕自己也弄不明白，为什么自己才离开南宁几个月，就有如此艳遇，竟享起"齐人之福"。他望着这个两个月前还半人半鬼的雪冰，想想她刚出现时那惊恐、饥饿的模样，又看看她现在万千娇姿，光彩照人，秀色可餐，真是天渊之别。他一把抱住雪冰，动情地说："人乎？鬼乎？难道我是好心有好报？"

"树榕哥，我漂亮吗？你还会认为我是个麻风病人吗？"

"你太美丽了，你不是一个病人，你是一个天使！"

"我是一个天使？"雪冰含情一笑，"我是一个多情天使？是不是？是个不自量的天使，是不是？是一个强迫人家上床的天使，是不是？"

"你胡说什么呀？"树榕狠狠吻了她的嘴唇，使她不能再说话。

吻完之后，雪冰站起来，倒了杯酸梅汤，递给树榕说："喝了吧，今晚太热了。"树榕坐起来，一口就把它喝完了。之后，树榕说：

"你要用功读书，一年时间不是很长，眨眼就过去了，读完了，有了技术，还可以帮我忙呢！"他望着雪冰，"金娇的情况你是知道了，你叫我现在如何是好？"

"金娇今天对我说，等她怀了你的孩子之后就回广西桂林了，因为那边的山货店没有人管不行，这里有我帮你就可以了。而且她自己也说，她没有我漂亮，你有我一个就顶十个了。"

"这真是的，非要嫁给我的是她，今天非要走的也是她，唉，她不能走，她一走，我就好像有罪恶感了。"

"那，我走吧！树榕哥，你舍得我走吗？"

"不舍得"说完两个人又缠绵起来。

……

"树榕哥，你明天就要走了，快去快回啊！你喝了我的酸梅汤，以后就只想我一个人了，其他姑娘你也不会感兴趣了。"原来，雪冰用的是一种媚方。

雪冰所用何方，树榕自然不得而知，大概，雪冰之方亦为她母亲所传，树榕也就不好追问了。不过，自他喝了她的酸梅汤之后，越看雪冰越漂亮，越漂亮就越想看，这倒是千真万确的。

树榕、启泰、有恒三人终于上路了，他们离开了贵阳，往成都，转绵阳，出汉中，过天水，到兰州时，已经用了十几二十天的时间了。过了秦岭，出了汉中之后，气候已经完全不同，干燥、炎热，那里满眼黄土，真是山黄、水黄、人也黄。兰州，是西北名城，是中原西去的咽喉之地。它南有皋兰山，北有白塔山。整个兰州，处在盆地之中，东西长35公里，南北宽5公里，黄河穿城而过，河水色黄混浊，内有五分之一为泥沙。兰州两边高山环抱，山秃树枯，如一个个黄色的馒头，黄河大铁桥就在城市的中部，此桥号称“天下黄河第一桥”！

树榕等人走近黄河边，兜了两把河水洗洗脸，干后竟满脸是黄泥，怪不得古人说：跳到黄河也洗不清了。有诗为证：

兰州行

弯刀切开雍凉州，一过潼关不回头。
斜阳手携羊皮筏，共渡金波浊浪游。
一石击碎百塔影，骆驼饮水咬高楼。
河水一洗黄浆在，何日清浪荡轻舟？

到了中午，树榕一行找到了马师长，马师长是个热情好客的人，听说树榕他们是从千里之外的广东来的，叶绍军长又是行伍之人，故更是盛情有加。相见后，二话没说，就把他们拉到平凉北路翡翠楼，设下盛宴招待他们。席上各种当地名菜，如百合桃、雪山驼掌、油爆驼峰、酿白兰瓜、黄花炖鸭、烧小猪等应有尽有。

第二天，马师长又盛情邀请他们参观游览了兰州五泉山上的金刚寺和喇嘛寺。中午吃饭时树榕诗兴大发，用诗的形式写了一个谜语让众人猜：

猜一城

远古黄盆一油条，油条中间酱油浇。
两边馒头层叠叠，冷风热浪中间飘。
拦腰架双钢筷子，爬行蚂蚁知多少。
问君油条何处买，可闻羌笛路遥遥。

树榕写完后，说：“猜一地名！”

众人一看，齐声说：“这不是兰州吗！”马师长连声赞道：“高雅，高雅，不愧为南国才子！”饭后，马师长又带树榕一行去游览兴隆山，到了山脚，便觉凉风阵阵，气候宜人，山上古树参天，全不似西北荒原景象。兴隆山上，有成吉思汗纪念馆，内有众多名人题字手迹，亦有中共1937年的祭文。抗战时，为避免日寇破坏，将原成吉思汗墓迁至兴隆山（新中国成立后，国家举行隆重的仪式，将其迁回原处）。

树榕目睹雄伟的成吉思汗纪念馆，感慨他一生征战功过参半，发出一声叹息：

“千秋功罪，让后人慢慢评说吧！”

马师长回头望了望树榕，问道：“听口气，叶先生似要留下墨宝了？”树榕略微一想，

"那，我就献丑了！"马师长听后，马上叫手下人拿来文房四宝，树榕即席挥毫。

游兴隆山

横扫欧亚过千关，蒙古铁骑战浪翻。
挥鞭跃进乌拉尔，饮马恒河班师还。
征战功成万骨枯，千秋功罪在人间。
一代天骄长卧处，兴隆山下始偷闲。

由于时间紧迫，树榕一行就租了辆旧汽车，带着马师长给嘉松文德的介绍信，离开兰州，前往青海西宁湟中县的塔尔寺了。

塔尔寺，位于湟中县鲁沙尔镇，是我国喇嘛教格鲁派（黄教）的发祥地，是黄教六大寺院之一。它始建于明朝嘉靖三十九年（1560），由于先建塔后建寺，故名塔尔寺。相传这里是黄教创始人宗喀巴的诞生地。整个寺院依山而建，占地400多公顷，有过门塔1 000多个，院落殿宇4 500间，班禅的行宫就在最高处。它是一个汉藏艺术风格相结合的建筑群，酥油花、壁画、堆绣为塔尔寺的三绝，用酥油塑造的佛像、人物、兽禽、花木形象逼真，栩栩如生。另外，塔尔寺还是藏医、藏药的重要传授和学习的基地。

树榕一行到湟中县城时，已汗流浃背，不想到了塔尔寺，竟如处深秋，凉气逼人。他们在寺门口找到一个小喇嘛，说明来意，小喇嘛见他们是远道而来的客人，就客气地带他们去找嘉松文德了。他们穿过了不知多少个殿堂和廊道，来到了一个叫花寺儿的殿堂，小喇嘛指着前边一个正低头整理草药的中年喇嘛，说："他就是嘉松文德了！"

嘉松文德一抬头，树榕三人忙上前去自我介绍，并拿出马师长的介绍信。嘉松文德看后十分热情地让座，对从广东、贵州来的远方客人极表欢迎，并双手奉上酥油茶："你们从贵州到这里，要经过很多地方吧！"

"经过的地方就多了，我们从贵州出四川，从四川出汉中，到兰州，再从兰州到这里，已经用了十几二十天的时间了！"树榕说。

"没关系，这辈子时间不够，下辈子还可以用，反正时间是无限的，我们生命的轮回也是无限的。"嘉松文德的高论一出口，就令众人张口结舌。他接着说："这么远前来，难为你们了，可见你们求佛道之真诚，嗯，马师长是你们的什么人？"

"是我爸在陆军军官学校的同学！"启泰说，"他们感情深厚，常有来往的。"

"原来你父亲亦是军界精英，失敬失敬！"嘉松文德说，"马师长是我叔父，我父亲与他是亲兄弟……来来，喝口酥油茶吧，你们初到青海，不知习不习惯？"

"我有点胸闷心翳，耳朵总好像有东西塞住一样！"有恒说。

"我也是，"树榕说，"我想，这是高原反应，过几天就习惯了，对吧？"

"对对，过几天就习惯了！"嘉松文德笑着说，"等一会，我带你们参观塔尔寺，它可不是浪得虚名啊！大得很呢！你们要想全部参观完，要两三天呢！我来当你们的向导，如果你们对佛学有兴趣，对我们藏传佛教有兴趣，对我们黄教有兴趣，我们还可以交流交流呢！"

听到这里，树榕真想说自己也是庆云寺的和尚，但一想，现已离开庆云寺了，还享齐人之福，也就不好意思说什么了。

下午，嘉松文德带树榕一行逐个殿堂慢慢参观，详细讲解，树榕真是受益匪浅，看到那宏伟的建筑，听到那博大精深的藏传佛教的教义以及其与大乘佛教、原始印度宗教的各种区别，感慨良多：“看来，要精通藏传佛教，真的要下一辈子的工夫啊！”

树榕边参观边问，兴致甚高，竟拿出笔来，赋诗一首：

游青海塔尔寺

离开西宁往西游，寒风阵阵似深秋。
远山环抱青烟处，忽见巍峨黄教楼。
宫阙深深雨蒙蒙，游人藏在图画中。
班禅住处高百丈，如何抬他上行宫。
小金瓦殿酥油花，花寺儿内喝酥茶。
密宗经书全不识，摸完转轮买藏花。
大经堂内穿藏袍，手捧哈达赶时髦。
口念大明六字咒，佛祖一点现通途。

傍晚，嘉松文德尽地主之谊，在县城设宴款待树榕一行，宴会作陪的有县城名绅，还有县治安大队长和青年救国军的团长，以及几个年轻女子。

筵桌是长方形的桌子，桌子上摆满了西北名菜，嘉松文德作为东道主，说道：

“叶先生，今晚，让你领略领略我们西北风情！”他指着桌面上的菜说：“这叫红烧三宝，它是用牛、马、羊的睾丸做成的名菜，甚是壮阳补身；还有，这叫清汤羊肚，鲜美可口；还有人参羊筋，松鼠鲤鱼，做法不知与广东的有什么区别？但我相信你吃后定会赞不绝口的。手抓炒饭自然用羊油来炒了，酥香异常，厨师能把炒饭炒到粒粒会跳……”

“叶先生，你们广东有没有这种糌粑？”团长问。

“没有，我们广东没有这种糌粑！”树榕说。

“好了，好了，我们一边吃一边聊，怎样？只聊不吃，菜都凉了，来来来。”嘉松文德高举酒杯，“为远道而来的客人干杯。”

话音刚落，气氛就开始热闹了，有问树榕等人家乡风俗的，有问路途见闻的，树榕他们也问当地的风土人情、名胜古迹。

“大师，你们藏族，出家不叫‘和尚’，而叫‘喇嘛’是什么意思？”树榕问。

“你们叫‘和尚’是亲教师的意思，是教佛学的道行高深的人，我们叫‘喇嘛’是道路的意思，是为人指路的人，意思有些许区别，但大体上是一致的，都是对引导人学习佛教的人的一种称呼！”嘉松文德笑笑说。

“那，你们当喇嘛的，不用吃斋吃素的吗？”启泰问。

“也强调吃素，但与中原的佛教又有所区别。这里是农牧区，天气干旱，蔬菜奇缺，能吃得上蔬菜的人，只有上层人士、土司、有钱人，与你们内地有天渊之别。所以，这里的喇嘛也有吃肉的，加上此处天气极其寒冷，喝酒有时仅仅是为了活命，所以，喝酒和吃肉在这里就不会被看得那么重要了。”

“听说，塔尔寺是一所专门研究藏医、藏药的寺院，是这样的吗？”树榕问。

“叶先生真是三句不离本行！”嘉松文德笑笑说，“不怕你笑话，我也是你的同行啊！塔尔寺内有一所有名的曼巴扎仓（医宗学院），那里的藏药和医术是远近闻名的。每年九月初，我们就带着其他僧侣到附近的曲嘎日丹峡谷采集草药，他们一到峡谷，就支起帐篷，日出时就进到深山中寻找有特殊疗效的草药，日落之前，他们又驮着采集的各种草药返回。”

“你们采集了草药回来之后还要加工成各种成药吗？”树榕问。

“有些是要加工的，有些则截成一段段，拿回寺内收藏。”嘉松文德答道。

“啊，这跟中原的中医、中药差不多。”树榕说。

“我们采集草药的时间要持续八天，采集完了，另用五天的时间将药分类、挑选，第十四天，将草药进行分派，学生得一部分，大部分则归医宗学院所有。归医宗学院的草药晒干后交给塔尔寺，要做成药粉的就研成粉，分成小包，用红纸整整齐齐包好，用我们的藏文标明药类。”嘉松文德说。

“那，对看病的人是怎样收费的？”树榕问。

“那要看人，看时间，”嘉松文德望了望树榕，觉得这个广东人太讲实际了，他想了一下，就说，“比如，如遇佛事大巡行，或大瘟疫流行的，我们都是免费发放的，或只收极少的钱，如遇参拜塔尔寺的朝圣者，则以高价卖给他们。”

“土司有病，他们会给钱吗？”有恒问。

“会，土司们有钱，不要白不要，他们不在乎钱，只在乎命，他们一来就说要用最好的药，最贵的药，所以，他们也不吝惜那几个钱的。”嘉松文德说，“叶先生，你是医生，你知道的，药哪有最贵的，最好的？只要有效，就是好药了。”

“对，药不分贵贱，有效者就是灵丹！有钱人总有那样的心态，以为药越贵越有效。”树榕说。

“药的贵贱，在乎多少，多了，就不值钱了。奇缺稀有的，那自然就贵了，比如麝香、冬虫草、雪莲、藏红花。”

“对呀！”树榕好像找到了知音似的，“那，你们看病，与内地的中西医有没有区别呢？”

“应该有吧！”嘉松文德说，“我们这里看病，全凭经验，带学生全凭言传身教，不论实际施治还是上山采药，无一不是如此。有些东西，对你们来说，可能很神秘，很玄妙，就如你们中医的四诊八纲、阴阳学说、子午流注等。我们看病，也有自己的一套，在检查时，仔细观察，看看小便的颜色变化，嗅嗅气味。再用一个小木刮匀搅拌它，把它放到耳边，确定其声响大小，我们认为，从病人的尿中就可以判断出这病人的病情状况了。”

“哎，哎，医药的东西你们明天再慢慢谈吧”，团长说，“你们只顾聊天，菜都凉了。”

“对，吃菜，吃菜！”县治安大队长说，“叶先生，你知道这三宝是什么东西吗？”

“愿闻其详！”

“这三宝是牛、羊、马的蛋（睾丸），大补壮阳呢！你吃了之后，今晚必火气冲天！”县治安队长声如破锣般地说。

“今晚要不要给你们两位找个小妞来陪？”团长在树榕身边轻声问道。

“不必，不必，不敢造次！”树榕说。

“哎，怎么不必呢？”团长说，“人不风流枉为人，这三宝是开路先锋，马上有一道菜上来，它才是实力强劲，最显男人雄风的呢！”

“什么菜？”

“雪莲炖牦牛王鞭！”团长说，“这牦牛，一头公牛管一群母牛，那家伙！哈哈！”

他说完，见旁边站着个男侍应，就低声对他说了两句，过了一会，这个男侍应带了两个十六七岁的姑娘进来。树榕一看，只见她们胆怯得垂下头，乖乖地站在门口，团长一见，马上站起来，嬉笑着走过去，用手摸摸这两个姑娘的下巴：

“喂，抬起头来，给南方的客人看看嘛，害什么羞？叶先生，这两个你就挑一个吧！”

“不了，多谢团长，不要为难她们了！”树榕看到这两个姑娘十分可怜的样子，说：“我这几天肠胃不适，一直闹肚子，又加上高原反应，我真的不需要。”他拿出两个大洋，给了两个姑娘一人一个，“你们回去吧！麻烦了，麻烦你们了！”

这两个姑娘如蒙大赦，拿了大洋之后就匆匆离去了。

嘉松文德见树榕他们并未动容，又不想拂了团长的一番好意，就站起身子，举起盛满了青稞酒的杯子。

“再为从广东、贵州远道而来的尊贵客人干杯！”

酒宴的气氛一下子又变得热烈了，本来树榕的国语水平有限，再加上当地主人的国语又说不准，所以，树榕所说的，他们只能听懂三成；而他们说的，树榕也只能听懂三成。这时，青年救国军的团长说：“哎，叫我老婆来，叫她做翻译，准没错！”过了一会，进来了一个约三十岁的妇女，这个团长说：“阿四，你给我做做翻译，他们几个是从南方广东来的，你一定能听得懂。”这个女人抬头望了树榕一眼，就用客家话问：

“先生贵姓？从哪里来的？”

树榕真不敢相信自己的耳朵，在相距万里之遥的青海，竟然有人懂得客家话，他马上用正宗的梅县客家话回答：

“我是从广东广州来的！你呢？大嫂是哪里人？”

“我……”这妇女望了望这个团长，说，“我是江西来的！”

这时众人见他们对答上了，马上高兴地笑了，嘉松文德说：“这回，找到开锁的钥匙了！”席间，主宾频频对话，频频敬酒，十分热闹，但不知何故，这妇女总显得心事重重，团长见状就用当地土话骂了她几句，这时这个妇女站起来说：

“叶先生，你们慢慢喝，我小孩生病发高烧，我得回去看看，请个医生。”说完就起身走出门口。

“大嫂请留步！”树榕站起来，说，“我是医生，是医学院毕业的，你孩子得了什么病，能告诉我吗？”

“我小孩高烧已经两天，现迷糊不省人事，昨天已经不能吃东西了……”这妇女说。

“对对，我们那个村子，有十多个小孩得了这种病，昨天已经死了两个了，不知得了什么瘟疫？”团长说。

“能不能带我去看一看？”树榕说。

“那最好不过了！来人，给我备马车！”团长马上安排一辆马车准备送树榕去村里看看。

“不用，我们自己租了汽车，我们开车去吧！”

他们风风火火地赶到村里，树榕马上替小孩做了检查，原来是得了白喉，他马上又替村里其他小孩做了检查，其他小孩也得了同样的病。树榕急了，他对团长说：

“团长，你们村的小孩子得了传染性极强、死亡率极高的病，这种病叫白喉！要马上打盘尼西林针才成！”

“什么盘尼西林，我们这里没有西药、西医的，西宁也不一定有，只有到兰州了！”嘉松文德说。

“这样，不是很麻烦？叶医生，有没有其他办法，比如用中药什么的？”

“用中药？”树榕想了一下，问：“这里有没有土牛膝、巴豆？”

“有，这里多的是！”其中一个皮毛批发商说。

“那就只好用这个办法了：你们马上用土牛膝4两，煎浓汁分两次喂小孩服用吧！另外，用巴豆朱砂各1分，捣烂成饼，贴于患儿眉心，至12小时，起泡后去掉药饼，快，不要拖，拖的时间越长，危险性就越大。”

村里的大人马上按树榕的吩咐去做，第二天，服过药的小孩的体温慢慢降低了。团长要求树榕留下来，多帮他们两天，汽车司机见状，就自己先回兰州了，因团长许诺过两天后派车送他们回兰州，所以，树榕他们也就心安理得地留下来替小孩治病了。到了第三天上午，小孩的病已经明显好转了，咽喉的白膜大部分已经脱落，红肿亦已消失。大家的心总算放下来了，团长为答谢树榕，专门宰了一只羊，搞了个全羊宴招待他们。

席间，树榕出门方便，在回去的路上，忽然土墙转弯处闪出一个人，一把将树榕拉到一个僻静的角落，树榕还未回过神，这个人就跪在树榕面前：

“叶先生，叶医生，你救救我吧！你带我走吧，我在这里真的受不了了，我命好苦啊！”

树榕一看，原来是那个叫阿四的妇女，只见她面容悲惨，神色恐慌，两个眼眶黧黑，双颊挂着大串泪珠，她跪在地上，双手拉着树榕的衣角痛苦地哀求着。树榕被这突如其来的事情吓了一跳。

“大嫂，有事慢慢说，你先起来，你跪在地上，我受不起啊！”

“叶医生，我长话短说吧！我原是当兵的，西征时被敌人俘虏了，被他们俘虏的女兵还有好几百人，他们这些畜生，不把我们当人，糟蹋了我们之后就把我们卖了。我被他们卖给这个团长当了小老婆，我已经逃过几次了，每次逃跑都被他们的马队抓回来，打得半死，这回，只有你才能救我了……”她一边控诉，一边极伤心地痛哭。

“你先回去，我想想办法再说，明天早上我们才走，你起来吧，擦干净眼泪，否则，团长就会起疑心了。”树榕说。

吃过饭后，树榕和启泰、有恒提出到外边游玩，团长马上找来两辆马车，送他们三人和嘉松文德到附近的青海湖和沙陀寺玩了一圈。路上，树榕想起那个叫阿四的妇女的悲惨遭遇和苦苦哀求，就暗下决心帮她逃出苦海。他将她的情况同其他几个人说了，他们都先是愕然，后都表示可帮的尽力帮，启泰说：

“我看这个大嫂才三十多岁，如何挨得到老？在这野蛮的戈壁、荒漠过一辈子，不如去死算了！”

“她才二十七岁呢！我问过她了，看她的样子就知道她在这里饱受折磨了。”

“各位！”嘉松文德说，“我看，你们就不要多管闲事了！你们的好心，我是知道的，但你们想过没有，你们怎样救她出来，离开青海？这里离开了西宁之后，几百里路没有一户人家，没有一片森林，你们吃什么，又能躲到哪里？你们要回兰州，马车都是团长给你们的，如果他不给你们马车，你们根本走不出青海！再说，你们就算有马车，也快不过他们的骑兵，这里的骑兵是出了名的彪悍，是一班杀人不眨眼的魔鬼，不可为而强为之，岂不是白白送命？”

“嘉松文德大师，我们可以叫她先在路上等我们，我们半路接她上车，这样不是神不知鬼不觉了吗？”有恒说。

“对，我看这个主意好！”启泰说。

“嘉松文德大师，佛祖不是教导我们：救人一命胜造七级浮屠？”树榕有意问道，“如果我们这个办法不行，你看还有其他办法没有？”

“唉，我又何尝不想救她啊？不过我已经是佛门弟子了，就不管尘世间的烦事了。”嘉松文德说。

“那，还有更好的办法吗？”树榕还是一个劲地追问道。

“这……除非你们今晚能灌醉他们，这样才能走得脱！”嘉松文德终于开口了。

“我有办法了，我有带蒙汗药来！”有恒说。

“你怎么会有蒙汗药？”树榕奇怪地问道。

“这是金娇姐在我们离开贵阳时交给我的，叫我在最急、最需要的时候拿来用的，拿来救师父的！”有恒一边说一边拿出一包东西来，在树榕面前扬了扬，“她还给了我解药呢！”

树榕认真细看，原来是一包毒扁豆，他一看就明白了，毒扁豆含有毒扁豆碱，可以解曼陀罗花的麻醉作用，他拍拍脑门：“行，可以！”启泰见到这古怪的药，忽然想起玉环在临走时给他吃了蛊药酒，就顺口说：

“贵州的女人真多古怪，我临行前玉环还给我吃了蛊药呢，她怕我不回去，说如果我三个月之内不回去就要发病了，真亏她想得出。”

树榕听说之后，笑了笑，“那你快点吃甘草吧！吃了甘草就能解蛊了！”晚上吃饭时，树榕对团长说：“明天一早我就走了，不想一早叫醒你了，能否今晚安排好去兰州的马车？”团长十分爽快，叫士兵牵了两匹马来，说：“车就在门口的榆树旁，明早这兄弟替你赶车，早上你们准备几点走？”“六点钟吧，就算六点起程到兰州也天黑了。”

晚饭后，房间的油灯一明一暗，灯影晃动，有如阴魂不散，有鬼尾随。他们四人在悄悄谈论着，忽然，门外有脚步声，不一会儿，有人轻轻推门进来，这人进来后又迅速把门关上，大家一看，原来是阿四。阿四跪在树榕他们面前，树榕上前去扶起她，轻声对她说：“我们明天一早六点钟就离开这里，你可以提早三个小时先走，在半路上车，等一会儿，你叫团长来我们这里喝酒，说我们广东人有吃夜宵的习惯，知道吗？等我们灌醉他们，你才能安全逃脱，否则，他们追上来了，我们一个也跑不掉！”

阿四唯唯诺诺地悄悄离开了，过了一会儿，团长和几个当官的来了，树榕他们大方地招待他们，有恒不知从哪里买了两只鸡和几瓶酒，不一会儿大家就猜拳行令，吆喝起来。没多久，团长和几个同来的都烂醉如泥，不省人事。

话说阿四回去之后，又偷偷地去通知她一个最要好的姐妹，这个姐妹也是被卖到这里来的，她们商量一齐跟树榕逃跑。但可惜，正在她与这个患难姐妹偷偷商量的时候，所说的话全被这个患难姐妹的男人——县治安大队长听到了，他马上派人把她俩先抓起来，又迅速集合队伍，到树榕住处去捉拿他们。

嘉松文德见团长等人醉倒之后，就对树榕他们三人说："现在趁他们酒醉未醒，不如你们提早离开这里吧！这样你们会早点脱离危险的。"

"好吧！但我不知道她住在哪里，我怎样通知她呢？"树榕说，"而且，我又不懂得赶马车，怎么办？"

"这样吧！我替你们赶马车，到了兰州，我也不回来了。找我叔父去，叶医生和我先去接那个阿四，你们两位在这里收拾行李，等我们马车回来就一齐离开这里。"

他说完，就同树榕套好马车，向团长家里驶去接阿四，走到半路，见前边远远来了一队人马，打着火把，嘉松文德一看，大叫不好，他们赶紧下了车，将马牵到土墙边躲起来，只见这队士兵飞快地从他们身旁冲过，还一边叫："不要放跑那几个南方佬，捉住他们……"

士兵走过之后，嘉松文德知道事情已经败露了，只得急急调转马头，向西狂奔。他们足足跑了几个钟头，才放慢速度，嘉松文德抹抹头上的汗："好险啊，差点就被他们捉住了！"这时，天已发亮了。

17 落魄逃离喇嘛寺　土司一指变为奴

树榕和嘉松文德下了马车，望望四周寸草不生的荒原，想想昨晚的险情，有如轮回投胎了一遭。

“这真怪了，团长已经被我们灌醉了，怎么还会有……”树榕惊魂未定地说：“难道阿四泄密了？”

“这一伙是县治安大队的，我认得他们的龟孙样，啊，我明白了，可能阿四找大队长的老婆一起逃跑，在她们商量时被发现的。”

“怎么，大队长的老婆也是被卖到这里来的？”

“是呀，她也是南方的女孩子呀，刚卖到这里来的时候还没满十六岁，听说还是个军队文工团的演员呢！”

“不知有恒和启泰他们怎样了？”树榕说，“我们算是逃了出来了，但他们可能已被抓了。”他伤感地说。

“他们不会有事的，那个大少爷有马师长的介绍信，相信不会被为难的，那个后生就有点麻烦了，可能会被抓壮丁队抓去当兵了。”

他们走了整整一夜，已经精疲力尽，马车来到河边，他们下了车，喝了口清凉的河水，定了定神，树榕说：“大师，现在我们到哪里了？”

“我们已经到了香日德了，我们现在喝水的这条河流就是察汗乌苏河！”

“那，我们离兰州还有多远？”树榕问。

“什么？离兰州有多远？你还想去兰州？”嘉松文德说，“我们现在距离兰州越来越远了，我们已经不可能再去兰州了，我们现在是向西走，如果向东，所有通向兰州的路都被堵死了，我们根本不可能通过，现在只有先到格尔木，到了格尔木再想办法吧！”

“原来我们离兰州越来越远了……”

树榕蹲在河边上，像失了魂一样望着远处的黄土和戈壁，迷惘而不知所措。

“叶医生，你不用发愁！”嘉松文德说，“到了格尔木就有办法了，我家就在格尔木，到了那里，我找人带你经玉树，下甘孜，回四川、贵州，当然，也可以上了唐古拉山之后，经安多、那曲，转经昌都回四川。路是走远了一些，但是安全，你放心好了。”

“事到如今，只好这样了！”

树榕重新坐回马车上，慢悠悠地向着格尔木走去。离开了香日德，绿色越来越少，黄色越来越多。他们穿过一座黄山又是一座黄山，偶尔大风刮起，飞沙走石，天空一片黄色，十米开外就什么也看不到，大风过后，人的衣服和脸全黄了，树榕的脖子和肚脐都沾满了黄土，连眉毛、睫毛也上了黄色。穿过黄土地带后，又经过一望无际的戈壁，马车走得更慢，路就更难走了，看来，今晚是赶不到格尔木了。嘉松文德说：

“我们在这里过夜吧！只有这样了！”

他将马车赶到不远处一个帐篷前，帐篷里走出两个男人，嘉松文德上前去同他们咕噜了几句，他们就十分热情地招呼树榕进帐篷。帐篷外，圈了一群羊，主人挑了一只肥羊就宰了，他们拿出酥油茶、酸奶和羊肉来招呼树榕，树榕见他们如此热情，也实在过意不去。由于主人讲藏语，树榕听不懂。只见主人拿着铜勺倒一勺酒来敬树榕，树榕一看这么多，怕喝不完，就推辞说自己不懂得喝，主人又拿着酒倒了一点在自己手心喝掉，再递给树榕，这时嘉松文德说："叶医生，喝吧，这是他在告诉你，要你放心！"没有办法，树榕只得坐下同他们对饮起来了。

嘉松文德这晚做了翻译，过得也愉快，饭后树榕问要付多少钱？嘉松文德说不用付钱，如给他钱，就是看不起他们了。

第二天，他们离开了这两个藏族牧民，向着格尔木走去，到了傍晚，终于到了嘉松文德在格尔木的家。格尔木，是个有三四十间小店的"镇"子，整个"镇"，只有十来间砖房，其余的都是土坯房，或帐篷。这"镇"上，有汉族也有藏族、回族的牧民、商贩。格尔木周围，冒出了几块绿色麦田，多了几棵树，如果不是看到这难见的绿色，树榕他还以为到了绝境呢！有诗为证：

离湟中，去格尔木路上所见

亡命湟中向西行，戈壁滩上草不生。
百千里路尘抱日，拨开黄岭不见人。
敖包相会声悠扬，可惜大漠太荒凉。
放眼尽搜陶醉处，哪有草低见牛羊。
戈壁绿洲豁然中，黄土小镇舞北风。
羊儿低啃草根净，牧童鞭指夕阳红。
四尺泥屋撑落日，炊烟不见升太空。
偶闻哀怨吹羌笛，人间地狱已相同。

离格尔木不远处，有一个百户人家的村落，嘉松文德的家就在村子里。

嘉松文德两人才入村，村里的人就看到他们了，并争相前来观看，他们对树榕的到来感到十分新奇，都探头探脑地从围墙外边往里看，有如在动物园看猴子一样。嘉松文德的家也是土坯房，房顶是用茅草、麦秆混合泥巴铺成的，由于这里雨水极少，所以这里的民居都做成平顶的，乍一看，还以为是钢筋水泥结构呢！

嘉松文德有三兄弟，他最小，两个哥哥已结婚，他出家当了喇嘛，他还有两个侄女，最大的侄女已经十六岁了。嘉松文德刚坐下，他的嫂嫂就跟着从地里回来了，她一边招呼树榕喝奶茶，一边出去宰羊。

"怎么又宰羊？我哪能吃得了这么多？"树榕忙制止她，劝她不必宰羊了。

"不碍事，吃得了，吃得了！"嘉松文德说。

树榕看看这只羊，是只名副其实的大肥羊，足有七八十斤重，身上还长了厚厚的毛。嘉松文德看看日头，估计已经是晚上八点钟了，就说：

"今晚你就睡在帐篷吧！已经收拾好了。"

“怎么现在已经晚上八点多了，太阳还挂在天空中？”树榕一边看手表一边好奇地问。

“是呀，我们这里的太阳特别勤劳，晚上也不肯回去睡觉的！”嘉松文德回答道。

“这是你的大嫂还是二嫂？”树榕指指外边宰羊的妇女问。

“什么大嫂二嫂的？我不懂！”嘉松文德说。

“啊，是这样，我们汉族嘛，大哥的老婆叫大嫂，二哥的老婆叫二嫂，那，她是大嫂还是二嫂？”

“你让我想想。”嘉松文德认真地数了数手指，说，“今晚是我二嫂，明晚是我的大嫂。”

晚上睡觉时，帐篷内燃起了一种不知名的香草，里面顿时异常暖和，嘉松文德安排树榕睡在一个帐篷里，他的嫂嫂和二哥另睡在一间土屋，他自己和大哥就卷着身子躺在篝火旁边。

第二天，嘉松文德一早就起来做功课，见树榕起床走出帐篷，就拿出糌粑和酥油茶给树榕，笑着问：

“昨晚睡得还好吧？”

“好，很暖和！”

“对呀，我们这西北地方，你不要看白天太阳火辣辣的，一到晚上，就会把人冻僵，所以有人说我们西北是‘早穿棉袄午穿纱，围着火炉吃西瓜’，就是这个理。”

“就是虱子臭虫特别多，咬得我一夜没睡好！真够受罪的！”

“你慢慢就会习惯了，虱子咬人也会挑来咬，你新来，它没尝过广东人的口味，那多咬你几口，也不出奇了！”

嘉松文德笑了笑，将早餐递给树榕，说：

“叶医生，我昨晚跟我的两个兄弟商量过了，明天我要回塔尔寺了，由我大哥陪你去玉树，经甘孜回四川、贵州，怎样？”

“那真太麻烦了，我要付你大哥多少钱呢？”

“不用不用，”嘉松文德急忙摇头摆手说，“能认识你这样一个广东朋友，已经是我们的缘分了，千万不要提钱一事。”

“那耽误了你们的工作，我也要给你们补偿呀！”树榕说。

“不用了，但从明天起，你就要用脚走路了，要走到玉树、甘孜也不是一件容易的事啊。”

“不怕，走路我不怕，可以锻炼筋骨，有益身体呢！”

第二天一早，嘉松文德替树榕准备了套藏族的衣服靴帽，带上糌粑和酥油，说：

“叶医生，这次你匆忙出逃，行李全在旅店里，我知道你没有衣服替换了，加上要上昆仑山，山上寒冷异常，不穿我们的藏袍必冻死无疑，所以，你就不要推辞了。我回到塔尔寺之后，帮忙打听你两个朋友的下落，再写信寄到贵州你医馆那里去，行吗？”

“那太感谢你了！”

他辞别了嘉松文德一家子，跟着他大哥洛桑上路了。过了格尔木，天空好像慢慢变蓝了，天上的鸟也渐渐多了一些，一些大的秃鹰不时在头上盘旋着，脚下慢慢有些地方也呈现出绿色，黄土戈壁似乎也慢慢被他们抛在身后了。路边的小溪、小河也多了起来，这小溪、小河的水极其冰凉，大概是天边雪山上的冰雪融化而成，故如此冰冷吧！身边的绿色细看原来不是草，而是一种苔藓，放眼远望，牦牛群在优哉游哉地啃着地表的苔藓和稀疏的青草。天气越来越冷，有时不知从哪个方向吹来一阵怪风，把树榕吹得浑身起疙瘩，寒风入骨。越向前走，越觉气短，嘴唇也干燥龟裂，脸部和手脚的皮肤也变得粗糙了。

他们走了几天几夜，风餐露宿，晚上，洛桑到附近找来干牛粪和一些杂草、杂树，堆在一起，燃烧起来。他们一边取暖一边喝酒，本来没有酒瘾的树榕却突然间觉得真的需要喝点酒了。洛桑从怀里拿出一大块牛肉干来，切成两半，一人拿着一块蘸点生盐就大嚼起来。星星、月亮十分友好，这几晚都出来陪伴着他们，只是不该来的狼群却每晚都来拜访，洛桑每晚怀里抱着猎枪，不敢大意，树榕更是频频加柴添火，因为他听人说：狼是怕火的。

走了一个星期，走到一座小木桥，小木桥的一边有一座木牌坊，牌坊上写有“昆仑山”三个大字，小木桥下流淌着晶莹的雪水。洛桑说：“过了小桥，我们就要上昆仑山了。”昆仑山为西北名山，是传说中神仙的住处，它高耸入云，极其巍峨，是青海入藏的必经之路。有诗为证：

上昆仑山

格尔木外无人家，路盘逶迤照彩霞。
海拔渐高人气喘，眼前无花却有花。
昆仑山口有牌楼，青青苔藓冰溪流。
天下神仙出此处，雪山脚下有牦牛。

树榕听说要上昆仑山，心情兴奋起来，他望着洛桑说：

“洛桑大哥，听说天下的神仙老祖皆出于昆仑山，王母娘娘也住在昆仑山，说不定我们上山后还会碰到神仙，捡个宝贝回家呢！”

洛桑望了他一眼，觉得树榕太天真，以为这里好玩，还不知上了昆仑山之后，还要继续上唐古拉山呢，在那极其恶劣的自然环境下，不要说捡个宝贝，能捡条命回来已经是万幸了。他对树榕说：“大少爷，你上山后如觉得有什么不舒服，要马上告诉我，要是真的不能走了，我们只好回格尔木了！”

正说着，远处来了一队人马，一百多人，走在前边的马队人人都背有火药枪，枪筒前边都装有锋利的弯叉，队伍的中间有一个身材魁梧的男人，他身穿黄色绸缎，头戴貂皮绒帽，脚穿丝绸黑靴，脖子上挂着一串佛珠和一串象牙、玛瑙双间的珠链，手指上戴着镶满了蓝红宝石的金戒指。他身边跟着几个衣着华丽的女人和管家、书记，再后边又是仆人，仆人拿着食物、饮料和日用品，仆人的后边又跟着十多个藏兵。

“我们的土司来了！”

洛桑诚惶诚恐，马上走过去，跪在地上叩头，树榕见这突如其来的情况，也只得跟着洛桑跪地叩拜。土司走到跟前，用鞭子指指树榕：

“他是什么人？怎么会到这里来？”

“他，他是广东来的朋友，要经过玉树回四川去，我，我做他向导，给他带路……”

“大胆！”旁边的师爷大吼一声，“你知道你的三十天劳役还未服完吗？你欠的十头羊还没交齐吗？你是不是想跟这个汉人逃跑到汉地，说！”

“土司老爷，我的确只是为他带路而已，因他为了救人一命而被西宁军队抓捕，所以我才帮他。”

土司想了一会，慢慢地说：“好吧！你先跟我回城堡，服完三十天劳役之后再去做你的善事吧！不过，你得先将你的大女儿送到城堡来，走吧！”他刚想扬鞭，忽而又停了下来，对手下的人说：“把这个汉人也押回城堡吧！”

土司的城堡在藏东昆仑山南麓，水草丰盛，牛羊成群，走了整整一天，树榕在藏兵的押解下，终于来到城堡脚下。这座城堡十分巨大，长有一百多公尺，宽有三十公尺，高有二三十公尺，依山而建，城堡前有一扇大闸门，两边有围墙，围墙的尽头有炮楼。城堡用巨大的石块砌成，有四五层楼高，每层均有射击的枪眼，墙体宽厚，首层为储物间和牢房，二楼为殿堂，首层与二楼由建在外边的石阶连接，殿堂顶装饰着金灿灿的佛教故事里的浮雕，墙体挂满了各种宗教图画和地毯，靠墙摆着各种佛像和幡旗。三楼是土司的会客厅和师爷、书记的住处。在这荒野中的城堡内竟然有留声机和沙发椅，还有几个铝锅。四楼是主人土司和他的几个老婆、女儿的住房。男孩子的住处不在这边：大儿子，也就是未来的土司，自己建有城堡，在曲麻莱，小儿子在治多，两兄弟常为鸦片种植地和贩运等事而大打出手。城堡前有条小河，小河上有一木桥，直通城堡门下，城堡周围种满了樟树、扁柏、柠檬树和栗子树，过了木桥，是一望无际的青稞地和鸦片田，远山还长满了不知名的奇花异草，在白云、雪山的衬托下，树榕真以为来到了王母娘娘的瑶池仙宫呢！

过了木桥，树榕被一个藏兵推入一间在城堡下层的牢房里，轰的一声，门被重重地关死了。牢房内一片漆黑，顶部有一个碗口大小的窗眼，过了很长时间，树榕才从黑暗中看到牢房里还有一个人，他头发垂腰，胡子也有半尺长，活像个魔鬼。这人好心地走近树榕身边，用藏语问：

“你是从哪里来的？”

树榕听不懂他的藏语，只是细细地打量着他，只见他身上极肮脏，浑身发出一股刺鼻的臭味，他的双手已经从腕部被人斩断了，脚上锁着沉重的镣铐。树榕用汉语对这人说：

“我听不懂你说什么！”

这个人无可奈何地走开了，他又好心地拿来一堆麦秆之类的东西，放在树榕身边，指指它，又作个睡觉的样子，这下子树榕明白了，他随口用英语说了句：“多谢！”没想到这人懂英语，马上用英语回答：“不用谢！”

这下子可好了，于是树榕忙问他：

“你是干什么的？”

“我是土司的书记！”

“为什么你会落到这样的地步？”

“我记下了不该记的东西，触怒了土司，于是我就被砍掉双手了。”

“书记不是专门记事的吗？那，怎么分哪些该记哪些不该记呢？”

“前年，这里有大流星雨，我就记下了，我掐指一算，这是不祥之兆，预兆着天下大变，土地易主，骨肉相残。后来，他的两个儿子为争山南河边的一块地，大打出手，小儿子被打成残废了，土司就迁怒于我，将我双手砍了！”

“啊，原来这样！”树榕十分同情地望着他，：“那，你做他的书记之前是做什么的？”

“我本是千卜录寺的，一日土司来拜访活佛，谈起现在同英国人、印度人打交道不懂英语是不成的，在活佛的推荐下，我就来到这里当了他的书记兼翻译了。”

“他可以随便斩人手脚的吗？那还有王法？”

“什么是王法？他说的就是王法，这里的一切，山、水、田、地、树、人都是他的，他要怎样谁也拦不住！”

正说着，门开了。

“出来！”一个藏兵走进来，用手指着树榕说：“你，汉人，出来，土司要问你话！”

树榕跟着藏兵沿着城堡的石阶上到三楼，只见土司坐在绒垫上，背靠着虎皮，他望也没望树榕一眼，只是用手拿着鼻烟壶，嗅了嗅，然后傲慢地问道：

“你就是那个姓叶的汉人？”土司用汉语问。

“正是，土司可好？”

“唔！好！好！听说你是做医生的？你既然做医生，那老远跑到这里来干什么？”

树榕只得一五一十地将前因后果告诉土司，说完，还将庆云寺的度牒拿出来，给土司看：

“土司，我也是佛教中人，你看看我们庆云寺的……”

“看什么？”土司看也不看，“你们汉人的佛教怎能与我们的宗喀巴相比！你们信佛只是想让佛保佑你们发财、平安，平常又吝惜得连个小钱也不愿意拿出来孝敬佛祖，到急时就天天叫阿弥陀佛，临急抱佛脚，你们是假信佛。而我们呢？是真信佛，我们拿出自己最好的东西供奉佛祖，一直叩拜到拉萨，花上两三年的功夫也在所不惜，你们汉人能做到吗？所以，我说你们汉人是虚伪的，不可信的。”

他的汉语说得马马虎虎，但树榕也基本能听懂。

“就说你们汉人的中医、中药吧，慢病治不了，急病更治不了，怪不得你们以前某些领导要取缔中医、中药了，你看我们藏医、藏药，要多灵有多灵，因为我们有神的保佑，有佛祖保佑，有宗喀巴保佑！”

这个土司，原来是个井底之蛙，他发了一番谬论之后，又嗅了嗅鼻烟，傲慢地说：“你闯入我的领地，又未经我批准，这就是送上门的奴隶了，你学的医学又这么差劲，我们这里的人又不信你，你能做什么呢？你先去放羊看牛吧！”

一听到原来自己已经变成这个土司的奴隶，树榕心想：这下可糟了，想回汉地，回贵州，那岂不是遥遥无期？他急中生智，忙说：

“我懂得占卜、看相、看风水，我能知凶吉未来，我还懂英文。”

土司听了一下，似有改变主意的意思，这时他身后的师爷就站起来，在土司耳边咕噜了一阵，土司点点头，就对树榕说：

“你既然说能知未来凶吉，那你同我算算我的凶吉吧！”

“那不行，要准确无误，必须沐浴更衣，焚香拜请三天，才能算得准的！”

其实，已经十多天未洗澡的树榕只是想痛痛快快洗个澡，捉捉虱子而已。土司一想，也有道理，就说：“你现在先回下边，我决定了才通知你吧！”

第二天，土司同管家谈起达曲典尼玛观相湖朝圣一事，管家说，“现在这个时候过唐古拉山尚可以，但到达曲典尼玛观相湖就已经九月深秋了，再回头，大概是九月尾十月初了，可能会大雪封山了。”

土司不耐烦地说，“所以叫你快些安排人去嘛！你要告诉他们，如果不抓紧时间，就会冻死在雪山上，回不来了，这不就可以了吗？等明年才让他们回来，那不是白白养他们半年？白白让他们玩半年？有你这样做管家的吗？”

“是……”管家唯唯诺诺地向后退了几步，再也不敢哼声了。

“哦，对了，那个汉人也带去吧。”土司说，“叫他看羊他又不懂，弄得不好，连羊带牛全死光，到时杀了他也不解恨。他说他懂得英语，又懂占卜，能预知凶吉，带上他，过唐古拉山口，估计不成问题。到了拉萨可能还派得上用场呢！”

曲典尼玛观相湖，位于日喀则境内，在距曲典尼玛寺不远处的冰川之下，相传，长时间站在湖边，可从湖中看到自己死后的托生之地。

第三天一早，去曲典尼玛观相湖的驼队就已准备好了，管家、兵丁和奴隶们一行五六十人，有男有女，牦牛有二十多头，管家叫人从牢房里提出树榕，对他说：“现在你同驮队一齐去藏南，路上不得逃跑，你一逃跑就没命了，知道吗？”

“背上吧，要是真的背不动了，就告诉我！”洛桑指着身边一袋糌粑对树榕说。

驮队背着太阳，随着铃声，慢悠悠地上昆仑山了。越向前走，天气越冷，脚下已经结成冰块，小河已经变成涓涓小溪，从山上刮来的风，令树榕耳鼻都麻木了，脸和手像被刀割一样痛，洛桑送给他的靴子早已裂开了口，脚趾满是血，异常干燥的天气令树榕的嘴唇龟裂，抓着背上绳子的双手也在流血，身上的糌粑越背越沉重，越走越艰难。

天空飞来一只秃鹰，在树榕头上转来转去，天空蓝得像一块无垠的大宝石，树榕从来未见过如此壮美的雪山，在蓝天的衬托下，他不知是走向天堂还是走向地狱。走了几个小时，树榕真的走不动了，正想站一站，喘口气，想不到劈头盖脸地打来几下重重的皮鞭。

“快走，你想怎样？死也要到前边的山上，这里不能坐！”

这是一个藏兵打来的鞭子，洛桑马上走过来，替树榕说好话：

“你就行行好吧！他刚上雪山，是有点吃力的！”

“什么有点吃力，叫他吃鞭子就不吃力了。”藏兵说。

这时一个藏族姑娘走过来，一声不哼拿起树榕的糌粑。“你想替人受罪？”藏兵怒问这姑娘。

这姑娘不哼声，这藏兵大吼一声：“你快走，不要多管闲事，要不然，今晚有你受的！”

树榕重新背起那袋沉重的糌粑，一步一步地往前走。他以为前边那个山口不远，没想到走到傍晚才到，他早上没有吃饭，一直饿到傍晚，什么是饥寒交迫，这回他真是刻骨铭心地清楚了。

到了吃饭的时候，几个奴隶忙着支帐篷，有些忙着拿出牛粪干烧开水，几个藏兵在喝酒吃肉，叽叽咕咕个不停。夜幕降临了，寒风越刮越猛，如果一个人露天坐在外边，一定会被冻死无疑了。树榕、洛桑同几个奴隶蜷缩在一个破帐篷里，他们互相紧靠取暖。

18 唐古拉山险丧命　舍身相救有红颜

驮队已经在高高的昆仑山上走了几天了，一天中午，驮队走过一个石碑，石碑上用汉文和藏文刻着“唐古拉山口”几个大字，树榕一看，知道已经走到世界闻名的青藏之路的最高处了，他定了定神，举头远望，周围的雪山如横卧的银龙，一直向天边延伸，天上刮来的风，把脸刮得疼痛难忍，脚下有一个大湖，大概是冰雪融化而自然形成的，清澈见底，远望过去，颜色如天空一样呈深蓝色，唐古拉山口海拔五千多米，高寒缺氧，天气瞬息万变。有诗为证：

唐古拉山口

银龙横卧高千寻，龙涎成湖碧宽深。
双手一举托日月，天堂地狱同一层。
冰山飞雪鹫长鸣，农奴气短语无声。
抽出烟斗轻按压，点火顺手摘颗星。

这时，管家气喘喘地走过来交代说：“今晚一定要走过唐古拉山口后才能宿营。”于是，众人也就快马加鞭，不敢怠慢，因为大家都知道，在唐古拉山口过夜就意味着死亡。

树榕的眉毛和胡子上都挂着薄薄的白霜，他咬着牙，一步一步向前走去，因他也明白，过了唐古拉山口，就开始走下坡路了，海拔也就开始下降了，人也会慢慢好受些了。他背的糌粑这几天轻了些，因每天要吃糌粑时，那个姑娘都叫其他几个姑娘到树榕的袋中来取，管家起先也有所制止，后来也不管了，因他这时也不好受了，他也喘着气。尽管如此，树榕总觉得一天比一天难受，他总觉得好像有人叫他，他怀疑地左望右望，原来，其他的奴隶和藏兵都已坐下来吃糌粑了。“怎么我听不到他们叫唤呢？”树榕突然感到一阵莫名的紧张和恐惧。这时，又有几个藏族姑娘走过来，解下他的背袋，取出糌粑，又一把一把地往嘴里塞，那个每晚被藏兵虐待的姑娘，走在最后，她往树榕手里塞了一把东西，又一声不响地走开了。树榕忙偷偷一看，原来那个姑娘给他塞了一把雪莲花。

洛桑走过来给树榕一点酒，树榕觉得咽痛难忍，就谢绝了，这时，洛桑细细看了树榕一眼，又摸摸他的头，就惊慌地问道：

“叶先生，你没事吧？”

“我，我浑身发热，胸痛胸闷得很，头越来越重，我已经得了肺水肿了。”

树榕说完，洛桑真的紧张起来了，他用藏话大声叫喊了几声，几个姑娘和管家同时走过来，只见姑娘走到树榕身边，也用手抚摸了一下他的额头，就对洛桑说：

“大叔，叶先生病了，快想办法吧！否则，这鬼门关就难过了。”

她一边说一边又拿出一把藏红花和麝香往树榕的嘴里送，轻轻地对树榕说：

“吃了它，吃了会舒服些的!”

说来也奇怪，吃了藏红花和那丁点麝香之后，胸痛没有了，气喘也减轻了，头也没有那么热了，休息了一会儿，又可以跟大队向前行了。

刚才还是蓝天白云，晴空万里的，一转眼，天空突然阴云密布，还没让人反应过来，天上就掉下汤丸般大小的冰雹，打得人畜无处躲藏，疼痛不已。接着，又刮起大风，尖锐的风声如山上飞来魔鬼的怪叫，令人毛骨悚然，大风带来了漫天鹅毛大雪，一转眼，整条山路都被大雪覆盖了，周围变成银装素裹的白色世界。突如其来的大雪冷得树榕关节僵硬，越走越艰难了。驮队翻过了唐古拉山口，终于下山了，海拔也开始慢慢下降了。

下山的路，跟上山的路比没有那么费力了，但是树榕的身体更虚弱了，他觉得周围都是花，只是说不出名字，在这雪山荒原中，哪里有花？不多久，树榕就大声惊恐地说：

“洛桑，我突然看不到东西了，我什么也看不到了?”

洛桑和那个姑娘又走过来，看了他的表情又看了看他的双眼，都摇摇头无可奈何地说：“叶先生得了雪盲症，怎么办?”一时之间，众人也束手无策。眼见这情形，管家只得叫那姑娘用一条木棍拖着树榕慢慢往前行走。

好不容易到了安多山，这里的海拔已经在五千米以下了，人也渐渐舒服些了。安多山周围忽而漫天飞雪，忽而白云缭绕，人们走下安多山时，穿云而出，如神仙下凡一般，看来，神仙也不好当啊！有诗为证：

走下安多山

安多直插白云中，回到凡间已不同。
原来神仙不好做，狗熊过此亦英雄。
突然漫天大雪飞，唇紫手僵衣衫菲。
若能回头重出世，这回要生多张皮。
杨柳轻舞草芬芳，悠然摆尾见牛帮。
鬼门关内走一趟，那曲已在安多旁。

安多山下，有一路边小屯，共四间房子，管家吩咐大家：“搭帐篷休息吧!”

这小屯旁边，有一小山包，地势稍高，管家就交代手下在山包上安营扎寨了。入夜，一切都是那样平静，到了半夜，树榕高烧不退，开始呓语迷糊，不省人事了。

众人都围着树榕，不停地念诵经文，下半夜，那个被虐待的姑娘披头散发地跑进来，一见树榕昏迷的样子，心痛得“哇”的一声哭了出来，大概，她也知道，树榕这回死定了。

在迷糊之中，树榕隐约知道有很多人围着他，但他清楚地看到有一条黑色的隧道，他自己在这隧道里走着走着，突然见到前边一片光明，他来到一个大花园，大花园里长满了各种鲜艳的花朵，小鸟在花中飞来飞去，天空是蓝蓝的，在花丛中，只见雪冰穿着一套医院的白色衣裙，向他微笑走来……忽然，他又觉得他的头被人用一袋冰凉的东西敷上了，慢慢地，花园不见了，蓝天不见了，雪冰也不见了，他吃力地睁开眼睛，见到的是那个受尽虐待的姑娘和洛桑跪在他的身旁，不一会儿，他又什么也不知道了。

“看来，他是不行了，明天就把他扔到山沟里喂狗吧!”管家说。

“他还没死呢!”洛桑说。

“扔到山沟里就会死的，他迟也死，早也死，不如让他早点死，免得活受罪!”

第二天早上，管家打发人将树榕扔到路旁的山沟里，就指挥着驮队走远了。气温开始慢慢回升，再也没有唐古拉山上那突如其来的大雪了，几只骨瘦如柴的野狗在树榕身边转来转去，天上多了几只秃鹰，也在树榕头顶盘旋着。到了下午时分，远远跑来一个姑娘，她一见到树榕，马上低下头，听听他的胸前，发现树榕还有心跳，她马上流出激动的眼泪，用尽全身力气，背起树榕，向着不远处的帐篷走去。

帐篷里走出一个老太婆，手里拿着摇轮，口中念念有词，她旁边站着一个年轻的藏族小伙子，这姑娘把树榕背到帐篷前，对老太婆说：

“老婆婆，你好心救救他吧！他快不行了！”

老太婆和那个小伙子都是好心人，连忙将她引进帐篷里，把树榕放在羊皮垫上，又连忙拿出姜汤来，这姑娘细心地一匙一匙地喂树榕，不一会儿，树榕竟苏醒过来。

“他醒来就有办法了!”

这姑娘一边说，一边把雪莲花揉成粉末，往树榕的嘴里送去，又问老婆婆要了一些大黄，加上她自己带来的藏红花，熬了一碗汤，慢慢地喂树榕。树榕服完药后，拉了一大堆粪便，精神慢慢好转了，人也清醒了。当他睁开眼睛，第一眼见到这个姑娘时，又看看旁边的老太婆和小伙子，心里有说不出的感激之情，眼泪不禁夺眶而出。这姑娘一下子扑到树榕身上，痛快地哭了起来。

那小伙子见状就知趣地走开了。

第二天，树榕能坐起来了，这姑娘高兴得像小孩子一样，一把抱住树榕，把头也埋在他的怀里。树榕虚弱地问：

“姑娘，多谢你救了我，你是我的救命恩人，我不知如何报答你才好!”树榕动情地摸着她的头发，问：“姑娘，你叫什么名字?”

“我叫楚姆卓玛，你呢?”

“我叫叶树榕，以后你叫我树榕就可以了。”树榕说。

“你怎么会到我们这里来的?”楚姆卓玛问。

“我是来塔尔寺取经学道的，临走时想救一女子，不幸计划被发现，被人追捕，没有办法，只得向西行，准备经玉树回四川汉地去的。你呢？你是土司的什么人?”

“我，我全家都是土司的奴隶，我们这几个女奴隶，白天要为土司工作，晚上要侍候他们睡觉，这是土司说好了的！几百年来的规矩都是这样。”

“不这样行吗?”

“不行，因为我们是奴隶，如果不听话，会被斩手斩脚，甚至剥皮抽筋的，除非，除非逃跑，永远脱离这个魔鬼般的地方吧！否则，一辈子也别想翻身。”

“那你为了救我，离开了驮队，管家他们会追来吗?”树榕关心地问。

“追就追吧!”楚姆卓玛说，“他追得到，我就苦一世；追不到，我就幸福一世，还有一半的希望呢！如果我不逃跑，那就连一半的希望也没有了。”

“那，你们这些姑娘，有逃脱的先例吗?”

“没有，”楚姆卓玛说，“她们只是在土司的管辖范围内逃，逃脱的机会自然就少了，现在，这里已经远离他的范围了，追也难追了!”楚姆卓玛坚定地说。

“你真勇敢！我真佩服你!”树榕说。

正说着，老太婆进来，拿来酸奶和糌粑，还有一块热的咸羊肉，这块咸羊肉可是传家宝呢！因为这里的盐比什么都贵重，是老太婆不舍得吃拿来招待树榕的，楚姆卓玛拿起咸羊肉，撕成一小块一小块地送进树榕的口中，又把酸奶递给树榕，让他慢慢咽下。树榕艰难地从口袋里拿出两个大洋，交给老太婆。

“老婆婆，真多谢你们母子二人了，这里有两个大洋，你就拿去吧！如果不够，我临走时再给你。”

老太婆从来未见过这么多钱，她手里接过两个大洋，还不停地发抖，她对楚姆卓玛说：“你这位大哥现在病后欠补，最好去河里捉些鱼来，熬个鱼汤，身体就恢复得更快了。”

“真的，我倒忘了。”楚姆卓玛说。

“你等等，我叫我的儿子来，同你一齐去河边，他可是个捉鱼能手呢!”老太婆一边说，一边向外招手：“贡布，同楚姆卓玛姑娘去河里捉鱼!”

小河旁边长了很多苔藓，不远处，有几户牧民在放牧牦牛，几只乌鸦在“呱呱”地叫着，有的还在翻动着牛粪，两三只垂耳的小狗在荒草中欢快地奔跑、玩耍。远处的雪山不停地往小河处送来晶莹的雪水，河中的鱼一个劲儿地逆流而上，往支流上游动跳跃。太阳正高高地挂在人们的头顶，这里的阳光十分奇怪，只要你站在树下，就觉得阵阵寒意，但离开树荫又觉得被阳光晒得皮肤刺痛，晒一两个钟头，再白再嫩的皮肤也变得又红又黑。

楚姆卓玛和贡布两人飞快地跑到河边，“扑通”一声就跳到河里去了，河水很浅，大部分地方水深不过膝。贡布的确是捉鱼的能手，他不用渔网，也不用鱼叉，只用双手就能捉到鱼。这河里的鱼，也呆头呆脑，不怕人，所以也特别易捉。不一会儿，贡布捉到十多条，而楚姆卓玛才捉到两条，但已经弄湿了半身衣服了。

他们嬉笑着，大概，自楚姆卓玛懂事以来，从未像今天这样开心过，她用一个木桶提着捉来的鱼，兴高采烈地跑进帐篷熬鱼汤去了。阳光下，贡布一人还是呆呆地站在河中，看着楚姆卓玛往回跑的身影。

鱼汤的确作用大，才过了四五天，树榕已经可以下地了，耳朵也能听到东西了，眼睛也恢复视力了。最高兴的当然是楚姆卓玛了，这两天她好像一只出笼的百灵鸟，不是在树榕身边喂药、喂汤，就是在帐篷内唱歌，唱完歌，又跑回树榕身边，狠狠地吻他一下。当她知道树榕原来是个富家子弟，又是个医生时，更是吃了定心丸一般，树榕也跟楚姆卓玛学藏语。

“‘你好’，用藏语怎么讲?”

“扎西德勒。”

“‘吃饭’呢，怎么讲?”

“卡拉索。”

“‘女孩子’呢？”

“普慕！”

“‘你真漂亮’呢，怎么讲？”

“然尼基莫堵。”

树榕望着楚姆卓玛，拉着她那双粗糙的手，轻轻地说：

“楚姆卓玛，然尼基莫堵。”

楚姆卓玛一听，高兴地扑到“床上”，抱住树榕，说：“你也是，然尼基莫堵。”过了一会儿，树榕忽然问她：“楚姆卓玛，怎么你的汉语说得这么好，谁教你的？”

“我母亲，我在家里就同我母亲讲汉语。”

“你母亲是哪里人？”

“我母亲是西康昌都人，后来被土司抢来西藏做奴隶，做了奴隶，就成了别人的玩物，时间长了，就有了我了。”

“那谁是你父亲？”

“不知道。知道也没用，都是些坏坯子，贵族老爷就是流氓坯子。”

树榕听完，心里突然像被石头死死地压着，一种说不出的压抑感愤然而生，他同情地摸着她的背部，轻轻地吻了吻她的脸颊。

“那你母亲现在呢？还在城堡里当奴隶吗？”

“早就死了。”楚姆卓玛禁不住潸然泪下。

树榕捧起她的脸颊，细细地看着这个有一半汉人血统的姑娘，他现在才发现她的身上真的同时具备汉族姑娘和藏族姑娘的优点和美态，只是她的命太苦了。

又过了两天，树榕终于可以走出帐篷了，他抬头眺望远处的雪山，天边是丝丝的白云，身边是呱呱叫的乌鸦，就是不见秃鹰飞来。楚姆卓玛扶着树榕，对他说：

“你知道吗？我在唐古拉山时，见有几只秃鹰常常在你身边飞，我就觉得你可能大祸临头了。”

“真的吗？”

“秃鹰也有灵性，能知道人是否将死，要是它发现了人将要死去，就盘旋在他周围不走了。”

“楚姆卓玛，你觉得死可怕吗？”

“不知道，反正我不怕死！”

“你知道吗？我已经死过一次了，我自己清楚记得，我昏迷时，我曾经去过一个地方，那地方有一个黑洞，当我走到这个洞的尽头时，我看见了另一个世界，这个世界，有很多小鸟在欢唱，有很多鲜花在盛开，有很多好朋友在等着我，天空蓝得像宝石，我的身子像在腾云驾雾，轻得很呢！我以前看过很多被抢救回来的病人的回忆记录，他们说的和我当时迷糊看见的一模一样，所以，我知道我已经死过一次了。不过后来我又想，真是奇怪了，难道另一个世界真的是这样美丽的吗？我见到的是不是天堂啊？”

正说着，贡布走过来，对楚姆卓玛说：“还去捉鱼吗？”

“去，捉多一点回来熬汤给树榕大哥喝。”她说完，就对树榕说，“大哥，你自己先回帐篷休息吧，我同贡布捉鱼去！”

他们又高高兴兴地跑到河边捉鱼去了。今天捉的鱼比往日的都多，贡布捉到鱼就扔给楚姆卓玛，但总扔到地上，楚姆卓玛说："喂，你扔准一点，扔到木桶里！"每次贡布扔鱼上来时总是看着楚姆卓玛，而不是看着木桶，她于是大声叫："贡布，你看着木桶扔嘛，老看着我干什么？"贡布不捉鱼了，他走上岸，来到楚姆卓玛身边，结结巴巴地说："我，我，我想多看你几眼！"楚姆卓玛笑了一下，说："你捉完鱼不是可以看个够了吗？"

晚上，树榕对老太婆说：

"婆婆，我现在身体已经恢复得差不多了，我想明天跟你放牛去，你说可好？"

"你行吗？"老太婆问。

"行，我想应该没有问题！"树榕说，"同时可以多休养几天。"

"放牛要去很远的地方，要去到聂荣那边，要带个小帐篷去的，要放牛就需会骑马，你会吗？"

"我会！"楚姆卓玛说，"他不会我可以教他呢！"

"那好吧，明天我替你们准备一下吧！"老太婆说，"啊，对了，你们要是去放牛就把今天捉回来的鱼放生吧，这样佛祖会保佑你们平安的。"

聂荣，在安多的东南边，那边已经有青草了，但还不能说是草原，因为仍有很多苔藓混杂生长，不过，树木是多了一些。贡布找来两匹马，他自己骑一匹，另一匹让树榕他们两个骑，树榕不懂得骑马，只好由楚姆卓玛抱住他，拿着缰绳走了。

到了聂荣，搭好帐篷，贡布对楚姆卓玛说："我天天都来看你！"说完就骑马回去了。这里真是神仙般的生活，没有人来欺侮，没有人来打搅，生活悠然自得。楚姆卓玛的歌声自从来到聂荣之后就没有停过，蓝天白云下他们过着二人世界，童话世界里所描述的情景也不过如此吧！她白天依偎在树榕怀里，唱着婉转动听的歌，树榕找来一片树叶，含在嘴里，吹着各种曲子和她，跟她伴唱。晚上，两人又钻进那肮脏但又温馨的旧帐篷里，天南地北地长聊。

一晚，楚姆卓玛提了一桶热水进来，替树榕擦身，树榕说："不用了，我自己动手吧，我已经不是病人了。"

"不嘛，我就是要替你擦身嘛！"

她一边说，一边替树榕脱衣服。

……

第二天，她对树榕说：

"大哥，我已经是你的人了，你能带我离开这个鬼地方吗？"

"能，除非你最后不愿意跟我走！"

"怎么可能呢，我怎么会不愿意跟你走呢！"楚姆卓玛又死死地抱住树榕。

"要走，就必须买两匹好马，一支猎枪、再找一个带路人从这里回四川。"树榕说的都是实话，"关键是要看看马的价钱、猎枪的价钱和向导所需要的工钱。"

"明天，这里有斗牛，我们去看看好吗？那里有卖马、卖枪的，我们不就可以打听到买马、买枪的价钱了？"

"好！明天我们看斗牛去！"

聂荣的斗牛大赛，一年一次，今年比去年还热闹，听说有一只那曲那边来的“牛王”参加比赛，所以今年来看斗牛的特别多。

一早，树榕他们正准备去看斗牛，贡布骑马来了，这几天，他好像对树榕越来越反感，越来越不想同他打招呼，他来了之后就找楚姆卓玛，找到她就把她拉到一边说话。树榕也知道，贡布已爱上楚姆卓玛。但他明知她已经爱着树榕，还明目张胆地挖墙脚，楚姆卓玛是否爱他，贡布也不管，一厢情愿地追她。这天，贡布把楚姆卓玛拉到小树边，对她说：

“我妈说了，我们愿意给你赎身，赎了身之后你就嫁给我！”

“贡布，你是个好心的人，这我知道，但你知道，我已经喜欢树榕大哥了。”

“你嫁给他，也一样可以嫁给我呀！”

“这怎么成呢，我不同意，树榕大哥也不会同意，况且你们也不是两兄弟！”

“这好办，我有个大哥，在拉萨当银匠的，我们两兄弟凑钱娶你，这不成了吗？”

“不成，我不喜欢你！你回去吧！”楚姆卓玛说。

贡布用刀劈断了一丫树枝，气鼓鼓地走了，树榕和楚姆卓玛就骑着马去斗牛场了。只见斗牛场人山人海，有些还在下赌注。有十多头牛被赶到一边，不一会儿，就有两头公牛被领进粗大绳索围成圈的栏里，两头公牛分别从竞技场的两边被放出，一时之间，公牛感到自由了，它们用牛角挑起地面的草皮，拱到背脊，眼睛也慢慢红了起来了，处于一种盛怒的状态之中，这时，围观的人开始骚动，有些在尖叫，有些在顿足，有些在捶胸，有些在指手画脚，有些则在叫骂。一开始，公牛并没有互相冲撞，仅仅侧身而过，斜愣着眼互相瞪着，慢慢地兜着圈子，它们的距离越来越近，然后，它们转过身焦躁地狂奔起来，各自用牛角剧烈相撞，两对牛角对在一起，不久，有一头牛的头被压下去，它的蹄子刨着地，两头牛在斗争中不断前移后挪，当一头牛明显处于劣势时，手持木头棒的主人赶紧将牛牵走，暴怒的获胜的公牛也跟着被牵走了。这时围观的观众，尤其是参赌的观众就大叫起来，有些哈哈大笑，有些捶胸顿足，丑态百出。

树榕他们看完斗牛之后，又转到卖马场和卖猎枪的地方，问清楚价钱之后，就约好过十天交货，他们就回牧场的帐篷了。

傍晚时天气还好好的，可到了半夜突然下起大雪来，这场雪越下越大，楚姆卓玛紧紧抱着树榕，反复问：“冷吗？”外面阴风怒号，寒气逼人，尖锐恐怖的风声从旧帐篷的缝隙中钻进来，还夹着毛毛雪花，突然，帐篷门口的布帘被风刮起，大雪从外边一溜溜地灌进来，楚姆卓玛马上离开被窝，刚走到门口拉住布帘就听到“轰”的一声，帐篷承受不了大雪的重压，倒塌了！树榕被大雪埋在里边了。

“树榕大哥，树榕大哥！”

楚姆卓玛一边哭喊一边拼命用双手扒开积雪，但毕竟女人力气小，任她怎么扒，怎么掀拉帐篷，帐篷就是不动，慢慢地，再也听不到树榕在里面的应答声了。

“树——榕——大——哥！”

楚姆卓玛那凄厉的呼叫声响彻夜空，但由于风声太大，任她怎么叫唤，也没有人听到。正当她绝望之时，远远跑来一匹马，原来是贡布来了，他一来到就跳下马，大声对楚姆卓玛说：

“我妈叫我来看看你们……”

说完，两个齐心合力，掀开帐篷，推开积雪，抱出奄奄一息的树榕，放在马上就往回跑去。

树榕又一次大难不死，他又被救活了，楚姆卓玛再也不敢离开树榕了。大雪足足下了三天，道路全被大雪封住了，树榕急用的治冻伤的药用完了，楚姆卓玛急得六神无主，她走到门口，对天祈祷道：“老天爷啊，快救救我的树榕大哥吧，如果你能救活我树榕大哥，你要我做什么都可以！求求你了！”

她才说完，忽然发现贡布就站在她身后，贡布一把将她拉入他的帐篷，问她：

“你刚才对天发誓的可说话算数？”

“你听到了？”

“我全听到了，你不是说他缺治冻伤的药和雪莲花吗？我如果能救活他，你怎么报答我？”

“我……”

“我现在就要你，只一次！我会救他的。”

贡布不由分说，就把楚姆卓玛抱起来，楚姆卓玛在他的怀里挣扎着，但贡布那双有力的手紧紧抱住她，他把她放在羊皮垫上，疯了似地吻她……

斗牛比赛后的第十天，卖马的人和卖猎枪的人依约前来交货，树榕身体已经恢复正常了，他看了货之后，交了钱给客商。客商中有一个老者，他望了望楚姆卓玛，问：

“姑娘你叫楚姆卓玛吧？”

树榕和楚姆卓玛吓了一跳，树榕忙问：

“老人家，你怎么知道她叫这个名字的？”

“唉，姑娘，你快走吧！他们马上就派人来捉你了，你们既然是偷偷跑出来的，那还去看什么斗牛呢？那地方是你们去的吗？人多眼杂，其中一个土司就认出你了，他们说好了今晚就来捉人了，你快想办法吧！”老人家停了一下，又说：“这也好，你们现在有马了，有枪了，就可以逃回四川汉人的地方了，不过记住，认出你的那个土司是玉树那边的，你千万不要往那边跑了，我要走了！保重吧！”

这突如其来的消息，令树榕和楚姆卓玛不知如何是好，树榕想：“现在虽然有马、有枪，但我才刚学会骑马，又不懂得使枪，更不认得路，现在临时到哪里找向导？”找到向导又可靠吗？只有一个人，他既懂骑马，又懂打枪，更认得路，他就是贡布。而他，是自己的情敌呀！其实，树榕想到的，楚姆卓玛也同时想到了。

“大哥，我们现在马上走，不要等了。”

“不，楚姆卓玛！你冷静些，我不能跟你一起走！”

“为什么？”楚姆卓玛十分惊愕地问。

“你跟贡布走吧！你们先走，我后走也没关系，因为我不是他的奴隶，玉树的土司也不认识我，你走后，我还有其他办法逃跑。他跟你一起走，我们两个都能逃掉；如果我跟你一起走，我们两个都逃不掉了，快走吧！你到了四川，可以在路上等我，也可以按地址到贵州或广州找我，如果不愿意，也可以留在四川做点小生意。”他说完拿出二十个大洋，交给楚姆卓玛。这时门口外进来一个人，一看原来是贡布，他一下跪在树榕面前，叩了九个响头，叩完之后，二话没说，一把拉着楚姆卓玛就飞马离开了……

楚姆卓玛流着伤心的泪水，在马背上回头对树榕大声喊道：“树榕哥，我在半路等你，你快点来呀……”她的喊声越来越远，终于消失在雪山荒原之中。

树榕不敢久留，也骑上贡布家的老马，使出半生不熟的骑马技术，向着那曲亡命奔去了……

19 天边县长卖草鞋　梅毒烟毒一齐扫

那曲，距安多一百多公里，距拉萨约三百公里，在地广人稀的西藏，这是一个相当近的距离了，树榕骑着那匹老马走了两天，终于来到那曲附近的一间饭店。逃亡了两天，他累极了，肚子也要尽快填饱，于是就下马到这间饭店歇歇脚、喘喘气，打算吃点东西再走。他抬头一看，见店门口高高挂着一条幡布，上面写着“太平洋大饭店”六个大字。这个招牌在大风中左摇右摆。再看店内，黑咕隆咚地摆了两张饭桌。不管了，吃完就走！树榕打定主意，就进去饭店，店主对树榕热情有加，还回头对伙计说：肥羊来了。树榕胡乱点了个小菜，结账时吓了一跳，原来要收一个大洋。临别时，店主眉开眼笑，还说：“欢迎下次再来！”有打油诗一首为证：

那曲食饭记

亡命那曲饿饥肠，雪山寒风飒飒响。
路边暗处饭店现，门前破旗似幡扬。
黑墙黑灶黑碗碟，旧台旧凳三两张。
店小人少招牌大，胡乱走进“太平洋”。
煤气膻气油烟气，本来气喘加缺氧。
小菜大洋收一块，店主原是孙二娘。
价格奇高用刀斩，辣菜辣肉无二样。
虽说老广多阔气，肉痛心痛好过抢。
大菌细菌全皆有，吞时还需有胆量。
食过一次鬼都怕，还说欢迎再来尝？

树榕带着一肚子气，离开饭店，边行边想：看来，要找当地县政府，写张证明或路条什么的，免得路上再被人抓去当奴隶，想着想着，就向那曲县城走去。

那曲县城，全城有八间房子，其中一间由红砖砌成，其余的都是土坯房。在这几间房子的旁边还有一些竹木搭成，外墙糊以泥巴、牛粪的土屋，以及一些破旧的临时帐篷，县政府就在这唯一一间砖房里面。县政府门前，道路泥泞，发出一阵阵牛粪的臭味。在县政府旁边，还有一间西藏少见的邮局，一个老头在邮局的木板凳上打瞌睡，他是个哑巴，邮局内还有人在卖馍馍和咸羊肉，门口，有一只松毛的垂耳狗在蹲着，对人十分友善。

树榕下了马，来到这县政府门前，探头往里一看，只见里边黑暗、潮湿，地上摆了一张破书桌和一张不知哪个年代留下的旧太师椅，除此之外，就一无所有了。树榕失望地退了出来，回头四面张望，见政府门口蹲着一个老头，头发没几根，却梳着长辫，活像条老鼠尾巴，穿着宽大的大概还是清末留下来的“官服”，他的前边，摆了几双“草鞋”，树榕好奇，细看这些“草鞋”，原来是用牦牛毛编织而成的，十分结实耐用。看来这老头在当地卖“草鞋”出了名，来问津的人还真不少，一会儿工夫，就见他卖了两双，满足的心情油然而生，他用脏手数了又数手中那几个铜板，站了起来，正准备到对面的酒坊买酒，举头见树榕牵着马在看他，就问：

“喂，你找谁?”

树榕重新打量他，见他年龄六十有余，精神尚可，长满厚茧的脚板穿着他卖的那种“草鞋”，身穿的长衫已经补了多处，一阵汗臭和膻味从衣服和身上散发出来，大概他已经半年以上没洗澡了，未经修剪的胡须和乱蓬蓬的辫子有如鲁迅笔下的孔乙己。树榕见问，就十分礼貌地回答道：

“我想找县衙门办事!”

“这就是呀!”听得出，这人的口音像江浙一带的。

“我想找县府的办事人员!”

“我就是!”

树榕用一种怀疑的目光望了望他，又说：

“啊，原来你是县府的办事人员，我要找县长大人。”

“我就是这里的县长！找我有事吗?”

“你就是?”

“对呀，我就是国民政府派来的县长呀!”

这老头用他那黝黑发亮、长着老皮的手在衣襟里找了半天，拿出一张国民政府的委任状来，交给树榕看：

“兄弟，这还会有假的?”

树榕看着这张发黄的委任状，又看看这个古董般的老头，顿时尽释疑念，他忙放下马缰，握着这个县长的手，兴奋地说：

“终于找到你了，终于找到你了!”

“你是内地来的吧?”县长也握着树榕的手，兴奋不已。

“对，我是从广州来的，我叫叶树榕，想不到在这里竟能找到个汉族的县长。”

“不说其他的，先到对面喝两盅，我请客!”县长举手扬了扬手中那几个铜板。

这县长是江苏无锡人氏，晚清秀才，民国二十一年，被委派到四川昌都府衙任职，这人不懂拍马屁，还专挑上司的刺，可把上司气坏了，就把他调到藏东地区任联络专员，由于国内战乱，这个专员无事可做，昌都地区府衙就想调他到玉树，没想到这个倔老头不买账，说一定要在西藏干一番事业，搞出个模范县来，于是，府衙与西藏当局研究后，就安排他来那曲当了这个县长。他到那曲之后才知道，当地的土司和头人根本就不买他的账，后来土司觉得这老头也挺有趣的，又没有野心，也不会威胁到他们的利益，就由一个土司出面，每月供给他一百斤青稞粉，十斤羊肉，还派了一个哑巴给他当“卫兵”，将前边所说的那间唯一的砖房划给他作为县衙门，对外也好装装门面，上面派人来考察，也说得过去。至于工钱嘛，土司是不会给的了，四川军阀那边由于战乱也早已把他忘记了。这样一来，他就成了国民政府的弃儿了，回家的路费也没有了，但他总要生存，总要花钱，怎么办，好在无锡人心灵手巧，一个偶然的机会，他用别人废弃的牦牛毛编成“草鞋”，拿到县政府口摆卖，没想到当地人没有见过如此耐用的“草鞋”，很快就卖掉了。随着时间的推移，他卖的牦牛毛“草鞋”竟成了当地有名的商品，买的人还真不少呢！

这个古怪的老县长把树榕带到县里最好的酒肆坐下，这间酒肆外墙是用木竹糊上麦秆泥巴做成的，内有一条长六七米的木台，木台两边，是两排圆木“凳子”，来喝酒的人，多是过路客和附近的牧民。老县长数了数铜板，就对酒肆的老板说：

“来两壶青稞酒，五斤熟羊肉！两碗酥酒茶！”

“好的，马上就来！”老板说。

酒过三巡，树榕问：

“老县长，你在这里当了几年县长了？”

“当了七八年了！没用，没用呀，我现在充其量是个邮差而已，来，喝酒！”

“那，你有回内地探过亲吗？”

“回内地？唉，谈何容易呀！现在上头早已把我忘了，藏人以为我归汉人管，汉人以为我归藏人管，我也不知我归谁管，没有路费，怎么回去？再说，上头又没有派人来顶替我，我自己一走，岂不是擅离职守？”

这个老头也实在老实得可怜，什么擅离职守的，现在外边的世界早已发生翻天覆地的变化了，他还在这里卖“草鞋”！

“老县长，我现在想回四川成都，该怎么走？你能出具公函吗？或者证明也可以。”

“可以！”

老县长又从身上摸了半天，摸出一个印章来，对着印章呵了几口气，笑着说：

“还可以，还有点油墨，不过没有纸，怎么写？”

老县长因没有钱买纸写公函而感到尴尬，树榕看出他手中无钱，就忙拿出一个大洋来，交给老县长。老县长看到这个大洋，双眼放出惊喜的光芒，他大概很多年也没见过大洋了。

“行了，行了，有了钱就可以买纸了。”他高兴得有点忘形，如小孩一般，“叶先生，今晚你就在县政府过夜，明天我替你写好公函，这样，路上就没有人敢拦阻你了！”

“多谢老县长！”

正说着，外边来了一个藏族大汉，他对老县长说：“今天我两个小孩子娶媳妇，你过来喝两盅吧！我正忙呢！”说完就匆匆走了。

“他的孩子娶老婆，请我喝喜酒呢！”老县长得意洋洋地说。

那个年代，藏族还流行着一妻多夫的习俗，一个老婆是几兄弟的共同财产，他们轮流同这个老婆过夜，兄弟之间没有争风吃醋之事发生，生出来的小孩也共有，如果说有一点点小摩擦的，就是孩子大了以后的嫁娶问题，如哪个孩子像谁多一点，大家商量过后就由那个父亲做主，如决定不了的，就由母亲说了算。请老县长喝酒的一家子就是两兄弟共娶一个老婆的。

中午时分，树榕被老县长领到一排土坯房前，这些土坯房的门做得很矮，房内的地面比外边的地面低，大概是一可以省材料，二可以冬天保暖的缘故吧，其风格有点像东北的干打垒。这些土坯房，门框漆上了红色，窗口开得很细，窗门为木板做成，没有玻璃。

新娘到了，新娘被新郎抱着下了马，僧人们在小鼓、铙钹的伴奏下齐声吟诵，门前来祝贺的青年男女跳起了锅庄舞，老人们在喝着青稞酒、酥油茶和酸奶，厅堂摆着米饭、酥油、胡桃、枣、杏、凉果，一个浅薄的铜盆内还放有从拉萨买回来的茶叶和糖果，看得出，这家子不算是太穷的人家，起码是“自由人”了。

新郎的同伴们簇拥在新娘周围，把又哭又闹的新娘抬到她的新家门口，僧人们马上念咒，以确保婚姻的成功。在粗声粗气的驱邪压魔仪式之后，新娘和参加婚宴的客人才陆续进入屋里。这时，新郎往新娘头上涂抹块状的酥油，这种仪式表明这对夫妇不可分离了。

晚上，老县长带着树榕来到县政府后边一间小土房内，里面只有两块床板，几块砖头叠起，这就叫作“床”了，门的后边，有一个尿桶，老县长人老也懒，不知几天没有倒尿了，臭不可闻。在“床”的旁边，还有几块大石头，垒成一个炉灶，炉灶上放有一个变了形的黑黑的铝锅，铝锅内放有一双筷子和两只碗。炉灶旁边，摆了几个空酒瓶。在“床”尾，放了一个大沙缸，大沙缸内放了半缸的青稞粉和几块咸羊肉，沙缸上，有一条横竹，竹上挂了几件油光发亮、污糟不堪的衣服，大概老县长已经一年没洗过衣服了。

两人坐在床上，老县长说：“今晚你就将就一点吧！”说完便出外提了半桶水回来，用那铝锅烧开水。牛粪干燃烧起来的气味倒是十分好闻的，没有半点臭味，只可惜房子的窗口太小，里面烟雾腾腾，呛人不已。

“老县长，你有老婆子女吗？”

“有，都有！”老县长叹口气道。

“那，她们都在内地吗？你想念她们吗？你怎么同她们联系，她们有来过这里探望你吗？”树榕一连串的问题，让老县长不知从何答起。

老县长一下子陷入痛苦的沉思之中，只见他眼中带着不易察觉的悲凉，望了树榕一眼，又挑动了油灯的灯芯，才慢慢地说：

“有呀！可惜，已经十年多没有联系了，我在无锡的时候，就与一个姑娘相好了，并且她已有了我的骨肉，但她的父母要价（礼金）太高，我们没法，只得逃跑私奔了，我们来到四川生下了我唯一的一个女儿。后来，我就出外谋生了，我省吃俭用，将所有赚到的钱全交给我老婆，我老婆也十分懂得操持家务，所以，我们也快活地过了好多年。我的女儿十三岁那年，忽然不见了，找了半年，终无下落，我老婆急病了，不到一年就去世了，我在她去世后的几年中，又到处找我女儿，但还是全无音信，到后来，我在昌都府谋了个职位，就把这事丢到一边了，到今天，我还十分想见到我的女儿啊！”说到动情处，老县长老泪纵横，泣不成声，“是生，是死……我对不住她啊！”

“你女儿叫什么名字？”

“我女儿叫李梦兰！”

“什么？叫李梦兰？”树榕吓了一跳，因为胡雪冰的母亲也叫李梦兰，“她今年多大了？”

“如果还在人世的话，应该是39岁了，亦早已是人家的母亲了！”

“那你以前住在四川哪里？”

“住在四川成都！”老县长说。

“浆洗街？”树榕问。

老县长睁大双眼，望着树榕，突然他紧紧抓住树榕的手，急促问道：“叶先生，你是怎么知道的？快说，快说！”

树榕也不知从何说起，他安慰老县长说：“老县长，不要急，我慢慢说给你听，不过，人有相似，物有相同，可能同名同姓也未可知。”

于是，树榕就将胡荣昌在烟花柳巷替李梦兰赎身从良，带回贵州，后来生了雪冰一事原原本本地告诉他。老县长听后，认定树榕所说的李梦兰就是自己的女儿了，就号啕大哭。

“兰女啊！你命好苦啊，我害了你啊……”

树榕不断地安慰他，老县长越来越焦急，越来越烦躁，他恨不得一下子就飞到贵州，看看这个苦命的女儿，他抓住树榕的双手，急切地问道：

“叶先生，她的麻风病好了没有？”

“好了，好多了，但还要经过一段时间的治疗……”

“需要多长时间才能彻底治愈？”

“大约两年吧！”

“你真是我的救命恩人呀！你不但救了我的女儿，还救了我的孙女，我给你叩头了！”

“不不不，老县长请起，老县长请起，我可受不了啊！”

第二天，老县长判若两人，再也不是逃避现实，对世事麻木不仁的“世外高人”了，他要回内地去，他急于见女儿，他需要有个家，有个自己的家，他再也不是漂泊在大海的孤舟了。他和树榕商量好，当天就动身去拉萨，经拉萨去工布江达、林芝、左贡，到四川巴塘，回成都。树榕替老县长买了一匹马，两人并驾齐驱，向着当雄、拉萨出发了。

路上，青翠的树木慢慢多了起来，苔藓也不见了，牦牛吃的变成青草，藏民吃的也多了些品种，这里不但可以吃到青稞，还可以吃西洋面粉，这些面粉都是从印度进口的，还有土豆、玉米。第三天上午，他们来到当雄。

当雄，距那曲一百三十公里，距拉萨一百五十公里，是个比较大的镇，镇的中心有比较豪华的房舍，有些依山而建，壮丽而雄伟，离这些富丽堂皇的豪宅不远的，则是肮脏的街道。街道污水横流，臭味冲天，人吃剩的牛羊骨头到处都有，一些野狗在啃这些骨头。一些狗瘦得皮包骨，走不动了，躺在路边，也快成为其他野狗的撕咬对象了。街道的两旁，是一些低矮的黑色房子，屋顶扁平，刺鼻的臭气从烟囱袅袅升起，屋顶上堆满了麦秆，房屋与房屋之间五颜六色的经幡形成网状，把屋顶连成一片。无数的乌鸦栖息在墙上，数不清的麻雀叫个不停。藏族妇女在镇上到处走动，勤劳地工作着，他们的脸很脏，布满了疙瘩，他们头戴着像箍一样的红包头饰，他们爬上城堡或豪宅的石阶，背着木桶或成袋的牦牛粪。

到了当雄的一条较洁净的街道，老县长带树榕找到了当地一个朋友，这个朋友叫达贡，也是当雄的一个地方官员，他的哥哥是“参宁堪布”，名义上担负教育尚未成年的达赖喇嘛的重任，其实际职责是在布达拉宫圣地周围喷洒充满红花香气的神水，还要在达赖喇嘛身上喷洒少许这种香水，这是一种象征意义的仪式。这职位虽无实权，但地位不低，备受尊敬。达贡沾了哥哥的光，也当上了当地的一个税官，这可是个肥差。

达贡与老县长的交往，纯属个人感情，因达贡十分向往内地的文化，尤其是诗赋，并幻想有朝一日到成都或北京深造。所以，他拜老县长这个秀才为老师。他一见老县长到来，就十分客气和热情地招呼他。达贡也知道老县长为人随便，只需一壶酒、两斤羊肉就可搞定。今天见他带了一个年轻英俊的小伙子来，更觉脸上有光，忙叫下人让座、端茶。客气一番后，达贡问：

“老县长要到哪里去?”

“我想去拉萨逛逛，很久没有去过了，今天我这个孙女婿前来，我顺便陪他到拉萨走走，参观一下布达拉宫和大昭寺!”

“啊，这好办，我哥在布达拉宫做事，参观一事不难，包在我身上。”达贡爽快地说，“不过，明天不成，我的侄子去世了，我得参加葬礼，过两天再陪你们去，不迟吧?”

“可以，可以，那就麻烦你了。”老县长说。

“你侄子多大了，怎么年纪轻轻就去世呢?”树榕问。

“唉，叶先生，你有所不知，这里流行天花，这镇子已经死了很多人了!”达贡说，“我的大儿子也得了这种病，正发高热呢！我真心焦啊，我知道这是神对我们的惩罚，治也无用，所以，我也只得听天由命了!”

“达贡大哥，我是个医生，我跟你说，天花是一种传染性极强的病，你要将其他孩子马上隔离，不要再接触他，同时，马上进行空气消毒……”

“空气怎么消毒?”达贡由于长期接触年轻人，也十分容易接受新文化、新科学。

“你马上用白醋煮沸蒸熏室内，熏完之后用艾草、樟叶、桉树叶或你们在寺院门前烧的香草，点燃来熏室内外。如果病人现已高热，你马上用藏红花、雪莲花、金银花、槐花、野菊花加上牛蒡子、板蓝根、石膏煎水给他喝。重在预防啊，一旦发病，就算治好了，脸上也留下瘢痕了，你看看清朝皇帝，几乎有一半是痘皮脸的，多难看啊!”

“叶大夫，其实我不止一个孩子发热啊……”

“你有几个孩子?”

“我有十二个孩子，有一半已经发热了，这条街也有一半的孩子发热了……”

“那快些处理吧！来，我帮你消毒空气吧!”

达贡一下子好像遇到了救星，马上交代下人买药回来，又买了很多香草、白醋回来交给树榕进行熏蒸。到了中午，他的几个孩子高热已退。他突发奇想，就买了很多药回来，分派给镇上的人，并告知全镇的人，不论有病无病都要吃树榕开的中药，全镇所有街道都要烟熏香草、白醋，一时之间，整个镇搞到烟雾腾腾，如在云雾山中。到了第二天，下人来报，发热的孩子竟然都退烧了，再也没有新的发热个案了。藏民们拖男带女前来达贡家，献哈达、送牛羊贡品来答谢达贡，达贡推说这是神的旨意，功劳应归神，这样大家更深信不疑了，达贡也着实赚了一笔。

晚上吃饭时，达贡叫他的众多家人出来厅堂拜谢树榕，并请来个美丽的姑娘陪酒。

“这是我的小姨，你如果喜欢，就带她回内地吧！她总是在我面前唠叨，说要到内地读书，要去见识见识……”他一边说一边招呼身后的姑娘，“来，坐到这里来!”

他介绍说：“这个叫楚姆苏措，是我的小姨，这是叶大夫，是汉人医生!”楚姆苏措年龄大约十九岁，是个标致的姑娘，长着一头乌黑披肩的长发，一双大眼睛，杏脸。

席间，他们无事不谈，倒也十分开心，原来楚姆苏措会说英语，树榕的英语也十分流利，他同楚姆苏措用英语对话，而老县长对藏语也十分熟识，所以，并无语言障碍。第二天下午，树榕出于礼貌，也跟着达贡前去灵山送葬了。

灵山是位于当雄郊外的一座小山包，当地人死了都抬到这里来天葬。所谓天葬，与内地的火葬、土葬不同，由于这一地区缺乏木材，不可能像其他佛教地区一样进行火化，当地藏民就采用一种有利于生死轮回的办法：把尸体抬到高山上，切成碎块，扔到地上，让秃鹰等啄食。

今天，达贡穿戴光鲜，将头上的辫子梳得条条油光整齐，还上了泡花胶和香水，他穿了一件像内地女人穿的袍子，配了黑腰带，腰带上佩上了玉环和玛瑙串珠，帽子上也挂了蓝宝石的垂吊饰物。送葬队伍浩浩荡荡，由于他哥哥是布达拉宫的“参宁堪布”，故送葬队伍更显隆重而庞大。

灵山上，僧人们拿着人腿骨造的长号，吹起雄浑低沉的号声，周围的人纷纷跪下，锣、鼓、钹等祭器一齐响起有节奏的打击声，这时只见祭师（天葬师）熟练地肢解尸体，然后一块一块地丢到一边，天空早已盘旋着几十只秃鹰，它们冲下来，站在悬崖上抢着啄食尸肉，不一会儿，尸体就全被它们吃光了。树榕这是头一回参加藏民的葬礼，可谓增长了见识。西藏地区由于长期与内地、沿海隔阻，葬礼更显神秘和原始。如果更远古些，西藏地区有些人为了使亡父超生，会把父亲的头颅割下煮来吃，将其头颅骨制成碗，用来装酒，认为这是对父亲最大的虔诚，能从头盖骨中得到父亲的记忆和智慧，不过，到了近代，这类习俗已少见了。

达贡、树榕和老县长参加完葬礼之后，刚回到家里，还未坐定，外边来了一大群人，还跟着几个背枪的藏兵，为首一个原来是在昆仑山下碰到的那个土司，旁边还有另一个土司，达贡的哥哥“参宁堪布”也在人群的前边。

“就是他，他就是我的奴隶，他过了安多山以后就用计逃跑了，嘿嘿，这回跑不掉了，来人，把他捆起来！”土司大喝一声，几个藏兵如狼似虎就上前想捆树榕。

“慢，谁敢无礼！”参宁堪布说道，几个藏兵连忙后退，“这位先生，他们说你是他的逃跑的奴隶，你说说是怎么回事？”他一边说一边给树榕打眼色，树榕马上明白，参宁堪布不是他们的同路人，这下心里定了很多，只见他不紧不慢，用英语对参宁堪布说：

“你看，我像他们的奴隶么？他们的奴隶能受到我这样的高等教育么？”

他这口流利的英语，的确令众人大感诧异，树榕鄙夷地对土司说：

“你这个小小的土司，就敢乱抓人、拉人，真不知天高地厚，我还没找你算账，你竟然够胆找上门来，你知道我是谁吗？”

众人面面相觑，树榕这身打扮，这个派头，早已震慑了土司七分，又见树榕从口袋里拿出 64 军军部的公函来，交给参宁堪布，参宁堪布懂得汉字，又见公函中有个血红的大印，就马上唯唯诺诺，双手交还给树榕，并用藏语大骂了土司，吓得土司连退两步，知道闯了大祸了。树榕看到已经可以控制局面了，就干脆夸大些，震慑他们：“我奉我叔父之命，作为先头部队，先入藏打听虚实，我 64 军三万人随后就到，到时你这个小小土司准备人头落地吧！”

树榕话音刚落，吓得土司尿了裤，忙“扑通”一声双膝跪下求饶：“叶大人饶命，小人我有眼不识泰山，多有得罪，多有得罪，你大人不记小人过，来人，快送黄金十两前来赔个不是！”旁边的管家马上拿出十两黄金，双手递给树榕。

“想不到在最紧要关头，叔父的一纸公函还有如此大的作用。”树榕想了一会，也不客气地接了黄金，只是在手掂了掂：“这是赔罪呢？还是见面礼呢？嗯？”

“小小意思，小小意思，一会儿还有见面礼！”土司说，“叶上校你大人大量，在你们进驻西藏后千万给我行个方便啊！”

“嗯，这还差不多！”树榕摆出居高临下的派头，终于震住了这班恶魔。

“现在好了，现在好了，真是不打不相识，这样，今天真人露相，大伙又这样齐聚一堂，不如就在寒舍饮两杯薄酒，以释前嫌，如何？”达贡说。

“好，好！”众人大声叫好。

在旁边的参宁堪布也终于松了一口气，达贡更是转忧为喜，转喜为荣。

席间，众人频频举杯，土司对另一土司耳语几句，另一土司马上出去了，菜不断送上来，摆了满满一桌，羊肉蘑菇片、羊肉烧茄子、烤羊肉、筏子肉团、爆炒羊羔肉、奶皮（一种干奶酪）……应有尽有，但都离不开一个“羊”字。谈话间，树榕见土司眼角含脓，眼球混浊，加上手背有几块疮疤，一看就知他得了什么病，他放下筷子，对土司说：

“你是狗咬吕洞宾——不识好人心，其实我这次来，其中一个目的，就是为了你，你知道吗？”

“为了我？”土司十分感兴趣，忙哈腰问道。

“对！”树榕大声说，“是为了你呀！我在塔尔寺受藏药大师嘉松文德之托，帮你治疗梅毒的，他说，按他们藏医、藏药的水平，目前已经没有办法了，现在这种病在西藏有迅速蔓延之势，他还说西藏目前存在着三种极棘手的社会病……”

“三种什么病？”达贡急切问道。

“梅毒、麻风、毒瘾。”

“对对，对对！”土司眉开眼笑，“嘉松文德大师说得一点没错！不瞒各位，我和那个混球（指刚出去的土司）也都得了梅毒，现已访遍西藏名医，也无济于事呀，看来，我就等着沤死病残了！”

“叶上校，你有办法吗？替这两位土司想想办法吧！”老县长在旁说。

“这病不但你们有，而且你们的家人也有！现在到处传播蔓延啊。”树榕说。

“对对，这种病我们当地叫富贵病，是有钱人的病，真是上天对我们的惩罚啊！”土司说。

“自从这里种了鸦片以后，这三种病就同时来了，真是作孽啊！”参宁堪布无限叹息地说道。

几十年前，两个英国人从四川引进罂粟种子来西藏，并说包高价收购，一下子，全藏各地土司都争着种罂粟了，不到十年，到处都是罂粟花。后来，这两个英国人又来教西藏人提炼鸦片，制成烟土，这样，制烟土更成了当时的一种时尚产业。刚开始时，英国人骗西藏人说这是上帝掉下来的救命果，有了病，吃一点就没事了。果然，当藏民遇到腹病心痛、周身疼痛、头痛肉痛时，吃一点马上就灵验，他们于是把这两个英国人当成神仙般崇拜。没想到以后吃上了瘾，非要它不能止痛，并且只能止痛一阵子，而不能将病治愈。于是，英国人又教他们点燃烟土来抽。这下可惨了，抽上几口，就像腾云驾雾，如到了另一个极乐世界，越抽越想抽，最后就干脆躺在床上抽，不起来做事了。于是英国人又说，这是一种超级的享受，还教土司们安排美女在旁边服侍着……

由于种了鸦片，土司们都赚到很多钱，于是就有人来镇上开起“快活楼”来，从印度、尼泊尔、不丹和内地四川等地招来了女孩子，这些开妓院的老板，迅速地将土司们的钱赚走，但却留下来麻风和梅毒，在这块荒凉之地迅速蔓延。染上了毒瘾的土司、上层人士和藏兵更是无精打采，整天抽烟，躺在床上，什么也不想干了。这，就是参宁堪布说的自从种了鸦片以后，这三种病同时来了的原因。

不过，吓唬归吓唬，治病归治病，树榕来到这荒凉的小镇，几乎与外界隔绝，又哪来盘尼西林呢？看来，只有出撒手锏了，他主意已定，就对土司说：

“土司，你的病，我想尽一切办法给你治，方法嘛，主要是用中草药，这药有一定反应，你不要怕，经过十天八天治疗就可以痊愈了，这叫以毒攻毒，但，你在治病后半年内，不要再有性生活了！”

“性生活？”土司问。

“性生活就是同女人睡觉！”达贡解释说。

“半年……半年，长，是长了些，无妨，我听你的，总比在这里沤死好，你不知道，叶上校大人，我浑身长满脓包，痒得很，每晚都不能入睡，用手抓，抓紧了，身上留下一块块的血痂，连跟我上床的妓女都不愿意看我一眼了。”

“罪孽啊！你已经病入膏肓了，还去嫖妓女！”参宁堪布说。

说到这里，另一个土司带着一个藏兵回来，藏兵手中捧着两套华丽的藏袍，丝质做的靴，上面缀着名贵的翡翠串珠，玉石腰佩和蓝红宝石戒指，另有一包黄金，藏兵旁边还站着两个十五六岁的藏族姑娘，土司一见藏兵入来，就忙站起来，说：

“这是见面礼，不成敬意呀，我的病……”他小声地说，“我八个老婆，六个都已染上了，我两个儿子和他们的媳妇也染上了，我的女婿和女儿也染上了，惨啊！还有，我一家子，上上下下全都吸鸦片，拜托你了，你做做好人，帮我们治病兼戒烟吧，拜托了，拜托了。”

说完竟跪下叩拜。这时，另一土司也明白了，也跟着他叩拜，说的情况跟刚才的土司大致相同，这土司叩拜完，站起来，指着那两个姑娘说：“她们，就归你了，她们的初夜权我也不要了，只要你能给我们治好病，戒了烟，我还有重重的酬谢呢！”

土司提到的初夜权，对汉人来说是神圣不可侵犯的，只有女人的丈夫对她真心真意，女人心甘情愿奉献时丈夫才可得到。但在中世纪以前，这曾经是大领主对属下的奴隶的一种特权。属于领地内的处女新婚时，领主有先与之共度良宵的权利。随着奴隶制的瓦解，领主享有初夜权这陋习，在大多数国家和地区早已废除，但还是留有余风，依照某地方的传统，新娘在新婚之夜躺在床上等候丈夫时，要先由领主大步跨过她的身体。这已是进步了的“初夜权”的余风。而受到精神枷锁的束缚，那些尚是处女的姑娘，也只好等待土司享受初夜权之后，才做真正的女人了。

所以，当树榕听到土司不要这两个姑娘的初夜权时，一时之间只觉得这个土司是个恶魔而已，其他的历史渊源、社会制度等方面他也来不及考虑了。

树榕望着这两个同样患有梅毒的土司，就知道他们干了多少坏事了，所以他下决心狠狠地敲他一笔，就说：

“既然各位这样信得过我，那我就只有遵照嘉松文德大师的吩咐，为各位治病了。不过，买药的钱和诊金……”

“这个好说，这个好说。”两个土司一齐答道。他们也确实有钱，在地窖里，藏着无数金银财宝，从祖辈代代传下来，不知收藏了多少。有些土司，说他富可敌国也一点不夸张。但树榕也深知，这些土司不信西医、西药，叫他们打针，那简直等于要他们的命，加上在这上不到天、下不到地的当雄，到哪里找西药？现在只有一条路可走：纯中药治疗。

真是艺高人胆大，晚上回到房间，树榕就准备好治梅毒的医疗方案。

第一个是吸烟方：将轻粉五分、红粉五分、元寸三分，研成细末，掺入烟中，每日分四到八次吸入，七日为一疗程，停药三天，再行第二疗程。

第二个是金丹方：用轻粉一钱、熟石膏一钱，研成细末分成十包，每日一包，分两次服，十日为一疗程。

第三个是汤方：土茯苓四钱、金钱草三钱、甘草二钱煎服，每日一剂。

树榕制订方案之后，放下笔，望望窗外的月亮和星星，总觉得这里的星月离人很近，是不是位处高原之故？他不清楚，但比起内地来，月亮更圆、更大，他一个人站在窗下，拿起茶杯，心里想：

“怎么给他们戒烟呢？这是一个世界难题啊！”

他想到这里，不禁叹了一口气。这时，他猛然发现门边站着两个姑娘，一声不响的，由于灯光昏暗，倒吓了树榕一跳。她们站了多长时间了？怎么不走？树榕想了想，就十分抱歉地对这两个姑娘说：

“你们什么时候站在这里的？两位，来来，到这边坐！”

他一边挪动椅子，一边用手指指，示意她们过来这边坐下，这两个姑娘大概听懂了树榕说什么，就走过来了。

“你们懂汉语吗？”

“懂！”两个姑娘说。

原来她们的祖先是汉藏结合而成的家庭，所以她们都有两个名字，一个是藏名，一个是汉名，她们也都能说汉语和藏语。

树榕的抱歉之情，文质彬彬的举止和英俊潇洒的外貌，让这两个藏族姑娘顿生好感。

“坐吧，坐吧！饿吗？”树榕一边说，一边拿出糖果给她们。

她们也不客气，拿起糖果就往嘴里塞，真是猪八戒吃人参果——不知其味，树榕见她们真饿了，又拿糕点和牛肉干出来，还有奶酪，姑娘们也不客气，照样狼吞虎咽。树榕望着这两个可怜人，总想找个话题，以宽慰她们的恐惧之心。

“今晚月亮很圆，你们知道嫦娥是怎样走上月亮的吗？”

“不知道！”

“那我告诉你们，嫦娥本来是后羿的妻子，偷吃了王母娘娘给后羿的不死药而飞到月宫的。”

“那她不能回到地上来吗？”

“不能了，因为她已经是天上的神仙了，天上的神仙是不能有老公的！”树榕说。

“那我才不做神仙呢！”一个姑娘小声说。

“月宫是不是有棵桂树的？”另一个姑娘问道。

“有，这棵桂树是玉帝种下的，吴刚犯了天条，玉帝罚他去砍这桂花树，但每砍一刀，树上的口子又马上长平，所以，吴刚永远砍不倒它，那他只好一直砍下去了。”树榕说。

“那我干脆不砍了！”一个姑娘说。

“我就连根把它拔掉，因为玉帝并没有说它连根拔掉又可以长出新根来的！”另一个姑娘说。

树榕看着这两个年轻的姑娘，十分同情，心想，这样聪明美丽的姑娘，如生长在一个温暖的家庭，必不是今天这个样子。她们谈话中，谈到各自的家庭，当地的见闻，风土人情，两人谈笑风生，倒也忘了自己已经是树榕的人了。过了一会，树榕对她俩说：“你们回去吧，我现在正思考给他们戒烟的治疗方案呢。”两个姑娘你看我，我看你，不知所措，突然，其中一个姑娘跪在地下，哀求道：

“大哥哥，不要赶我们走，我们只要走出这里，藏兵就会把我们拉去做奴隶了！”一个姑娘说。

“大哥哥，我们没有家，我们要回去的，都是奴隶住的帐篷，回去以后，我们都不是人了！”另一个姑娘说。

这如何是好呢，树榕想了一下，就说：“那你们先睡吧，换一床被子下来放在椅子上，我睡在椅子上就可以了。”

安顿好两个姑娘，树榕继续在油灯下沉思……他想起眼下兴起一种冬眠疗法，让吸毒者在冬眠的状态下戒毒，这样可以大大减轻由戒烟给吸毒者带来的痛苦，又可以将对心脏的伤害降到最低，还可以中断或抑制中枢兴奋灶的神经传导……冬眠疗法，对，有了！

树榕拍案而起，他突然想起麻沸汤和蒙汗药，马上拿起笔来，将初步方案定下来：曼陀罗一钱、醉鱼草一钱为末，以羊油埋丸，先日服一丸，看治疗效果再做调整，同时备好毒扁豆、绿豆、甘草等，以防不测。

第二天下午，在两个姑娘的帮助下，树榕将治疗梅毒的和戒烟的药制成药丸和药烟，分派给两个土司，给梅毒病者发梅毒的药，给吸毒者发戒毒的药。

“如果像我这样，又患梅毒，又抽大烟，怎么服这些药？”一个土司问。

“你先服梅毒的药，戒烟的药后服，明白了吗？”

两个土司高高兴兴地拿了药回家了。

日子一天天过去了，患梅毒的病人一天比一天好转，皮肤的血痂也脱落了，不痒了，下部霉烂的地方再加以炉甘石粉敷后也干爽多了，树榕又加入了西藏比较丰富的大黄、藏红花，因为凡花必去毒，加上大黄，可以加速排毒。

十天过去了，梅毒患者十有八九已痊瘉，人人皆大欢喜，剩下的问题，就是戒大烟了。一日，两个土司又来树榕这边坐，聊天中，树榕偶然提到，如能到温泉浸泡三十分钟，每日一次，效果会更好，这两个土司兴奋得跳起来：“为什么不早说呢？”

原来，就在土司的领地内有一处十分有名的温泉，叫羊八井，这温泉与众不同，除了有一般的温泉之外，还有罕见的爆发泉和间歇泉。

“我早就听说过那温泉可以治病的了，但不知对梅毒也有效！”土司说，“明天，我带你一起去泡温泉！”

晚上，树榕又与两个姑娘聊天，谈到明日要去泡温泉时，问：

“你们去过泡温泉吗？”

“我们不敢去！”

“为什么？”

“我们去年犯了点小错，被头人抓住我们的头发就往温泉水中摁，差点把我们弄死了！”原来，去年这两个姑娘受不了头人（土司下一级的贵族）的虐待，企图逃跑，被抓回来后，路过温泉时被弄得死去活来，现在想起来也毛骨悚然，心有余悸。

“那你们明天就不要去了，在家里制药吧！”树榕说。

过了一会儿，一个姑娘说：

“大哥哥，十天了，你还没问我们的姓名呢！你是不是想不要我们了，还是想把我们带到汉人的地方就卖掉？”

“啊，对了，你们自己介绍介绍吧！”树榕说，“你们叫什么名字？”

“我叫刘霞，她叫郭小小！”刘霞姑娘自我介绍说。

这晚，两个姑娘对树榕冷淡多了，没有那么多话讲了，树榕忙完手中的工作，放下药杵和药舀，主动走过去，笑着对她们说：

“怎么啦？今天吃了哑药啦？为什么不高兴，说来听听！”

两个姑娘沉默不语，过了一阵，刘霞问树榕：

“大哥哥，没同男人睡过觉的处女，到汉地是不是能卖很多钱的？”

树榕丈二金刚——摸不着头脑，不知她们问这句话的原因是什么，他想了一下，就说：“我不是人贩子，又从来没卖过女孩子，我怎会知道！”他一边说，一边观望她俩的神情，发觉她俩有些不对劲，再细看她们身边，已经包好了衣服和几块馍，他心里一惊：

“怎么，刘霞，小小，你们想逃跑？”

两人不作声，只是低头不语。

“我对你们不好吗？”树榕也迷惑了，“我又没有动过你们，没有半点非礼之举，你们为什么要逃跑？就算要走，也要告诉我一声，让我给你们带点钱，指条路，万一你们跑不掉，被抓回来就惨了，本来，我已经想好了，我给土司们治完病后，就带你们去四川成都，那里有教会学校，我把你们介绍到教会学校读书，让你们也有个出头之日的。”

但这两个姑娘似乎还是不相信树榕，刘霞说：

“我们不信，你不敢要我们的身子，就是想让我们有个处女身，将来卖给人家就值钱多了，是不是？你说！你说呀！”

刘霞刚说完，小小跟着说：“让我们到教会学校是假，把我们卖给洋鬼子，捞个大价钱是真，是不是？我们这样年轻貌美，你都不要，肯定有阴谋，你不是人！”

树榕被她俩一下子骂得狗血淋头，一时之间也不知如何是好。树榕冷静了一下，对她俩说：

“我有老婆了，不瞒你说，还不止一个呢！我总不能帮了人就占人的便宜，你们说，是不是？”树榕语重心长地说，“那样的话，我会被人指着背脊骂死的！”

“你不占我们的便宜，却让人家占我们的便宜，说的比唱的还好听!”刘霞说。

“假好心!”小小也骂道。

看来误会太深了，树榕没有办法了，问：

“那，你们要我怎样才能让你们相信?”

“除非，除非你今晚跟我好!”刘霞说。

树榕语重心长地说：

“你们呀，不要这样！就算我想把你们卖掉，要了你们的身子一样可以找到买主。但我不是这样的人，你们还年轻，将来应该找个好归宿，知道吗？这样吧，我现在对天起誓。”他一边说，一边走到窗前，对天合十道，“如果我对刘霞和小小有半点歹心，将天打五雷轰，不得好死!”

他起誓完毕，回到床边，摸着这两个姑娘柔软的头发，轻声地说：“世上啊，还是好人多，以后呀，你们就当我是大哥吧……”

八月的西藏已经如内地“秋高气爽”的季节了，太阳尽管猛烈，晒得人的皮肤刺痛，但吹来的风却寒气逼人。第二天，两个土司与树榕一行，浩浩荡荡前往羊八井，小小主动提出同去羊八井，侍候树榕。

到了羊八井，到处都是温泉，有喷薄而出的，有低露头角的，有冲天而起的，有定时喷发的，不一而足。温泉周围，形成一个个大小不一的热气腾腾的水池，水池与水池之间又有泉水相通，远远望去，像一条银带串起一个个银盆，蔚为壮观。在温泉周围有几间简陋的石头屋子，里面有凿成如浴缸一样的石舀，供人泡浴。

两个土司交代下人将带来的食物在地上一字摆开，还带了几桶鲜花瓣，放在一边。树榕走过去，对两位土司和他们的家属说：

“你们记住，要先泡低温温泉，再泡中温温泉，最后才泡高温温泉，泡高温温泉不要超过十分钟，记住了!”

大家欢声笑语，齐声应答，一个土司指指前边的小石屋和旁边的一桶花瓣，对树榕说：

“你们就到那间石屋去快活吧！把这桶花瓣也拿去，洗个鲜花浴，做次活神仙吧!”

小小忙过去提了那桶花瓣，拉着树榕的手就走入石屋里了，树榕脱光了衣服，扑通一声跳到石舀里，泡在温暖的泉水之中：“啊，太舒服了!”他已经一个多月没有洗澡了，小小也脱光衣服，跳到石舀里。

“你，你怎么也跳进来了?”树榕回头往细小的石窗外望了一下，“让他们看见了，多不好意思!”

“我不跳进来，他们就怀疑了!”

小小一边说，一边将桶内的花瓣一点一点地放在泉水中，放在树榕身旁，放在他的头上，他整个人都被浮起的鲜花包围着，小小那洁白如玉的双手不停地按摩着他的身子，并且用花瓣不停地擦树榕的全身，直至变成花泥。泉水发出一阵阵鲜花和少女的特有香味，溢满石屋……

又经过十多天的治疗，两家土司患梅毒的人全治好了，大烟也戒了。树榕也着实捉弄了他们一番，戒大烟时，锁住他们的手脚，把他们放在地牢的牛粪堆旁，每天给他们吃经过改良的戒毒蒙汗药，现在，终于大功告成了。要走了，树榕教会了达贡治疗梅毒和戒大烟的方法和配方，达贡的哥哥也早已回拉萨了。

临走时，两个土司每人各送了一千个大洋给树榕，还送来一顶帐篷，两匹骏马，两袋牛羊肉干，两斤冬虫草，两斤藏红花，两斤雪莲和两个麝香囊。树榕辞别了土司，离开当雄，由达贡领路，带着老县长和两个藏族姑娘一齐向拉萨进发了。

20 雪城遂愿遇活佛　洋人炼金砷害人

离开了当雄，两个藏族姑娘如离开了牢笼的小鸟，她们心里十分清楚，从离开土司的那一天起，她们就不是奴隶了，她们已经是自由人了，她们已经属于树榕这个好心人了，以后再也不用回去过那牛马不如的生活了。她们离当雄越远，心情越好，她们对着雪山放声高唱，清脆的歌声唱出她们压抑了十多年的心底的声音。树榕看着两个脱离苦海的姑娘，也为她们高兴。

到中午时分，树榕提议："坐下来休息一会吧。"

于是，大家下了马，刘霞忙拿出奶茶来，小小也为老县长拿出了青稞酒。老县长也为她俩能脱离苦海而感到高兴，并发自肺腑地说："从今以后，你们就有家了！"

这时，远处有三个黑点，慢慢地向他们这边移来，当树榕他们吃饱了以后，才看清这三个黑点是三个"五体投地"向着拉萨方向移动的朝圣者，他们走到树榕身边，见树榕他们坐在路旁休息，就一齐停下来，坐在路边，从羊皮囊中倒出清水，咕噜咕噜地喝了个痛快，一个年长一点的凑上前来问：

"老爷，你们也是去拉萨的吧？"

达贡看了他们一眼，见他们蓬头垢面，肮脏不堪，就知是远道而来的朝圣者，就问：

"你们是从哪里来的？"

"我们是从芒康来的。"

"走了多久了？"

"走了三年多了！"

达贡毕竟是老爷，见朝圣者他们的衣着就知道他们不会高贵到哪里，所以就再没有与他们搭话了，而这三个人也知自己地位低微，也就不敢再上前说话了。休息完之后，树榕他们继续上路，路上，树榕不解地问达贡：

"达贡大哥，我真不明白，为什么要这样'五体投地'地朝圣，你看，一走就是三年多，人一生，有多少个三年啊？"

"这个你们汉人就不懂了，只有'五体投地'去朝圣才是最诚心的，得到的报应才是最好的，不但可以惠及子孙，还可以使自己在下一世轮回时大富大贵，出人头地呢！"

"如果骑马，或走路前去，不是更快吗？反正也是朝圣嘛！人家伊斯兰教也说每个穆斯林一生之中都要去一次麦加城朝圣的，但没有规定一定要'五体投地'呀！"

所谓"五体投地"，就是两手两脚和头同时贴地，然后再站起来，脚走到手掌摸到的最远处，再爬下伸直，又是两手两脚头部同时贴地……这样周而复始地站起来，爬下去，站起来，爬下去，一直走到朝圣的目的地，所以，他们三人从芒康到拉萨来朝圣，走了三年多就不出奇了，有些还要走四五年的呢！可见藏人对宗教的信仰程度和赤诚之心。

"他们这样走去，不会中途偷工减料的吧！"树榕问。

“不会，绝不会，如果他们中途偷工减料，上天是知道的，佛祖是知道的，那不是前功尽弃了？”达贡答道。

“那你有没有‘五体投地’去拉萨朝圣？”

“那倒没有！”达贡笑笑说。

“你为什么不去‘五体投地’地朝圣呢？难道你不想下世轮回时比现在更好吗？难道不想惠及子孙吗？”

“今天，我已经是个老爷了，这是上一辈给我留下的祖荫，下世轮回嘛，我也不想比现在更好，能保持今世的样子，做个老爷，有几个老婆，有一百多顷地，有几百头牛也就算了，难道还能想下世称王不成？哈哈，我也不是做大官的料，现在，你看我，还蛮不错嘛，每个月都有几百个大洋收入，我的子女去印度读书也够钱了，我的小姨去内地读书也够钱了。现在生活得优哉游哉，我心满意足了。”

树榕望了望达贡，也望了望老县长，感慨地说：

“看来，现在境况不好的才想改变现状，才去朝圣，现在境况好的就不去朝圣了！”

说着说着，已经看到雄伟的布达拉宫了，到拉萨了。

拉萨，是朝圣者心中的“圣城”，每年只下两三次雪，十分干旱严寒。

“那就是布达拉宫！”

达贡右手一指，那高大巍峨，雄伟壮丽的布达拉宫就在前边了，它位于玛布日山上，海拔3 700米，始建于公元7世纪，建筑面积达13万平方米，主楼高达117米，共13层，包括宫殿、灵塔殿、佛殿、经堂、僧舍、庭院等建筑，宫内有数以万计的精美壁画，收藏有各代的雕塑、唐卡、宗教法器、各种典籍等文物。它似乎近在咫尺，但树榕他们走了半天，还是只看见它的身影，离它的墙脚还有几里地。当他们终于走到它面前时，才发现宫殿的前边一侧有一片相当宽阔的沼泽地，他们仰头望去，首先看到大门顶部的一些镀金饰物装得似乎不十分结实，不知是人的视线错觉还是年代久远，有些向左边歪斜了，有些又向右边歪斜了。宫殿脚下的石阶蜿蜒而上，直上大门，道路相当平坦。略呈梯形的宫殿高耸入云，倚山而建，气势宏伟，从整体来说，它是完美的，无与伦比的。有诗为证：

布达拉宫赞

拔地而起雪城中，万千彩霞托天宫。
巍峨高耸飘云处，拉萨河畔映日红。
净饭王取石垫底，释迦牟尼当瓦工。
摩耶垒墙高百丈，白象揉泥作檐蓬。
瑶池宫阙无区别，松赞干布敲鼓钟。
人间仙界有通道，拾级而上到九重。

布达拉宫的超凡脱俗、高大宏伟大大出乎树榕的意料，宫殿周围的城市、街道也大大出乎他的意料。一般市民，个个肮脏不堪，到处都是烟尘、灰土，大路上挤满了狗，它们叫着，撕咬着彼此，满街散发出难闻的气味，一些饿狗一瘸一拐地慢跑着，满身溃烂，有些快要死了，乌鸦在它们身上啄食，或成了另一些狗的捕食对象。

一些饿得爬不起来的乞丐，瞪大双眼，望着蓝天，估计他们不可能抵御得了晚上的严寒，明天就会死去。一些收尸人在街上转来转去，将一条条尸体扔上大板车运走。街道两旁里低矮的房子，藏人进进出出，有打铁的，有做银饰的，有做驮具的。一些藏兵背着枪，在大街上百无聊赖地闲走。一些妇女们面目苍老，脸上布满皱纹，衣着破烂，身上发臭。大街小巷到处都是牛羊的骨头，从街道两旁的水沟中发出极难闻的臭气。

当然，也有一些有钱人家、纨绔子弟，衣着却十分光鲜，他们的头发编成辫子，上面缀满了珠宝、玉石和珊瑚，头饰是一顶时尚的蓝色帽子，宽宽的帽边是黑丝绒做的，帽顶还有一个红色的帽坠，有些则戴一些大红帽子，帽边装有又长又厚的缘饰，身穿长袍，腰捆红腰带，挂着绸布袋，里面装有永不离身的木碗，挂上刺绣十分精美的椭圆形钱袋，但里面空空如也，只是一种装饰品。有钱人家的妇女衣着也十分华丽，各种银饰、金饰、珠饰应有尽有，但树榕却见她们脸上抹上了一种黑色的、油腻的东西，令其丑陋不堪。

这种妆容令他百思不得其解，他问达贡：

“好端端的面容，为什么要涂抹得这样难看，真是的!”

达贡见问，就说：“这个呀，就要说到两百年前了，当时，藏族妇女炫耀她们的自然美色，以挑起男人的欲望，甚至连僧侣们也开始被引诱得守不住清规戒律了。为了防止放纵和淫荡，于是藏王公布法令：妇女必须涂抹厚厚的脂油掩饰其美貌，以减少对男人的诱惑，否则就不准在公共场合露面。于是，妇女只得把自己的脸涂得黑黑的了。但随着时间的推移，现在又有了另一种说法，把自己打扮得越丑陋就是对神越虔诚!”

“啊，原来如此!”树榕醒悟了，于是他反问道，“达贡大哥，那你说句良心话，你希望你老婆打扮得漂亮呢还是像她们一样丑陋呢?”

达贡说：“我才不要她们打扮成这种鬼样呢！该漂亮还是漂亮的好嘛，你说呢?”他回头望了望刘霞和小小，说，“那，你又对我说句良心话，你希望她们打扮得漂亮呢还是丑陋呢?”

树榕不假思索地说：“当然漂亮啰，女孩子就应打扮得漂亮些!”

树榕刚说完，没想到刘霞反问一句：“我打扮得这样漂亮，你不怕我被其他男人抢去?”

她一问，树榕也愣了一下，才笑了笑，说：“看来，这问题还真复杂呢!”

达贡见树榕这样回答，心里已隐约觉得树榕已经“在乎”这两个小姑娘了，就笑着对刘霞说：

“刘霞，小小，你们树榕大哥已经开始紧张你们了!”

藏族的男牧民，他们并不剃头，他们的长发垂到双肩，不时用剪刀剪到自己满意为止，他们彪悍、爽直，但见到头人、土司又有些敬畏，他们的舞蹈有着强烈的节奏感，他们慷慨、坦率、勇敢，有时又近乎粗野，尤其是对自己喜欢的女孩子。他们信奉宗教，不注意修饰外表，但这并不妨碍他们炫耀色彩鲜艳的服饰，这大概是树榕这个月来对接触到的藏族牧民的一种观感吧。

树榕怀着无限的兴趣和猎奇的心情在拉萨街头左看右望，他们来到了八角街，这里聚集了当地和印度、尼泊尔来的商人、工匠、外来的朝圣者、等待拍卖的奴隶、牲口和到处乱钻的野狗。树榕他们正目不暇接，忽然前边传来了“呜呜”的低沉的长号声，人们纷纷退到路的两旁，树榕被人挤到路边，只见远处来了一支长长的巡游队伍，达贡悄声对树榕说：“达赖喇嘛出巡回来了。”树榕举头一看，远处来了一支规模庞大的乐队，僧人们抬着长约两米的法号慢慢往这边走来，法号的后边有鼓、圆磬，还有铙钹和又薄又大的双面鼓，双面鼓放在一个高高的、细长的鼓架上，敲击者极其灵活地转动着，根据所需的高低音，用一个长长的弯钩状的鼓槌在两边敲打。这些乐器与人胫骨制成的法号及法螺构成了宗教的奇特的乐章。伴随着奏乐，后边跟着约两百人的僧侣队伍在低吟，这令人震撼的齐诵声与那乐章混在一起，又变成另一个声音的洪流，不断地流入路旁人群的耳朵和心灵里，令人产生一种神秘莫测的共鸣。僧侣过后，是一支由两三百名骑兵组成的护卫，中间坐着十四世达赖喇嘛丹增嘉措（诞生于1935年，于1940年坐床为达赖喇嘛），只见十三岁的达赖喇嘛皮肤娇嫩，面颊粉红，头上扣着一顶黄色的僧帽，帽上下垂的垂饰遮住了他的耳朵，他身披一件黄色的袈裟，双腿盘坐，手持并蒂的棕榈枝，他的身后站着一个人，高举一把装饰着各色流苏的丝绸华盖。

在达赖喇嘛的两边，簇拥着西藏的大小地方官员，近处是西藏的摄政王，他身穿一件黄色的锦缎长袍，袍边镶着黑貂皮，腰间系着一根腰带，一件石榴红色的袈裟遮住了部分锦缎长袍，袈裟绕过全身，其末端拢在左肩上，右臂裸露。他头戴一顶圆僧帽，帽顶涂着黄色的亮漆，在阳光下闪闪发光。他脚蹬红色俄国皮靴，双脚夹着坐骑的马镫带。马匹装饰着深红色的流苏及其他华丽的马饰，脖子上套着一个轭，上面挂满了小铃铛。当它缓缓而庄重地迈步向前时，铃铛叮当作响。在巡行的队伍中，人们可以根据其装束来判断随员地位的高低，在这些官员过后，后面又跟着大批的藏兵。

巡行队路过的地方，所有的人都跪下匍匐叩拜，有些人不断地摇着摇轮，口中念念有词，有些还“五体投地”地膜拜，虔诚至极。树榕也跟着人群一齐跪下叩拜，队伍过后，才慢慢站起来，他望了望刘霞和小小，只见刘霞两眼含着泪水，幸福地说：“神也保佑我们，从今天开始脱难了。”

由达贡带路，来到他哥哥在拉萨的家，这间有小庭院的房子，不十分大，但做得精致漂亮，石头砌成的墙体坚固厚实，二层高，房子有客厅、住房、饭厅、储物间和厨房，楼梯没有扶手，家中有人打扫卫生，还有私人厨师，厅堂有拉萨一般民居少有的光亮，光线从外边射进来，没有其他藏族房子那种压抑感。

他哥哥已经知道他们今天要来到，所以早就安排好羊油手抓米饭和其他菜式，房间也打扫了一遍。

当树榕一行来到门口时，他们就热情地走出门口来欢迎。参宁堪布真的把树榕当成64军的先头部队的官员了，招待树榕一点也不敢含糊，使出浑身解数，竭尽所能地拿最好的东西出来，并临时找来十几个男女帮忙接待。老县长对这些排场真有久违之感，而刘霞、小小两个姑娘更是见所未见，闻所未闻，想不到才离开地狱，就一下子走进了天堂，兴奋得她俩死死地拖住树榕的衣角，寸步不离，怕一不小心丢掉树榕，又从天堂掉到地狱里。

“本来，我离开广东庆云寺时，就想到布达拉宫、大昭寺来朝圣学道的，后来，到了南宁之后，就还俗行医了，再也不敢想到西藏了，没想到，到了西宁之后，一个偶然机会，经过九死一生，竟让我如愿以偿，得以到达拉萨，看来，冥冥之中，上天还是早已安排好了的！”

“对呀！这叫上天有灵呀！”老县长说，“如果下次再有机会，你还会来拉萨吗？”

“难了，不敢再来了，不是冻死、病死，就是被人抓去当奴隶，不值！”树榕说，“除非政通人和，道路畅通吧！”

“刘霞和小小，你们都听到了，你们的叶大哥说再不回头了，你们跟他去了汉地之后，就很难再回来了，你们不觉得可惜吗？”老县长问她俩。

“我恨不得马上离开西藏！”刘霞说。

“我恨不得现在就在汉地，永远离开这里！”小小也说，“在这里，几乎每晚都做噩梦……”

“这几晚呢？这几晚还做噩梦吗？”达贡问。

“这几晚，睡得又舒服又暖和，心里踏实多了，做的都是好梦！”小小实话实说。刚说完，大家都笑了。

第二天，参宁堪布带着树榕一行参观了布达拉宫，回来时已经累得不想动了，下午，树榕在房间整理着西行日记，并赋诗一首：

登布达拉宫

登上仙界会神灵，号角齐鸣天地惊。
放眼雪山照红日，宫脚众生小如蝇。
俨然身处三界外，拨开晚霞数繁星。
梧桐树下饿狗窜，轻裘马车摇银铃。
远闻褴褛饥民哭，近听喇嘛诵经声。
扎西德勒高声喊，举手欲抱日光城。
惊叹高原有瑰宝，奈何佛眼睁半睛。
拉萨然尼基莫堵，神秘面纱露半明。
茫茫宇宙人渺小，大千世界沉与升。
普慕轻唤卡拉索，走下天梯别天庭。

（注：扎西德勒，即你好；然尼基莫堵，即你真漂亮；普慕，即少女；卡拉索，即吃饭）

第三天，他们又去参观大昭寺。大昭寺位于市中心，公元7世纪时藏王松赞干布为迎娶尺尊公主而建，寺内保存有大量的文物，最著名的是尺尊公主带到西藏的释迦牟尼8岁等身像，寺内有20多个殿堂，大殿内四壁绘有各种佛教的壁画。寺门口青黑色的大理石上匍匐着“五体投地”的朝圣者，大理石已经深深凹进去，形成一道道朝圣者膜拜的痕迹，朝圣者拜完之后，就将囊中所有的钱财和珠宝应有尽有地献给寺中的僧人，寺内点燃着数不清的酥油灯，阵阵牛油味弥漫了整个寺院。有诗为证：

游大昭寺

填湖陨石落凡尘，移来西天宫殿群。
安坐城中两万尺，仙手轻拔高四层。
觉康佛祖十二岁，释迦牟尼不老身。
鎏金金顶载日月，吉祥天女护法神。
人面狮身椽无数，千手千眼观世音。
寺前轻摇公主柳，碑文记下唐蕃盟。
谁敢分裂大不韪，一统山河在人心。

树榕他们也在八角街买了酥油和神灯，跟着朝圣者鱼贯而入，在佛像前点燃了油灯。由于佛像众多，他们也记不清点了多少盏灯，出门前他们又捐了不少香油钱。走到门外，又买了一大把香草，在寺前的石圈内点燃香草。寺前的香草整日烧个不停，寺的周围烟雾和香气终日不散。他们参观完大昭寺，又诚心地对着门口的公主柳跪拜一番，这公主柳相传为文成公主亲手栽种。

大昭寺的雄伟宏大也的确超出树榕的意料，这样规模巨大的建筑就算在内地也极少有，历史上西藏人口稀少，从松赞干布那个年代算起，全西藏鼎盛时期的人口也未超过二百万人，要建造布达拉宫和大昭寺这些大型建筑，不知要多少奴隶干多少年才能建成，况且，布达拉宫是建筑在山上的，而大昭寺则是建筑在沼泽地里的，要搬来泥土石块填埋基础，其工程量之大就可想而知了。

树榕站在大昭寺门口，望着这前无古人、后无来者的巨大建筑，发出无限的感慨，站久了，觉得皮肤有点刺痛，这是这里的阳光特别猛烈之故，小小一把拉树榕到寺院旁边的小遮阳布下坐着，坐了一两分钟，又感到刺骨的寒冷。

“这奇怪的气候，真叫人难以适应，晒不成，阴不成，达贡，我们还是回去吧！”树榕提议道。

大家正欲回家，忽然前边窜来一个衣衫褴褛的小偷，后边跟着四五个人在追，这小偷一边跑一边将偷来的馍往嘴里塞。

“抓住他，这个狗奴才偷了我两个馍，抓住他，抓住他！”

后边追上来的人边追边骂，树榕定眼一看，那小偷不是有恒吗？他吓了一跳，马上上前叫了一声：“有恒，我在这里，不要跑，不要怕！”这小偷的确是有恒，他听到师父树榕的声音，就停了脚步，望着树榕和他身边的人，“哇”的一声哭了起来，一下子跪在地上抱着树榕的脚不断摇撼着，痛哭着：“师父，我找你找得好苦呀！”

这时追上来的几个人一见树榕和达贡他们，知道是有来头的人，也就不敢太放肆了，为首一个指着有恒说：“老爷，这小偷偷了我两个馍……”

达贡鄙夷地望了这几个人一眼，慢慢开腔问道：

“两个馍多少钱？”

“不多，不多，两个铜板！”

“来人呀，给他们十个铜板，打发他们走！”

回到参宁堪布家里，有恒从头到脚洗个遍，树榕又给了他一套新藏袍，这是土司送给他的，有恒穿了，一下子就变成个少爷了。众人把他围了一圈，关心地问他怎么会跑到拉萨来的。

原来，自从嘉松文德带着树榕西逃之后，湟中县的治安大队长就将有恒抓去当了他的勤务兵，替他打水、洗脚、洗衣服、倒马桶。有恒有心去追上树榕，于是在一个晚上，就偷了一匹马，快马加鞭向西追来，没想到在昆仑山下，被一些藏兵抓住，把他卖给土司当了奴隶，过了十多天有恒找了个机会又逃跑出来，跟着一个商队上了唐古拉山，到安多、那曲之后，这个商队的头人又把有恒卖给了一个人贩子，人贩子又把他卖给了附近金矿的一个老板。刚开始时，金矿老板也放心不下，用镣铐锁住他的双脚，让他在矿山挖矿石，过了十多天后，觉得他还老实，又不懂藏语，就算这时放了他也跑不了，最后，就开了他的锁，让他在矿山上专砍树木，鬼灵精的有恒瞅准一个机会，又逃跑出来，到了拉萨。

“你怎么知道我会到拉萨的?”树榕抱着有恒，抚摸着他的头，心痛地问道。

“师父，你不知说过几百遍了，要去拉萨布达拉宫，所以，我就想你一定会来到这里了。”

“你真聪明啊!”树榕说，“那，你身上没有钱，又不懂藏语，怎么生存啊?”

“只有偷了，偷能吃的东西，我心里只有一个想法，只要我不死，我就一定能见到师父的，师父，我说过，我要跟你一辈子的，师父……”有恒说到动情处，又号啕大哭起来。

“好了，好了，这回找到你师父了，又团聚了!”老县长安慰说。

“那启泰呢，他有被抓去当兵吗?”

“那倒没有，治安大队长把他放了，听说，早已回贵州了。”有恒说。

“那我就放心了!”树榕松了一口气说，“哎，附近有金矿吗?”

“有，还多得很呢!”达贡说，“英国人早就想取得开采金矿的专营权了，俄国人也想取得开采金矿的专营权，但国民政府不同意，当地西藏政府也不敢答应。后来，美国人也来了，印度人也来了，都来抢!”

“后来呢?”

“后来?后来俄国人想同摄政王私下签订个协议，英美觉得这个俄国熊在北方对他们威胁太大，就一口咬定西藏是中国的领土，是西藏的宗主国，不让俄国人插手西藏!你以为英美这些洋人，真的是在主持公道吗?不是，不过是看到国民政府软弱无能，对西藏鞭长莫及，好赶走俄国人独霸西藏罢了。”

“那现在呢?”

“现在?俄国人自从十月革命之后，再也没有插手西藏了，英美两国就肆无忌惮地掠夺西藏的宝藏了!”达贡感慨地说。

“对，我做工的那个金矿，矿主也是个英国人!”有恒说,。

“西藏，其实是个好地方，有山有水，有大片的牧场，有肥沃的田野，有茂密的森林，有丰富的矿藏，不过现在国内战乱，还没有机会来开发罢了。”达贡说，“单单在河流上建个水力发电站就够我们赚了。”

“对呀!几乎所有通向南亚的河流，都发源于西藏的喜马拉雅山。在这里，水是最重要的。”树榕说，“至于荒芜山地，多几里少几里也不碍事。”

他们正说着，有恒从口袋里拿出一块金矿石来，众人一看，足有两斤重，含金量极高，大家围着闪闪发光的巨大的金矿石，都不约而同地“哗”的一声叫了出来，达贡开玩笑地对刘霞和小小说：“叫叶大哥给你们多打几只金戒指、金镯子、金项链吧，打什么都够了！”两个姑娘也围着这块巨大的、含金量极高的矿石惊讶不已。

“怪不得洋人对西藏虎视眈眈，贼心不死了。”树榕说。

晚上睡觉了，树榕抱了一张又大又暖的棉被给熟睡的有恒盖好，他望着这个忠心耿耿的小徒弟，回想起他不畏艰险，千里寻师的感人经历，无限疼惜地摸摸他的头发，眼眶含着感激的泪水。

“师父……”有恒在朦胧中还一个劲地叫着。

本来，在庆云寺时，树榕是有意到西藏来取经学道三五年的，但后来在南宁还俗了，又加上在贵州已开了医馆和麻风康复中心，那里还有金娇、雪冰、启泰、梅西克一大堆人和事让他整天牵挂，他离开贵州已差不多半年了，早就应回去了，故，本来想与参宁堪布他们交流一下佛学之道的，也觉得没有必要了，就决定第二天起程回贵州了。

临行前，为以防万一，树榕将他在贵州、广州的地址，都详细地写给了刘霞和小小，并且告诉她们成都女子教会学校的地址和校长的名字，又将有恒的金块熔了铸成金条，给了每人五两黄金傍身。第二天，他们就带足干粮，离开拉萨，辞别了达贡两兄弟，转向东回四川了。

天气越来越寒冷，风越刮越大，路上的积雪越来越厚，以致他们不得不下马，牵马踏雪而行。一路上，经过几个关卡，由于有参宁堪布给他们准备好的通关文书，所以，并无人刁难他们。走了十多天眼见就到波密了，过了波密，再走两三天就回到四川了，他们的心情也慢慢放松了，说来也怪，连续下了十多天的大雪，到了波密附近，竟然全无半点雪影，但天气更难熬，天上下的是冰冷的雨，道路又潮湿泥泞，又蜿蜒曲折。所走的山路越来越多地穿过森林，而这些森林也越来越密，树木越来越高大。山路有时在十分阴暗的原始森林中穿来穿去，绕了半天，才见天日，过了半里地左右，又重新走入另一个原始森林之中。森林里的山路，不断被河溪阻隔，有时山路还在悬崖峭壁旁边，下边是深不可测的急湍的河流，咆吼的河水声老远就能听到，所走的桥全是用绳索木板建的摇摇晃晃的吊桥。当他们走出这些森林时，不论天上有无下雨，他们的身子都会全部湿透了。

一天傍晚，他们终于来到波密。波密，是一个不大的小镇，但地理位置十分重要，是西藏通往四川的关卡，是茶马古道上的一个重要的物资集散地和休息、补充给养的地方。所以，波密镇内人头涌动，熙熙攘攘，倒有一番热闹。

树榕他们找了一家好一点的旅馆住下，就忙着冲凉洗衣服了，二十多天来，没有得到好好休整，大家都快变成咸鸭蛋了。大家洗漱完毕，找到一家酒肆坐下，解决肚子的事。菜还未上，树榕他们闲着望望外边的石板路和两边的店铺，只见这里每间店铺的门口都蹲有乞丐，有些乞丐看似还是一家子出来乞讨的。再细看时发现这些乞丐年纪都不大，并且都是壮年，但个个都是重病面容，有些口鼻溃烂，有些手脚溃烂，溃烂的部位呈黑褐色，流着恶水。树榕正沉思着：他们究竟患了什么病，为什么在同一地方多人患同一种病？忽然，有恒在树榕身后说：

“师父，这些病我在金矿时见多了，十个有六个患这种病的！”

“什么？在金矿里有很多人都患这种病？”

“对呀，这种病在金矿里多得很呢！尤其是在冶炼车间，十个有九个有这种病，一旦得了这种病，老板就赶他们走了，男人一走，全家就没饭吃了，只有出来镇上乞讨了！”有恒说。

树榕听有恒讲完之后，起身走出门口，蹲下来细细察看那几个讨饭的病者的皮肤，不看不知道，一看吓一跳：“这是皮肤癌！”回到酒肆，与老县长聊起这个话题：

“老县长，你看，这些地方，山清水秀，不说是人间仙境，也算得上是世外桃源，为什么会有这么多人患皮肤癌的？这条街不长，充其量才两三百米，一眼望去，至少也有二三百人患这种病，你说怪不怪？”

老县长见多识广，他慢慢对树榕说：

“英国人在这里开金矿，用一种极毒的物质来提炼黄金，只要在那里工作上一两年，没有一个不发病的。”

“这些英国佬真是只顾赚钱，不顾我们中国人的死活。”树榕说完又在沉思，“英国人究竟用什么极毒的物质来提炼黄金呢，以致这么多工人患上癌症呢？”想了一会，他恍然大悟：

“有了，他们是用砷还原法来提炼黄金的！”

“什么是砷？”有恒问。

“砷就是你们说的砒霜！经常与它接触，就极易导致生癌了，尤其是皮肤癌、肺癌和鼻咽癌，这些天杀的！这些英国人，来这里简直是毁灭性的掠夺。”树榕越说越气愤，使劲地拍了一下桌子。酒肆的老板走过来，小声地说：

“你刚才说这里是世外桃源，什么世外桃源？是世外逃完呀！你抬头看看，那边的森林，树叶全枯黄了，不知死了多少。树都死了，何况人？这些英国人真是造孽啊！”

树榕他们一起举头往外望去，只见远处一大片森林全枯黄了，在绿山峻岭之中，这片枯黄的森林足有一千亩，就好像一个健康的人的头上长出了瘌痢一样。正在这时，外边走进几个人，其中一个是洋人，这伙人一坐下，其中一个藏人发现了有恒，就走过来：

“嘿嘿，这不是逃跑的奴隶吗？来人，把他抓起来！”

几个藏人走过来，就想动手抓有恒，“谁敢动他一根毫毛？”树榕拍台，大叫一声，吓得几个藏人连退两步，树榕走过去，用英语对那个洋鬼子说：

“他是我64军军部的通讯员，因他无端被人绑架，怕他走漏军事秘密，我们军部正派我追查此事！”说完，拿了一张64军的公函出来，在洋鬼子面扬了扬，接着傲慢地对洋鬼子说：“现在有几百人投诉你们用剧毒的药剂提炼黄金，直接造成他们身患癌症，请你跟我们到成都走一趟！”

他说完，洋鬼子也着实吓了一跳，他忙叫几个藏人“停手”，又忙堆笑说，“这是一场误会！”几个藏人见他们用英语对话，洋鬼子一下大汗淋漓，知道遇到棘手的问题了。

“现西藏政府派那曲县县长协助我办理此事！”树榕叫老县长拿委任状出来。

这下洋鬼子真的发毛了，只得和气地说：

“先生，贵姓？”

“我姓叶，你怎样称呼？”

“敝人查理斯·兰姆。”这洋鬼子慢慢恢复常态，显出一派绅士风度来，“请，请坐，你们都退到后边去！”他耸了耸肩膀，说：“贵军的通讯员是我手下的人不知情买回来的，并没有刻意要从他嘴里挖什么军事秘密，现交还给你就是了，至于黄金提炼用药一事，那是生产技术上的事，我们目前也找不到比这个更好、更安全的办法啊！”

“你用砷还原法来提取黄金，又毫无劳保条例和防范措施，这是绝不容许的！”树榕义正词严地说，“几百条人命啊，还有大片森林遭到破坏，河水遭到污染，你怎么赔？你赔得起吗？你不要看我们现在打内战，但不管最后谁胜利，都是不会放过你的，明白吗？”

“这，这，我们将会采取最严厉的安全防范措施，以防止这样的事情再度发生！”

“这是以后的事！”树榕转用中文对着大家说，“你说说现在怎样处理这些身患癌症的工人吧！”

这时，门口聚集了很多人，并且越聚越多，加上波密这地方，汉人的比例也十分大，过往到波密做生意的主要是四川的马帮，他们看到那些倒卧在地、奄奄一息的病人也有切肤之痛，群情开始汹涌。查理斯看看门口被激怒的人群，一时也不知所措。

“查理斯先生，众怒莫犯啊！”树榕上前吓唬他，“官府在远，拳头在近，出了事，我们也帮不了你啊！”

“这是，这是，”查理斯擦擦头上的汗，“不不，官府在近，官府在近，你们就是官府，你们说怎么办吧！”

树榕见他妥协了，就走到大家面前，大声说：

“现在我宣布，第一，每个患病的工人，每人先补领一年的伙食费，每月五个大洋；一年就是六十个大洋，第二，药费由矿方支付！查理斯先生，你说可以吧？”

查理斯粗算了一下，就说：“就这样办，就这样办！”他心想，如果在英国国内，每个人起码赔偿几万英镑呢！“那，治疗的事……”

“我是个军医，我也不为难你，根据当地的条件，我今晚准备几个方案，交给你，你按时发药给患病工人就是了，你也知道，害得那么多人患了绝症，你是罪魁祸首。癌症，目前还是世界难题，万一患病工人死亡，你就必须赔偿工人的性命了，这是你的责任，以后政府要找你的！”

“是，是，我现在就去处理这件事！”

“你不要一走了之，你也知道，走得了和尚走不了庙，你必须明天就要将伙食费发到工人手中，不要搞到工人起来闹事，否则，你吃不了兜着走，你的金矿将永远在波密消失，你要考虑后果啊！”树榕盯着查理斯说，“现在，我派李县长到你的金矿协助伙食费发放，你应该没有意见吧？”

“没有意见，没有意见！”

晚上，老县长回来说：“总共有一百八十二人来登记领取一年的伙食费，药物的发放我已经同这镇的镇长说好了，他十分乐意协助，现在，就等你的处方了。”树榕感叹地说：“我多么想在这里住上两三个月，看看我的处方的医疗效果啊！但，又不能不马上回贵州去，这几天，我总是做梦，梦见雪冰，我真怕她出事啊！”“这也不难，你将联系地址写好、疗效表格做好，让这里的镇长寄去给你，不是可以了吗？”“对，就这样办！”

树榕拿出纸笔来，写好了几个医疗方案，交给老县长，让他交给查理斯马上买药：

治疗皮肤癌的：用断肠草制成百分之五的软膏，交给患者外用，另每人每次服60毫克，每日服三次。

治疗肺癌的：冬虫草一钱，仙灵脾五钱，仙茅四钱，水煎服。

治疗鼻咽癌的：人参三钱，蛇舌草一两，金银花一两，夏枯草一两，水煎服。

另：不管上述哪种癌，均服药散（蜈蚣一条、守宫两条、全虫两只，混合打粉，每日一服）。查理斯拿到处方，只发给患病者一个月药，就溜回英国了。

离开了波密，越走雾越浓，天气越湿冷，偶尔也会飘来一点雪花，天空越来越暗沉，道路与波密无大区别，只是路边的河流越来越大，水流越来越急，峡谷越来越深，日复一日，他们走到四川理塘，在理塘稍事休息，参观完七世达赖的诞生地喇嘛寺后，又继续往东前去，过了理塘、康定、石棉，到了峨边已经是汉人居住的地区了，虽然周围尚有少量藏民和其他少数民族，但毕竟已经变成“少数”了，过了峨山，就可以进入平原地带了。刘霞和小小心里不知有多高兴，她们与之前判若两人，活泼开朗的少女性格彻底展露出来，整天都嬉笑打闹，老县长说，她们就如一对喜鹊，少了一只也没有这样热闹，有时，老县长开玩笑地说：“如果她们不听话，就把她们送回西藏去！”吓得她俩拿拳头追老县长来打。

峨边是个小镇，与川西的小镇并无太大区别，不过这里除了有汉人之外，还有少量彝人，这镇还有一个奇怪的现象：侏儒多，大肚子多。刘霞见到那些侏儒，就指着他们说：“你看，这些小老头，还没有三尺高！”

“阿霞，不要这样说人家！”树榕责怪道，“他们可能因为得了某种病，才会变成侏儒的，他们已经很痛苦，更不要取笑他们了！”

阿霞伸了伸舌头，做了个鬼脸，望着小小偷偷笑了。他们一行入到镇中心，见镇中的街道狭窄，十间店铺五间关门，不少人家门口挂起幡旗，有不少的人家门口还烧着纸钱，有些人还当街哭爹叫娘的。“难道，这里又发生了瘟疫？”树榕想。他们找了很久，还是找不到一家客栈，这回惨了，今晚到哪里过夜？树榕道：

“老县长，我们不如找家大户人家过夜，给人家钱就是了，你说呢？”

“对，这镇上的客栈都关门了，也只有这样了！”老县长说。

走着走着，他们来到一家大户人家门前，树榕先下了马，上前敲门，不一会儿，出来一个老头，见树榕衣着光鲜，后边跟着老的少的，知是文明人，就问：

“你们找什么人？”老头问。

“老伯，我们是过路的，到镇上找住宿的客栈，但客栈全部关了门，我们只得寻到这里，来麻烦老伯了！”

“你们想在这里过夜？”

“正是！”

老头上下打量了他们一番，又看看他们身后几匹马和马上驮着的行李，就问：

“你们是干什么的？”

“我是广州人，到贵州开了一间医馆，我是医生，他是那曲县的县长，老人家不必多虑，我们会给你住宿费的！”

老人想了一下，就说：“那就进来吧！”

这户人家在当地可能算是富裕之家了，入了庭院之后，才发现里面挺大的，主楼有两层，两边又有几间较少的平房，房屋与房屋之间有围墙相隔，墙中开有圆形的门洞，各屋之前又种有竹梅，主楼前还有假山石、小桥和池塘，如浙江一带的庭院，到了厅堂，主人安排树榕他们的住房后，就一人独坐发呆，树榕抬头一看，厅堂的正中还挂着黑纱，黑纱下摆了三张照片，看样子，死者年龄都不大，是夭折而去的。

“老伯，你的孩子都到哪里去了？”树榕问。

“除了大儿子到了成都当官之外，其他的都病了，上个月还去了三个……”

“对不起，错问了！”树榕抱歉地说。

这时，刘霞、小小和有恒都叫着说口干，见庭院中有一缸清水，就问老伯这缸水是否可以饮用，老伯点了点头，三个人一起拿起葫芦瓢舀起来就喝个饱，喝完之后，有恒说：

“这水真清凉，喝得真痛快！”

到晚饭时分，老伯叫下人炒了几个小菜，煮了一盘饭，自己就去休息了。上灯时分，小小抱住树榕问这问那，开心极了，还说，将来叫树榕也盖间大房子，树榕问盖这么大的房子干什么？人少住不了不是白浪费地方吗？小小说，“我同你多生几个孩子，每个房间不就有人住了吗？”树榕今晚见刘霞早早就睡了，觉得出奇，就问：

“刘霞呢？今晚怎么这么早就睡了，是不是不舒服？”

小小见问，就走到刘霞旁边，只见刘霞一个人缩着身子，钻进被窝里，脸色发红，手脚有点发抖。“霞，霞，你怎么啦？”刘霞低声说：“我头痛得很，肚子很痛！”树榕一听，马上走过去，用手摸了摸她的头，啊，很烫人呢！

“刘霞，你怎么啦？”

刘霞一把抓住树榕的手，说：“我肚子痛得很厉害，头又痛得厉害，像快爆炸一样！”说完，就挣扎着起床要去厕所，泻了一回，又回到床上。她刚躺下，老县长跑进来说：“树榕老弟，你快去看看有恒，他上吐下泻，浑身发热，在说胡话！”树榕这下真的慌了手脚，忙又过去看有恒，只见有恒在剧烈咳嗽，不一会儿，还咳出几口鲜血来。

“他们吃错了什么东西了？”

21 彝民挺个蛊胀肚　七尺男儿变侏儒

刚才还好好的，怎么一下子变成这样？而且还是刘霞和有恒两人同时发病。粗看起来，不像食物中毒，因为今晚同桌吃饭，如果中毒，其他人也会有反应的，如果不是中毒，那，又会是什么病呢，怎么来得这样凶险呢？目前唯一的办法，就是先对症治疗，将症状缓解后再找根源了。想到这里，树榕马上动笔写下处方，叫老县长出去买药。

过了一会，老县长买药回来了，还带回一个药房老掌柜，经老县长介绍，老掌柜就忙过去看看刘霞和有恒，看完之后，就说：

“没错了，又是这个瘟神了！”

“老掌柜，你知道这病？”

“你们初来乍到，还不知道我们这里的情况，方圆百十里地，人人都叫我们这里是真正的丰都（鬼城），谁也不敢来这里做生意和长住，有些客商哪怕是只住一晚，就有鬼上身，回去就一病不起，不是病死就是生蛊胀，或再不长高，变成侏儒。而我们这里的人，十家有八家有人死，有人病，所以，都纷纷外出谋生，再也不敢回来了！”

“老掌柜，你知道我是医生，是不信那些鬼神的，就算有，也不可能见人就害。我想，会不会是一种地方特有的病，比如由水质、土质、空气、饮食习惯而导致发病的，你替我想想，会是哪一种？”

“我们这里山清水秀，哪会有什么地方病啊！”老掌柜说，“我们镇上还不算严重，后边大山上的彝寨更严重呢！”

“什么？那边更严重？”

“对呀，你有时间去看看就知道了，那边妖气横溢，瘴气冲天，终日阴魂不散的……”

“我们来了才几个钟头，就有人发病了，估计，病从口入，先从这点思考吧，其他蚊虫、老鼠之类暂不考虑。”树榕总算找到一个方向，他一边交代小小煎中药和把外敷药散混合好，一边与老掌柜和老县长三人同去院子那边走走。

“到院子去干什么？”老县长问。

“去看看那缸水！”树榕说。

他们三个拿着油灯，来到水缸前边，树榕细看，那缸水清澈见底，并没有锈迹和油污浮面，也没有其他东西沉底，再细看，只见缸边吸附着几百只螺蛳，这些螺蛳比花生略小，尖长个子，不像广东的田螺和石螺，一看到这些螺蛳，树榕惊呆了，愣了半天，才说：

“原来是它！”

“什么？是缸中的螺蛳？”两老齐问。

“对，就是它！但它只是中间宿主，病因是血吸虫。”树榕十分肯定地说。

血吸虫病，是人畜共患的疾病，人或牲畜通过皮肤或黏膜接触含有血吸虫尾蚴的疫水受感染而得，这种病一般分为侵袭期、急性期、慢性期及晚期四期，临床表现十分复杂，侵袭期指尾蚴侵入人体至发育为成虫的时期，在幼虫移行过程中有尾蚴性皮炎、出血性肺炎等，急性期表现为发热、腹痛、腹泻、肝脾肿大等，慢性期则表现为间质性肝炎及结肠炎，晚期患病有肝功能亢进、肝功能失代偿等，又可分为巨脾、腹水、侏儒和混合型，现代医学用吡喹酮对急慢性病者进行治疗，均能取得良好的疗效。

血吸虫病在我国早已有之，隋朝巢元方《诸病源候论》就有记载："江南有射工毒虫，夏日入水中，人行水上及以水洗浴，或因大雨潦时，仍逐水便流入人家，或遇上牛马等迹内即停住。初得此病如伤寒，或似中毒。"晚期病者则称为"蛊胀"或"鼓胀"。如发现得早，发现得及时，又能对症治疗，应没有多大问题，接下来的就是打虫了。

"叶大夫高见，我们这里的土医生，搞来搞去，越搞越糟，没有办法了，最后就说是鬼神惩罚我们了。我们这镇上，大肚子生蛊胀死的，象皮腿死的不知有多少，而那些变成侏儒的人也活不长，一般三十岁左右也陆续死去了，怪呀！"老掌柜说。

既然找到了病源，树榕心里就踏实多了，他马上要小小将水缸里的水全倒了，并规定：以后不准再喝未煮开的生水。又问老掌柜：

"你们药房有鸦胆子吧？"

"有！"

"那就好办，你替我将鸦胆子去壳，我要一斤鸦胆子仁！"

树榕又对小小说："你也喝了水缸的生水，明天起，你也要吃药！"

"我也要吃药？甜不甜的？"小小问。

"甜，才怪呢！"树榕刮了刮她的鼻子，说，"以后每天吃三次，每次吃十粒，连吃一个月，记住了。"

"不吃不成吗？"

"不成，你看看那些挺着大肚子的人，他们不是怀有孩子，而是肝脾肿大！以后，要是得了这种病，你就别想生孩子了，生蛊胀就有你一份！"树榕认真地说。

"哇，那我每天吃多一点了，吃二十粒，是不是会好快一些呢？"小小调皮地问。

"千万不要，鸦胆子是有毒的，只能吃十粒！"

真是越想早些回去，就越早不了，好在树榕的脉理了得，又加上治疗及时，眼见刘霞和有恒的身子一天好过一天。到了第四天，老掌柜带了一个人来，这人腰挂佩刀，穿着一件绣花右开襟短衣，下穿宽脚长裤，头顶留一绺头发（叫天萨），右耳戴红色耳环，用青布缠头，前额扎了个英雄结，背上披了一件黑色的披肩。老掌柜见到树榕，忙介绍说：

"这是后边彝寨的首领，叫格沙，他今天到我药店来买药，也是准备回寨去治寨中的大肚子病，后来听我说我们这镇子来了个广州的医生，对这病十分有把握，他无论如何都要来见你，这不，他就跟来了！"

老掌柜说完，首领格沙忙抱拳说：

"听老掌柜说，叶医生医大肚子病功夫十分了得，今天特地登门拜访，求叶医生大发慈悲，救我一寨子几百口人性命！"说完，立刻跪下叩头。

树榕连忙扶起格沙，说：

“首领请起，首领请起，我对这病是多少有些了解，但并不十分有把握，主要原因是这种病分四期，第一、二期我基本没有问题，可以治愈；但第三、四期我就难说了，所以，说不上有十分把握！”

“叶医生，现在我们寨子可惨了，青壮年十个有五个病倒了，其他的人也好不到哪里去，寨子隔两三天就死一个人，不用多久就会全死光了。不瞒你说，我也大肚子了。”他说完，挽起衫脚，露出了满布青筋的大肚子，下肢也浮肿了。

树榕看了一下，就叫格沙躺下，替他抠抠肝脾，发现脾已经大到脐下来了，肝亦大了四横指。“这是一个晚期的患者了。”树榕心想。他叫格沙坐起来，详细地问完了寨中的各种情况，想了一下，就对格沙说：

“格沙首领，明天你带我上山，让我看看有病的兄弟姐妹，再给你一个答复吧！”

“好，好，那我先多谢了！”

第二天一早，格沙就派了几个抬滑竿（轿子）的彝民来，把树榕和老掌柜抬了上山。来到山寨里，彝族兄弟十分热情地接待了树榕两人，带他到寨子周围参观，只见寨里人畜共居的现象十分普遍，寨外有大大小小的水洼，一个连着一个，水洼的周围，则长满了野草，水洼内水色混浊，彝人却无所顾忌，用手兜水就喝，牛也在同一个水洼中洗澡休闲，拉屎拉尿。树榕站在野草丛中，见野草中亦有不少牛的粪便，他与老掌柜蹲下，拨开草叶，不到五分钟，就捡到百多个螺钉。

“这样的卫生条件，如何不生血吸虫病！”

树榕一边走一边想，但又想这些寨民文化程度低，同他们讲大道理不一定信，他想起庆云寺的净空和尚教导：“师巫同源，在内地，单单医术高明还不行，还要懂占卜问卦，求神拜佛。”

“对，有办法了！”

树榕主意已定，就跟格沙回到寨里。在竹寮的火塘边，格沙拿出最好的东西来招待树榕，当然也少不了“剁生”了。所谓的“剁生”就是生吃，只见火塘周围摆满了生猪肉、生牛肉、生鱼肉、生黄鳝、生青蛙和葱、蒜、姜、香菜、野花椒、辣椒粉、盐、香油、柠檬叶丝等。看得出来，格沙为准备这餐已经下足功夫了，几个漂亮的彝族姑娘不停地搬食物，进进出出，在人堆中不时刮起一阵阵迷人的香风。只见她们穿着绣花的上衣和色彩艳丽的百褶裙，耳朵和领口别上了银排花，头戴着一块布巾，腰间还悬挂着不知名的极香的小花。她们端进来一筒筒竹筒饭，这种竹筒饭，内放糯米、野猪肉和盐，用芭蕉叶封口，然后放入火塘上烤，还有切好的，准备烤着吃的麂子肉。两个姑娘还抬了一坛酒进来，“汉人贵在茶，彝人贵在酒”，他们以荞麦、玉米酿酒。火塘边还摆有木制的彩漆酒壶，形状如鸟，从底座灌入酒，从鸟嘴倒出斟杯，立起时，酒不会从酒壶中流出。这酒壶叫“萨拉伯”，一般有贵客时才会拿出来用。

“来来，叶医生，不要客气，你在广州是绝对吃不到我们彝家的风味菜式的！”格沙说。

他举起杯，其他陪饮的人也一起举杯，只见树榕摆摆手，示意他们先放下，说：“如果你们寨子想脱离这瘟神的毒害，就要听我的！”

“听，听，怎么不听？”格沙说。

“那好，你先替我摆好神台，神台向南，上放三个香炉，每个香灶上放九支香，每个香炉前放供品，我现在马上请神……”

“叶医生，我们彝族也有神，你又在这里请神，会不会相冲呢？”格沙问。

“不会，我请的是大慈大悲观世音菩萨，她是各民族的菩萨，是普度众生的！”

“那就好，那就好！”

于是格沙马上派人摆好神台、香火和供品，树榕见已经摆好，就开始上前装神弄鬼，叽叽咕咕，反正他在庆云寺学的经文不少，念得有模有样，旁边观看的人都被他迷惑住了。一会儿，他故作颤抖状态，一会儿又故作失魂状态，吓得观看的彝人真的以为是神仙下凡，不一会儿，又见他将几盆生肉丢到地上，口中念念有词，煞有介事一番，终于作完法，回过神来。格沙马上上前扶住树榕，问：

“叶医生，菩萨怎样说，快说出来给大家听听！”

树榕故作姿态，定了定神，才慢慢地说：

“刚才观音菩萨说了，要你们明天买些生石灰回来，每个水塘、水洼都要放下去，还说以后不得吃生肉，这样是对神不敬，还说要你们以后喝水要煮开水喝，这样，魔鬼就会被开水烫死了，再也不敢来害你们了！还要你们挖沟、排水、种树，魔鬼就没有藏身之所了。”

“啊，这样容易办。”格沙转身大声对大家说：“你们都听到了，观音菩萨叫我们明天买石灰回来，每个水溏、水洼都放一些，赶跑魔鬼，还叫我们以后不能吃生肉，说生肉附有魔鬼的灵魂，水也要煮开喝，这样就能赶跑魔鬼，魔鬼就不会上我们身了，知道了吗？”

“知道了！”大家齐声答道。

格沙宣布完，就客气地对树榕说，“叶医生，咱们喝酒吧，喝完酒再给我们看病吧！”

彝族姑娘手拿酒壶，插了几根吸管，就喝起“转转酒”来了，所谓转转酒，就是几个人围成一圈，一人一口轮流喝。姑娘手拿的酒壶做得十分精致，是彝族有名的工艺品，它主体呈扁形，上有宝顶式的圆盖，下有圆锥形的底座，红、黄、黑三色绘成美丽的图案，由于树榕是贵客，格沙还特意拿出鹰爪杯，给树榕装酒。

由于有了观音菩萨的指示，格沙及其他彝民再也不敢吃生肉了，他们也自觉地拿着生肉在火塘上烤熟来吃了，这下树榕又过了一关，否则，这餐饭不知如何吃才好呢！吃完了饭，树榕就耐心地一个个地替患病的彝民诊断。

由于人太多，用了三天才将全寨的人诊断完，树榕按照他们患病的不同阶段和不同的症状，将医疗方案写好，交给格沙：

一是打虫的：全寨的人全部“群防”，每人每次吃鸦胆子二十粒，每日三次，连吃一个月。

二是肝脾肿大的：用蛇泡簕根半斤煎服，每日一次。

三是明显腹水的：用血腑逐瘀汤加丹参、益母草、北芪各一两，柴胡、赤芍、元胡各五钱，水蛭一钱，牛膝三钱，酒炒大黄三钱煎服，并将这方作为基本方交给当地一个中医生，以便让他以后随症加减。

在格沙的极力要求下，加上有恒和刘霞尚未痊愈，树榕在峨边一住就是二十天。近日，见刘霞和有恒已经明显好转，基本复康了，就决定第二天回去了。这二十天来，山寨的彝民的病情有了明显的好转，再也未见有人出殡了，格沙的肚子也明显缩小了，轻身多了，他们听说树榕要走，就匆忙带了几个人下山来，送上丰厚的礼物，并说：

“明天，就是十月的庆年节了，你们无论如何也要过完节才走，我明天派人接你们所有人上山玩一天!”

盛情难却，只得客随主便了。

每年农历十月，是彝族的年节，过年时候，彝民宰牛羊猪祭祖，还唱歌喝酒互相拜年。第二天夜晚，青年男女还聚集在树林里或空场上“跳月”，男的弹大三弦，或伴以月琴、笛子对舞。舞蹈的动作节奏鲜明，情绪欢快，跑三步停两拍，向前抬脚，又原地跳转拍掌。

白天，寨里还有摔跤、斗牛、射箭和赛马等活动，十分热闹。

树榕一行在山寨足足玩了一天，晚上格沙才依依不舍地派人送他们下山，挥手告别。

第二天，老县长早早起来准备好行李，喂饱了马，小小也一早煮好了早餐，正准备离去，忽然见门口聚集了一群侏儒，只见他们个个神情伤感，其中有人问老县长：

“老伯，你们马上就走了吗?”

“对，我们现在就回去了，怎么啦?”

“我们想问问叶医生，我们这些人究竟还有没有得治的？我们一家子，不是个个都这样矮的，可一旦得了你们说的这种血吸虫病，就再也不长了，你看我，已经三十岁了，还没有一米高，唉，我命苦啊！求求你，帮我问问叶医生吧，看看他有没有仙方灵丹吧，求求你了!”

其他侏儒也一起低声叫唤着，树榕从里边听到门口有嘈杂的声音，一看才知是一群侏儒前来求医，小小见状，就说：

“大哥哥，你出去看看吧，这些人也怪可怜的!”

树榕走到门口，正想安慰这些侏儒，不想老掌柜和镇上的老中医前来送行，就干脆叫他们都进来，让他们坐下，慢慢对他们说：

“各位，你们都是血吸虫病的受害者，现在知道怎样防治血吸虫了，但遗留下来的侏儒症可不是好治的。不瞒各位，到目前为止，还没有一种有效的办法，可以医治这症的!”

这群侏儒一听到树榕这样说，都好像被判了死刑一样，个个心灰意冷，无精打采，有的还痛苦地哭起来，树榕见状，真不想说得太多了，他对老掌柜和老中医说：

“如果一个人的肾气受损，就不会长高了，因中医的理论说：肾主骨主髓，所以，如果想长高，就必须补骨髓，我这二十天来，把你们镇周围都走遍了，发现了一种中药，这里漫山遍野都有，这种中草药叫五指毛桃，又叫五爪龙，它又有一个药名，叫土北芪，这种土北芪有舒筋活血和补血气的作用，气行则血行，它能直接作用于肾，不妨用它来煲羊肉，或煲牛的蹄筋，蹄筋含有丰富的蛋白质，更含有人体容易吸收的胶体，相信对你们的侏儒症有一定的帮助。因血吸虫直接伤肝，而中医又说肝主筋，脾主肌肉，故用羊、牛、猪的蹄筋煲汤刚好能补充肝病造成的不足，各位不妨一试!”

“多谢叶医生，多谢了!”众侏儒齐声谢道。

“那，还有其他办法吗？”又有一侏儒问。

树榕想了一下，就指指北面的一座大山，说：

“你们这里，有座山，上面有个磁铁矿，你们还可以上山找些磁铁矿石回来，打成粉，放在床上近腰的部位和双脚膝关节的附近，这样可能也会加速关节的生长而达到增高的目的，因为磁铁有磁场，把这些磁粉放在床上近腰的地方，就是中医所讲的肾俞和命门穴，这些穴位又能增加肾气，各位不妨试试吧！”

“多谢了，多谢了！”

树榕一行骑着马，驮着行李对送行的镇上的居民和彝民不断挥手，慢慢离开了峨边，向着成都走去了。

树榕一行离开峨边，一路有说有笑，路越走越宽，地势越走越低，天气越来越暖，再也没有大雪了，他们的藏袍全都换成汉人的冬衣了，这也叫入乡随俗吧！两个姑娘一路不停地问成都在哪里，有没有当雄大，树榕只是笑笑：“你们过几天就知道了！”老县长更是归心似箭，急着回浆洗街，看看那旧房子，看看里边的台、椅、床，哪怕是一只烂锅，只要能勾起他以前的回忆，他都想看看。树榕想的却是希望能尽快同成都教会学校联系上，安排这两个丫头读书，然后尽快回贵州，看看那边的医馆和人。有恒却想尽快回去见到梅西克，将自己这次西行的惊险历程告诉他。

“老县长，我想，到了乐山之后，就拍个电报，叫雪冰来见见你，你看好吗？至于你女儿李梦兰，由于有病在身，不宜轻易离开医院，你们爷孙见了面之后，再带你去贵州，见你女儿，怎样？”

“好，好！就听你安排！”老县长说。

“刘霞和小小，你们到了成都之后，就进学校读书，知道吗？”树榕对她俩说。

“我们去读书，能时时见到你吗？”

“那不能！每年有两次假期，有寒假还有暑假，你们都可以回来见我，这样吧，我这次去青海西藏赚了不少钱，不如在成都买间大房子，你们平时星期天也可以出来，回家休息，煲个汤什么的，好不好？也可以同老县长一起住……”

“这太好了，我要养只奶牛，天天挤奶出来，做奶酪，等你来！”刘霞说。

“傻丫头，你以为成都像当雄，到处都可以放牧的吗？”老县长笑着说。

“不用你养奶牛了，你的好心我领了！”树榕又笑了笑。

“我要做很多糌粑，把它放在床头，天天吃，晚晚吃，吃到我撑爆肚子还要吃！”小小说。

“到贵州我也要买间房子！”有恒说。

“嘿，你也想买房子？你买房子干什么，说来听听？”树榕说。

“我要开个店铺，专卖馍，馍太好吃了，我一辈子也忘不了！”有恒想到在拉萨大昭寺前拼命塞进嘴里的馍。

“老县长你呢？你有什么想法没有？”树榕又问老县长。

“我，我到了成都之后，还是卖我的牦牛毛编的草鞋吧！”

“成都有牦牛毛吗？”树榕笑着问。

大家都乐了。

走着走着，大家又重新走入森林小路，不久，路越来越窄，一边是悬崖峭壁，一边是百丈深渊，河流越来越急，从山路往下望，令人心惊胆战，原来这是一个峡谷，河水从这里直出嘉陵江，到乐山大佛前汇合，峡谷中有一座吊桥，过了吊桥再往前走，就基本上没有山路了。

“过桥了，小心点！”树榕一边说一边指指有恒，“有恒，你是男孩子，你牵刘霞和小小先过桥，再回头牵马过去。”

“好的！”

有恒放好自己骑的马，牵着小小和刘霞走过了摇摇晃晃的吊桥。吊桥长约 60 米，离峡谷底大约也有 60 米，下面的河水急湍，咆吼声震耳欲聋，没有人扶，或没有走过吊桥的，也会感到有点恐惧，尤其是走到桥中央，真有点天旋地转，腾云驾雾的感觉，有恒刚想走回来，老县长已经自己牵马过河了。

“不用你回头了，我牵马过来了！”

老县长由于长期生活在西藏，经常走山路、峡谷，这样的吊桥对他来说简直就是小儿科，只见老县长马步甚稳，没有半点摇晃就过去了。树榕也牵着马，对有恒说：

“你也不要回头了，我牵马过来了！”

他一边说，一边牵着马，前一匹后一匹地走过来，走到桥中央，突然前边的马不小心踏空了，一个翻身，就直滚到峡谷底，树榕手拉着马缰，也被它拉了下去。树榕好像风筝一样，张开手脚，“哇”的一声，就掉到急流汹涌的峡谷底了，峡谷底溅起一个巨大的浪花。

“师父……”

“大哥哥……”

“树榕贤婿……”

任凭岸上的人怎样呼叫，也再听不到树榕的回声了。

22 峡谷脱险得瑰宝　推敲窖藏竟成疯

刘霞和小小站在吊桥头，望着深不可测的急湍奔腾的河流失声痛哭，有恒也一边哭一边大叫师父，老县长看着树榕被急流冲走，心想这回树榕真的凶多吉少了，心里也悲痛万分。他们在桥头站了好久，旁观的过路人慢慢地多了起来，其中一个过路商人说：

“你们在这里哭也没用，不如快点跑到下游的乐山镇去，一般在这里失足落水的都可以在乐山附近找到的！”

他们听了，心里总算有了主张，老县长问：

“从这里到乐山大概要多长时间？”

“大概需要半天吧！”

既然这样，只得到下游去看看了，老县长便对他们三人说：

“现在我们马上到下游去，生要见人，死要见尸，不要哭了，马上走吧！”

四人走到山脚，老县长雇了辆马车，直奔乐山。到了乐山镇附近，他们又马上到河边守候，大约经过两个小时，竟然被他们发现了两匹马的尸体和马背上的行李，但不见树榕的踪影，老县长他们将死马打捞上来，卸下行李，在岸边又等到下半夜，还是不见人影，老县长仰天长叹道：

“唉，树榕他可能已经凶多吉少了。”

老县长说完，有恒他们就一齐放声痛哭起来，老县长说：

“不如这样，我们现在先回成都，到了成都之后，我先发个电报回贵州，同时安排好小小、刘霞你们两个到教会学校读书。树榕对我说好了，学校的校长是他的大学同学。有恒和我在成都等贵州的人来，再做决定。至于是否通知树榕他在广州的家人，那，就等等再说。”

“我们到了成都，师父他会知道吗？”有恒问。

“会知道的，只要他大难不死，第一时间一定到成都，到教会学校，到浆洗街以后才回贵州的。”

“树榕大哥身上又没有钱，所有钱都在我们这里，他会饿死的！”刘霞抽泣着说。

“这点我倒不担心，他这么聪明，吃饭问题相信他是能解决的。”

“好吧，我们先回成都吧！”

树榕在急湍的河流中挣扎着，河流冲击着两岸的石头，掀起层层流花，咆哮的水声震耳欲聋，河水冰冷。落水不久，树榕就冷得浑身发抖，手脚僵硬了，就算他水性再好，也顶不住冰水的泡浸。急流忽而将他冲向左岸，忽而又将他推向右岸，一会又将他按下水底，一会又将他抬到浪尖。他的手、脚、脸被碰到皮损肉破，浑身是血。

他总想靠岸，但奈何水流太急，总停不下来，慢慢地，他被冻得浑身青紫，连划水的力气也没有了。突然，他觉得腰被拦了一下，他本能地抓住一摸，原来是一条伸出河流的生在岸边的树枝，他死死抓住这树枝，艰难地爬上岸边石滩，走了两步，只觉天旋地转，就不省人事倒下了。

当他醒来的时候，天已全黑，一轮明月高高挂在头顶，寒冷、饥饿使树榕蜷缩成一团。“不行，这样下去，半夜就一定会被冻死的！”他挣扎着，艰难地走上岸边的山坡找来了一大捆枯枝干叶，又从口袋里拿出打火石来，终于将这堆枯枝点燃。

树榕围着火堆，将衣服烘干，摸摸身上的口袋，只剩下10块大洋和一支钢笔。他抬头看着那银盘般的月亮，心中暗想：“如果这月亮变成大饼该多好呀！”借着篝火的光线，他忽见河滩上闪着金光，便觉得奇怪，于是蹒跚地走过去看个究竟。走近前去，只见整个河边都是闪着金光的绵砂，他兜了一把，拿到火堆边细看：“这不是金砂吗？”他想，“为什么这里有这么多金砂的？”他反复思考了一会，想出个道理来，“可能，在这河流的上游有一个很大很浅的金矿，不过，在这荒芜的原始森林里还没有人发现罢了！”

现在有金子也没有用，他需要的是吃的，哪怕是木薯也可以。“等天亮吧！天亮上山看看有什么可吃的！”主意已定，就披着外衣，迷迷糊糊地进入梦乡。天亮后，他拿了一支木棍，爬上山去，只见山上树木参天，遮天蔽日。很快，他就发现了可以吃的紫红色的岗捻子，他忙摘了一把就往嘴里塞。正走着，脚被什么东西狠狠地刺了进去，痛得树榕大叫一声，他抬高脚一看，原来是带刺的板栗。他马上定睛一看，好家伙，原来这里漫山遍野全是野生板栗。“这回有救了，这回有救了！”他连忙捡了一大堆板栗回来，又在地上燃起篝火，烧熟了足足十几斤的板栗，他又将这些板栗肉包在一条长裤的两个裤筒子里，往肩上一放，有如干粮袋一样，他心里安定了，想：有吃的就饿不死，只要继续向前行，沿着河流，就一定能到乐山了。

树榕在深山密林中走了一天，在一个山包的南麓，他发现了几棵奇怪的树，他想了很久才想起这是老师曾多次说过的“植物中的活化石”——红豆杉，老师说，目前这种树，全世界只有中国有，在云贵川的深山密林中偶尔可得，外国人总想找到它，因为它的枝叶可以提炼紫杉醇，可以治疗肿瘤，尤其是对血癌（白血病）有特效，它的价值不在大熊猫之下，是稀世珍宝。

“对，就是它！”树榕发现了红豆杉后，完全忘了浑身的伤痛，几乎连前天发现的河边金砂也忘了，“我一定要尽快将这发现告诉国民政府，让它造福百姓！”这个偶然的发现实在太重要了，太有价值了，真是踏破铁鞋无觅处，得来全不费功夫。这个树种，按道理早已在三千万年前就绝迹了，后来，近代外国的学者在贵州偶然间发现了几棵，他们把它们移栽到国外去，可惜全死光了，但这个信息却轰动了全世界的学术界。

树榕跑到山顶，望了望周围的环境，就抱了一大堆石头来，堆成一个小山包，为以后寻找红豆杉作了记号。当他搬完石头后，已经是浑身大汗，累得气喘脚软，眼冒金星。刚坐下想休息一会，忽见前边树林的背后，有几个鬼鬼祟祟的人影。

“不好！”

树榕马上紧张起来，他手拿木棍，准备对付歹人的袭击，这时，只见从树林中慢慢走出几个人，这些人蓬头垢面，衣衫褴褛，他们走到树榕的面前，并无恶意，还有礼貌地问道：

“你，你，你是不是叶军医？”

树榕惊讶地望着他们，上下打量他们一番，问道：“正是，你们怎么认识我的？”

“这下可好了，这下可好了！真的是叶军医！”

这几个人高兴得跳起来，一起围着树榕，问长问短的，原来，这几个是在张得财手下的人，在树榕替张得财组建了道路建筑公司之后，他弟弟张得贵手下的游勇同时下了山，做起工人来了。但好景不长，之后他们被周营长全数骗去当兵，又在被押解途中，集体逃跑了，后被当地政府通缉，只得逃到四川，躲进这深山老林，开荒种地，成了一群新的“原始人”。

树榕把自己掉进峡谷急流的经过也告诉他们，他们听得心惊胆战，其中一个说：“大难不死，必有后福，你快跟我去，见见张得贵吧！”

“二叔也在这里？”

“是呀，是他领头带我们逃跑的，逃跑出来之后，眼看贵州、广西不能待下去了，就一直跑到这里来了。”

树榕跟着这几个人，穿过一道密林，来到一块空地上，这块空地，种满了木薯，在木薯林的旁边，有十多间“鸭上膀”，所谓的“鸭上膀”就是做成人字形的极简单的茅棚。空地上，有一大群人，目光全注视树榕他们。

“树榕哥……”

张得贵的女儿首先叫了出来，后边，大家惊喜地同时叫出了声：“树榕大哥来了，树榕大哥来了，他来找我们了，他找到我们了。”银娇的妹妹跑过去，一把抱住树榕痛哭起来，张得贵也不敢相信自己的眼睛，老泪纵横。

“树榕啊！你终于来了，我相信你一定会来找我的。”

树榕走过去，握住张得贵的手。

“二叔，怎么这么惨，竟弄到今天这样的地步？”

原来，张得贵带领大家逃到四川之后，生活毫无着落，只得先找个安身之所，叫一些家属开荒种地，可不，在茅棚的旁边还堆满了玉米秆、黄豆秆和木薯秆。看来，匪与民真是一步之遥，一念之差啊！

大家团团围着树榕，坐在茅棚前边的石头上，都在诉说着分手后的遭遇，张得贵说：“我接到那个周营长的通知之后，以为从今以后就吃香的喝辣的了，就干脆结束了桂林的山货店，带着众弟兄去营房了，没想到这是个彻头彻尾的骗局，害到我们有家不能回，今后的日子不知怎么过！我们总不能再干些伤天害理、拦路抢劫的事！但这几十个兄弟总要吃饭呀！所以，只得在这里开荒种地做野人了。”

“你有到贵州找过金娇吗？”

“去过，你写的地址都不对，总找不着！”

“什么？”树榕吓了一跳，“怎么不对？这么大的医馆，总不会找不着的，可能是你派去的人问错人，找错路吧！金娇在医馆做管事，银娇去读书，她们都在。”

“不对，树榕哥，到贵阳是我和两个大叔一齐去的！”银娇的妹妹说：“我们按你写的地址去找，就是找不着，后来我们问周围的街坊邻里，他们说，两个月前医馆已经被政府封了！”

“什么，封了？怎么会被封的？”

“具体就不太清楚了，他们说，医馆有人被医死了，死者家属找上门来要求赔偿，后来，又有警察局的人来了，说要找有恒和梅西克，后来，把梅西克抓走了，再后来，又指名道姓地要抓你，说你卖了假随侯珠给洋人骗了他几万美金。医馆里有一个叫启泰的多方求情，使了很多钱还解决不了，最后，听说有个叫雪冰的姑娘，为了救你被迫嫁给了一个什么官的，才使你免于全国通缉，但是医馆从此就被封了，里面的东西全拍卖了！”

“雪冰被迫嫁了一个什么官？”树榕心如刀割地问道。

“那就不清楚了，听说她死得好惨啊！”

“什么？她死了？”

“是呀，她结婚后不久就上吊了！”

树榕眼前一黑，差点扑倒在地，只见他眼泪潸然而出，悲痛地大叫一声：

“雪冰呀，我对不住你呀！”他晃了晃，就倒地昏死过去了。

众人七手八脚地把树榕救起，他醒过之后，喝了口姜汤，慢慢地问道：

“那金娇呢？你知道她现在何处？”

“听邻居说，启泰带着大家去了关岭他岳父家，我们又从未去过关岭，关岭那么大，怎么找？”张得贵说，“我估计，金娇也跟着一齐去了，她，我倒放心，有你的好朋友关照，我估计会平安的！”

“哎，我真是作孽啊！”

“树榕哥，”银娇的妹妹上前安慰道，“相信她会平安无事的，你休息一两天，就可以去找他们了！你知道关岭的地址吗？你去过那里吗？”“去过，启泰的老婆是个苗族姑娘，她的父亲是苗寨的头人！”

“树榕哥，现在我们怎么办？”众人问。

树榕没有马上回答，他沉思了很长时间，才慢慢对大家说：

“你们知道去乐山的路怎么走吗？”

“知道！我们都知道！”

“这样，我明天马上下山，到了乐山之后，迅速去成都，有恒、老县长他们一定焦急死了，我一定要让他们知道我还活着，见到他们后，马上安置好他们，然后再去关岭，找金娇再了解一下贵阳医馆被封之后的情况。”

“那我们呢？我们也要跟你去！”银娇的妹妹在旁边一把抓住树榕的手说。

“你们……对了，你们不用跟我去成都了，我在这里发现了一个天大的秘密！”

“什么秘密？”大家一齐凑上来问。

“我在这里的河滩，发现了很多金砂，很多，很多，多到连我自己也不敢相信！”

“真的？”大家兴奋得跳起来。

“真的，明天，我带你们去，我已经在峡谷的上方的山头上做了记号了，那山头还长满了板栗呢！漫山遍野都是，反正你们吃不完，你们马上跟我到附近的镇上，买些淘金的工具来，说不定，一个月之后，你们个个都能变成腰缠万贯的富翁呢！”

“那太好了，真是天公开眼了！”

第二天，树榕带着众人来到了满布金砂的峡谷，看到那延绵数公里的岸边的金砂，大家都兴奋得又跳又笑，还不断向天磕拜，祈求保佑。张得贵他们知道淘金地点之后，又跟树榕来到镇上，买了刨刀、锯子和其他工具，还买了几担大米，树榕数数口袋的大洋，只剩最后两个了，就对张得贵说：

“二叔，我要去成都了，现在只剩下两个大洋了，你们过几天淘到金砂就马上有钱买米了，有了钱，你们就在镇子上买块地，建间大屋，安置好众兄弟，再办间酒厂、猪场、米粉厂。记住了，现在兵荒马乱的，只要有吃的，就什么也不怕了，我现在唯一可以写给你的地址，就是成都浆洗街的地址了，要是你们能安顿下来，就写封信给我，我把金娇找到了，再回头找你们，你们要置房产，就在这镇上吧，这镇子小，比较好找，同时又近乐山，乐山那边有乐山大佛，每年来旅游的人可不少，所以，酒和米粉的销路不会成问题的。”

仅仅过了大半年的时间，情况竟变得如此之快，如此复杂，这是树榕始料不及的。

老县长回到了阔别十年的故居，已经是傍晚时分，只见门前的石缝里长满了野草，木门已部分腐朽，锁早已锈迹斑斑，窗框开了一个大洞，往里面一看，他临走前买下的家私杂物早已不翼而飞，屋顶的瓦筒旁亦长出不知名的野花和小草，有恒用力砸开旧锁，推门进去，里面迎面扑来一阵浓烈难闻的发霉的气味，老县长急忙推开房门细看，除了一个大衣柜，两张木板床尚在，其他早已丢失殆尽，他望着这间阔别多年的房子，感慨道：

“我，还是回来了！”

左邻右里的人，见老县长回来了，都纷纷前来问候，寒暄一番。老邻居们也好心，纷纷拿来开水、凳子什么的，一下子，屋里塞满了人，人人都说老县长发财回来了，有人还说：“那是肯定的，县长嘛，当个三年，黄金万两是少不了的了。如果没钱捞，谁愿意到西藏那个鬼地方当县长呢？还不如回成都卖龙抄手呢！”街坊们又哪里知道，老县长还要在当地卖草鞋呢！

当晚，他们在邻居家里过了一夜，第二天，就上街买家具杂物，家居用品，刘霞和小小亦忙着打扫卫生，搞了一天，一个家的模样终于出来了。

“刘霞、小小，明天，我就带你们去教会学校读书！你们说好吗？”老县长问。

“我不！”刘霞第一个反对，“我要等树榕大哥回来！”

……

四天过去了，还没有树榕的消息，众人焦急万分，突然，外边传来拍门声：“呼呼呼！”刘霞和小小的心都跳了出来：

“请问，这是李县长的家吗？”

这是树榕大哥的声音，是他，他没有死，他回来了。刘霞和小小一边冲到门口，一边大声喊：“树榕大哥回来了，树榕大哥回来了！”她们把门一开，一个活生生的树榕站在面前，只见他笑着望着她们，她俩疯了似的扑上前去紧紧抱住树榕，有恒、老县长也出来了，人人都流着激动的热泪，开心不已。她们忙拉树榕到椅子坐下，问长问短。

“你真是洪福齐天之人啊！”老县长说。

“我就知道你死不了，你一定会回来的！”小小说。

“树榕大哥，你是福星下凡，福气大得很呢！”刘霞寸步不离树榕，死死抱住树榕说。

“师父，我好记挂你啊！”有恒又哭鼻子了。

“好了，树榕已经回来了，我们大家让他休息一下吧！”老县长说，“你吃过饭没有？”

“还没有！”树榕摸摸肚皮，“我真饿坏了！”

“有恒，你快去替你师父买碗龙抄手回来！”老县长说。

“还要买三大炮，火腿鸡丝卷……”小小说。

“还要买玻璃烧麦、赖汤圆、黑米八宝粥……”刘霞又不知加了多少品种。

“得了，得了，你们想撑死我不成？”树榕笑道。

树榕把他落水后的经过和现在贵阳的情况一五一十地告诉了众人，然后说：

“现在刘霞和小小要听话，要去读书。没有文化，在大城市什么事也做不了，以后我开处方，叫你配药，你连处方的字也看不懂，能帮到我吗？”

小小被树榕说通了，就说：“那好吧，我们去读书就是了，但你不要……我们去读书了，回来你就不要我们了。”

刘霞好像还未想通，她还是紧紧地抱住树榕：“我什么地方也不去，我就在你身边，我知道，只要我一离开你，就再也找不着你了！”

“不会的，你放心好了，过两天，我买一间大屋，你们每人都有自己的小园子，这样就不怕你找不着我了。同时，我还要在成都开间医馆、药材铺，还要开间酒厂、米厂、粉厂呢！”树榕刮了刮刘霞的鼻子，“我们现在有很多钱，土司们又送了我们很多珠宝，我们可以办很多事了。安排好你们，我要马上去一趟贵州关岭，看看那边的情况。由于现在情况未明，所以中间的变数还是会很大的，你们要听话，不要再给我添麻烦了，好日子还在后头呢！”

第二天下午，经人介绍，北郊有一别墅，主人要出国，急于出手，价钱较低，介绍人带树榕众人前去看房，只见这别墅周围环境十分优美，花园水池也是应有尽有，树榕一看就中意，问她俩：

“你们喜欢吗？”

“喜欢！”小小兴奋地说。

“这回，我可当土司了！”刘霞说。

“就这样吧！”树榕一锤定音，交了钱办了交割手续，当夜就搬入新别墅。

第三天，树榕又给刘霞她俩办了入学手续，送她俩入了学校寄宿读书，一切工作告一段落。

“老县长，我明天就要去贵阳了，你还有什么要交代的吗？”树榕问。

“树榕，你将我的照片带上，我女儿她如果认得我，那就没错了，我在这里等你消息吧！”

“好吧！你老人家安心在这里休息，我很快就会回来了。这几天，你先替我将药材铺办起来。”

树榕他怎敢将雪冰已上吊的消息告诉老县长呢！如果他知道了，岂不是要了他的命？一想到雪冰为他叶树榕免被通缉而忍辱嫁与他人，后又上吊自尽，心里都快发疯了，他要尽快到关岭苗寨找到启泰，找到金娇了解事情的始末真相，为雪冰报仇雪恨。

快过年了，去贵州的长途车早已停开，那时，还没有定时的跨省班车，只有“驳脚车”。所谓驳脚车，就是这站的车主与下一站的车主联系好，一站一站地转车，直到目的地。这一天，成都车站人头汹涌，树榕带着有恒，来到车站，兜了个圈，问遍了都说没有去宜宾的车，他想，到了宜宾再转去贵阳的车就方便了，既然没有去宜宾的车，那就去乐山吧，反正他也要去乐山看看张得贵他们，没想到去乐山的车也没有，只有去眉山的车，没有办法，只得一站一站地走吧！于是，他们就上车出发了。

车辆破旧不堪，加上路烂不平，中途又抛锚多次，到了眉山，已经是第三天下午了。树榕师徒二人马上找个地方住下，那是一间小得不能再小的旅店，还要跟别人同房，没有办法，只得住了进去，同房的是一个四十岁左右的中年人，他一见树榕他们进来，上下打量一番，就问：

“两位是外地来的吧？”

“正是，老兄你是哪里来的？”树榕问。

“我是云南来的，想买些山货、草药、古玩回去！你们是做什么生意的？”

“我是做医生的！我这次来四川是想买一些中草药回去！”

“什么中草药？”

“什么都买，只要是有特殊功效的！”

“是吗？”房客他是生意老手，一谈到做生意就来精神。

“先生，你贵姓？”

“我姓叶，你呢？”

“啊！我姓罗！讲到收购特效中草药呀！我告诉你，我们云南有一种治疗肿瘤和癌症的中草药，当地瑶族同胞叫它乌骨藤，他们用它来治疗肿瘤，真是万应万灵！”

“乌骨藤？有没有毒的？”

“没有，没有，安全得很呢！还有一种叫九牛藻，啊，四川这里也有，它呀，是止痛的特效药，什么腰痛、风湿痛、内伤痛、跌打痛，也是屡试不爽的，当地人还拿它来泡酒，它呀，还有壮阳补肾之功呢，男女服用都有效，不信，你可以买一点回去试试。”

“多谢，多谢！”树榕对这些有特殊功效的中草药最感兴趣了，“唉，我们中国地大物博，单说中草药就不知有多少，我这次来四川，就发现了治血癌的特效药红豆杉，可惜，没有人去挖掘它、整理它、栽培它，所以，到目前为止，还不能成为常规的使用药物。”

“哎，不是我说你们这些做医生的，你们使用的中药，从种植采集，到收购、贮存、运输、批发、再贮存、再零售，才交到病者手中。病人还要回家抽出一个闲人来煎中药，一煎就是一两个小时。你看我们常跑到外地工作的，多不方便啊！所以，现在信西医的人越来越多了。说句良心话，不是西医特别好、特别灵，而是贪图它方便，几粒丸子一拍进口就完了，中医、中药能做到吗？”

“罗先生，你说对了，这是中医、中药的死穴啊！”树榕深有同感地说，“现在，市场上有卖的只是合成的药丸，这些药丸使用范围很窄，所以就失去共通性，也就失去了市场了，现有些人搞了一些单味饮片，这也不成！”

“对对，什么药饮片，全是一厢情愿的买卖，他以为只要有了单味中药饮片，就可以满足医师开处方了，但一般的饮片，一钱重的中药饮片都有三粒以上，如果有个中医生他开了一张十味的中药处方，每味平均五钱，那一剂中药下来就有一百五十粒，谁能吃得了？不要说治病了，撑也撑死病人了！”

“你说得对，以后呀，中药的发展，必须走单味冲剂的道路，比如一匙就相当于两钱的，多少味也好，药房用汤匙一勺就搞定了，病人拿回家一冲就可以服用了，这样就可以减少运输、贮存的损失，大大提高中药的利用率，更使病人节约了大量的时间，尤其是急症患者，争取到了宝贵的时间，就等于夺回生命了。”

“叶医生你说得真好啊！有远见，有远见！”罗老板定了定神，望着树榕，“哎，叶医生，你既然有如此超前的想法，为什么不付诸实践，自己办间中药冲剂厂呢？如果能成功，这必能彻底改变中医、中药的落后面貌，功不在华佗、张仲景之下啊！”

“哎，罗老板，要办家这样的冲剂厂谈何容易，这要政府出面大力支持才行啊！”

“为什么？”

“你想想，第一，现常用中药有一千种之多，你每种拿一吨出来，提炼成冲剂，这要多少钱？这是一笔十分巨大的投资呢，就算你搞出来了，还要拿出来交给医院试用，又要自己贮存，再进同样多的原材料回来继续生产，如俗语讲的：一分钱生意四分钱本，这样一算，没有四千万个大洋是不成的，就算有四千万个大洋，政府不批准你使用，或对你的产品多方限制，你也办不了，要办成，又不知要烧多少香，拜多少菩萨，所以呀，中国难搞就难搞在这里，落后就落后在这里！”

“啊！原来这样复杂呀！”

“可不是？不是中国人笨，不聪明，都不是，而是当官的腐败呀，加上现在打内战，正打得一塌糊涂，还有谁来管？”树榕无限叹息地说，“我在贵阳搞了一间麻风病康复中心，从开始搞到现在，不知被勒索了多少次，最终……”

“最终搞成了？”

“最终还是关门了。”

一下子，他俩的谈话戛然而止，树榕看了看手表，还早，就对有恒说：“你出去外边买包花生，一只卤水猪脚，还买瓶酒，我同罗老板好好聊聊。”

不一会儿，有恒买了酒、花生和熟猪脚回来，他俩又摆起龙门阵来，反正还早，睡不了。

“罗老板，你这次入川，有收获吗？”

“有！”罗老板一边说一边拿出一块黑色的东西来，给树榕看，“叶医生，你看，这是什么东西？”

树榕左看右看，沉思良久，才说：

“从外形看，这是一锭银！对吧？但，银是银白色的，为什么它会乌黑发亮的呢？”

“老弟有眼力，这是一锭银，但为什么会变黑色的呢？主要是它在水里泡的时间太长了，起码有三百年了！”

“在水里三百年？”

“对！”

“那，你是从哪里找到的？”

“我是在彭山、眉山的农村中瞎逛的时候收购到的！”

“值钱吗？这不过是一锭银而已！”

“哎，老弟你有所不知了，它的价值不在银的价值，而是可以通过它找到三百年前张献忠的窖藏呀！”

张献忠窖藏一事，树榕亦有所闻。

张献忠，是明末农民起义的领袖，是与李自成同一时代的人物。他行将失败，离开成都前，将从起义中抢来的巨大的财富全部窖藏起来。

所谓的窖藏，就是张献忠在锦江下的人工洞穴中，利用江水为天然屏障将那些巨额金银财宝藏起来。据吴伟业在《鹿樵纪闻》中记载：顺治二年（1645），张献忠用法移锦江，涸其流，穿数仞，实以精金及其他珍宝累不少，下土石筑之，然后决堤放水，名曰“锢金”。彭孙贻在《平寇志》卷十二也说：张献忠用法移锦江而涸其流，下穿数仞，实以黄金宝玉累亿万，杀人夫，下土石填之，然后决堤放水，名曰“水藏”。其他的大量文献也有同样的记载，后来咸丰皇帝动了心，命成都将军裕瑞“按照所呈各情形，悉心访察，是否能知其处，设法捞掘，博采舆论，酌量筹办”。看来，这不是子虚乌有的事。现在成都一带还流传有关窖藏处的民谣“石牛与石鼓，银子万万五”，意思是说，锦江下有石牛和石鼓，只要找到石牛和石鼓，就能找到这巨额的财富了。

树榕仔细端详这锭黑色的银子良久，说：

“罗老板，我对古董完全外行，历史嘛，也只略懂一二，张献忠自起兵以后，至入蜀大开杀戒，人家说他是‘杀星下界，杀人如麻’，攻城略地，尤其是攻下重庆和成都，所得的财宝自然不在少数，但我想，现史料记载的仅限于民间传说，而没有当事人在场，所以，对于‘张献忠窖藏于锦江之下’，我认为，是他有意放出的假信息，有意误导后人罢了！”

“何以见得？”

“你想想，既然藏宝的窖是人工开凿的洞穴，开凿完就藏宝，藏宝后就填土，填土后就杀人灭口，那从哪里还有民间传说？另外，更值得注意的一点是：锦江宽阔流急，要‘涸其流，下穿数仞’谈何容易，根本是不可能的，所以，我可以肯定，张献忠是不会在锦江窖藏财宝的。你如果方向错了，那找十辈子也找不到！”

“可我这块银锭的确是在锦江边彭山、眉山一带收购到的，这又说明了什么问题呢？”

“我估计，张献忠当时是有意抛出极少量的银锭出来，放入江中，以此掩人耳目，这不过是他的手段罢了！”

“嗯，说得有道理，要不，几百年来，民间有民间的，朝廷有朝廷的，都打捞过了，都挖掘过了，到今天连半点蛛丝马迹都没的！”罗老板十分佩服树榕的分析能力，他吃了两粒花生米，喝了口酒，又问：“据阁下高见，张献忠最有可能藏宝在什么地方呢？”

“我呀，我认为他最有可能藏在犍为和五通桥两个地方！”

“什么？你认为他会藏在那里？请教阁下，你是如何推论出来的？”

“你看，现在民间传说‘石牛与石鼓，银子万万五’，其实是个字谜，估计当时最后执行监杀命令的人眼看大西政权的张献忠要失败了，在最后一刻故意放出来的两句隐意的字谜，只要猜到他的意思，找这批巨额财富就有方向了！罗老板，石牛与石鼓是绝对不会露出来的，露出来，那人人都可找到，故，你根本不用想石牛和石鼓藏在哪里或摆放在哪里了，石必沉而不浮，所以，‘石’字已不用考虑，但‘牛’和‘鼓’，实为‘牛’和‘古’，即‘牯’字，牯字为犍，所以，我想第一个地方应是犍为。石字只作“是”字解，因石与是同音。犍为可以通向贵州，如兵败则可以疏散到贵州，东山再起。第二个地方，我猜应在五通桥，你看看第二句民谣：银子万万五，万万，就是亿，亿与彝同音，大凉山、峨边、五通桥这三角地带是五彝聚居之地，而五通桥又是彝族与汉族的分界线，加上五通桥又在江边，故，第二个地点应在五通桥。万万五，就是亿五，就是彝五，倒过来就五彝，那，不是五通桥了？这是从字面推断的。如按实际情况推论，第一，五通桥近江边，运财宝来埋藏比较方便，第二，五通桥和犍为一样，有大量的溶洞，便于在溶洞内再挖洞来埋藏珍宝，既然在锦江断流窖藏不可能，那，在溶洞内不需断流，穿数仞就成为可能了，所以，以后要找张献忠的窖藏，只能往犍为和五通桥附近的溶洞里找，估计就能找到了。同时，在溶洞的地下河涸流断水也不难。再者，张献忠兵败前，汉族人马已经不多，为补充兵源，要联络彝人，组成新的同盟军，兵败前埋藏一部分财宝在彝地也就合情合理了！这样，推测张献忠的整体计划，从他的窖藏方向就能明确了他的撤退方略，万一兵败，一部分退到贵州、广西，另一部分退到四川西部彝族、藏族地区，待以后借彝藏之兵杀回来，或向南退到云南彝族聚居区。作为军事上的考虑，必须这样做，可惜，张献忠自己也没料到会败得这么惨，死得这么快，留下的巨额财宝竟成千古之谜！善哉善哉！”

罗老板听完树榕分析，如拨开云雾，顿开茅塞，他立刻极佩服地站起来，握着树榕的手，说：

“叶医生，没想到你知识如此渊博，分析如此独到，如果咸丰皇帝听到你刚才一席话，大概早就找到这批天下巨宝了，现在的寻宝人，个个都想着到锦江找，却想不到在锦江附近的溶洞找！对了，对了，在溶洞中，要涸其流，就容易多了。”突然，罗老板问树榕，说：“叶医生，如果你愿意帮助我，做我的参谋，我愿意每月付给你五十个大洋！”

树榕听后，只轻轻一笑：“我是个医生，研究医药已经够耗费我毕生精力了，我哪里还有精力去研究考古啊？”

“啊，不不，你想想，我一个月出五十个大洋给你，不是比你做医生赚得更多吗？”

“罗老板，你有多少资产？你知道吗，搞探宝挖掘要费大量钱财的啊！”

“不瞒你说，钱，我大大的有，我可以拿两千个大洋出来，我还有一百亩田，五只大水牛，还有十多只肥猪……”

“你，算了吧！”有恒再也按捺不住了，“你知道他是谁吗？只要他愿意，连你一家子也可以买下来，懂吗？我的钱都比你多，不要说我师父了，更不要说我师父的父亲了，真是的！”

“有恒，不得无礼……”

“这，这……我，我……”

罗老板这才知道他面前的人竟是个真财神，忙尴尬地说：“失敬，失敬，冲撞了……”

“不不，如果你将来挖掘成功了，那你就是世界首富了！”树榕说。

第二天起床，只见罗老板目光呆滞，嘴里喃喃自语，有恒一看，觉得不妥，就对树榕说：

“师父，你看，罗老板今早有些不对劲啊，是不是中风了？”

树榕也吃惊地发现罗老板眼圈发黑，估计他一晚未睡，罗老板望着树榕，傻笑了一阵，拉着树榕的手，轻轻地说：

“我告诉你，我是世界首富，我有很多钱，我是世界首富，我有很多钱……”他说着一把甩开树榕的手，摇摇晃晃地走到对面马路，逢人就说：“我有很多钱，我是世界首富……”罗老板竟然疯了，树榕望着他的背影，摇头叹息。他是财迷心窍，为财而疯了。

树榕师徒与罗老板分手后租了一辆马车，沿着大路，终于来到乐山镇。有人说，如果一生未去五个地方就不算是个真正的中国人，一是北京故宫，因为故宫是全世界最大的宫殿群；二是长城，因为长城是世界七大奇迹之一；三是神秘的布达拉宫，因为它是全世界海拔最高，最宏伟的宫殿和宗教圣地；四是乐山大佛，因为它是全世界最高最大的坐佛；五是黄果树瀑布，因为它是全中国最大的瀑布。五个地方，树榕已经去过四个了，眼前的乐山大佛哪能不去？于是，他租了一只小艇，过江到了凌云山，参观乐山大佛了。

乐山大佛位于乐山镇的东南隅，岷江东岸，开凿于唐代，是一尊石刻的弥勒佛坐像，依险峰断崖凿刻而成。其背靠凌云山，面临三江水，号称“天下第一佛”，“山是一尊佛，佛是一座山”，这是对乐山大佛最好的写照，它是我国古代最大的弥勒佛像，世界最大的石刻艺术珍品，高约六十米，佛的脚趾比人高，佛的耳孔足可藏人，大佛的后边有座大佛寺，亦建于唐朝，原本大佛上有遮盖，后因多次失火，变成今天的露天坐佛，有诗为证：

乐山大佛

前无古人凌云山，后无来者镇三关。
顶天而坐高百丈，风调雨顺数白帆。
无欲则刚凿佛匠，名垂千古留人间。
丰衣足食巴蜀富，弥勒大佛笑开颜。

树榕上了岸，从大佛背后的大佛寺观看大佛良久，久久说不出话来，他为古代工匠的精湛雕刻艺术深深折服了，被这浩大的工程深深震慑了！之后，他又同有恒从佛背的阶梯慢慢下到大佛脚边，只见大佛的足背，足可以使几十人同时站立，他走上前去，一量，自己身子还没有脚趾高，他兴致盎然地欲爬上佛像的脚背，但奈何天雨石滑，爬了半天还是滚滑下来，弄得浑身上下全是泥水。有词为证：

永遇乐·爬乐山大佛脚趾有感

大雾如烟，凌云山下，弥勒佛前。举头仰望，佛身斑驳，雄鹰飞耳边。佛趾高宽，蠢蠢欲试，爬上滑下半天。雨骤收，红日高照，更令游客流连。

人往高处，水往低流，想来千古不变。纵然爬上，岂能安坐，雨滑滚回前。爬得越高，跌得越惨，何不韬光佛边。皆定数、功名利禄，何苦争先？

他向着佛像虔诚地三跪九叩，并对佛祖祷告道：

“弟子叶树榕，自悬壶西行以来，不忘佛祖教诲，尽力行善，于广西黎塘救人于瘟疫之中，于游勇山寨救人摆脱贫困之苦，于苗寨救人于聋哑，于贵阳救人于麻风，于西藏救人于梅毒、吸毒，于波密救人于砷害，于彝区救人于蛊胀，已是尽其所能了。而骗洋人钱财实为无奈之举，还望佛祖体恤弟子一片苦心，度弟子及众多受难之人早日脱离苦海，阿弥陀佛！”

树榕刚祈祷完，原来是乌云密布，阴风冷雨的天气，忽然从乌云中间露出一片蔚蓝色的天空，一缕红光从云层中射出，顿时，大佛周围阳光普照，风和日丽，岸芷汀兰，万树青翠，加上江上白帆竞渡，百舸争流，竟成了一个彩色斑烁的动画世界。

“佛祖听到我的祈祷了！”

树榕刚站起来，就听到张得贵的声音：“树榕，你怎么来了？”树榕一抬头，见张得贵和几个女儿已经来到自己身边了。树榕高兴地叫道：“二叔，你们怎么也来了？”这时只见银娇几个妹妹个个都已衣着光鲜，还穿上了新鞋，树榕一看便知他们已经淘到金砂了，这时的张得贵也穿得大方得体多了。

“二叔，我本来想拜完佛祖之后就马上去找你们的，不想竟然在这里遇上了，我真怕找不着你们呢！”

“我们昨天买了新房，我们几个先搬下山来住，以后建好了房子，其他的兄弟也要搬下山来的，我们总觉得这是佛祖在暗中帮我们，上次我们在山寨时，饿到面黄肌瘦就遇到你来打救，这次被人通缉，走投无路，又遇到你来搭救，这不是佛祖保佑我们吗？”张得贵说，“所以，今早我们就早早过江来酬谢神恩，不想又碰到你，那我们就不用去成都通知你了！”

“什么酬谢神恩，酬谢树榕哥才是真的，他才是佛祖呢！”银娇的一个妹妹轻声地嘟囔着。

“不要胡说，”树榕一把捂住她的嘴，“在佛祖面前乱说，这是大不敬的！”

女孩子“嘿嘿”地笑了一下，做个鬼脸，张得贵慌忙对大佛说：“幼女年少无知，望佛祖不要见怪！”

说完，忙拉着几个女儿对大家说：“我们快过江回家去吧，我真怕你们这班丫头在佛祖面前乱说，将我的运气也冲走了。”

树榕跟张得贵到了乐山的新居，见新居还不错，也就放心了，因心急要去贵州关岭，只得与他们道别了。临离开时，他交代了张得贵几句：“二叔，你们以后淘到金砂也不要太张扬，要分头藏好，记住了，我到了贵州，找到金娇之后再来这里！”说完，就上车去宜宾了。

按树榕的计划，他们先到宜宾，之后，再转车到泸州，到了泸州转车回贵州关岭就快了，眼下已快过年了，真是归心似箭啊，他们离开了乐山，在车上摇摇晃晃地坐了一晚，第二天早上，来到了宜宾，还睡眼蒙胧，就被车主赶下车了：

“到了，到了，到宜宾了，通通下车，快，快！”

同时被赶下车的还有两个乘客，都是二三十岁的年轻人。文化人打扮。树榕下了车，举头一望，只见周围乱石遍布，杂草丛生，不禁叫苦：“这是个什么鬼地方啊？”旁边一个广东人听他说的是广东白话，就忙上前搭讪道：

“先生是广东人吧！”

“正是，你们两位是……”

“我也是广东人，在下袁祖荫，我的同伴叫李杰!”叫李杰的忙上前与树榕握手，“大家只能在这里下了，因为他们要是再开到前面去，就到交通稽查站了，车主就要交税了!”

“原来这样，这就苦了我们乘车的人了!”树榕说，“你们两位曾来过这里?”

“来过，来过，因李杰兄在大邑文彩中学任教，我有空就到他那里玩玩，顺便做些林业调查，哎，现在搞林业调查，也不过是做做样子罢了！政府还忙着打内战呢!”

“啊，李杰兄在文彩中学教书的?”

“正是!”李杰谦虚地说。

“听说，文彩中学的教学水平是整个四川民办中学中最高的，校董还不惜重金到处聘请高水平的老师呢！在文彩中学教书的老师比一般中学老师的薪水都高，是吧?”

“对，这是真的。哎，你怎么知道得这样清楚?”

“这个嘛，也不瞒两位，刘文彩的儿子刘维星、刘裕民是我三哥的同学，他的伯父刘文辉同我叔父叶绍十分熟络，在广州时还一同到过我家吃过饭呢!”

“那，你难道是叶树雄的兄弟?”李杰惊喜地叫道。

“树雄是我三哥!”

“我知道了，你是老七，七少爷，对吧?”

“哎，什么少爷的，我们都是新时代的文明人了，就不要叫少爷了。”

“真是千里遇故人啊！太巧了，太巧了。”袁祖荫说，“我哥袁祖光就在你家华夏公司打工的!”

“啊，袁先生就是你哥呀，让我看看，还挺像的呢!”

大家高兴得跳起来，手握了一次又一次。

“听树雄说，你爸快出来了，你家里还花了不少冤枉钱呢!”袁祖荫说，“这牢狱之灾也快结束了。”

“李杰兄，你现在回文彩中学?”树榕问。

“不，我现在还有事办，暂时还不回大邑。”李杰说。

“听说，刘文彩卖了两千亩地建学校，是真的吗?”

“是真的。”李杰说，“他还专门拿了两千亩地的地租来支持文彩中学的教学支出呢!”

“他有那么多田地吗？他有那么多钱吗?”

“他的田地在四川只算是中等，比他田地多的大有人在，他的经济收入主要来源于商业，做生意，你想想，他大哥是当官的，他能没有特权吗?”李杰说，“他还用他的两个儿子的名字，建了两条商业街，出租给人家呢!”

“听说他的小老婆要吃鸭蹼，每天都要杀几百只鸭子……”

“哎，这是别人乱传的。她也是穷苦人家出身，她见下人杀鸭不要鸭脚，怪可惜的，就叫下人捡来给她做菜吃了。你也不想想，为了她吃鸭蹼而杀几百只鸭，有可能吗?”

“他家不是有个水牢吗?”

“什么水牢？这是以讹传讹罢了，那是刘文彩的储藏鸦片烟的地方，是个地窖，怎么会是水牢?”李杰实话实说。

“你觉得刘文辉这人怎样？他们两兄弟关系好吗？”

“他？”李杰想了一下，说，“他是个军阀，有爱国的一面，自然也有反动的一面，这些大人物，我也不知应怎么评价他，如你以后做了‘四川王’，也自然有各种不同的评价，对吧？不过，他们两兄弟的感情不错，这倒是真的，他与刘文彩分家时，什么财产也不要，连在大邑的公馆也给了弟弟。到刘文辉六十大寿回大邑时，刘文彩在大邑也为他建了一间一样大的公馆。不过，刘文辉只回去住过十天八天，就再也没有回大邑了。”

“那，你现在的林业调查搞得如何？”树榕问袁先生。

“这个嘛……”袁祖荫望了望李杰，“一步步来吧！要搞这样大规模的西南大普查，林业部门没有几支百十人的科研队伍是不成的。”

“这也是，这也是！”

树榕心里明白，也就不便问下去了。因他太清楚自己的三哥了，他是共产党员，他要做的是为他心中的共产主义而奋斗，自己对政治又是门外汉，故，更不应问下去了。

“你回去，见到我哥，就说我很好，在成都开了间中药房，还准备开间医馆，如他方便，就来我这里玩玩吧！”

“这个一定，这个一定。”袁祖荫说，“我们只顾聊天，不如找个地方坐下来，喝两盅，你看如何？”

“好啊！我也有点饿了！”树榕说。

他们在乱石滩旁找了一间酒肆，就坐下来要了几个菜填填肚子。袁祖荫望着这些乱石滩，说：“将来有机会，我一定要好好研究它，开发它！”树榕觉得奇怪，他也望着这堆乱石，不明地问：“这堆乱石也有研究的价值吗？”袁祖荫说：“有，它的价值大得很呢！你知道你眼前这堆乱石的来历吗？”“请指教！”“这是有名的诸葛亮的八阵图啊！”“什么？”树榕惊讶不已。

诸葛亮的八阵图已传千年，遐迩闻名。八阵图，是我国古代行军作战的一种阵法，由天、地、风、云、龙、虎、鸟、蛇八种阵势组成，此阵法早在东汉时便已有了，东汉大将窦宪曾布八阵击败匈奴。三国时，诸葛亮“推演兵法，作八阵图”，进一步发展了八阵图。明朝茅元仪在所写的《武备志·诸葛亮鱼复江八阵图》中展示了八阵阵法。纵横排开六十四个子阵，分别组成八阵和一个中军阵，二者合为一大阵，阵后设二十四队游骑，为大阵的机动兵力。

千百年来，八阵图因诸葛亮的神机妙算而蒙上了一层神秘色彩。按史料记载，八阵图有五个地方，一是陕西勉县的八阵图，因年代久远，倾覆难辩，无迹可觅了。现存在四川的遗址有四，一是新都县北十九里的八阵图，当地还有一个以八阵图命名的八阵乡；二是广都八阵图，广都县为汉朝所设，隋朝已改为双流县，现已无迹可寻了；三是夔州（四川奉节）草堂附近的金马河畔的八阵图，此阵扼古代川鄂陆上咽喉，为湖北入川东门户奉节的要冲；四就是宜宾的八阵图了，该八阵位于树榕他们下车的地方流杯池。唐朝诗人杜甫游完八阵图，感慨不已，写下千古名句，成《八阵图》诗一首：“功盖三分国，名成八阵图，江流石不转，遗恨失吞吴。”

树榕听说眼前的乱石堆就是神秘莫测的八阵图，兴奋不已，连肚子饿也忘了，忙跳出酒肆，脚高脚低地跑到八阵图，前转后转，足足看了两个多钟头，袁祖荫多次催他回酒肆，等他们再回到酒肆，菜已凉了。

“这八阵图，真的大有研究价值啊！”树榕坐下，抹抹头上的汗，感慨地说。

“来来，先喝两盅，慢慢再聊！”李杰举杯，大家同饮，“叶先生，你看后有何感想，看你的样子，好像一下子就入了迷了。”

“是呀，我真的入了迷了，因我读书的时候，老师就曾同我讲过八阵图，当时我也着实研究过，还同老师争论过呢！”

“还同老师争论过？有意思！”李杰说。

“对，我们研究八阵图，要从它的神秘的历史中跳出来，才能得真知，才能明白它的功能，才能明白它为什么总是胜的多，道理何在？”

“那叶先生的高见呢？”

“我看，我们应以数学的概率来研究它，这样，才能破译它，你说呢？”

“有意思，真是独辟蹊径，见解独特！”袁祖荫说。

“我们先不说八阵图，只说卜和赌，卜赌同源嘛，再说军事战事，这样大概更能说得清楚些。”树榕说。

“古代数术的主体是卜，在各种卜中，有些形式复杂的占卜常常披上神秘的外衣，好像通过占卜，就有神力帮助一样。不可否认，占卜确有数学原理，特别是与概率有关，所以，占卜也是一种‘算’，而古代兵家的‘先计而后战’，更重要的则是计。他们所谓的‘计’，也叫‘庙算’，其实就是拿一堆小棍（算、筹、策），按五事七计来比较，分析敌我，视双方得算的多寡来定胜负，它和易算极为相似。但，你慢慢会发现，不管它算得多么复杂，在道理上却是很简单的，这种计算，相信我们每家都有。比如家中老人用珓杯占卜，视其正反仰俯，以定吉凶，又好似球场开赛前抛硬币，我们玩的击鼓传花，小孩子玩的剪刀石头布等都是一样的。这随机相合，概率中就出现二分之一，三分之一，四分之一……合乎‘道’的可能性。”

八阵图运用的原理就是占卜的基本原理，如果对方的将领带兵杀入阵中，就急需作出决定，如果不‘打’便坐以待毙，故必须杀入阵中，不管哪条道，哪个门，先挑一条出来，哪怕是误入歧途，一条道走到黑都要杀入阵中。这时的将军带兵就带有押宝赌注的性质，如果他同时杀入生门死门，那他的成功率和失败率均为50%，而这时对于布阵的人来说，杀入生门的只占50%，而生门后边又有生门和死门，而对方又要分一次兵，这样，士兵只剩下25%，经过几次反复，对于冲阵一方来说，能杀入阵中核心的兵就所剩无几了，这时，守阵的将领出动游骑，也就是机动部队，这样，杀入阵中的少得可怜的敌方兵力就可以轻易地被消灭了。

“战场如赌场，赌场之所以能吸引人，就是对胜率设定了一套学问，参赌者输得太惨，没有人来，赢得太多，庄家没有钱赚，奥妙在于输赢相济，产生一种周而复始的间歇性的刺激，令参赌者旁若无人，瞋目贾勇。但，从概率上来说赌客永远是输家，永久的赢家只有庄家。”

“八阵图的设计者就是抓住人类固有的机会主义心态，在生门与死门之间赌一回，冲阵的将军，每赌一次，总是输的多，赢的少，但他又不相信重复性，再另选门杀入，结果几个回合下来，就输个精光，我看，这才是八阵图的精华和奥妙之所在。”

树榕说完，袁祖荫和李杰不约而同拍手称赞：

“叶兄果然高见，能跳出历代研究八阵图的思维范畴，可见仁兄曾下过一番苦功，不过，如果临阵者不来冲阵，不就可以避免兵败了吗？”李杰问。

“我刚才已经说过了，战场如赌场，所有的将军都会认为自己能赢，这是人性的弱点，诸葛亮就抓住这个弱点设阵，故能得心应手。”

“诸葛亮为何不通通设死门？”袁祖荫问。

“如果通通设死门，对方没有甜头，就不会带大军杀入了，同时，在一线阵地硬拼硬地厮杀，自己也会元气大伤，那，设阵再好，也无还手之力了。”树榕自信地说，“就好像现在打仗一样，以小部队挑战，对方以为必胜无疑，就挥兵追赶，没想到中了埋伏。如果没有甜头，对方肯带士兵杀来吗？相反，如果自己不舍得牺牲小部队，能取得大部队的胜利吗？这些，都是赌徒心理，只不过诸葛亮将其运用到兵法中去且达到了炉火纯青的地步罢了。”

想不到宜宾的八阵图，竟使树榕与袁祖荫和李杰日后成了知己，这是后话了。

饭后，袁祖荫问：

“叶兄，你在贵阳多长时间了？”

“不长，开了医馆还不过半年，但已经被封了！”

“为什么？”

于是，树榕就将事情的来龙去脉一五一十地告诉了两人，袁祖荫听后，愤然地说：

“那些洋鬼子，难道还骗得我们中国人少吗？他们抢去的、骗去的国宝不知有多少，难道我们眼睁睁地把随侯珠这等国宝送给他们才合法吗？这些洋鬼子，不骗白不骗，你太老实了，骗得太少了！”说完还哈哈大笑。

树榕第一次听到有人支持他，夸奖他，心里也好过些，毕竟，他贵阳的医馆已经没有了，麻风病康复中心也关门了，损失何等惨重，更不要说自己心爱的雪冰也被迫上吊了。

“叶兄，你在贵阳，认识贵阳警备司令龙得志吗？”

“他？”树榕望了他们两眼，“认识，怎么啦？”

“你能见到他吗？”

“他已经开拔了，他的儿子启泰是我的好朋友，你们找他有事？”

“对，我们找他，有些生意上的业务要洽谈一下，他的伯父在香港的粤华贸易公司有一笔生意，要启泰代办的！”

“他的伯父？不是龙云吧？”

“正是！”

“龙师长他现在已经开到前线了，具体情况我也不清楚，你们不如同我一齐去贵州，亲自找启泰吧！”

“那就最好不过了！”

袁祖荫和李杰喜出望外，紧紧握住树榕的手，感激不已。但树榕心里隐约察觉到他们并不是教书和考察那么简单。他不懂政治，也不关心政治，但知他们是同自己三哥共事的，说不定还是三哥的同路人呢！三哥是共产党员，难道他们也是共产党员？不管了！反正他们不是坏人。

树榕主意已定，四人就一起坐车前往贵州关岭了。

苗寨头人今天喜上眉梢，一是他刚刚收到从成都几经周折送来的电报，说树榕回来了，先到关岭找他，二是玉环已有孕几个月了，三是今早占了一课，是上上签：求人即到，求子生男，求家宅则平安大吉。于是，他早早交代手下苗人杀鸡酬神，还打扫好房间床铺，就等树榕的到来。

启泰今早亦已到关岭镇上自己的建筑公司，他得知树榕不日就到，也着实高兴了一番。不知为什么，树榕不在身边，他总是好像少了主心骨似的，这几个月来，父亲在前线的书信越来越少，信中的内容也越来越悲观失望，他真想树榕快些回来，商量个对策。

金娇的肚子也越来越大了，有孕几个月了，她兴奋满足的心情就不言而喻了，自从她派人去广西桂林找父亲，一直没有音讯，她就更希望树榕快些回到自己身边了。

这天中午，吃完午饭，金娇和玉环在房间说起悄悄话来：

“金娇，你说我肚里这个是男孩还是女孩?”玉环问道。

“我看是女的多!”金娇说，“你的肚这么圆，你又爱吃辣的，我想是女的多!”

“我想是男的多，他在肚里常踢我，如果是女的，哪有这样调皮的?”玉环笑着对金娇说。

她俩正嬉笑着聊个不停，因树榕马上就回来了，能不兴奋吗？一个苗女拿了一壶豆茶进来，说了声：“两位小姐请吃茶!”放下就走出去了。说了半天，金娇也觉口干，她拿起茶壶，倒了一碗，就咕咕地喝完了。这茶喝下才几分钟，金娇就说肚子痛，并且越来越痛，最后痛到大汗淋漓。

金娇突如其来发病，吓得玉环慌了手脚，她大声叫唤：

“来人呀，来人呀，金娇痛死啦，金娇不行啦!”

玉环一喊，石屋外边的人一下子都冲了进来，玉环和她老爸见金娇面色苍白，手脚冰冷，大汗淋漓，也慌了手脚，头人说：

“不慌不慌，快叫老二嫂来！快，快!”

玉环紧紧拉着金娇双手，安慰她：“不要怕，马上有人来了，马上不痛了……”正说着，只见金娇裤子里流出鲜红的血液，流得满床都是，不一会儿，金娇就昏迷过去了。

“金娇，金娇……”

众人大声叫唤，金娇就是没有反应，这时，老二嫂来了，她是个巫婆，寨中大小祭祀之事全由她管，她略懂医术。老二嫂跑到金娇跟前，一看陷入昏迷的金娇，连忙掐指一算，说：

“她是得罪了西边的王母娘娘，快设香案，我替她把魂招回来!”

众人七手八脚，摆好香案，老二嫂马上作法，只见她手脚不断地剧烈抖动着，口中念念有词，手中的狗牙项链不断在空中飞舞，驱赶鬼神，双脚的银铃蹬得叮当响。就这样搞了半个钟头，金娇下身的血越流越多，脸上全无血色，已经奄奄一息了，在旁的头人和玉环也觉得她不行了。

“老二嫂，还有其他办法吗?”头人急得直跺脚，玉环哭成泪人，“快想其他办法吧!”

老二嫂呆站了一会儿，突然，她对几个年纪大一点的苗妇说：“你们快点将伙房的大锅烧热，烧热后迅速擦姜汁烧酒，盖上锅盖，拿来这里!”她有如天上下凡的神仙，自我感觉法力无边，一字一句，斩钉截铁。几个妇女马上按她说的去办，又过了二十多分钟，几个肥胖大力的妇女抬了一口大锅来，老二嫂忙打开锅盖，从锅里升起一股姜酒的热气。

“快，快将锅倒过来，盖住她的头脸！”

众人连忙将烧热的锅倒过来盖住金娇的头脸，又过了十多分钟，金娇下身再也没有鲜血流出来了，众人这才松了一口气，金娇的血终于止住了，巫婆露出了超凡的骄傲面容。头人稍感放心些，他用手按按金娇手腕的脉门：糟了，脉搏已停了！

“快，快，快拿开大锅！”

头人大声吼叫道，众人急忙搬开盖住金娇头脸上的大锅，只见金娇两眼翻白，双目朝天，她，已经归天了。

“金娇……”一阵凄厉的哀号划破了长空，直冲云霄。

众人一起扑上前去……

树榕几个人很容易就在关岭镇找到了启泰，分别了几个月，别后重逢那种高兴的心情就别提了，树榕又把袁祖荫和李杰这两位新结识的朋友介绍给启泰，大家都有相见恨晚之感，在镇上的酒楼吃了饭，就租了辆马车，匆忙往苗寨赶去。在车上，树榕感慨地说：

“真想不到，分别才半年，贵阳就出了这样大的事，还连累到启泰你，真不知如何多谢你才是！”

“树榕哥，你说这话就见外了，其实，洋鬼子就算不来，我看我们的医馆和康复中心也办不了，为什么呢？你想想，自从我们开了医馆之后，抢了当地人多少生意？加上我们又没有经常‘烧香拜佛’，你记得吗？我们开张才几天，黑道、白道就都找上门了，所以，关门是迟早的事了，不过，雪冰死得这样惨，这仇一定要报！”

“雪冰为我而死，不报此仇，誓不为人！”树榕咬牙切齿地说。

“不过，污辱她的那个政训王主任也没有好下场，上个月，听说他还到处打听你的下落，求人找你重开麻风病康复中心呢！雪冰临死前，想方设法抓破了他的皮肤，又将混有麻风病人的血痂的药散放在他的伤口中，才上吊的，具体情况你到寨上问问玉环就知道了，雪冰临走前交了一封信给她，要她转交给你的！”

树榕沉默良久，才问：

“有梅西克的音讯吗？”

“没有，早知道让他跟我父亲调防还好些，他起码也可以在师部当个警卫员。”启泰说。

“你父亲有音讯吗？”袁祖荫试探地问道。

“没有，一点音讯也没有，有人说他在前线打得不可开交，有人说他的军队被包围了，没法通讯，有人说他已经被俘虏了，有些人还说他跑到香港了，连军队也不要了，不知哪个说法属真。”

“启泰兄，你妹妹呢？”李杰问。

“我妹还在读书，这两天放假了，会来这里玩！”启泰说。

“启泰兄，我这里有你父亲给你的一封信，你自己慢慢看吧！”袁祖荫说完，从衣袋里拿出一封信来，交给启泰。启泰一看，认得是父亲的字迹，他连忙拆开：

吾儿启泰：

见字后速同妹与世兄祖荫来港勿误。

父得志亲笔

“什么？我父亲已到香港了？”

“对，你父亲已到了香港，他嘱咐我来带你和你妹同往，你父亲和你伯父龙云已在香港了。”

“怎么形势变化得这样快，为什么父亲有官都不当，跑到香港去？他知道妹妹还未毕业呀！我还有个老婆已有身孕了，他……”

“启泰兄，形势变得真快，是你我都估计不到的。现蒋介石已削去你伯父和你父亲的军权了，他们早已经被监视起来了，如不走，连性命也难保了。好在你不在贵阳，如在贵阳，大概也会被软禁了。现在问题是你妹妹，怎么派人通知她到关岭来，到了关岭，我们转道云南，过广西，出越南西贡，去香港，这是你父亲交代的。”李杰说。

“那，你们是……”

“我们？”袁祖荫望着启泰笑了笑，“我们同你父亲一样，都是爱国的，不愿打内战的中国人！”

“你不用说了，我明白了。”启泰说。

“这好办！”树榕说，“叫玉环到贵阳大学找你妹出来，再坐车到关岭苗寨，你们不是可以集合了吗？”

“好，这办法好！”启泰说。

“我可以陪玉环姐同去！我可以保护她！”有恒说。

“如果有恒同去，那我就更放心了！”

马车一路轻跑，转眼就到苗寨门口，他们下了车，远远望去，看见里面像炸开了锅一样，寨里不断有人走动，隐约听到悲哀的哭号声。

“怎么，寨里出什么事了？谁过世了？”

树榕一边走一边嘀咕着，走到石屋前，听出是玉环的哭声，他三步并作两步，走到屋里一看，见楼下摆了一张床，床上躺着一个用白布遮着全身的人，脚朝屋外。他一进门，玉环先是一愣，后就扑上前，一把抱着树榕，悲痛地说：

“树榕哥，为什么你不早点回来啊，金娇她……”

“什么，金娇她……”

一阵天旋地转，树榕竟失去了知觉，昏倒在地。

树榕悲痛地忙了两天，他处理完金娇的后事之后，中午，发呆地坐在房中，玉环、启泰、祖荫、李杰和头人一大群人都来陪着，大家免不了说尽安慰的话，过了半天，才听树榕长叹一声：“唉……”

“树榕兄，节哀顺变吧，人死不能复生了！”李杰开腔道。

“树榕兄，据你推测，金娇患的是什么急病呢？令她去得如此之快？”袁祖荫问道。

树榕又叹了一声，才有气无力地说：

“这叫宫外孕，动脉破裂大出血，是十分凶险的，如果我在这里，是很容易诊断的，及时处理，绝不可能出现这个结果的。唉，这能怪谁呢？说来说去，怪命吧，也怪我们这里落后，国人文化基础差，连一些普通的卫生知识都没有，而且抢救不得法，不及时，白白耽误了很多宝贵时间，以致最后变得药石无灵了。”

“阿爸，我看那天叫老二嫂来就是错的，她不懂医术，在金娇大出血时还叫她来跳神，还跳什么跳，跳得几下，人都归西了！”玉环骂起头人老爸来了，“如果当时马上送金娇到镇上抢救，或许还有一线希望的！”

“是呀！”头人也反省，“如果马上送到镇上医院，我相信是有得救的。”头人说完，就好像犯了弥天大罪的犯人一样，坐在厅中一言不发，等待人们，等待树榕的宣判。

“不，以后我一定要办间卫生学校，普及一下基础的妇女保健知识，使以后因产褥而死亡的概率降到最低点！我们国人太愚昧落后啊！”树榕痛心疾首地说，“如果没有内战，我愿意马上拿出毕生的精力，去改变这种愚昧无知的面貌。一代不行，就两代、三代，中国的强大与落后，取决于教育啊！”

“还是怪落后的社会吧！”李杰说。

“只有全国人民全解放了，你教育下一代的愿望才有可能实现。”祖荫说。

晚上，外边下起毛毛小雪，雪花漫山遍野地飞舞，苗寨已经多年未下雪了，今年的冬天似乎特别寒冷，已经十二点了，树榕还是一人坐在油灯下发呆，这时，门被推开了，启泰和玉环轻轻地走了进来，又回头关上门。

“树榕哥，我见你窗口还有灯光，就知你未睡了。”玉环说。

树榕望着玉环，点了点头。

“有香烟吗？”树榕望了望启泰问道。

“怎么？你要抽烟，怎么我从未见过你抽烟的？”启泰说。

“是，我，我不知怎的，突然想抽支香烟！”树榕说。

“树榕哥，你不要抽烟了，我把雪冰的一封信给你看，这是她临走前交给我，要我交给你的。”

玉环说完，就从衣袋里拿出雪冰的遗书出来，树榕迫不及待地拆开信封。只见里边写道：

树榕哥：

我要走了，我要走到一个很远很远的地方去了。

树榕哥，我对不起你，你走后，学校的政训王主任天天缠着我，一天，他明确对我说，现政府要抓你，要通缉你，说你骗了英国人巨款，抓到肯定枪毙，我求他想办法救你，但他说，除非我嫁给他，他才肯帮我，在他威迫下，我被他污辱了。后来，我才知道，没有这回事，那个英国人根本就没有再来过，只不过是王主任与当地的黑白两道的人设计将你搞垮，逼你离开贵阳。他当时答应我只要我肯嫁给他，他就保证你的医馆照常营业，保证你的麻风病康复中心照常运作，没想到他得到我的身子后就联同他人将医馆和康复中心封了，并把所有麻风病人全部赶到深山去，准备交给黑道人全部弄死。我母亲知道消息之后就逃回医馆夹墙，又过上她那不人不鬼的生活。他还逼我将医馆房产权划入他的名下，当他知道我母亲原是医馆房产权人，并是个麻风病者时，就将我锁起来，并往死里打，对我百般摧残。后来我找到一个机会，将麻风病人的血痂研成粉，混合在消毒药粉之中，并故意"无意中"弄破了他一点皮，再给他上"消毒药"，不久，他将成为一个真正的瘤型麻风病人了，这是他罪有应得。

树榕哥，忘记我吧，你给了我和我母亲重新做人的勇气，给我们治病，使我成为一个真正的人，我为了救你而轻信那个魔鬼，最后造成不可挽回的过错，我再也没脸见你了，我走后，拜托你想办法从医馆夹墙中再救我母亲一次吧！

你的雪冰泣告

泪水使树榕看信的眼睛越来越模糊，豆大的泪珠一滴一滴地往下流，将信纸也弄湿了，一个女人，为了自己心爱的人，竟然连生命也可以付出，如果我不为她报仇，那还算是个七尺男儿吗？树榕抹干了眼泪，问玉环：

"雪冰葬在哪里？"

"她哪有坟啊！人家都说她是麻风婆！"玉环说，"出事那天，王主任和梅西克刚推开门，就见她已经上吊了，那个政训主任连忙捂着鼻子说：早死早着，早死早好，就叫梅西克推去埋了。"

"梅西克不是被拉去当兵了吗？"树榕问。

"不是，梅西克将雪冰的尸体用大板车运走之后，就再也没有回来了，说他被拉去当兵只是传闻，并没有人亲眼见到。"

树榕沉思良久，又对玉环说：

"玉环，你去一趟贵阳医馆，小心找到夹墙那秘密的门，想办法把雪冰的母亲救出来，带到这里来，告诉你，我在西藏巧遇了她父亲，还带他老人家回到成都了呢，这件事，你尽快办妥，明天，我叫有恒同你一起去！"树榕说完就从衣袋里拿出一张相片，"这是她爸的相片。"

"好，明天我就同有恒一起去！"玉环接过相片说。

"你到贵阳后，将在学校里读书的银娇和徐大妹、徐二妹也一起领出来吧！"

"她们不读书了？"启泰问。

"带她们到成都读吧，在贵阳是读不下去了。"树榕说。

"张得财呢？"启泰问，"他在学校门口开了间杂货店，顺便照顾银娇的，要不要也叫他一同回来？"

"一同回来吧！"树榕说，"人齐了，我们一起到成都去！启泰，雪冰的母亲患的是结核型麻风病，一般接触是不会传染人的。这结核型麻风病是麻风病中传染性最弱的一种，所以，你和玉环大可以放心，有传染性的话，我是绝不会叫玉环去贵阳接她出来的！"

"这点我肯定相信你！"启泰说。

24 失之交臂擦肩过　资中埋名治矮人

梅西克其实并没有被抓去当兵，雪冰被迫答应嫁给王主任后，他也被安排在王主任家当杂勤，结婚的前一晚，梅西克与政训主任从外边买东西回来，梅西克才放下肩上的东西，忽见窗内似有人上吊的影子，连忙跑上前去，死力推门，原来雪冰已经上吊了。

“不好了，不好了，雪冰姐上吊了，雪冰姐死了！”

梅西克惊恐地大声叫道，并迅速将雪冰的绳子解下来，将雪冰放在地上，“雪冰姐，雪冰姐……”梅西克凄厉地叫着，“雪冰姐，你为什么要寻死啊？”政训主任也跑过来，看看雪冰软绵绵的尸体，狠狠地踢了一脚，“早死早着，早死早好！”他回过头对梅西克说，“不要张扬，把她运上山，挖个坑埋了，不要让人知道，记住了！”他说完，拿出五个大洋，交给梅西克，“你埋了她之后，也不要回来了，搭车回你的广东吧！”

十天后，政训主任觉得污辱雪冰时被她抓破的伤口又痒又痛，还流出脓水，就到医院抽血检查，结果血液中麻风杆菌呈阳性反应，也就是说：他也是个麻风病患者了。这下可把王主任吓得丢了魂，半天也说不出话来。原来在旧中国，在一些落后的省份或乡村，有些不成文的规矩：一旦发现了麻风病人，乡亲族长们就有权对其处以“极刑”，所谓的“极刑”就是将麻风病人灌醉，然后用石灰活埋，可谓惨无人道，惨不忍睹。或者逼迫麻风病人上吊自杀，然后在族人的监督下用石灰埋葬，反正就是一个字：死！所以，政训主任得知自己得了麻风病后那恐怖惊慌的心情就可想而知了。他决定走，走到没人知道他得了麻风病的地方。

但政训主任多少也懂点医学常识，按理，李梦兰有麻风病，雪冰不一定有，加上树榕来了之后，已经给雪冰治疗过了，抽血检查也呈阴性，本来已经痊愈了，怎么自己还会得病呢？真是百思不得其解，难道，她还未彻底治愈，死灰复燃？

其实，雪冰的抵抗力好，本身就没有病，政训主任得病是雪冰为了报仇而做了手脚。这当然是恶有恶报了。

有一点，政训主任是无论如何也想不到的，就是雪冰没有死，这是她与梅西克合演的一场双簧，他们约准时间，在梅西克和政训主任入门口时才喝下蒙汗药，然后上吊，之前梅西克还教雪冰做了个绑住腰部的绳索，梅西克也马上进来解绳。政训主任见人已“死”了，巴不得尽快把她处理掉和打发梅西克回家，就叫梅西克尽快悄悄将雪冰埋掉了事。

梅西克将雪冰推到北郊一个乱葬岗，灌了点甘草水，雪冰醒来后，他们就消失得无影无踪了。

一晚，四川资中一间道观门口，来了两个人，一个道姑前去开门，原来，一男一女前来求宿，女的面红耳赤，看样子病得不轻，她身边还有一个少年，在吃力地扶着她。

“两位施主，半夜敲门，不知有何贵干？”

“师父，你行行好吧，我姐已经病了几天了，走不动了，求你收留我们几天吧，住宿、伙食费我们照付就是了。”

这道姑四十开外，她打量着这两个人，问道：

“你们两位从何而来，到哪里去?”

“我们是广东人，要到峨眉山朝圣去，我姐也是出家人，她是带发修行的，不过，我们信的是佛教!”这小青年拿出一张庆云寺的度牒给这道姑看，道姑看完忙客气地说：

“快进来，快进来，原来是庆云寺带发修行的悟净师父！那你呢?”道姑望望这个小青年问道。

“我叫梅西克，是她的弟弟，家父不放心她一个人前来四川，就叫我沿途保护，于是就跟着来了。”

道姑摸摸雪冰的头，说：“还真的病得不轻呢！快快进来吧，没事的，吃过药，休息几天就会好的!”

梅西克扶着雪冰进了道观，道观内几个道姑连忙烧水、煮饭、煎药、冰敷，到了天亮时，雪冰的病情已有明显好转。梅西克这个鬼灵精，拿了树榕久久没有拿出来的庆云寺的度牒，因以前的度牒只有法号，却没有注明男女，有了它，一可以博取同情，对方少些疑问；二来可以省些米饭钱，因他们口袋里的钱已经不多了。

四川的道佛两教，有个奇特的现象，在外人看来，好似佛亦道，道亦佛，只不过他们的装束打扮不同罢了，还有人说，道教佛教融合了。峨眉山一带就更离谱了，如峨眉山麓的报国寺，寺门上两道金字巨匾，“普放光明”、“鹤驻云归”，前者分明是佛家语言，后者则是道教口吻，给人“佛道共存”之感。

据记载，峨眉山上先后建有道观十数座，规模宏大，是道教教主广成子传道之处。葛洪称“青城中，峨眉山……此皆是正神在其山中，九老洞、女娲洞、鬼谷洞……”在唐代，仅授道台就有305间。但是，随着历代君王信佛的越来越多，清康熙帝更以扶持佛教为国策，这样，道士受到冷遇，便主动下了山。僧人见道观殿内无人，便寄住并塑供佛像。至此，峨眉山黄冠绝迹。道士们虽然下了山，但有的道神仍供原处，由僧人主祀，香火不绝，在外人看来，便是道融于佛了。

但道教并未灭绝，只是迁移他处，当年下山的道士，又在各地重修道观，近的，在峨眉县城买地建观，远一点的，去龙池湖畔筑观，更有些去二峨山猪肝洞，或更远些，如资中县雪冰半夜求宿的那间道观。

第三天早晨，雪冰已经恢复精神，就出来走走。她举头四望，只见道观规模虽不十分宏大，但建得错落有致……远望周围松树环抱，近处翠竹相迎，殿堂内诵经声朗朗，香烟袅袅，宛如仙境一般。忽闻扑扑声响，雪冰向前一看，原来那天接待她的道姑在打拳，软中有硬，硬中有软，快中有慢，慢中有快，功夫十分了得，雪冰虽不懂功夫，但看道姑的架势，亦知她的功底深厚了。

“师父早上好!”

雪冰走过去，做了一个合十的手势，道姑忙收拳敛气，过来回礼道：“早上好，悟净法师!”雪冰笑了笑，说：“我是什么法师啊！不过是半路出家之人罢了！哎，师父你刚才练的是什么拳?”

“这是太极拳!”

“师父，我在家里时，见有很多人都在练太极拳的，练这太极拳有什么好处呢?”

“好处嘛，可以用三句话来概括：强身健体，修身养性，延年益寿!”

“还可以延年益寿?”

“对呀，如能持之以恒，还可以永葆青春呢!”

“师父，它能永葆青春？你今年贵庚?”

“六十有八了!”

“什么?”雪冰吓了一跳，“原来师父你已经六十八岁了？我还以为你才满四十呢!”

“所以，太极拳的确是一套好的拳路啊!”

“那是谁发明的呢？也是你们道教的祖师发明的?”

“这个嘛，我的确没有深入研究过，我的拳法套路，是由我师父传给我的，有人说，是陈卜始创的。”

“陈卜是谁?”

“陈卜是山西洪洞县人，后迁居河南温县陈家沟，成为陈氏家族的第一代传人，其后代陈王庭加以完善推广。陈王庭是明末清初人，他吸收了戚继光的拳路和呼吸之法，融会贯通，结合意、气、形，把养生、健身和技击合而为一，编成十长拳十三势，始创太极拳。”

“这个陈王庭真是个了不起的人物啊!”

“当然，也有另一种说法，认为是张三丰始创的，他在洪武之初就上武当修道，并传与宋远桥、余莲舟等七个弟子，后又经他们发扬光大，这些，都不是我辈去考证的了。世上大凡每一样至善至美的东西，能流传至今，都是经过不止一人的手，后人又加以不断完善而得今日之成果，所以，你要问是谁始创的，这就难答了。”

“师父，你真是学识渊博，博古通今呀!”

“哪里，哪里，哎，悟净法师，你身子好多了吧?”

“好多了，多谢师父，真是妙手回春啊!”

两人边聊边走，到一院落前，忽见有七八个矮人，身高不到四尺，有些仅有三尺，他们在园内编织竹笠、草席，见到道姑，他们都忙站起来：“师太早上好!”道姑说：“你们忙吧，我不过跟施主随便走走!”

她们回去书房，雪冰好奇地问：

“师父，他们怎么都长得这么矮，怎么到这里来编织竹笠草席的?”

“唉，说来话长了。”

原来，距这里不远有个阳鸣乡的阳寺村，这村的人不知得了什么怪病，这种病没有特殊的病征，有时与普通发热感冒一样，但是一旦染上了，就长不高了，有时一家子几口人有一半成了不盈三尺的矮人，现在这村已有几十个这样的矮人了，所以，外地人都叫阳寺村为矮人村，他们由于身材矮小，力气有限，很多不是病死就是饿死，道姑见他们可怜，就收留了几个在这里，供他们饭食，也让他们做些力所能及的工作。

“你看他们，真怪可怜呢!”道姑说。

“有这样的怪病?”雪冰自言自语地说。

“唉，可惜贫道我道行有限，医术不高，不能悬壶济世，否则，我一定好好研究研究，替他们脱离苦海，也算是积一回功德吧！”

“可惜树榕不在，如果他在，可能会有办法的。”雪冰自言自语地说。

晚上，梅西克来找雪冰。

“雪冰姐，我们明天可以走了吧？”

“可以了，不过，我们现在没有多少钱了，你我加起来还不够五个大洋，要是明天我们付了住宿伙食费，就所剩无几了，我们两人要去成都，车费食宿都不够，我现在心里烦死了。”

“雪冰姐，你不要烦，明天我们辞行时，看看道姑怎么说，然后……”

第二天，雪冰去同道姑辞行，并问需付多少住宿伙食费，只见道姑叹了一口气道：

“不瞒两位施主，我们这里虽是穷乡僻壤，也两餐尚可，但贫道我有一个心愿未了，就是要重修道观，让道教发扬光大，否则，不久又会被佛教融去了。所以，你问要收多少费用，本同是出家人，不好收你们的，但想到自己的心愿和本分，也惭愧地说一句：来者不拒，随缘落助吧！”

雪冰和有恒一听，就明白她要的不是小钱，而是希望能得到大钱，雪冰正想开口，梅西克上前说：

“师父，既然你有这宏愿，我们真的十分乐意助你一臂之力，我们现钱没带多少，但我们随身带有家传的稀世珍宝，如果师父你能将它变成现钱，那我们就拿一半出来，交给师父你重修大殿吧！”

“啊，你们有家传的稀世珍宝？什么宝贝，能不能拿来看看？”

“可以，它是一粒夜明珠！”

梅西克一边说一边拿出一块萤石来，给道姑看，道姑看着这块自己会发光的萤石，惊喜万分，她端详良久，问道：

“这颗夜明珠你祖上何以得之？”

“我祖上是出海做远洋生意的人，一日到了非洲的红海，见海中有一条巨蛇，奄奄一息，我祖上下海救活了它，想不到它临走时竟吐出这颗夜明珠答谢我祖上。”

“啊，那不是巨蛇，是龙，是龙呀，这不是夜明珠，是粒龙珠！真乃稀世珍宝呀！”道姑一边赞叹一边喋喋不休地说。

“师父，今晚你来看，比现在还亮呢！”

“肯定，肯定！”道姑还在兴奋之中，“慈禧太后冠上的夜明珠就花了几百万两白银，何况这是龙珠！”

“师父，我姐姐见你对道教有如此诚心，同我商量后，才肯拿出来的，这是无价之宝啊，问题是，这稀世珍宝如何才能变成钱，有了钱，你才能重修大殿呀！”

“对……我有办法了，后天初一，我们要摆一道场，到时我们可以请尽周边各县的富绅豪门来，让他们一来开开眼界，二来嘛，价高者得，也算他们做一件善事吧！”

“师父，你记住，后天，你要八个矮人穿上道袍，方能显出你为道教尽力，还要让我姐姐坐在正中，守着龙珠，否则，龙珠就不夜明了。”

“这个好办，这个好办！”

道姑摸着萤石，爱不释手，最后才依依不舍还给雪冰。

初一晚，道观的大殿内灯火通明，附近几县的富绅名流蜂拥而至，收到道姑信函之后他们都纷纷赶来，以求一睹为快。酉时刚过，大殿内就钟鼓齐鸣，钹锣齐击，箫笙齐奏，只见雪冰身穿素袍盘膝坐在大殿正中，八个矮人手拿拂尘分站两旁。气氛庄严肃穆。仪式过后，各人纷纷走到雪冰的跟前，个个都目瞪口呆，为这颗其实并不十分夜光的“龙珠”，更为雪冰的美艳动人而惊叹。雪冰稳坐正中，以观音托莲手势轻托“龙珠”于大腿正中，人人啧啧称奇，亦有为雪冰的美貌而垂涎者。

“我出两千大洋!”一个富豪大声说。

“我出三千大洋!”

“我出三千五……”

气氛之热烈，出乎意料之外，原来富人现在纷纷传说，快变天了，再过一两年，现在的钞票不用了，大洋也不流通了，所以，有钱人都想尽快将手中的钱抛出去，换成黄金、白银或珍宝，现这夜明珠也好，龙珠也罢，是明摆的珍宝，加上雪冰如玉石观音一样拿在手中，真有如仙家物器，神界灵石，谁还会怀疑？最后，以四千大洋由一富商投得。这样，雪冰和道姑各得一半。

回到房间，雪冰对梅西克说：“我不想明天走，你先走吧!”梅西克丈二和尚——摸不着头脑，问：“雪冰姐，又怎么啦？现在有钱了，还想等什么？”“我想去阳寺村，喝几口当地的水，变成矮子，让树榕哥永远忘掉我!”“你疯了？”梅西克瞪大双眼奇怪不已地反问道。

其实，雪冰又何尝不想去成都，早点见到树榕呢？但她被迫嫁给了政训主任，树榕会原谅她吗？她亦羞于见到树榕，现真可谓是残花败柳了。再者，树榕身边又有金娇，她前去，不是遭到她的白眼就是嫉妒，所以，进亦难，退亦忧，想到这里，雪冰不禁潸然泪下。道姑似乎也看出她的心思，对她说：

“悟净师父，你年纪轻轻就出家，皈依佛门，想必你心里有难以启齿的痛楚，这样吧，你暂时留在我们这里，待你心情好些以后才去峨眉山朝圣吧!”

雪冰想了一下，止住泪水，对梅西克说：

“你自己一人先去成都，去车站碰碰运气，看看能否找得到你师父吧，如找到你师父，看看他对我的态度如何，你再来这里通知我吧!”

“只有这样了，真是红颜薄命啊！梅西克小弟弟，你就按悟净师父的话去做吧!”道姑说。

第二天，梅西克就离开资中前去成都了。

话分两头，玉环和有恒前往贵阳，顺利从医馆夹墙内找到李梦兰，并将银娇一干人等带回苗寨，袁祖荫、启泰他们也顺利从贵州大学接了龙小姐出来，回到苗寨。树榕他们等金娇头七一过，就捧着她的骨灰盒，离开苗寨，经泸州、资中，回成都了。

他们离关岭苗寨越来越远了，玉环不禁茫然，毕竟，这是她远离故土远嫁香港啊！她与头人泪别后，在路上一言不发，频频回头望着那生于斯、长于斯的苗寨。树榕也为她难过，就过来安慰她：

“玉环呀，不要悲伤了，俗话说，嫁鸡随鸡，嫁狗随狗。香港，是个十分繁华的地方呢！不要说去做人的媳妇了，去开开眼界也值了。等将来时局稳定了，你们还是可以回来苗寨的嘛，同时，苗寨同胞有几百万，广东、香港到处都有你们的族人，你又何必伤神呢?”

“对，按道理，我们也是苗人，苗人也是汉人，我们汉族也有苗人的血液呢!”袁祖荫说。

“真的？这我是第一次听到。”李杰说。

“是呀，其实，我们汉族是由中原的炎黄部落、东方的夷人部落及南方的三苗集团组成的，东方的夷人部落又包括太皞氏、少昊氏、蚩尤氏和后羿等，这三部分构成华夏民族的主要力量，各部落之间经过战争、吞并、血缘的融合，到今天就变成汉族了，以前，楚王和屈原也是苗族的！玉环，说不定你还是楚王的第几代公主呢!”

袁祖荫说完，气氛才轻松了一些，玉环也在旁偷偷微笑，启泰抱住她的肩膀说：“我的公主殿下，不要哭，不要哭，到香港请你食碗鱼生粥!”

他们租来的车摇摇晃晃地走了两天，中午到达资中，他们准备下车吃点东西再走。众人才下车，只见几十个矮人一窝蜂似的涌上前来乞讨，他们身高不满三尺，衣衫破烂不堪，有些仅用一件破棉被裹着，天寒地冻，他们光着脚，冷得直打哆嗦，样子真是可怜至极。

“为什么这里有如此多的矮人的?”

树榕出于医生的职业敏感性，在“日行一善”心态的驱使下，走上前，跟他们聊起来。

“各位，你们是哪条村哪个乡的，为什么你们都长得这么矮?”

“老板，我们是附近阳鸣乡阳寺村的，因我们祖上得罪了江中的黑龙，黑龙就诅咒我们，要我们村变成矮人村，要受苦受罪一百年了。”

“那你们村人人都这么矮吗?”

“这倒也不是，罪孽没有那么重的就长得跟正常人一样，罪孽重的就变矮人了!”

“那你们都是罪孽重的人?”

“是这么说的。”

“那你们作了什么罪孽，如此深重，非要变成矮人来惩罚你们不可?”

“那我们就不知了，这是前世的事了，前世我们做坏事，今世受到惩罚，这是罪有应得。”

“那你们是一出生就是矮人，还是中途变成矮人的?”

“我们出生时还好好的，小时候却莫名其妙地病了一场，腹泻不止，病后就不长了，变成矮人了。”

“啊，这样……”树榕沉思了一会，又数数这三四十个矮人，说，“现在，我每人给你们两个铜板，你们先吃饱饭，吃饱以后就带我到你们村中看看，看看那条凶恶的黑龙，你们说好吗？说不定我还有降龙之法呢!”

“好呀，好呀，如果老板你能降服这条黑龙，我们村就有得救了!”一个侏儒说。

“对了，我们的矮人村到现在已经有一百年了，你可能是天上下凡来救我们的神仙呢!”另一个侏儒说。

吃过饭，这群侏儒就带树榕一行到阳寺村，路过道观，他们招呼里面正在织席的侏儒一同前往。阳寺村，并不在深山密林中，周围岗地水田与四川中部并没两样，村边有一条混浊的河流，河流的上游从一片广阔的草地流过，然后流入下游。村中的人，不论大人小孩，牛只马匹，均喝这河流的水。树榕一行来到村中，见村中卫生条件极差，人畜同居，亦无厕所，看村中的人也极贫寒，就算是村中大户，也只是穿黑衣粗布，面黄肌瘦，病态面容者十有八九。同村民交谈得知，当地政府及四川省政府亦曾派人来拿了水质、土质样本回去化验，并未发现异常，最后束手无策，不了了之。黑龙诅咒传说在当地就更大行其道了，他们也只好认命，单等百年期满，脱离灾难了。

“叶兄，你看，这是什么病，怎么发病率这么高，为什么这里的人病了就不长个子了呢?”李杰好奇地问。

“我初步分析：有这么几种可能性，一是水土问题，二是遗传问题，三是病态问题。第一种可能性看来比较小，如果是水土问题，那应是全村同时发病的，你看，现在村里有三百多人，而变成矮人的只有四十多人，约占八分之一，所以，水土问题可以排除，同时，县政府、省政府都曾派人拿了水土去化验，说并无异常，说明水土问题已不在考虑之列。第二个是遗传问题，看来也不成立，这里发病的人，都是独立个案，一个家庭中，每每有高有矮，看来，这与遗传也沾不了边，第三个问题，就剩下病根的问题了。”

“你认为是哪种病?”众人焦急地问道。

“会不会又是血吸虫病?”有恒第一个反应问道。

“对，这可能性大得很啊!”树榕说。

“血吸虫病不是大肚子，象皮腿的吗?怎么会变成侏儒的呢?”李杰问道。

“大肚子，常说的鼓胀，也就是肝脾肿大、腹水所造成的，你说的症状是典型的症状，有些病例却不十分明显。感染此病之后，又可分为巨脾、腹水、侏儒和混合型，这村的人则以侏儒居多，也不出奇。”

“血吸虫是哪里来的?”袁祖荫问道。

“你们看，这条河流，流经上游的草地，这草地常沤出螺钉，这就是血吸虫的宿体，下游的村民又没有喝开水的习惯，并人畜共浴，人畜共饮，故而造成这条村广泛发病，这地方有了血吸虫滋生的条件，加上这里的人不讲卫生，于是，成为血吸虫病重灾区就顺理成章了。”

“那，你认为要怎样处理这些病为妥呢?”李杰问。

“我马上打份报告给四川省卫生厅，叫他们马上拨款来，治理这血吸虫病，因为只有政府才能办得到，我们个人是难以办成的!”树榕说。

“你要打报告给省卫生厅，要求拨款?”袁祖荫问道，“那无异于与虎谋皮了，省政府现在财政都到崩溃边缘了，他们哪里还有人看你的报告，拨款给你啊!”

“四川省政府，人家说它是天高三尺的省政府，你明白是什么意思吗?”李杰说。

“什么意思?”树榕问。

“就是地皮刮去三尺了，天不是高了三尺了吗?”李杰回答道，“现在，天天征兵，天天打仗，搞到民不聊生，生灵涂炭，昨天才征完戡乱治安费，今天又来收民团建设费，明天又要收人丁费，说不出的名堂他们也能想出来，这税那税，这叫老百姓如何活得下去，所以这里的人叫政府万岁（税）。”李杰说。

“叶兄，我看你这份报告不写也罢！”袁祖荫说。

“那，那……我就等停战以后再写吧！”树榕说。

袁祖荫和李杰互相望了一眼，轻轻地摇头一笑。树榕也不计较他们说什么，想了一下，就拿出纸来，写好了医疗方案和卫生注意事项，交给当地村长，交代如能按此去做，就能减少甚至杜绝这怪病的发生了，村长接过处方，面有难色地说：

“老板，我知道你心地好，但我们拿了处方也没有用啊！”

“为什么？”树榕问。

“我们村三百多人，人人都要吃药，又要治理环境，哪来这么多钱啊？”

“钱花费不多。”

“不多也是钱呀，现在，我们这里的人，有钱不是去买药，而是去买米啊！”

“这样……”

树榕想了下，叫有恒拿出一百个大洋来，亲手交给村长，村长和所有矮人不约而同一起跪下，大叫“好人呀”、“救苦救难的菩萨呀”，感激之声不绝于耳。树榕处理完这事之后，就与众人离开阳寺村，坐车去成都了。

梅西克去成都已经两个多月了，总不见回来，雪冰心里日日挂念，忐忑不安，她闲着无事，就叫道姑买了一台旧衣车回来，替附近村民缝补衣服，打发日子。日子长了，周围四乡就传开了，说道观来了一位如花似玉的姑娘，美貌绝伦，引得县里的恶棍无赖纷纷走来“缝补”衣服，有事无事前来找碴。一日，一五大三粗的无赖前来胡闹，只见他指指自己的裤裆说：

“姑娘，你替我补补这里，嘻嘻，怎么样？在这里脱裤子还是同你入房才脱裤子？”

雪冰一看就知他是个恶棍，也没有理他，但他还是在纠缠着。

“姑娘，害什么羞嘛，你摸摸我。”

这无赖一边说一边想抓住雪冰的手，雪冰连忙向后一缩，这无赖说：

“哎，你这样怕羞，那你跟我入房，我脱裤子给你看，让你看个清楚。”

他口说手动，过来一把抱住雪冰，就往房里拉，雪冰大叫“流氓、无赖”，同时拼命挣扎着，这无赖哪肯放手，又伸长脖子往雪冰胸前乱吻，看热闹的几个小流氓在旁边叫好，一个还大叫：“撩开她的衣服，这样亲才香呀！”这个无赖正想伸手入雪冰的内衣，正危急之际，忽然听闻：

“你给我住手！这还有王法吗？”

这无赖一松手，回头一看，原来是个矮子，就大笑起来：“哎呀，你这个矮鬼也来做出头鸟，你是没见过死字怎么写的了？”他一挥手，“来人呀，给他点颜色看看！”他话音刚落，一个帮凶就上前一脚，将矮子踢翻在地。矮子口鼻流血，后脑“轰”的一声，碰到门口的石头上，顿时失去知觉。这个帮凶还想踢第二脚，说时迟那时快，不知从哪里飞来一粒铁丸，打中这帮凶的头，顿时鲜血淋漓，跟着又飞来一粒铁丸，打中那个五大三粗的无赖的眼睛，他也立即变成一个血人，无赖连忙松开抱住雪冰的手，一看，原来是道姑来了，只见道姑带着几个徒弟，冲到这几个无赖跟前，正欲举拳就打，吓得几个无赖扑通一声跪在地上，大叫："师太饶命，师太饶命！"

"还不快滚！"

道姑怒目横眉，厉声喝道，几个无赖如丧家之犬，急忙溜走了。

这班无赖走后，师太过来看看雪冰，安慰一番，后又长叹一声；"悟净呀，你好端端缝什么衣服啊，你有这么多钱，又不愁吃不愁穿的，有空就看看书，写写诗词不是更好？你呀，长得太漂亮了，连我这个女人都羡慕你，何况那些狗男人？你听我说，你不如就回成都去吧，找你的外公去，在这里，迟早会招惹是非的，我不是要赶你走啊，而是怕你出事啊！"

雪冰沉默良久，才对道姑说：

"师父，我不是不想走，而是我弟弟还未回来，我一旦走了，他回来又找不到我，这样我们就两头失散了。"

这时，一班侏儒呆呆地站在雪冰她们身边，望着她们，似有话要问，道姑见状，就先开口：

"你们几个怎么这么凑巧，赶到这里来解围的？"那个刚才被打翻在地满嘴流血的侏儒抹抹嘴边的血说："我们拿了一张药方来，想问问姑娘这些是什么字，里面写的是什么药，没想到才来这里，就见到那几个无赖对姑娘动手动脚，我看不过眼，就大声叫起来了。"

"啊，真是多谢你了！"雪冰说："你的处方是哪个医生开给你的？"

"是一个过路的医生给我们村的，这是个大好人呢，他不但跟我们到村里看个究竟，还给了我们一百个大洋，叫我们买药来吃，说吃了药之后，村里以后就不会再有矮人病了，他还叫我们不要喝生水呢！"

这侏儒一边说一边将树榕写的处方拿出来，给雪冰看，雪冰一看，原来是树榕的笔迹，她马上拉着侏儒的手问：

"你是什么时候拿到处方的？"

"今天村长给我的，叫我们到镇上买药，我们不懂得字，所以先找你问个清楚。"

"那，开中药处方的医生呢？"

"他呀，走了，走了三天了！"

"什么，他走了三天了！"

雪冰像失了魂一样，手中的处方也掉在地上，眼泪一下子全涌了出来，道姑见状，已明九分，就上前问道："他是你要找的人吗？"雪冰点点头，就坐在椅子上低声抽泣。道姑说："不如，你明天去成都追赶他？"雪冰摇摇头，说："他走了，走了，我到哪里找他去？"道姑见雪冰凄凉的样子，真不想叫她走，因为现在叫她走，似乎太绝情了。但如果她不走，那些无赖再来闹事，该怎么办才好？

"唉，留也难，去也难！"道姑自言自语地说道。

"那我还是走吧，免得惹出事端来，又要麻烦师父你了。"雪冰说。

"我有办法了！"道姑想了一下，说："我道观后山有一僻静修道室，里边还有花园和洞府，如果姑娘不嫌弃简陋，可以到那边暂住，等你弟弟回来再一同去成都，你说可好?”

“如果有这样安静的环境，那就最好不过了。”雪冰说。

“不过，我还得派两个功夫上乘的徒弟保护你才成，否则，万一那班无赖知道了，那就更麻烦了。”道姑说。

“我们一起去保护姑娘!”刚才那个侏儒说。

这下子，全体侏儒都说去保护雪冰，道姑想了一下，也好，多点人，坏人也未必敢再来，于是就说：“那好吧，你们从明天开始，就到静修室那边织草席吧!”

雪冰搬到静修室两个月了，梅西克还没有回来，他究竟去了哪里呢?日常，雪冰有空就同那些侏儒配药熬药，还自己拿钱出来给他们买米、买药、买衣服，这班侏儒自是感激不尽，处处侍候雪冰，关心雪冰。雪冰对这班侏儒说：

“你们听过白雪公主和七个小矮人的故事吗?”

“没有!”

“那我就讲给你们听吧!”

于是，雪冰就将这故事从头到尾讲给他们听，他们听完，个个高兴不已，其中一个说：“雪冰姑娘，你就是那个白雪公主，我们八个就是那些矮人，不过，很快我们就剩下七个了。”

“为什么?”

“你不觉得吗?那天被那个无赖踢倒在地，砸伤后脑的那个兄弟，这两个月高了三寸了，很快，他就会长得像你一样高了。”

他们不提还不在意，那个跌伤的矮人的确明显长高了，怎么这么奇怪呢?难道他们变矮是与后脑有关?雪冰望着那个矮人一直在思考着。对，就从后脑附近的穴位入手，打开这个“矮门关”。

病毒伤害了后脑之后就变矮，强刺激后又会长高?

于是，雪冰叫人买了一盒针灸针回来，对那八个侏儒说：

“各位兄弟，从今天开始，我要给你们针灸了，你们想不想长高呀?”

“想!”

“那好!想长高就不能怕痛，来吧，以后你们每天织完席就到我这里来针灸，或许你们真会长高的!”

从此之后，雪冰每天都给这班侏儒针灸，她受到了后脑受伤后突然长高的启发，集中选后脑附近的风池、哑门、大椎等穴位，并配以肾俞、命门、足三里等穴。想不到，经过几个月治疗，这八个侏儒竟然不同程度长高了，最高那个长了一尺（后脑受伤那个侏儒），其他一般长高三到五寸不等，这班侏儒这下子把雪冰看成是他们的再生父母、观音菩萨了。而雪冰也想不到，在卫校学到的针灸技术竟然也能创出奇迹。她的生活一下子有了精神寄托，她似乎真的爱上针灸之术了。

25 广积阴德巴蜀郡　天赐千金又团圆

梅西克到了成都已经半个月了，天天蹲在车站的出口处等树榕出现，但就是不见他的踪影。转眼就过年了，今年的冬天特别寒冷，阴风细雨，有时还夹着毛毛雪花，路上的行人都缩着脖子，双手套在袖里，来去匆匆。车站的周围，道路泥泞，马路残破，凹凸不平，一大群乞丐追逐着刚下车的衣着光鲜的乘客。还有很多担杆大军抢着上前争担行李，有时还互相打架。车站两旁，有不少的卖小食的摊档，他们吆喝着，叫卖着。

梅西克手中虽有钱，但天天蹲在车站也不是办法，于是他就在车站的出口旁边租了一间店铺，也做起粥粉生意来，这样，一来可以“守”着车站，看看来往的乘客，二来晚上也不用租旅店，有个落脚的地方。他在店门口竖起了一个大招牌“树榕粥粉店”，以引起来往行人的注意。小店的左侧，有几间不大的赌档。每天，进进出出的人可不少，不过都是成都或附近那些三教九流的人。这些赌完钱出来的赌徒，有不少到梅西克小店吃碗粥或粉的。

世道不好啊，老人说今年流年差，车站周围有越来越多跛脚、断手的伤兵，一些达官贵人大箱小件地往车站搬来行李，上车走了。能走的都想走了，不能走的只能待在这里听天由命了。听说前方战事每况愈下，过路的人都说，国民党打不过共产党了，有钱的人都变卖家财往外跑了，不知是真是假。来赌博的人近几个月来也明显增多，可能是抱着“反正带不走了，就干脆来赌一回吧”这种心态，这个时势，竟使车站附近的赌档生意红火起来。

一日，小店来了一个军官模样的人，一坐下就大叫道：

“伙计，给我来碗龙抄手！”他一边自言自语地说，“今天真倒大霉了，他妈的，如果我有五个大洋，我一定能翻本！”

梅西克上前同他搭讪：“长官，今天运气如何？”

“甭提了，本以为临开拔前能赚一笔的，想不到输得这样惨，我就不信翻不了身！”这个军官赌红了眼，拉着梅西克的手问道，“小兄弟，你能不能借我五个大洋，我一会儿赢了还你十个！”

“长官，你是在说梦话吧！赌钱的东西能包赢的吗？”梅西克说。

“这，这，这样吧，我有一间大屋，反正我带不走了，我卖给你，如何？”

“卖屋给我？”梅西克感到新鲜，心里马上转了一个念头，如果我有间屋，以后师父他们回来了，不是有屋住了吗？于是，他问道，“什么屋？”

“一间小洋楼，有两百多平方米，还有花园呢。你有没有钱？如果有钱，我两百个大洋，不，不，一百五十个大洋卖给你！”

梅西克听后想了想，就说：“那你带我去看看！”

这个军官迫不及待地带了梅西克去到一间小洋楼前，这楼房的确不错，梅西克又看过他的房契、地契后，才慢条斯理地说：

“长官，现在战事正紧，兵荒马乱的，今天不知明天事，谁还会买房子啊？这样吧，你抵押吧！”

“什么抵押？”

“我借给你十个大洋，你拿这房子抵押，一个月为限，一个月之后还我十二个大洋，我把房契、地契交还给你，一个月之后，如你不来赎，这房归我，如何？”

这个军官睁大双眼望着梅西克：“嘿嘿，想不到你这个小青年还挺精灵的呢！这样也好，你借我二十个大洋吧！”

“我全部身家只有十个大洋，押不押就随便你了！你不是说包赢的吗？”

梅西克漫不经心，毫不在乎地说完就离开小洋房了。这军官呆了一下，急脚追上前：“等等，十个大洋就十个大洋，如果以后共产党来了，连十个大洋也捞不着了，他妈的，你吃人不吐骨头，也够狠的，比我还狠呀，你这个天杀的！”这军官一边骂一边把地契、房契交给梅西克，梅西克找了个在车站混熟了的警察来做见证，三人画了押，才把十个大洋交给这个军官，这个军官拿到钱，就一溜烟跑回赌档去了。过了三天，不见这军官的影子。听说他已经随队伍开拔了。

一个月期满了，梅西克请人将小洋房打扫干净，还请了一个小帮工。一日，一班赌徒聚到梅西克的小店，兴奋至极，大概他们赢了钱了。梅西克灵机一动，用毛笔写出几个大字：“有洋房出售。”写完就贴在小店门口，这几个赌徒过来望了望：

“喂，小兄弟，你有洋房出售吗？”

“有呀，你想看看吗？”

“好呀，你带我们去看看吧！”

梅西克急忙带这班赌徒去看楼房，几个人在楼房指手画脚一番，都说不错，并问价钱。

“四百个大洋吧！这是我老爸交代卖这个价钱的，我老爸病了，等钱用呢！”

“什么？四百个大洋？你去死吧！两百个大洋！怎样？”

“不行啊！”梅西克说，“太低了，三百八十个大洋吧！”

“那就加二十个大洋，二百二十个大洋吧！”

“老板，如果不是我们等钱用，六百个大洋也不卖，这样吧，三百五十个大洋吧！”

“不行，太贵了，二百五十个大洋！”

“再一人让一步，三百个大洋，不买拉倒！”梅西克说完也不回头，准备关门了。

“等等，等等，三百就三百。”

一锤定音，梅西克于是就把小洋房卖掉了。

从此以后，梅西克就以抵押的方式，专门收购那些赌红了眼的赌徒的房产，又专门找那些赢了钱的赌徒卖出，不想才三个月光景，就被他赚了几千个大洋，这个小以色列人真不得了，连骨头里的细胞都会做生意。

他有了钱，又伙同车站的警察，将车站两边的空地全租下来，并把周围的小档小摊通通赶走，建起了整齐划一的简易有顶的木架摊位，然后出租或出售给前来摆卖的人。租摊位又分从早上六点到晚上六点，以及从晚上六点到早上六点两种租金，一个摊位一天收两次租，并与警察三七分账，一个月下来，又被梅西克捞了一大笔。他对人说，自己是外国人，姐姐嫁给军长的儿子，胡吹一通，说得头头是道，所以，附近的人都不敢欺负他，还有几个警察跟出跟入地保护他。他还大量收购大米、油料，因他知道，兵荒马乱的年代，有吃的才能活命，能活命的才是值钱的，这也是师父讲过多次的。

钱，是赚到了，但师父树榕的影子始终未见，他只得每月派人到资中去安慰雪冰，并说明现在自己的情况，上月还派了几个人去资中，接雪冰前来成都，但不知怎的，雪冰就是不肯来，大概，未见到树榕之前心中无底吧！不管了，还是在成都这儿多等几个月吧，师父不是说要去西藏的吗？他到了西宁，说不定还真的往西藏跑一趟呢！

眼看成都就快到了，李杰和树榕、启泰他们也将分手了。在车上，树榕说：

“李杰兄，你有时间就来成都，我有时间也去大邑找你，以后多点联系！”

“一定，一定，说不定我下个月还会来成都的！”李杰说，“大邑风景不错，你有机会可要来我学校玩玩，不过要先写封信来告诉我一声，有时，说不定我会到外边走走的。”

“袁兄，你回到香港或广州见到我三哥，就告诉他我在四川，叫他不要挂心，我一定要搞出个名堂来，才好回广州光宗耀祖的。”树榕说。

“好，好，我见到树雄，一定转告！”袁祖荫说，“那你给卫生厅的报告还写不写？”

“写，怎么不写？我还要报告我发现了稀有的树种红豆杉，将来大量种植用来治疗白血病呢！”树榕说。

“树榕兄弟，临走我想赠你两句话：走你三哥的道路，建设一个新中国！”袁祖荫说，“现在你已看到了，像这样腐败的政府，能救百姓于水火？能关心你的血吸虫病？只有彻底推翻这个政权，老百姓当家做主了，才能实现你的理想的，你想想吧！”

“三哥与你们是一党，我不反对，但我总认为，你说别人不行，总要让别人改过自新吧，你们动不动就说革命，革命就要死人，倒霉的还不是老百姓？再者，你们说为穷人，穷人与富人并没有天然的区别，如果一个穷人，有朝一日富了，你们是不是又要打倒他？大家都穷了，这大概也不是你们搞革命的原意吧？天下这么多穷人，革命成功了不可能个个都当皇帝，皇帝只有一个，其他的人呢？”

“那你的主张呢？怎样才能改变目前中国的落后面貌和腐败的社会呢？”李杰问。

“我主张的是科学救国，主张的是改良主义，鸦片战争也好，八国联军攻打北京也好，日本鬼子侵略我们中国也好，现在世界列强欺负我们中国也好，有一条是最重要的，就是我们的枪炮不行，我们没有飞机大炮，我们工业落后，所以才被打的，你们说不是么？”

“你所说的改良主义，在中国能行得通吗？”袁祖荫并不生气，而是温和地问道。

“怎么行不通？比如耕者有其田吧，你叫它怎么改？北伐后又要忙着打倒各地割据的军阀，这事未定又要抗战，抗战八年了，现又打内战，你说有可能实现孙中山的三民主义吗？”树榕望了望这两个三哥的同志，说：“我与三哥的观点不同，但我认为我们都对，你们用的是战争的手段，而我主张用非战争的方式慢慢实现我的理想。我不参与政治，但我同你们一样，都想中华民族早日实现复兴。”

“树榕兄，你的见解我们表示理解，我们也不可能将我们的信仰强加给你，清朝康熙皇帝最怕下边的臣子搞朋党，其实，朋而不党，亦大有人在啊！我们不是同一党，但我们可以是朋友，你说对吧?"

"对，我们这些井市小民，怎么今天竟议论起天下大事来了呢?"树榕也笑了笑说。

时间不早了，启泰和玉环在袁祖荫的护送下取道越南西贡去香港了，李杰也到刘文辉家另有任务了，树榕几个就回新买的别墅去了。

今晚别墅里灯火通明，哭声不断，从乐山来到成都的张得贵和他的几个女儿对着金娇的灵位和骨灰放声大哭。尾七那天，树榕又请了一班和尚前来，打了一场斋，超度金娇的亡灵，忙完之后，大家也筋疲力尽了。

树榕痛失金娇的心情就可想而知了，张得贵对树榕提出，让银娇跟他，树榕始终没有答应，他心乱如麻，哪里还有心思去想其他。他目前最重要的是安排好老县长和他的女儿李梦兰，又要让她继续治疗，又不能让左邻右里的人知道，因为，这毕竟是没有隔离的治疗啊。

过了几天，他忙完回到别墅，与张得贵两兄弟在大厅坐下闲聊，张得贵见这几天树榕心神稳定些，就问：

"你安排好老县长父女俩了?"

"安排好了，雪冰母亲的病好得真快，脸上的疙瘩肿块基本没有了，如果不细心看，根本看不出有麻风病，只要她坚持服药，相信一年之后会彻底治愈的。那天，我把她带回浆洗街交给老县长时，他们抱头痛哭了足足一整天，现在，老县长可高兴了，煮药煲饭什么都由他做，家中所有功夫全不让李梦兰插手，仿佛李梦兰现在还是三岁小孩似的，唉，父女之间情真意切呀，昨天，我又送去20个大洋，嘱咐他们买些好东西吃，补补身子。"

"那雪冰的事呢?"张得财问。

"我哪敢告诉他们啊！说到雪冰，真挂念死我了，生不见人，死不见尸，现在连梅西克也没有音信。"

"我们没有地址给他，他哪里能找得到?贵阳那边再也没有他们的消息了，哎，会不会梅西克拿着广州地址去你家呢?"张得贵问道。

"希望这样吧！这样最安全，不过他就算到了我家，也不可能联系上我，因我还未通知家里的人我在四川的地址呀!"

"对，我看你马上写信回广州，告诉家里人你在成都的地址，这样，两下就能清楚了。"张得财说。

"怎么不见你从西藏带回来的两个藏族姑娘呢?"张得贵又问道。

"她们要去军训呢!"树榕说，"这也好，让她们锻炼锻炼，实践一下，将来就懂得抢救包扎了。"

过了一会儿，树榕又说，"得财大叔，你如果不嫌弃，就留下来帮忙打理药材铺吧!"

"自家人不要说客气话了。"张得财说，"你的药材铺什么时候开张?"

"后天吧!"

"后天?好，后天是大好日子，吉日!"张得财说。

"银娇也留下来帮你吧!"张得贵说。

“好！那，银娇就负责管账吧！”

喜庆的爆竹声过后，中药店就开张了，来祝贺的人真不少，在穿梭的人流中，来了两位十分面熟的人，树榕和他们相对而望，不约而同地叫了出声：

“啊！是你呀！”

原来这是广州蛇王满饭店的陈国良和他的弟弟国宝，这两兄弟在广州经常到树榕家，所以十分熟络，几年前还为树榕的父亲用一首唐诗做了四个菜的就是他们。他乡遇故人，他们都兴奋不已，久久拥抱不放。过后，树榕问：

“你们兄弟俩怎会到成都来的？”

“家父叫我们来四川转转，看看这里有没有生意好做的。”国良说。

“你们来得对，来得好！”树榕说，“现在国民党江河日下，从攻势转为守势了，不过，看看过去的历史，四川始终是大后方，怎么打仗也不会打到这里来，你看看日本仔，八年抗战，还是未能打入四川嘛，如果想避战乱，到四川是对的，国共两党不会跑到四川来开战吧？这里的人越来越多，都是从中原、华中和华南迁来的达官贵人，我看，这里有生意做。”

“父亲就是这样想的！”

“来，我们到房间里谈！”

树榕与国良两兄弟到办公室坐下，树榕十分热情地问道：

“你还记不记得用那首唐诗‘两个黄鹂鸣翠柳，一行白鹭上青天，窗含西岭千秋雪，门泊东吴万里船’所做的四个菜？”

“记得！”国良为人谦厚，只是微微一笑，“我在两个窝全鸭旁边摆了几条油菜做了第一句‘两个黄鹂鸣翠柳’；我在油泡禾花雀旁边摆上了几块油炸虾片做了第二句‘一行白鹭上青天’；我用三仁两尖（榄仁、松子、腰果、笋尖、猪肚尖）炒牛奶做了第三道菜‘窗含西岭千秋雪’；我用了五丝（笋丝、鸡丝、冬菇丝、蛇肉丝、粉丝）加鱼肚做了第四句‘门泊东吴万里船’。没有记错吧？”

“你真好记性！怪不得我爸常称赞你！你真是个人才呀！”树榕与国良历来十分投缘，“哎，我现想在车站附近开间药膳坊，用中药做成各种菜和汤品，就缺个师父，大厨师！”

“药膳坊？”国良闻所未闻，十分好奇地问，“药膳坊算是药材店还是饭店？”

“它既是饭店，又是药店，寄治疗于饮食之中！”

“高招，有得搞，你如果不嫌弃，我们兄弟俩愿意助你一臂之力！”

“哎，不要说助我一臂之力，而是我来投资，主意我出，你来管理，赚到的钱六四分成，我占六，你占四，如何？”

“那我也是老板了？”

“那当然！”

“多谢树榕哥！同意同意！”

三人一拍即合，他们一直谈到半夜，树榕留国良两兄弟到别墅过夜，在别墅又继续详谈，并列出了很多菜式、汤式，有煎、炒、蒸、炸，更有煲药汤。材料中有不少是用蛇来做的，比如风湿三蛇羹、补血蛇肉饼、痹痛蛇药酒，更有使用蝎子、地龙、蝗虫、芒鼠、狗骨……不胜枚举，国良越听越兴奋，他们一直谈到鸡鸣四起，东方发白。

第二天，他们稍事休息，就来到车站附近转悠，奇怪了，怎么这里有间树榕粥粉店？树榕好奇，过去看看，只见这间粥粉店刚装修完毕，里面的陈设古色古香，门口还装了个屋檐状的瓦顶，如宫廷一般，门口两边还装有彩色玻璃的窗柜，一个少年老板在大堂正中指挥着挂六角灯笼和各种宫廷吊灯，树榕走近细看，原来是梅西克，这时梅西克也见到他了。

"师父！"梅西克鼻子一酸，就哭了出来，马上跑过去，一把抱住树榕，泣咽不止。树榕摸着他的头，说："终于找到你了，终于找到你了！"

"师父，我找你找得好苦啊！"梅西克还在抽泣着，像失散了的孩子找到爹一样，有恒也跑过去抱住梅西克，又舞又跳，两人高兴得又哭了一场。

"快，快告诉我，你是怎么来到这里的，又是怎么当起老板的？"树榕兴奋地问。

梅西克招呼他们坐好后，就把他如何与雪冰计划好装死，逃离贵阳，又怎么到了资中一五一十地告诉了树榕。

"怎么，她那时也在资中？"树榕吃惊地问道。

"是呀，你们走了几天之后，一个侏儒拿了你写的处方去找雪冰姐问字，才知道你们也来过资中，雪冰姐看着你写的处方，心都碎了，她望着处方，不知偷偷哭了多少次。"

"不要说了！"树榕也动情了，一下子也流出了豆大的泪珠，"她的命太苦了，我对不起她，我一定要将她接到这里来！"

"我上个月已经派人去接她来了，她就是不肯，大概，她未见到你，不知道你是否还会爱她，所以，她死活不肯前来！"

"那，她现在哪里呢？"

"现在？她还在道观里，给观里的侏儒针灸，被她治疗过的侏儒都长高了，现在人人都当她活神仙拜呢！"

"真的？"树榕转涕为喜，"她真聪明啊！我明天就去接她！"

晚上，梅西克叫来十多个警察作陪喝酒，树榕又将 64 军的公函拿出来，这班警察更像哈巴狗一样听话了，谈到明天要去资中，当官的还当场命四名警察跟班上路呢！

晚上，梅西克又详细地告诉树榕他的发财经过，还告诉他粥粉店旁边两间铺全都是他的，树榕不禁赞叹道：

"真有你的，你太有本事了，做生意我不如你啊！"

"不，师父，这些都是你的，我所有房契、地契都写你的名字，师父！"梅西克像小孩子一样又抱住树榕，"以后，我们就不要分开了！"

"对，对，我们不要分开了！"

梅西克拿出一个小樟木柜子来，里面装了近一万个大洋，他指着这些白花花的大洋说，"这也是你的！这些大洋带回以色列也没用！"

"你这么小年纪，他们怎么就相信你，同你做生意？"树榕十分好奇地问。

"我就说是你叫我出面买和卖的，我说你是军界中人，不便出面，他们问你家里的情况，我又清楚，加上我是外国人，他们就信了，反正我有钱，离开资中时，雪冰姐给了我 200 个大洋。今天，你同那班警察吃过饭，他们一传，就更信了，以后你不在，我都可以做大买卖了。"

“今天，我们正想在车站附近找个店铺租下来，开间药膳坊的。”

“不用租了，你已经有很多房子了。”梅西克又拿出一大沓房契出来，“你要怎么搞都可以了。”

“这下一通百通了！”陈国良高兴地说。

这天，天气特别晴朗，从过年到现在，才第一次见到蓝天，阴雨连绵的日子终于结束了。一早，几个侏儒忙着替雪冰打水、擦桌子、煨番薯（因雪冰特别喜欢吃这里的番薯），有些在熬药，有些在扫地。粉墙上，写了八个人的名字，名字下面，有一划一划的黑线，每条黑线旁都写了年月日，这些是侏儒们经过雪冰治疗后的身高记录，这些侏儒每十五天就站在墙脚量一次身高，量了之后就用笔画一条横杠。

雪冰起得也早，因难得好天气，她换了套在卫校时穿的白色衣裙，照了照镜子，就出门口点燃香烛，跪拜道：

“保佑树榕哥平安，保佑我妈平安，保佑人人平安，个个心想事成，逢凶化吉，保佑树榕哥如以前一样想我，爱我，保佑他早日回到我的身边！”

话音刚落，静修堂的大门吱的一声被人推开了，雪冰连忙抬头一看，竟是自己日思夜想的树榕。树榕三步并作两步跑过去，“雪冰，我来了！”雪冰不敢相信自己的眼睛，不敢相信眼前的一切都是真的，她蹒跚地走过去。

“你，真的是树榕哥吗？你真的来了？”

“真的，我来了，我接你来了！”

雪冰只觉眼前一黑，就倒在树榕的怀里。

所有的侏儒都为雪冰而高兴，他们纷纷下到河里，捉了很多鲶鱼、泥鳅，又买了蛋、猪肉和烧酒回来，加上跟来的四个警察和道观的道姑，大家坐了满满一厅堂，雪冰像胶水一样黏着树榕，树榕也轻轻地抱着她的肩膀，大家都举杯，为他们的重逢干杯，又为侏儒长高干杯，又为雪冰母亲的平安干杯，又为找到她外公干杯！

今天带给雪冰的全是意想不到的好消息，当她得知自己的外公还同树榕一起去西藏拉萨朝圣，当她知道她母亲已经同外公住在一起，相依为命时，更感到无限的欣慰。

“树榕哥，你不但救了我，救了我妈，还救了我外公，帮他找到失散十多年的女儿，让我们一家人得到团聚，我不知道怎么感谢你了……”雪冰说着说着又哭了。

傍晚，有恒和梅西克带着几个跟来的警察去镇上玩了，园子里一下子也安静下来了，树榕紧紧抱住雪冰，看了一遍又一遍，总觉得不够，尤其是她那褐色的大眼睛和长长的睫毛，总带笑容向上微翘的嘴角，迷人的酒窝，如丝的头发，一切，都是这样美丽，一切，都像梦幻一般。雪冰也双手托着树榕的脸庞，看完又看，他那高高的鼻梁，并不十分浓密的眉毛，一双会说话的大眼睛和有些凌乱的头发，他那性感的嘴唇和略感刺人的胡须。

“我想死你了！”树榕说，“当我知道你为了我而牺牲自己时，我的心都碎了。”

“树榕哥，抱紧我，不要离开我！”

“我不是已经抱紧你了吗？”

“树榕哥，你会嫌弃我吗？我已经是被人糟蹋过的残花败柳了！”

“不要说这些话，你说这些话，我更感到自己罪孽深重了！”树榕说，“本来应是我担的罪，竟要你来负起，我太对不住你了，如果我还嫌弃你，那我还是人吗？以后，我会尽一切办法，使你幸福，使你全家幸福的！”

“你不要离开我，我就会幸福了！”

一对热吻的嘴唇，双方都感到对方的热泪在流淌下来，他们的手都在温柔地抚摸着彼此，不知抚摸了多长时间……

“广东来了个大老板，又开中药房，又开药膳坊，还做房屋买卖呢……”树榕一下子成了蓉城的新闻人物。

自药膳坊开张以来，门庭若市，由于装修富丽堂皇，来光顾者非富即贵，一些三教九流的还不敢前来用餐呢。一些官太太、官老爷更是一家大小前来用餐，并早早就订了座位和菜式，太太们订的菜式，多是滋补养颜的珍品，如冬虫草炖海龟、人参炖乳鸽、田鸡油炖木瓜、花旗参煲老母鸡，当官的订的则以壮阳的药汤补品居多，如三鞭烩肾球、鹿血冲参酒、椒盐鹿鞭……不胜枚举，而一些治胃寒不适的胡椒煲猪肚、治手足麻痹的椒盐炸蝎子、治头痛的川芎炖猫头鹰……更是应有尽有。

开张才一个月，梅西克就紧皱眉头，找树榕来了：

“师父，我们这样下去，不用两个月，就彻底完蛋了！”

“什么？”树榕不太明白，因他白天只是在药店里当坐堂医生，药膳坊他很少顾及，全交给梅西克打理，“不是天天生意兴隆的吗？怎么会彻底完蛋的呢？”

“那些当官的，个个吃完都不付钱，只是说记账，我们又不敢收他们的钱，你说怎么办？”

“什么？他们不给钱，赊账哪能赊得那么多？不行，明天在门口出个告示，说要现金，不赊账。”

第二天，梅西克就在门口竖了个大招牌：

本药膳坊本钱有限，从今天开始，凡来用餐者，一律现金结算，概不赊账。

26 治疗肿瘤求仙草　失足地缝落天坑

“现金结算，概不赊账”的招牌才摆出酒店门口，当晚就出事了。晚上六点，来了十多人，有两个当官的，还有姨太太、下属、客人一大堆，点的汤和菜都非同小可，汤要了个野山参炖鹰嘴龟，菜点了虾子煎猴脑、椒盐大南蛇、鹿鞭烩钱肚、五杯全大雁，酒还要了十斤五蛇祛风酒，临到酒足饭饱时，一个当官的猛然叫服务员进来：

“你们好大胆，竟然将蟑螂放入龟汤里，你知道你们犯了什么罪，要罚多少钱吗？”

服务员傻了眼，天寒地冻的，哪来的蟑螂？他忙说好话解释，当官的说：

“叫你们的经理来！”

服务员只得出去叫了梅西克进来，梅西克进入房间，只见那当官的用筷子夹着那只蟑螂，用眼尾望着梅西克，梅西克一看蟑螂也呆了。

“你就是这里的经理？哼，你好大胆啊！你想封铺不成？这样吧，今晚我给你面子，暂不封你酒店，你明天到省卫生稽查处来等候处理吧，今天的饭钱，明天一齐跟你算吧。”

这班人，吃完之后就扬长而去了。梅西克还在愣怔，另一包厢内又有一桌吃饱后大叫肚痛的人，不久，就来了一辆急救车，这班人匆匆上车，临上车前还大骂不止：“明天再找你算账！”

梅西克和陈国良、陈国宝他们一齐走出大厅，眼睁睁让这班人走了，钱自然也收不到了。他们还未回过神来，二楼大厅就传来了丢碗碟、扔椅子、砸桌子的打架声，他们马上冲上二楼解劝，才一阵功夫，二楼全被两班流氓砸烂了。

“各位，各位，你们要打，请下楼，在外边解决吧……”

那两班人哪里肯依，不一会儿，马路传来了警笛声，从警车跳下七八个警察，这时打架的流氓早作鸟兽散，警官见打架的人走光了，就冲着梅西克说：

“你是这里的经理吧！跟我们回警局录口供吧！”

不由分说，就把梅西克带走了。

第二天，这间药膳坊的大门竟然贴了三张封条：卫生稽查处的、戡乱治安办的、城市管理办的。下午，梅西克放回来了，罚了几百个大洋还未了事，原来，税局的人又来了，说梅西克他们的税务未清，要补税；房产管理局的人也来了，说房产买卖未交税，要罚；治病防病办公室的人也来了，说夸大药膳的功能，滥杀野生动物，欺骗顾客，要罚……

几个回合，打得树榕七零八落，一个月前还花好月圆的，想不到现在竟遍体鳞伤，怎么会这样的？不过是收现金啊！梅西克和陈国良两兄弟回到树榕的别墅，相对而坐，如泄了气的皮球，斗败了的公鸡。

“树榕兄，我们在这里可能干不下去了，这里的人际关系太黑，我们又是外地人，没有后台，是很难站得稳的！”国良说。

有恒突然好像懂事了很多，他想了一下，霍地站起来，说：

“师父，我们回广州吧，还是家乡好呀!”

“朝避猛虎，夕避长蛇，锦城虽云乐，不如早还家。”国良吟了一句唐诗。

人人都说要回家，只有梅西克不哼声，他与有恒打个眼色，就对树榕说：

“师父，你不用愁，房子我们可以补税，酒店可以关门，但生意我们不可以不做!”

“怎么做？现在被他们贴了三种封条，不要说三种，一种就够我们受了。”

“师父，”有恒说，“我们可以关门，说你已经没有资金了，但我们和国良哥继续煲我们的汤，炒我们的菜，我们可以关起门在另一个小地方做，并且要赚够钱才走。”

“你们越说我越糊涂。”树榕说。

“不瞒师父，我们早就估计有这一天了，不过当时我们没有想过是政府的贪官污吏搞我们，只是估计这地方的流氓搞我们，我们在汤里早就放了‘师傅’进去，我们不用去找他们，他们还会千方百计打听我们，找我们炒菜给他们吃呢!”

“你们……”树榕如堕五里雾中，“没有这么神吧？”

“我们早已在汤、菜中放了罂粟壳进去，他们吃过几次就上瘾了，没有我们的药膳，他们就受不了，到时，我们才反过来敲他们的竹杠!”有恒说。

“对，这叫以其人之道还治其人之身!”国宝说。

“啊！原来你们早就做了手脚了!”树榕转忧为喜，“罂粟壳，如果每天用量超过三钱，也会上瘾的，你们这班鬼头!”树榕笑骂道，又问：“这个主意，是谁想出来的？”

“是有恒想出来的，他说跟你到苗寨时，被苗人抓去割罂粟果，苗人在地里告诉他的，还说，用那些割过浆的罂粟壳来煲汤，炆狗肉，特别香……”

语音未落，门口下人就来报，说药铺那边有人找国宝、国良两个大厨师，想请他们做一席酒菜，看样子急得很，等不耐烦似的，不过是一席酒菜嘛，有这么急的？

他们听到后都哈哈大笑起来，梅西克说：

“没错吧！我们不找他，他也会找我们，我们一定要敲他竹杠，并要他们主动解封呢!”

“不过，你们几位要记住，这是伤天害理的事，对一般老百姓就不要放那些东西进去了!”

“这个，我们明白。”众人说。

国良、国宝、梅西克他们三人就跟着过去药材铺了，他们走后，树榕好像散了架一样，就对有恒说：“你明天同雪冰去教会学校接刘霞她们来吧！看看她们学得怎样，如果她们一定要回来，不读书了，就安排她们跟国良两兄弟做些厨房的工作吧!”

上到二楼，雪冰还在厅中看书，等树榕上来。树榕见她还未睡，就问：“还未睡？”

“我等你呢，”雪冰笑着走过去，“今天我去青羊宫求签了。”

“签文怎么讲？”树榕笑着问。

“签里说我今年有喜的，还说我的运气越来越好，旺夫益子呢!”雪冰一边说，一边走到树榕旁边坐下，依偎在他身旁，“树榕哥，我真想快些有个孩子。”

“我也是，”树榕说，“说句心里话，我真的想有个孩子，才能像个家，我，我需要有个完整的家。雪冰，明天你穿戴好一点，我同你一起去找你母亲，让你见见老县长，你的外公！”

“可以吗？我母亲不会影响你吗？”

“不会吧？”树榕说，“我们不要太张扬就是了，因社会的偏见是根深蒂固的，加上你母亲没有隔离治疗，左邻右里会说闲话的。他们不懂结核型麻风通过一般接触是不会传染的。”

浆洗街老县长的旧居门前来了两辆黄包车，树榕和雪冰他俩一大早就外出买了很多礼品和日常用品，直往老县长家而去。拍了一阵门，门开了，老县长一见树榕穿着笔挺的西装，身边站着个如花似玉的姑娘，不用说，这肯定是自己的孙女雪冰了，他还未开口，就听雪冰说：

“外公，我是雪冰呀！”

“雪冰？”

老县长想不到一家子终于团聚了，眼泪一下子夺眶而出，房里的李梦兰听到雪冰的声音，忙在房里喊了出来：“是雪冰吗？是叶医生吗？”雪冰忙走入房中，只见李梦兰坐在床边，正放下手中的针线活，“妈——”雪冰哭喊着扑了过去，一把抱住母亲抽泣不止。

“妈，我们分别已经半年多了，真挂念死我了，我真怀疑我们这辈子再也见不着了！”

老县长过来摸摸雪冰的头，又端详着她的脸上的轮廓，不停地说：“你太像梦兰了，你太像梦兰了，见到你就以为是见到梦兰呢？”

“这回好了，你们一家子团圆了！”树榕在旁边也欣慰地说道。

“你是我家的大恩人呀！没有你，我们早已入土了！”李梦兰说。

“如果没有树榕孙婿，我也早已客死西藏那雪域高原了！”老县长说，“树榕，这次到成都，一切都顺利吧？”

“唉，不要提了，我那刚开张一个月的药膳坊，被那些权贵贪官查封了，他们天天来吃，吃完又不给钱，天天说记账，这不是吃霸王饭吗？我们支撑不下去了，就写出个收现款不赊账的告示，没想到第二天就遭到报复，现在连大门也被封了。”

“你们上街要小心点了，你们看到没有，现在满街满巷，到处都是当兵的，每晚警车都鸣响，到处都在抓人，你们不要同他们硬碰，如果真的做不下去，就回广州吧！”老县长说。

“是呀，过一段时间，如果真的不行了，我就把别墅和其他房产卖掉回广州去，雪冰，你愿意跟我到广州吗？”

“你去哪里，我就去哪里，我已是你的人了，我还能去哪里？”她说完一头倒在树榕怀里。

李梦兰在贵阳就已经知道雪冰被迫嫁给政训主任一事，听到雪冰这样说，心里有一种莫名的刺痛，但又马上被一种更欣慰的感觉所覆盖，李梦兰拉着树榕的手，恳切地说：“树榕，从今以后，你再也不要丢下雪冰一个人了，有时呀，真是世事难料啊！我这个女儿，她心中只有你，你只要记住这点，其他的你都要原谅她。”

树榕明白李梦兰心里想说什么，就说：“伯娘，你放心吧，我再也不会离开她了，绝不会了。”

“雪冰，那你就快点同树榕生个孩子吧！”李梦兰说。

“树榕，如果在成都真的干不下去了，可以考虑到昆明去，云南那边有我一些旧同事和好朋友，还可以到缅甸和安南那边发展，”老县长说，“那边离广东又近一步了。”

“我也想到云南去看看，其实我这次西行，亦有计划经云南返回广州的！”

“那就太好了，那边有各种的奇花异草、灵丹妙药，你还可以见识见识，说不定还会有新发现，发一笔横财呢！”

正说着，李杰来了，他拍门问道：

“叶树榕先生在家吗？”

树榕前去一看，见是李杰，甚是高兴，忙招呼进屋里坐。原来，李杰一直在成都忙着，还没有回大邑的文彩中学教书，两人一见，自有不少话题，其中讲到树榕在自家开的药店里当坐堂大夫时，李杰就问了一句：

“树榕兄，你对癌症是否有研究？”

“我是全科的，没有不看的病，怎么，你有贵亲得了癌症？”

“不是我的贵亲，而是现成都一警署的朋友，他的母亲得了肝癌，腹胀如鼓，四肢如柴，估计命不久矣，如果你能帮他一把，大概对你在成都地区谋生是大有帮助的！”

“这种病，可以帮，但要他签字！”

“此话怎讲？”

“俗语有话，医生医病不医命，她得的是死症，加上年事已高，医药充其量只能苟延生命而已，说到治好，就不要提了！”

“他本人亦说，只要她母亲去得舒服，也就心满意足了！”

“那好，我可以帮他。”

第二天，李杰带树榕前往这个警官的家，这警官得知树榕原来是64军的上校军医后，就十分客气地将母亲的病详述一遍，树榕听后，说：

“我给你母亲看病，希望能达到三个目的，一是延长生命，二是减少痛苦，三是节省金钱，至于治好两字就免提了，因大家都知道肝癌是什么病了。”

“这个我们明白，你放心下药吧！”

“要我帮忙不难，不过要你签字！”

“这个可以！”

于是，这警官连忙写了一张字条交给树榕，说明母亲身患绝症，如遇不愉快的事情，包括死亡，与树榕无关。树榕看了一遍纸条，将它放入口袋，就对警官说：“现在你母亲危在旦夕，如今是与死神赛跑，背水一战。如要回天有术，必须用毒药，以毒攻毒，或许尚有一线希望。”

“叶大夫，你放心吧！”警官又一次要树榕放胆施治。

树榕对警官的老母亲详细检查完后，马上回药店，用蟾蜍研末成粉，烘焦配以青黛、雄黄、埋丸连服三天，后改用胡蔓藤粉，每服三分之一钱，一日三次，连服三个月，再根据脉理给予中药汤剂，大剂量的郁金、元胡、柴胡、丹参、元参、麦冬、人参、云苓、泽泻、党参、茜草、神曲。

没想到过了七天，警官母亲腹胀全消，竟能下床走动了，又过了十五天，吃饭能吃两碗，所谓有胃则生，无胃则死，看来，他母亲有救了。警官又来求善后方，树榕对他说：

“你母亲吃的是玉蜍丸，现再用蟾蜍去皮，将肉浸水一小时，再用来煲粥吧！”树榕说完，又拿出几条艾条，“你交代下人，每天用它来灸她的足三里穴吧！再用乌骨藤二两煎水代茶。”如是者，搞了两个月，他母亲竟面带红光，走动如常，还与人搓麻将牌呢！警官为报答树榕，即送与厚礼，并帮他摆平了药膳坊的封条。过后，李杰问：

“你知道他是谁？”

“不知，他不是病人家属吗？”

“他是我父亲！”

“你父亲？”树榕吃惊地问道，“那你父亲又是什么官？”

“他是成都警备司令部副司令李迪。”

树榕怎么也不敢相信，他的父亲李迪竟然是个副司令，那他现在做的一切，岂不是儿子打倒老子？他一脸茫然，无法理解。他问：

“李杰兄，你日忙夜忙，不是要儿子反对老子吧，如真的是这样，岂不是自己打倒自己？”

李杰笑了笑，反问：

“那，你三哥呢？”

自从树榕接手医治李杰的奶奶，并起死回生后，其医术高明的消息在成都的达官贵人当中一下子就传开了，来求他看病，尤其是患癌症肿瘤来看病的越来越多，癌症最难处理的一大症状就是疼痛，经青羊宫一老道士介绍，使用四川当地一种叫九牛藻的草药，止痛十分有效，于是树榕就慢慢开始使用，但此药奇缺，能挖到的极少。一日，他听人说，青城山有这种药，于是就同李杰商量派了辆车，去青城山寻找这种草药，李杰欣然同往。

青城山位于都江堰之西，山势挺拔，青翠环抱，山形多变，山上清溪长流，植被丰富，多有民间采药工前来采摘各种珍稀的草药。此山又是我国道教发祥地之一，山上有建福宫、天师洞、上清宫等道教古建筑。

一日，树榕带着有恒、雪冰和李杰四人前去青城山寻找那种叫九牛藻的中药。车到了都江堰附近，四人下车吃饭，歇歇脚。都江堰是距今两千多年前由秦时蜀郡守李冰及其儿子主持修建的大型水利工程，而这水利工程经历了两千多年，至今仍在发挥着它的分洪灌溉作用，这不能不说是世界水利史上的一个奇迹。该工程包括鱼嘴、内江、外江、飞沙滩、宝瓶口等部分，周围还建有颇有气势和规模的二王庙、伏龙观、斗犀台、安澜索桥、玉垒关等古建筑。

雪冰第一次陪树榕出来考察采药，高兴得如小孩子一样，蹦蹦跳跳，望远看近，觉得样样新鲜。有恒带她跑到江边摸石子，树榕大声问：

“喂，你们两个摸到什么？有没有萤石？”

“没有！”有恒大声回答道，“鹅卵石就有很多！”

他们在江边玩了一会，吃完饭，就上青城山了，他们在山上兜了个大圈，找遍石缝谷底、树下溪边，就是没有找着九牛藻，在下山的路上，遇到伏龙观的道士，道士说：“几年前，我曾经挖过几棵，现在再不见踪影了，如你们要找，我告诉你，可以到天坑去，那边多着呢！这药止痛消肿的确不错，还能固本培元，壮腰补肾，不过，用量不能过多，每次最多只能用一钱，用多了，就有害无益了。”

“多谢师父指点！”树榕十分感激地说，“那，天坑又在哪里？”

“天坑，在奉节城南，你们到了奉节城问当地土人，他们就会告诉你们了。”

树榕众人离开了青城山，又驱车前去奉节，在车上，摇摇晃晃，雪冰一下子就倒在树榕怀里睡着了，有恒可长了个猴子眼，用新鲜好奇的眼光不断望着车外的田园山色。李杰拿出一支香烟，递给树榕：

“树榕兄，抽一支吧，抽了就不困了！”

树榕接过烟，放在鼻孔下边闻了闻，若有所思，问道：

“你说，都江堰工程这么大，李冰父子他们两代人就能干得完吗？他们是修都江堰的第一人吗？”

“你提出的这个问题已经有很多人提出过了！”李杰望着树榕，两人虽政见不一，但他还是十分钦佩树榕的学者精神的，“这个问题，学术界也争论了很久，据历史文献和我的分析，他父子俩不是第一个修都江堰的，也不是最后一个修都江堰的！”

“我也是这样想，我相信这样浩大的工程，李冰父子两人绝对干不了。秦朝为了统一中国，在平定巴蜀之后，急于建立一个粮食生产基地，有了充足的粮食，才能发动统一中国的战争，而李冰又根据成都平原的自然环境和在都江堰上已有的小规模的水利工程，受到启发，而进行大规模的建造的。”树榕分析说，“初步建成后，要完成这样庞大的水利工程及下游的设施必须经过几代人几百年的不断完善。”

“我的想法与你也差不多，”李杰说，“虽司马迁在《史记》中已有明确记载，‘蜀守冰凿离堆，辟沫水之害，穿二江成都之中……’但从东汉问世的著作《本蜀记》、《风俗通》、《蜀王本纪》中，却多次出现过记述古蜀国国君‘鳖灵’‘凿巫峡，决玉山’之事，又如何解释？可见都江堰的建设起码经历了古蜀和秦两个朝代的人的努力才初步建成的。但，现在人们只说李冰父子而没有古蜀国国王鳖灵，似乎不够公平。”

“是呀，把宝瓶口和沱江的开凿归功于李冰是不符合史实的，其实都江堰的建设应比李冰早二三百年，《尚书·禹贡》记载，‘华阳、黑水惟梁州，岷、嶓既艺，沱、潜既道’和‘岷山导江，东别为沱’。而《尚书》著于战国初期或中期，这说明李冰任蜀守之前，宝瓶口和沱江已载入史册了，不过，古蜀国被秦所灭，有关古蜀国的记载就中止罢了。”

“据你认为，离堆在哪里？沫水又在哪里？”李杰问。

“虽然《太平寰宇记》中，把沫水指为大渡河，凿离堆定大龙游县（今乐山），但两者相距甚远，同时，凿离堆穿二江是与都江堰互为依托的重大工程，只有开凿灌县的离堆，方能做到穿二江于成都之中，所以，我认为离堆应在灌县居多，至于沫水，可能就是洪水、暴水之谓称，并不是指特定某一河流的，你说呢？”树榕说。

“我？”李杰笑了笑，“等以后革命成功了，再研究吧，或许通过古文物的出土可以得到验证，从而结束一场学术争论的。”

“是，是，以后再说吧！”

树榕口中虽说是，但心中却不快：为什么要等革命成功才去研究呢？真是的。

他们一行在奉节县城住了一宿，第二天一早，随便吃了些当地小吃，水晶包子和鸡汁锅贴。然后带了绳索，跟着向导就去天坑了。天坑，位于奉节县荆竹乡小寨村，这天坑的形成说法各一，大多数人说是天上的巨大陨石掉下来形成的，直径有几百米，近似圆形，坑边陡峭，深约三百米，距天坑不远处，还有一条地缝，长约三十五公里，最深处约一千米，不知是不是这陨石掉下来时震出的裂缝。

树榕他们登上岗顶，来到天坑边，望着这大自然的杰作，望着那坑底的森林，望着坑底下那不知去向的暗流和洞穴，以及那令人胆战心惊垂直而下的坑壁，连大气也不敢喘，张嘴结舌，惊讶万分。

“怎么下去?”树榕又兴奋又害怕地问。

“不难，你们在身上绑好绳索，侧着身子，抓住坑边的小树，斜路下去，就能下到坑底了。这样吧，我先下去走一趟给你们看，没事的，一年之中，我们下去不止百回。不过，下边的洞穴就不要走得太进去了。”向导说完，就用绳索绑紧腰部，另一头绑紧坑边大树，上边的人屏着呼吸，看着他三步并作两步，不用三十分钟就下到坑底了。

“下来吧，抓紧绳索，踩住石头和树枝，慢慢下来!”向导在坑底大声喊道。

上边的人听不清喊什么，反正见他顺利下到坑底，个个都跃跃欲试，树榕说：

“我先下，我现在已经隐约看到九牛藻了，长了一大堆呢!”

“我也要下去!”雪冰争着说。

“你不怕?”树榕问。

“不怕，你让我试试吧!”雪冰说。

“好，你第二个下去，有恒你第三个下，李杰兄最后一个下去吧!”树榕说。

坑边，吹来阵阵寒风，站着的时候，觉得手足冰冷，下到坑底，人人已经是汗流浃背，衣衫全湿了，可能是吓出来的冷汗吧。大家平安下到坑底，坑底又是另一个世界。在天坑上面往下看，是青翠明媚的坑底，没想到下到坑底，竟然是遮天蔽日、无路可走的神秘世界。树榕一行在向导的带领下，沿着坑边，找到一大丛的九牛藻，于是，众人忙用手挖，用锄头掘，将九牛藻根部的块茎扒了出来，不一会儿，竟挖了一大箩筐，众人抹抹头上的汗，丰收的喜悦溢于言表。雪冰一人挖着挖着，走到一个洞穴的前边，她往里边望去，只见洞穴下边水清见底，暖风阵阵，比起上边的天气暖和多了，她不由自主地慢慢走入洞穴，洞穴的水越来越深，光线越走越暗，她忽见一只全身透明的虾在她脚边游动，她从来未见过全身透明的动物，于是就高声呼喊：

“树榕哥，你们快来看呀，这里有透明的虾呀!”

树榕等人听到呼喊声，都纷纷走入洞穴中，他们也看到脚边有不少透明的虾，这时，有恒又大声叫：“师父，这里的鱼也是透明的，你快过来看呀!”众人又走到有恒那边，只见几条三寸长的鱼，全身透明，连吸吐水中泥糜的过程也能看得一清二楚。众人越走越入，向导忙点着火把，照着大家，并提醒道：

“不要再往前走了，再往前走，怕有危险了……”

正说着，雪冰又兴奋地叫起来，“有一条很大的透明的鱼呀！估计有两斤多重呢!”众人一听又蜂拥向前，他们在洞穴里，看到的水中动物基本都是透明的，小到小虾、小鱼、田螺，大到鱼、水蛇，无一例外。李杰也为这惊人的发现兴奋不已，他对树榕说：“这是白化现象，在自然界是极少见的。”树榕捉住一条小鱼，放在手心，说：“李杰兄，你看，连鱼身的肠脏蠕动，血液循环，也看得一清二楚，太奇特了。”

这里，洞穴内的水流咆哮声越来越大，水流越来越急，向导再三叮嘱大家：“不要再向前走了，再走就有危险了。”树榕看着水流的方向，想了想，对李杰说：

“我相信，这里有条地下河，出口处可能在地缝那边！”

“对！”李杰也赞同树榕的看法，“当天上的陨石掉下来，砸出这个天坑后，旁边由于受到剧烈的震动，震出了一条巨大的地缝来，它们破坏了原来地下河的流向，而向着地缝那边重新形成新的地下河。”

“我看也是。”树榕说，“如果能有台钻机，在天坑底钻个洞，看看取出来的泥石结构，如果含铁、镍比例特别高的话，那就一定是天外来客砸出来的天坑了。”

“将来革命成功了，我一定带人来钻采，弄个明白！”李杰说。

树榕又抬头望了他一眼，没有作声了。怎么总是等革命成功呢？现在不行吗？真是的！这时，雪冰又大声叫唤道：“你们看呀，这里的蝙蝠是白色的，没有毛的……”她一边说一边用手指着洞壁的飞来飞去的蝙蝠。

众人顺着她手指的方向朝上一望，只见洞穴壁上挂满了半透明的蝙蝠，大概是树榕他们的到来打破了它们的宁静，又或者它们出于好奇，来迎接树榕这些不速之客，有十多只蝙蝠围着向导的火把，飞来飞去。

“好像不是蝙蝠，是石燕吧？”向导自言自语地说。

“是蝙蝠，如果是石燕，羽毛一定很长的！”李杰自信道。

“如果是石燕，那就发达了，我们可以找到燕窝了！我在广西也在岩洞里摸过石燕的窝，还赚了两个大洋呢！”有恒惊喜地说。

“不，是蝙蝠！”

“是石燕！”

“是蝙蝠！”

大家抬高头望着溶洞上空争论不休，突然，雪冰一脚踩空就掉到水流中，一转眼，就被急流冲走了。

“雪冰！”

树榕大叫一声，马上扑到水中救雪冰。

“树榕哥……”雪冰在水中挣扎着。

“雪冰……”树榕在水中呼叫着。

两人的声音越来越远，越来越小，最后，洞穴死一般寂静了。

“他俩完了！”向导失神又悲伤地说了一句。

27 瑶岭初描宏图愿 阎王招手翠绿塘

"他俩完了!"向导失神地站在洞穴的河水中，仰天长叹道。

众人一下子全惊呆了，几秒钟之前还有说有笑，转眼间，树榕和雪冰就被冲走了，他们不断地大声呼喊着，有恒急得眼泪直流。但，这时谁都明白，无论如何也不可能救他们回来了，这急湍的地下暗河，下去一个死一个，下去两个死一双。还是向导有办法，他对李杰说：

"李老板，地缝那边，也有一条暗河在流动，估计，是天坑这里流过去的，很多年前，有一个老乡在天坑边放牛，不小心掉到暗河中，过了几天，竟然在地缝那边找到出口，我们不如现在马上去地缝那边看看，如果他们命大，说不定会让河水冲出来的!"

"好，我们马上过去，到地缝那边!"

地缝，距天坑有几公里远，它的最深处有一千米，长有二三十公里，众人上到天坑顶，不敢怠慢，马上走向地缝。地缝原来是树木丛生，人迹罕至的地方，在树林的深处，有一条长长的深沟，最宽处有几十米，深不见底，加上周围树木遮天蔽日，猿啼狼嚎，令人不寒而栗。他们在向导的带领下，走了近两个小时的山路，终于来到地缝。他们在上边观看了很长时间，决定到地缝底水流的出口处，看看能否有机会见到树榕他俩，这时向导说：

"这出口，离天坑有十多里地，但水流冲过来，还是很快的，不知天坑里的地下河有几个出口，如果我们在这里高声喊，可能有助于他们脱险。"

"有道理!"李杰说，"就算下边有几条支流，但听到我们声音，他们也会顺着方向朝这边摸来的。"

于是，他们就齐声向地下河的出口处高声喊……

在急流中，树榕死死抱住雪冰，水流很急，一下子不知将他们冲到什么地方。好在地下河不深，不一会儿，竟然到底了，两人忙站起来，顺着水流方向前行，但眼前一片漆黑，伸手不见五指，雪冰这时意外地反过来指点着树榕走路的方向和前边的情况。

"怎么？雪冰，你能看到前边的东西?"树榕惊奇地问。

"隐约看到一点吧！跟我以前在贵阳夹墙生活时差不多！你不见水中有很多发光的鱼吗？我就是跟着它们走的。"雪冰这下稍镇定了一点，说："树榕哥，我们会死在这里吗?"

"傻丫头，未到最后一刻，不能气馁，我们要鼓起勇气，如果天要亡我，也是没有办法的事，雪冰，你感觉到没有，身边的风是从后边吹来的，也就是说，前边肯定有出口，才会形成空气对流。"他一把抱住雪冰，吻了她一下，"不要怕，你不是说，我们死也要死在一起吗？我现在就在你身边，你还有什么好怕的呢?"

"树榕哥，我好冷!"雪冰冷得牙关格格直响。

“雪冰，坚持住，我们快念‘南无阿弥陀佛’吧，一起念，或许，观音菩萨会听到我们的声音的。”

两人一起念“南无阿弥陀佛”，说来也怪，念着念着，慢慢不觉得冷了。不知走了多长时间，前边有几处急流声，树榕看不清，但从听觉分析，可能这里是个岔口子了，雪冰对树榕说：

“树榕哥，我看到了，左边有一条水道，不过洞穴很小，右边又有条水路，但较大，洞穴也高，可以站着行走，我们就走右边吧！”

“好，现在听你的就是了。”

忽然，隐约听见前边有人的呼唤声，雪冰侧耳细听，忙对树榕说：

“树榕哥，向这边走没错了，我听到外边有人叫喊的声音，你细听……”

树榕也侧耳细听，不错，是有恒和李杰的声音，对，他们在洞穴出口处呼唤我们呢！两人高兴得跳起来，这回又走了一趟鬼门关，死里逃生，有救了。

“快走，向这边走！”树榕向着传来声音的方向大声喊：“有恒，李杰，我们在这里呀！”

树榕一边说一边拖着雪冰向前走，前边慢慢地露出一点光线，他们越走越兴奋，他们知道，现离洞口已经不远了，忽然，一个发光的肉团团的东西绊了树榕双脚一下，树榕本能地向后一缩，雪冰看得清楚：

“这是一条很大的娃娃鱼，还是透明的呢！”

她一边说，一边用手在水中轻轻一抱，这条娃娃鱼竟乖乖地躺在雪冰的怀里。两人加快脚步向前走去。

“师父，师父……”有恒声嘶力竭地在洞口不停大叫着，忽然隐约从里面传来呼唤声，外边的人细听，认出是树榕的声音，就马上扑向洞口，“师父，师父……”

这时，洞里边传来了淌水的声音，李杰和有恒往里边一看，见树榕和雪冰从里边走出来了，雪冰双手还抱着一条肉团团的东西呢！

“有恒，李杰，我们出来了！”树榕见到他们后大声高叫道。

“天公开眼了，天公开眼了！你们终于平安出来了。”李杰忙走过来扶着他们，只见他们浑身湿透，不停哆嗦着，雪冰手里还抱了一条透明的大鱼，就说，“来，我帮你抱着它！”

有恒连忙脱了件衣服递给雪冰，说：“雪冰姐，快穿上，冷死了！”

雪冰把娃娃鱼交给李杰，正想接过有恒的衣服，就昏倒了。

当她醒来的时候，众人已经围着她多时了，她的身边还有一堆篝火呢！雪冰受到过度的惊吓，又加上在水中泡了一个多钟头，已经精力耗尽，无力再走了，树榕只得背着她下山。路上，向导说：

“我听老人说，洞穴里边是九岔十八弯，你们能出来，真是奇迹啊！叶老板，里边真有九岔十八弯吗？”

“我也不知有多少个弯，多少道岔，水流急得站也站不稳，能出来，实属万幸了。”树榕心有余悸，再也不敢回头想了，“回去马上杀鸡还神吧！”

“这条鱼还是透明的，可能是上天奖赏给你们的呢！”李杰说。

“哎，拿回去煲个汤，补补身子！”有恒说。

“你们不要动它，让我交给农业部门的官员，这是一个重大发现呢，让他们也好好看看，开开眼界，认识什么是白化的动物，让他们研究研究动物的进化。”

树榕正说着，忽然前边有几个手拿大刀、头盘黑布、腰绑红带的大汉拦住他们的去路：“喂，你们是干什么的?”

李杰望了他们一眼，就说：“我们是成都警备司令部的！你们是谁?”

这几个大汉上下打量了李杰一阵，又问：“有证明吗?”

“我们是开车来的，车就在路那边，你们看！”李杰用手一指停在路边那辆车。

“我不管你是不是成都警备司令部的，反正我这里不是成都，路过这里的都要交路费。”

“你们是哪部分的?”

“我们是樊拙生樊大爷手下的，你敢怎样?”为首一个见李杰手中抱着条娃娃鱼，就说，“这条叫什么鱼？这么奇怪的?”

几个大汉凑上来看，过了一会儿，为首的说：“放下这条鱼，当买路钱吧！未经我们樊大爷同意，敢来捉我们的神鱼?”他一挥手，几个大汉就把鱼抢走了。

“你，你们还讲不讲理?”树榕气愤地问。

“算了，算了，强龙不压地头蛇！走吧，否则麻烦还在后头呢！”李杰说。

他们上车开走了，路上，树榕问李杰：

“李杰兄，那个樊拙生是个什么神仙，连你们成都警备司令部也不放在眼内?”

“那个樊拙生？他是臭名昭著的会道门头子，在四川势力很大，中央军、地方军也不敢惹他，更不要说那些吃干饭的警察了。如果我们在这里得罪了他，那就不用回成都了！”

“唉，我的活标本娃娃鱼啊！”树榕感叹地说了一声。

“你的活标本？现在可能已经成了下酒菜了。”李杰说。

雪冰回到成都就病了，银娇连忙烧香拜神，祈求一家子平安。树榕要她帮忙看好药材铺的现金和货物的进出，银娇心灵手巧，一点也不比雪冰差，把药材铺管得井井有条，她伯父也在药店帮着打理。

一日早上，忽然刘霞和小小两个污糟邋遢光着脚跑回来，身上还穿了军装，树榕刚起床，正想洗脸，见她俩那狼狈相，就吃惊地放下毛巾，走上前去，拉着她俩的手，问道：

“怎么啦？怎么搞得这样狼狈的，你们不是去了军训的吗?”

“树榕大哥！”

两个姑娘一齐哭着扑向树榕，使劲地摇曳着他。“怎么啦？怎么啦?”树榕一边扶她俩坐在沙发上，一边安慰道，“先不要哭，说来听听，是怎么回事?”

原来，学校名义上是集中军训，实际上已经准备将学校所有女学员安排到各部队的卫生机构，明天就要开赴前线了，她俩和几个同学知道得早，半夜里就偷偷跑了出来，逃回成都，由于走得匆忙，连鞋也没来得及拿，所以只得光着脚走回来。有几个同学坐车回成都，一下车就被抓了回去，好在她俩聪明，在成都前一站下车，所以没被抓着。

“怎么会这样的?”

树榕这个书呆子一下子也发懵了，他想了一下，就说：“这样吧，你们马上洗洗脸，换上衣服，我叫有恒带你们去药膳坊帮国良两兄弟，你们暂时不必回来，我每天都会到那边的，等风头过去后，你们再回来!”

她俩略略洗漱打扮后，就跟着有恒去药膳坊了。她俩前脚才走，后脚就有人拍门找她们了，树榕说未见她们回来，还说要学校负责把人找回来，否则，不肯罢休，这班人见人不在，树榕又有李杰这后台，就只得悻悻然地离开了。

树榕在成都出了大名，一是有绝招治肿瘤，二是有绝招烹药膳。传说的东西假不了，也真不全，以治疗肿瘤为例吧，有不少病例经树榕治疗后而明显好转的，当然也有过不了几个月的。那药膳就传得更神了，除了有些的确患了慢性病，吃了明显见效之外，大部分是些达官贵人为了保命而前来补身子的，而对于一些无恶不作或横征暴敛者，梅西克等人更是下足“师傅”进去，钱，自然花了不少，这叫“来得无道，去得冤枉”罢了。

冬去春来，转眼又过端午节了，树榕回想近年来自己的经历和现在的名成利就，似有点飘飘然了，想起他老爸对他的评语——可守业而不善创业时，更是大大地出了一口气，不管现在时局多混乱，他竟然在夹缝中得到发展，这的确算是一个奇迹了。

是否可以再多开间药膳坊了？这几天他总是想这个问题，不如找梅西克、国良和国宝他们研究一下，想着想着，就来到药膳坊了。由于离饭市时间尚早，餐厅内尚未有顾客，就直入厨房。

自从刘霞和小小两个姑娘到来之后，国良、国宝两兄弟干活比以前来劲多了，而刘霞和小小这两人更是笑声不断，给整个药膳坊带来了温馨的清风，整个酒家的精神面貌为之一变，显得更朝气蓬勃。刘霞洗菜、做杂工，国良总喜欢帮忙，而小小切菜切肉，国宝更是处处关心，嘱咐她小心手指。一次小小不小心切破手指，鲜血直流，国宝还毫不犹豫地扯下自己的衣服为她包扎。四人的关系越来越密切，梅西克是看在眼里，记在心里，总不敢对树榕说什么。今早，他们在厨房工作，国良又给她俩讲笑话：“从前，有个江湖郎中，不学无术，医死了一个胖子，胖子家属见这郎中家贫，就只要他买个棺材抬上山，命就不要赔了。郎中与他的老婆和两个儿子一起抬棺材，走到半路，郎中想到命运如此不济，年过半百，还一事无成，就不禁唱起山歌来：从此不做医生了。他老婆听后，马上续第二句：不做医生无饭吃。大儿子听后又马上续上第三句：医人找个瘦一点。小儿子最聪明，马上续上第四句：瘦点不用抬这重。”说完，刘霞和小小都开心地大笑起来。正笑着，树榕走到厨房了，笑着问：

“什么这么好笑？你们在说笑话吗?”

刘霞一见树榕，忙放下手中的菜，跑过去抱住树榕，捏了他一下：“树榕大哥!”

“哎，现在是开工时候!”树榕轻轻拍了拍她的肩膀，“干得愉快吧?”

他一边说一边走到国良国宝两兄弟身边，对他们说：

“你们两个替我拿个主意，我想再多开间药膳坊，看看有没有可能，今晚来我家，我们好好聊聊!”树榕也回头对梅西克说，“你也要帮忙考虑一下，资金需要多少，够不够?”

“我们什么时候可以回家?”小小迫不及待地问。

“我看还要等一等。”树榕走到小小身边，也亲热地拍了拍她的肩膀，“这几个月，满街都是当兵的，每晚都抓人，不知怎的，时局会变成这个样子，你们万一被抓进去，不被折磨得脱层皮才怪呢!”

“师父，四川人这么喜欢打火锅，我们可不可以将火锅与药膳结合起来一齐搞?”梅西克道。

“梅西克你真是骨子里都会做生意!”树榕听后大加赞赏，“怎么我没有想到呢!你这个想法有得做!我回去好好想想配方和口感!这个主意真不错!”

小小也停下手中的工夫，走到树榕旁边，一把抱住他，并捏住他的鼻子，说:“树榕大哥，我要买夏天的衣服了，你把我俩忘了!”

“不会，不会!”树榕也捏住她的耳朵，“下午收市以后，你们和国良、国宝上街去玩，顺便买衣服吧!口袋有钱吗?”

“有，我们的钱还没有用过呢!不过，我要你陪我们去买!”小小说。

“那好吧!”树榕想了一下，说，“大家都一起去吧，梅西克和国良、国宝都去买套西装吧!”

饭市过后，已经是下午三点钟了，树榕带着大家来到大街上，周围逛逛，两个姑娘走进商场，左挑右选，好不开心，几个大男人跟在后边，耐着性子等着。

“哎，你们也去挑套西装吧!”树榕用手指指前边的柜台，忽然前边见到云南的罗老板，罗老板认得树榕，忙过来打招呼:

“叶老板，是你呀!”

“罗老板，是你呀!”两人亲切握手，“自车站一别，不觉已有半年多了!”树榕说。

“对对，有半年多了!”

“贵体安康吧!”

“无碍，无碍!”

和树榕握手的这个人，就是为张献忠窖藏一事而疯了的那个云南老板，看来，他已经治好病了，树榕从他的眼神就可以看得出来。树榕望着这个矮矮胖胖，长着八字须，活像个滑稽小丑的罗老板，心里就有几分喜欢。其实人对人的印象无他，一是笑容，二是真诚，有了这两样，一般都能博取他人好感，加上罗老板天生一副滑稽相，又是做药材兼古玩生意的，树榕对他印象自然就不错了。

“这次到四川还想找张献忠窖藏?”

“不找了，不找了，咸丰皇帝也找不着，我哪能找得到!”罗老板尴尬地笑了笑，“我这次来是想采购一些四川的中草药罢了。”

“都采购齐了?”

“差不多了，川乌、川断、川椒、川楝子……满满买了一大车，正雇了辆车，明天就回个旧了。”

“这么急要走了?”

“是呀，现在时局不稳，天天说打仗，一天一个样，办完事就早点回家了。”

“这样，今晚我请客，到我药膳坊吃顿饭，怎样?”

"哎呀，那多谢你了！"

树榕回头叫梅西克等人自己去买衣服，他带罗老板先回别墅谈他的生意了。回到别墅，雪冰见树榕与罗老板一同回来，就忙着招呼他入大厅。罗老板左右看看这精致的别墅和如花似玉的雪冰，不禁伸出大拇指称赞道：

"真是大富之人呀！"

树榕说："这位是内人！"罗老板的手伸入衣服内，摸出了两件著名的云南象牙佛雕送给雪冰："嫂夫人，在下今日临时前来贵府拜访，没带什么礼物，这两件小小手信，不成敬意！"说完又拿出自己随身携带的斑铜宝剑，送给树榕，满脸笑容，张嘴说了十句八句不成敬意。雪冰见他这个逗人乐的滑稽样，也就没有回避之意了，树榕也对雪冰说："你也坐下来一起聊聊天吧，听听罗老板谈谈云南的新鲜事，增长见识也好！"众人坐下，上茶毕，罗老板拿着茶杯，笑着对雪冰说：

"我们云南呀，四季如春，山多、水多、民族多、植物多、珍禽异兽多、节日多、漂亮姑娘多、怪事也多。"

罗老板一口气说了不少的多，听得大家顿时感到新奇、神秘。

"罗老板，云南怪事多，怎么怪法？"雪冰微笑着问罗老板。

"我们云南呀，人称'十八怪'，但各地的怪法不同，我只说我们当地的'十八怪'给你们听听：四季衣服同穿戴，东边下雨西边晒，火车没有牛车快，牛奶做成扇子卖，种田能手多老太，姑娘叫老太，背着娃娃谈恋爱，粑粑叫饵块，青菜叫苦菜，草帽当锅盖，香豆数着卖，三个蚊子一碟菜，鸡蛋拴着卖，牛粪粑粑墙上盖，竹筒当烟袋，鞋子后边多一块，屋墙下面摆棺材，四季鲜花开不败，你们说，怪不怪？"

罗老板一口气数了十八怪出来，说得树榕两人直拍手掌，他说得太精彩了，雪冰拉拉树榕的衣服，撒娇地说："树榕哥，我们去云南玩吧！"她说，"云南这样新奇好玩，看看十八怪嘛！"树榕说："好好好，我们就去云南玩一趟！可以了吧？"

"叶老板，你不是说要去云南找那乌骨藤吗？"罗老板兴奋地问，"我还记得你说过呢！"

"对呀，那种对治疗肝病、肠病、肺病有特效的乌骨藤，你们那里有吗？"树榕问罗老板。

"有，多得很呢！"罗老板说，"出了我们个旧镇，附近的大山周围都有，到时你可以叫土人上山替你采摘，也可以自己上山寻找，那里还有很多奇特的中草药呢！"

"是吗？"树榕越听越感兴趣。

"我们那里不但有治疗癌症肿瘤的乌骨藤，还有治疗瘫痪的灯盏花草，不但有作箭毒用的见血封喉树，还有比砒霜还毒的金波旬花……"

"真的？"

"那还有假，还有大象，孔雀呢！至于玉石、珍宝、香料、药材、水果，那就更多了！"罗老板一个劲地赞美自己富饶美丽的家乡。

"树榕哥，我们马上去云南吧！我要捉一头小象回来玩！"雪冰拉着树榕的手说。

"你用什么养它？"树榕问。

"我可以用药膳坊的菜头菜尾来喂它，如果不够，我们的花园不是有很多野草吗？"

雪冰天真地说，“我还要捉一只孔雀回来，让它天天开屏给我看，多美呀！”

树榕只是笑而不语，罗老板又说：

“那些药材也好，大象、孔雀也好，都是在原始森林里才有的，你们以为在马路边就能找到？呀，对了，明天我租的那辆车就回云南了，如不嫌弃，你们可以同车前往！”

“那，太好了！”树榕说完，站起身来，“我们现在先到药膳坊吃饭，吃完饭再回来安排去云南的事，罗老板，今晚你就在我别墅过夜吧！”

“多谢了，多谢了！”

树榕带着雪冰、有恒，跟着罗老板的货车去云南个旧了，树榕好说歹说将梅西克和银娇留下，并交代了张得财和国良的工作，就高高兴兴地起程了。

越向南走，气温越高，罗老板的货车经昭通、东川，到昆明已经是第四天了，罗老板邀请树榕一行在昆明玩了两天。有词为证：

苏武慢·游昆明

簇拥鲜花，四季如春，万树抱千家。石林映日，西山晚照，一抹苍山如画。翠峡滴翠，魂峡无不丧魂，狮口言怕。风味小食，藕粉调糕，赐名“救驾”。

一转眼，硝烟四起，金戈铁马，雄兵逐鹿中华。世易时移，天翻地覆，旌旗一指南下。满腹经纶，空有报国宏愿，投效哪家？天有数，腐朽将去，大浪淘沙。

云南是我国少数民族最多的聚居地区，民族风情绚丽多彩。省内多山，东南低西北高，落差很大，地形复杂。境内岩溶地貌较为典型，石林、溶洞伏流河广布在滇东、滇南地区，西北部以雪山河流峡谷为特色。省内植物种类繁多，珍禽异兽种类多得不可胜数。

昆明，是云贵高原上的一颗明珠，气候温和，四季如春，民风淳朴，物产丰富。罗老板带树榕三人首先到了西山龙门滇池参观游览。西山滇池，位于昆明城西南。滇池四周，东西有金马、碧鸡二峰夹峙，南北有长虫、白鹤两山遥望，西山名胜极多，凌霄殿、南极宫等不胜枚举。他们拾级而上，到龙门牌坊，见游客都纷纷跳起摸牌坊上的龙珠，说能摸到即可行好运，有恒和雪冰即马上跳起去摸，摸到后都咧开嘴笑道：“我有好运了，我行好运了。”

他们游完西山，罗老板又带他们游宜良的九廊风景区的翠峡、魂峡和雄狮大厅。翠峡，又称“情人峡”、“情人谷”，长六百米。魂峡高百余米，最窄处只有二十米，峡底急流轰鸣。而雄狮大厅则因洞口的钟乳石酷似雄狮而得名。回头又到石林逛了一圈，众人极尽兴致，眼界大开。树榕想：祖国山河，如此壮丽，如无战争，那该多好啊！有词为证：

水调歌头·游云南西山龙门（滇池）

西山雨蒙蒙，袋入墨绿中，金马碧鸡夹峙，白鹤啄长虫。苔藓青青路滑，盘山扶上九重。金瓦凌霄殿，山顶树摇风，回眸南极宫。

跃龙门，摸龙珠，叟与童。人人如此，成败贫富各不同。不怕千难万险，还需忍辱负重，方可言成功。摸珠便转运，未免太轻松。

他们在昆明玩了两天，就南下个旧了。

个旧，是个不大的城镇，该城盛产锡，城镇满街满巷皆是出售锡条和锡制工艺品的店铺。故，个旧，有“锡都”之称。到个旧，已经是离开昆明第三天的下午时分了。

罗老板的家就在镇边上，在当地也算是一个十分富裕的商家。原来，罗老板是瑶族人，后来在个旧谋生，发了财，就在个旧安了家。几天来的旅途劳累已经令树榕三人精疲力乏，但罗老板却精力充沛，下了车就指挥人卸货入仓，家中的老母亲也忙出来迎接树榕这些远道而来的客人。吃饭时，罗老板的母亲说：“如果要找乌骨藤和其他珍奇草药，就必须到蒙自的大山去了。”

蒙自是个旧附近的山区县，县内大山连绵，森林密布，是瑶族聚居的地方，罗老板自告奋勇做向导，带树榕他们一行去蒙自，因罗老板的老家就在蒙自，树榕真是求之不得。第二天，他租了一辆马车，就兴高采烈地向南驶去了，车走出个旧不久，就到了一片一望无边的竹海，这竹海延绵百十公里，树榕从来未见过这样高大的竹树，就忙叫停车。他们下了车，树榕就马上到竹林里看个究竟。他抬头仰望，只见竹林高不见顶，高耸挺拔，遮天蔽日，竹身灰白鲜嫩，世界上竟然有这样高大的竹子？树榕简直不敢相信自己的眼睛，问：

“罗老板！这是什么地方？”

“这是锡城镇，牛角寨村，怎么啦？”

“罗老板，这竹树有多高？”

“你问这竹树吗？大约有七八十尺高吧！”罗老板说，“这里的竹还不算最高的，在我们云南勐海县勐混乡，那里的竹才算高才算大呢！一条巨龙竹就有一百四十尺高，口径有三十六公分，一条竹的重量就有九百斤呢！”

“什么？一条竹就有九百斤？”树榕以为这是天方夜谭，“这不是比一棵树还高还重？”

“对呀！一般的歪脚龙竹也有三四十米高的，所以当地的土人都用来建竹楼，而建成的竹楼也是又高又大，其他地方的竹楼是无法比拟的。”

“罗老板，今天你为我们国家立了大功了。”树榕感慨地拍拍罗老板的肩膀说。

有恒和雪冰丈二金刚——摸不着头脑，不知树榕说什么，树榕只顾按自己的思路，不断地喃喃自语道：“天公开眼，天公开眼了。”

“此话怎讲？”罗老板不明地问。

“罗老板，你知道吗？为什么我国年年闹水灾？原因就是我们砍伐树木太多，使表土裸露，土不保水，土地大量沙化。如果要遏制这种恶性发展，就必须大力种树，而种树目前只局限于乔木类，乔木类的树种有它的优点，就是种子采集方便，育种容易，但，乔木生长缓慢，更没有再生性，砍了一山就光一山。这样，问题来了：不砍树，山民没有生活来源；砍了，又造成水土流失，这就是种植乔木的死症。另一种树就是竹树，它生长快，三年就可成材，再生性强，你砍了它，它自己又长出新的竹笋出来，不用年年投入大量的人力物力去植树，山民年年有收入。如果我们全国推广种植这里的毛竹和巨龙竹，那，中国的生态环境必将会被彻底改变，山民的收入增加了，江河不会泛滥成灾了。我们还可以大力发展造纸业。不用几年，我们中国就能成为全世界最大的造纸王国了。”树榕凭着他敏锐的感觉发表着他心中的见解。

“大家都知道竹是高产、快生的好东西，但竹树没有种子，现在土人种竹，都是用嫩竹插枝繁殖的，砍一棵竹树下来，最多只可以繁殖三棵，中国这么大，就算将中国现有的竹林全部砍光，也种不完全部面积的百分之一，你的想法行得通吗？”罗老板问道。

“行得通！繁殖竹树的死穴在种子，但我们可以用细胞组织栽培法来繁殖，从理论上来讲，你只要给我一个胚芽，每个胚芽每个月可以分裂（平均）八棵，这样培植下去，到年底就有将近七亿棵树苗了。”

“这么厉害？”罗老板、有恒和雪冰他们听后都惊讶不已。

“如果我们在北纬三十六度以下，每省种植十分之一的山地，黄河流域以南的地方就可以在五年内变成竹海，生产出来的纸张可以供全世界使用了！以后，长江、珠江源头及周围地方就不会出现水土流失了，山民的生活就富裕了。”树榕说。

“如果真能做到，那真是功德无量啊！”罗老板说。

“那还用说！”树榕继续说，“只要我们选好高产竹种，并分高低海拔，耐寒耐旱耐涝的品种，各省加以推广种植，那，真是造福后代的大善举啊！”

“那，怎么推广你刚才说的……什么细胞组织栽培法呢？”罗老板又问。

“这个不难，等我抽空马上写个报告给国民政府林业部门，让他们组织资金人力，在各省推广，只有我们几个人，那当然不行了。”

“那，师父，你就快点写吧！”有恒说，“你看我的家乡广西梧州，年年发大水，年年又淹田地又淹死人的，每年一到端午节前后，就如到了鬼门关一样，家家户户都提心吊胆的！”

“我可以预言，如要绿化中国的大江南北，将来必然是竹树当家，如果能在北纬三十六度以下加以推广种植，那中国的荒漠化土地就解决百分之六十了，经济最发达的地区就有了保障了。”

天空忽然透出明媚阳光，树榕抬头望着蓝天，他仿佛看到他写的报告已经得到国民政府重视，拨下大量的资金和人力物力，在各省纷纷开设植物细胞培养基地，他仿佛看到祖国到处都青翠欲滴，竹海万里，他仿佛看到竹海的工人抬着一捆捆竹子运入纸厂，纸厂又将一卷卷的纸张运到各地码头出口……忽然，一声马嘶蹄踢，使树榕从梦幻中回过神来。

“叶老板，我们还是上路吧，到蒙自还有一段路呢！”

“好，好，我们上车吧！”

正说着，只见雪冰和有恒不知从哪里抱来一只小狗，他觉得奇怪，忙问道：

“哎，哪来的小狗？”

“不知道，它老跟着我们，不肯离开！”雪冰一边摸摸小狗的毛一边说。

“那，好兆头，自来狗，旺主的呢，带它一起上车吧！”罗老板说。

有恒和雪冰就高高兴兴地抱着小狗上车了，快到蒙自时，由于道路泥泞，马车不好走，于是，罗老板就干脆打发马车回头，他们下车徒步走向蒙自县城了。

他们来到青山环抱的水田乡，已经走得十分疲倦了，罗老板说：“不如歇歇，喝口水再走，你看如何？”于是大家就在路边坐下，扇扇风，凉快凉快。雪冰放下小狗，过来替树榕擦擦汗，树榕轻轻摸着她的手，说：“多谢！”雪冰含情一笑，拿过汗巾，左右望了望，见前边有一水塘，就想过去洗洗汗巾。她才走了两步，小狗就跟着跑到前边了，小狗大概也渴了，它蹦蹦跳跳地跑到塘边，才喝了几口水，就突然失踪了。

众人眼睁睁地看着这小狗被“吸”进水塘里，连个气泡也没有，不禁大惊失色，雪冰还不懂止住脚步，继续前行，大概她想走近点看个清楚，这时，后边有人大声喊道：

“喂！前边这位姑娘，不要再往前走了，危险啊！快停下来！”

雪冰听清楚有人叫她，吓得站在原地不敢动弹，像被钉在地上一样。树榕他们忙跑过去拉住雪冰，跟着跑过去的还有一位当地的老人，老人气喘喘地说：

“姑娘，好险呀！你知道这叫什么塘吗？”

他们连忙问这个老人，老人说：

“它就是神秘的绿翠塘了。”

“它就是绿翠塘？”众人听后，舌头伸得老长。

这个神秘的绿翠塘，有个美丽的传说：相传很久以前，有一对翠鸟生活在绿翠塘边，日复一日，它们在附近的林间觅食，在塘面戏水，生活过得悠闲美妙。一天，雌鸟被偷猎者夺去了生命，鸟毛一片片落在绿翠塘上，雄鸟悲啼着用嘴把一片片雌鸟的羽毛衔起。从此，无论是枯枝败草，只要落在绿翠塘，这只翠鸟便衔走。直到现在，虽然已经不见那只翠鸟的踪影了，但无论是春夏还是秋冬，一年四季，绿翠塘中没有一枝一叶，总是清澈无染的。

更令人不可思议的是，它像一个魔塘一样，它的面积虽然只有两千平方米，但所有涉足它的人都有去无回，它就像个无底洞一样，附近的人或牛、猪，只要下去喝水游泳，就不明不白地失踪了，生不见人，死不见尸。有一年，一批越南的山货客路过此地，其中有几个跳入塘中游泳的，也一去不复回，自此，就更没有人敢靠近它了。

这魔塘吞人的事件引起人们的种种猜测，不知从何地来的探险者纷纷前来勘探，但都乘兴而来，败兴而归，至今，绿翠塘还蒙着一层神秘的面纱。

“我的小狗呢？我的小狗呢？”雪冰还在嘟囔着。

“还说小狗！”树榕抱住雪冰说，“是小狗救了你的命，如果不是它先下水，后果就不堪设想了。”

罗老板还没有从惊愕中回过神来，还愣怔地站着，倒是树榕想得深些，他拍了拍罗老板的肩膀，说：

“我估计，这塘下边有条急流的地下河，塘的底部就形成一个旋涡，流速大，压强小，上边的重物就被‘吸’到塘底，又从塘底的地下河冲到另一个地方，我想，所谓神秘，就是这个理！”

当地的老人不懂什么流速，什么压强，只是一个劲地说：

“你们快走吧！这是冤魂不散的地方，一年一替，不论大小，这里早有说法了，附近的人有些是失足落塘的，有些是寻短见前来自杀的，总之每年都会发生一两起，你们说说，这些死得不明不白的冤魂能散去吗？”

“我们还是快点走吧！”罗老板终于回过神来了，“从这里到蒙自县城还要走个把钟头，如今晚能赶到蒙自，明天我们还可以上瑶山参加我们三年一次的达努节呢！”

“达努节？”有恒问。

“对，瑶族的达努节！”罗老板说。

28 少徒糊涂做瑶婿　师父喜得奇药归

“你要采乌骨藤，就要上瑶寨，瑶寨周围的原始森林里面，什么药材都有。”罗老板一边走一边说，“到了瑶寨，我找个本家兄弟，带你上山，你就可以随心所欲，任采无妨了！”

“听罗老板安排就是了！”树榕说。

“今晚，我们就在蒙自过夜，等一会，我请你们吃一顿蒙自菜，明天，我带你们上山参加我们瑶族的达努节，好吗？”

“好！”

有恒举手举脚赞成，当然了，有得玩，有得吃，谁还能说不好？到了蒙自县城，他们安顿好住宿的旅店之后，跟罗老板到了小河边的一间大排档，他们坐定后，伙计就端上当地有名的山茶，山茶挺香，但没有品牌，当地人也不懂在这方面做文章。过了一会儿，伙计就端上菜来，罗老板也从厨房走了出来，连说道：“不要客气，来，起筷！”

“这些菜叫什么名字？你给我们介绍介绍吧！”树榕说。

“好呀！”罗老板极尽东道主之能事，热情介绍道，“这个菜叫蒸青苔蛋，这个叫烤竹鼠，旁边那盘叫油炸牛皮，中间那盘叫香草烧鸡，酸笋煮鱼你们在四川吃过了，但与我们瑶家的风味不同，雪冰姑娘前边那盘叫油泡竹虫，有恒面前的是鸭脚竹筒饭。”

“单听菜名，就知道好吃了！”有恒咽了咽口水说。

“罗老板，这竹虫的样子这样吓人，我怕！”雪冰将身子躲到树榕的身后，指着盘上的竹虫说。

树榕望着那些炸得金黄金黄的竹虫，食指大动，说：“这是美食中的极品呢！皇帝也不一定能尝得到，不用怕，你吃一条就觉好吃了，甘香酥脆，营养丰富极了！”

“我不做皇帝了，还是你来做吧！”雪冰就是不敢吃竹虫。

正说着，伙计又拿来一大筒竹筒酒来，才打开木塞，酒香立时四溢，香惊四邻，人人都伸长脖子拉长鼻子往这边闻：“好香啊！”有些食客还骂店老板偏心，怎么广东的客人来就给好酒，而当地的客人来就不拿出来。店老板忙解释，这是瑶寨头人自己留下的，他自己实在无权开启，众人才悻悻然散去。

“各位，今晚大家这样高兴，不如一起来品尝这美酒吧！”树榕对酒鬼们说。

这下可不得了，树榕才说完，十只八只醉猫酒鬼就一窝蜂地涌到这边桌来，罗老板也大方，忙叫加菜，这些酒鬼也将自己的菜拿到这边来，有意与树榕搭讪，气氛甚是热烈。酒至半酣，众人才知罗老板是瑶寨头人的亲弟弟，更是倍加恭敬，频频向树榕和罗老板敬酒，当然，雪冰也喝得不少了。

今晚太高兴了，人人都喝得天昏地暗，吆喝声酒令声不断，酒鬼们连站也站不稳，还吆喝着“干干干”，树榕也醉眼蒙胧，垂下筷子。有词为证：

宴山亭·酒鬼

晚霞未尽，华灯初上，宴席酒气冲天。酒鬼同桌，猜拳行令，个个自称酒仙。不给面子，抓鼻灌，声震云边。没事！哪能做狗熊，豪气如前。

杯盘狼藉菜冷，酒中捞西月，海量不变。五人十鼻，地软脚硬，舌头打结声咽。谁说我醉？我比老妈大三年。没错！筷子送菜到鼻尖。

第二天一早，瑶族的铜鼓就敲得震天响，这天，是瑶胞的达努节。

达努节，又叫祖娘节或盘古王节，是瑶胞最盛大的节日，在农历五月二十九举行。“达努”瑶话的意思是：不要忘记民族的历史。

这样盛大的节日，不是每年都举办的，而是根据当地的传统和当年收成的好坏以及人畜安康与否而定。有的地方三年一次、五年一次，有的地方甚至十二年才举办一次。关于达努节的由来有种种传说，其中一个比较完整的传说是：远古时候，瑶族祖先密洛陀女神要她三个女儿到人间独立生活，第二天一早，大女儿首先起床，扛着犁耙到中原去犁田种地，后来子孙繁衍成汉族；二女儿起床后，挑着书担读书去了，以后的子孙繁衍成通晓琴棋书画、吹拉弹唱的壮族；三女儿日上三竿才起床，一看家产没有了，便哭起来，密洛陀就把家里仅有的一斗谷子给了她，叫她在山里开荒种地，可是，谷子发芽了，野猫来刨，禾苗分叶了，麝又来啃，稻谷成熟了，山雀飞来啄。三女儿告诉妈妈，妈妈便把她珍藏多年的一面铜鼓送给她，三女儿把铜鼓带回山里，烦闷时就敲鼓作乐，鸟兽来吃庄稼时就敲起铜鼓驱赶鸟兽，结果，稻谷获得了丰收，三女儿就在山里安居乐业，传宗接代了，便成了现在的瑶族。为了纪念祖先，瑶胞便把密洛陀的生日——农历五月二十九定为达努节。

树榕一行在罗老板的带领下早早上了山寨，山寨的头人昨晚得知树榕一行要上山来过达努节，早早就做好了迎接的准备。当树榕一行走到山门时，头人忙出山寨门迎接，牛角号、铜鼓声顿时响遍森林和山野，响遍瑶寨每个角落，在头人的陪同下，树榕一行喝了一回又一回的进寨酒，他们在笙乐声中来到空阔的地坪，地坪上早已载歌载舞，热闹非常。他们席地而坐，正欣赏瑶族姑娘和小伙子那优美、粗犷的舞姿，有恒就被几个姑娘拉到欢乐的人群中跳舞去了。

他们坐了一会，头人又邀请树榕走入茅寮，围着火塘，吃肉喝酒，一直饮到傍晚。罗老板说：

“叶老板，我们瑶人与你们汉人是表亲，今天你能上山来同我们共庆达努节，就是我们的兄弟了！”

“我们本来就是兄弟嘛！”树榕乘着酒兴大声说道。

“对，为我们的兄弟情谊干了这一碗！”

“干！”

茅寮内，豪气冲天，气氛热烈极了，雪冰眼看树榕快醉了，就说：“头人，我老公酒量有限，可能他醉了！”

“痛快！醉了才是兄弟！”头人说。

朦胧中，树榕想起一个下午都不见有恒，就问罗老板：

“我的徒弟去哪里了？怎么一个下午都不见人？”

“哎，叶大哥，你就放心吧，他正玩得欢呢！几个姑娘还在逗着他乐呢！”罗老板说。

有恒自上山寨以后，就被几个姑娘“挟持”走了，把他拉到人群中不停地跳舞，在这几个姑娘当中，有恒似乎最喜欢同一个十五岁的姑娘跳，到了傍晚，几个在旁边做评判的姑娘的父亲，已经心中有数，自认为落选的气呼呼地走了，获胜的忙叫人请有恒过来，并叫自己的女儿陪着吃肉喝酒，几大碗下肚，有恒就不知天南地北了，姑娘的父亲就安排把有恒扶入一间收拾干净的房间，姑娘转身将门一关，就大功告成了。

第二天，树榕从酒醉中醒来，雪冰忙打水给他洗脸，才放下毛巾，就见有恒同头人、姑娘等一起进来，罗老板首先开腔：

“叶兄，昨晚，你本家小兄弟已经同我侄女相好了，以后，我们真是一家亲了！”他说完就指指姑娘的父亲，说：“他是我堂兄，是碧色寨头人，他是我们家族的长子嫡孙呀！”

树榕忙上前去，双手握住这碧色寨头人的手：“我与罗老板既然是兄弟，那你就是我大哥了！大哥请坐！”

这头人高兴地走入厅堂，有恒糊涂地跟着，后边还跟着一个胆怯害羞的姑娘。这姑娘身材健美，肤色红润。树榕深知这是他们常用的“生米煮成熟饭”的手法。说老实话，这姑娘绝对配得起有恒，不过两人，尤其是有恒年纪尚小，但到此地步，只得顺水推舟了，于是就问这姑娘：

“你叫什么名字？”

“我叫罗金花！”

“很好听的名字！”树榕说，“金花姑娘，昨天你跳舞时还那样奔放，怎么现在竟害羞起来了呢？”说完大家都笑起来。

雪冰走过去，拉了金花一把，“来，来，坐在我这边！”树榕说，“金花，昨晚有恒待你好吗？”有恒忙走过来说：“师父，我昨晚什么也没有做，我醉了，醒来才知金花睡在我身边。”头人听到就急了：“有恒贤婿，同床就是夫妻了！叶兄，你说是吗？”树榕笑了笑，心想，头人怕有恒不认账了，忙说：“有恒，金花姑娘是个好姑娘，你以后就要好好待她了。”

“对，对，你以后可不能欺负她啊，尤其到了广东之后……”

“各位兄弟，这次真是无心插柳柳成荫呀，我不知你们瑶族的礼仪怎么样，不如就按我们汉族的礼仪吧，现在双方家长都没有意见了，那我就先给两百个大洋作为聘礼吧，等有恒满二十岁时，就来完婚，娶她过门，你们说可好？”

“这……”罗老板望了望他的堂兄。

“不行，不行！”头人说，“十八岁吧！今年有恒十六岁，后年今天就娶金花过门吧！”

树榕想了想，自己现在身在瑶寨，不答应也得答应，就说：

“好吧，十八岁就娶金花过门吧！”

树榕叫雪冰找了张红纸来，包了整整两百个大洋，亲手交给头人，头人高兴得直打哆嗦，因他听罗老板讲过，树榕父亲是广州有名的商界巨子，叔父是军长，今天竟然攀上这门亲事，真是祖上吃了八辈子斋了。

“叶兄，你放心，我一言九鼎，把十五头牛养好，五只猪五只羊养好，这两年不让金花干半点活，把她养得又肥又白，再交给你……”

“大哥，大哥，你停停，停停！”树榕大笑起来，“金花的嫁妆我们就不要了，十多头牛，五只猪，五只羊，你叫我们如何赶回广州？况且，广州的市场天天都有牛羊猪肉卖，你就不要费这份心思了。真的，我们不需要，你把它们养肥了就拿去卖掉，到腾冲买点玉石拿到广州或越南卖，或从这里买些锡到腾冲、缅甸、越南卖，赚个钱吧！像你弟弟罗老板一样，他从四川买药材回来，又拿到越南去卖，这才叫赚钱，才叫有出息呢！”

“对，对！”头人不断地点头。

“金花也不要养得太胖了，广州人不喜欢太胖的女人，太胖的女人没人要！”树榕说。

“真的吗？”头人紧张起来，马上对金花说，“你听到了，千万不要吃得太胖了，太胖没人要，知道吗？”

他一说，众人都哈哈大笑，金花姑娘羞得满脸通红，没处躲藏。树榕又说：“大哥，这宗喜事，我看就这样定了，你和金花有空可以到成都找我，也可以到广州我的老家，以后常联系就知道我的去向了。我这次来，主要是想买或采摘乌骨藤……”

“什么，乌骨藤？我碧色寨大山周围多得很呢，不值钱，我们还拿它当柴烧呢！以后呀，你就不要上山自己采摘了，你要多少，捎个口信来就可以了。”

“不，不，我还想看看有没有见血封喉树、灯盏花草、金波旬花等珍奇的药材。”

“都有，都有！”头人说，“这样吧，我马上叫人回寨去给你斩一大车回来，让你运回成都去，怎样？”

“那就太谢谢你了！”树榕说，“什么时候能拿到这里？”

“明天吧！”

“那好！我在这里再过一夜，今晚我还想抽点时间写份报告给林业部门的，那采药的事就拜托了！”

“今天，我们要好好喝两盅，已成亲家了，怎能不喝？不如，你干脆到碧色寨去，我带你上山，顺便让有恒看看金花的闺房，可好？”

“不打搅吗？”

“哪里话！哪里话！”头人说，“亲家不上门，还能算是亲家吗？”

“好，我们就去碧色寨！”

今天的碧色瑶寨比过节还热闹，族人忙着杀牛杀猪羊，听说广东人喜欢吃野味，又打了水鸭、猫头鹰、麂鹿、野猪、鳖、大南蛇回来。树榕临时上山寨，没有带什么手信，就随手将手表除了下来，送给金花，作为长辈的礼品。寨里的人从没见过手表，纷纷前来观看，头人见多识广，对金花说：

“你以后要多孝顺叶师父，叶师父就是有恒的爸，如果你听话，叶师父不要说送个手表给你了，送个更大的脚表给你也说不准呢，知道吗？”

“知道了！”金花只是一味眯眯笑，反正，什么是脚表她也未见过。

有恒还是小孩子一样，一步不离树榕，总跟在他身后，雪冰推了推他，说：“你也陪头人喝两盅吧！”

“还喝呀？今晚又不知……”有恒欲言又止，谁也不知他往下想说什么。

“对对，来来，我真的要同我女婿喝两盅了。”

头人拿起大酒碗，有恒不能不喝了，不一会，又天旋地转了。树榕看着进进出出的人，端着像是永远端不完的菜，就对头人说：

“大哥，你杀那么多猪牛羊，还有那么多野味，一个月也吃不完，我看，就不要再端进来了，本想今天到山里采摘中草药的，现在看看天色已晚，去不成了，又要等明天了。”“你不用上山了，放心吧，误不了，我已经交代族人都上山采药了。”头人说。

大家尽兴散席后，树榕被安排在山寨最干净的房间里休息，房间里有盏很亮的煤油灯，这已经是不错的了。他进了房间之后，马上铺开信纸，动笔写他的早就构思好的报告了。

呈国民政府林业部部长阁下：

题目：将来要绿化荒山，防范洪水泛滥，要使中国成为世界造纸大国，就必须广种竹树。必然是竹树当家。

内容：

一、要绿遍大半个中国，非竹树莫属。

现在水旱灾不断，生态受到严重破坏，主要是人为的滥伐，以致水土流失，河床淤阻，如要恢复生态，就必须广种树以保水土。种树有两种，一种是常种的乔木类，此类树种易得，但生长慢，没有再生性，砍一次就完了，又要重新补种，否则又成荒山了。另一种是竹树，此类树生长快，可再生，常砍常绿，但，没有种子繁殖，靠插枝，一棵竹树只可育出三棵新竹来。

二、用细胞培养繁殖法大量繁殖竹苗。

如果我们能用该法，从理论上讲，只需一个胚芽，每月以繁殖八棵计算，一年内可以繁殖近七亿棵竹苗了，如果在我国北纬三十六度以下各省都建设一个至两个这样的繁殖基地，五年内，将可以绿遍祖国的大江南北，到那时候，荒山都变成宝山，山民都变成富民，中国就可以变成世界上最大的造纸王国了。

三、先从西南部一省或几省做起。

由于中国西南部气候温和，雨量充沛，竹种繁多，可以繁殖出各种优质高产的竹苗，尤其是云南勐混乡的巨龙竹，更是中国独有，一棵竹就高达一百四十尺，直径达三十六公分，重达九百斤，而个旧锡城镇牛角寨村的优质毛竹，也高达七八十尺，如能推广，产量远超松、杉、杨、桉者。

四、阁下能否尽快拨出资金，开发该项目？我亦愿倾尽全力，发扬知识分子的科学救国精神，为中华大地的锦绣河山作出自己一份贡献。

叶树榕

民国三十七年阳历六月三十

树榕写完这份报告之后，心事总算放下，站起来，推开竹寮的窗门，清凉的山风顿时微微吹来，令人格外精神，格外舒畅。他拿着茶杯，仰望天空，仿佛看到中华大地到处都绿油油一片，鸟语花香，河水清盈，他仿佛看到周围都是大型的纸厂，工人忙着将一卷卷的纸吊上车，送到世界各地，他仿佛看到国民政府的大员们纷纷握住他的手，连声说：你真是中华民国的绿化之父啊……他沉醉在缥缈的梦幻之中，忽然，听到雪冰在旁边轻轻地叫了一声：

“树榕哥，写完报告了？”

“啊！”树榕回过神来，见雪冰拿了条毛巾过来，就接过来擦擦脸，笑着说：“谢谢！”便一把拉雪冰坐在身旁，指指他写的报告，说：“林业部官员收到之后，一定会十分重视的，过几年，当我看到周围都是竹海，到处都是青山绿水，到处都是生产优质纸张的工厂，那就是对我最好的奖赏，最大的安慰了。”

“是吗？”雪冰也弄不清什么叫植物细胞培养法，见树榕高兴，也为他高兴，说，“到时，一人分一座山，让他们种竹，使他们个个都变成富翁！”

“一人分一座山？”

雪冰无意中说出一句不知深浅的话，却一下子敲醒了树榕的脑袋，有可能吗？这些山不是都掌握在地主、头人、土司手中吗？树榕一下子也懵了，现在“耕者有其田”还未实现，又怎能推广植物细胞（组织）培养法呢？他想了一下，把心一横，不管怎样，到成都后就寄出，看看政府的反应再说吧。

这时雪冰拿着镜子在照来照去，问：

“树榕哥，你说我漂亮吗？”

“太漂亮了！”树榕抱住她温情地说。

“如果我这次不是跟着你来，那做瑶寨女婿的可能是你而不是有恒了！”雪冰说。

“也是有可能的！”树榕也实话实说，“不是说我是轻浮的人，而是社会风气，女家要求，还有他们要找出路，找生存空间决定了的。历史上不是有很多政治婚姻、经济婚姻吗，都是冲着这个理来的。夫妻关系已成为家族间的纽带，孩子，就成了两个家族的核心了……”

“所以，我也要尽快有个孩子！”雪冰抱住树榕深情地说。

“我说与他们瑶民结亲也有可能，就是说，现在兵荒马乱，他们也想找个靠得住的亲缘关系，在世事变故时可互相照应，而我，”他笑了笑说，“当然也可以利用他们的山地种竹，做我的科学实验了。”

“那你带我来，就后悔了？”雪冰拧了树榕一下。

“你说到哪里去了？我说如果！假如！真有你的。你是我生命的一部分，我绝对不能没有你，这点，你要相信我。”

他们聊完，雪冰十分认真地将树榕的报告叠好，放入行李中去，树榕这时突然感到这个报告可能是个肥皂泡，是没有结果的，他美好的幻想，可能难以实现，可能是自己幼稚的一厢情愿的多余之举。就算政府愿意做，那下边各省的地主、头人愿意做吗？土地都掌握在他们手中，又怎能一人一山，山民变富民呢？唉！难道真的要像自己三哥那样闹革命才行吗？

第二天早上，瑶寨前的草坪上陆陆续续来了很多背草药的瑶民，不到中午，草药就已经堆满了草坪，这回，他要找的乌骨藤、灯盏花草、见血封喉树、金波旬花全有了，估计，要请一辆大货车才能拉得完呢！

吃过午饭，头人安排了瑶民把一些用盐腌好的野猪肉、麋鹿肉、大南蛇及其他野味一大堆连同草药搬上车，送行的人站满了路边，罗老板那张一年三百六十五日都是笑的脸今天笑得更灿烂了，他忙这忙那，交代下人搬药材，又吩咐司机路上要注意的事项，转过身来，对金花说：

“金花，叶老板和有恒要走了，你怎么不送一件东西给有恒呢？”

金花羞涩地走过来，把早已准备好的绣花荷包拿出来，一手递给有恒，红着脸说：“戴着它吧，戴着它就记住我了！”

有恒傻乎乎地接过荷包，不知说什么，树榕在旁边看到了，就说：

“有恒，怎么啦？”

“师父！”有恒醒过来，忙紧张地说，“昨晚我也是被他们灌醉了，我什么也没做……”

“哎，我不是说你昨晚，我是说你现在，人家送个荷包给你了，这是定情之物呀，你回赠什么给人家呀？”

“我？”有恒想来想去，不知送什么。

“你就送个夜明珠吧！”树榕提醒有恒说，“你不是还有的吗？”

“对，对！”有恒忙从行李包中取出一颗最圆最大的萤石来，双手递给金花。金花接过萤石，看完又看。

众人从来未听过夜明珠，就一窝蜂地涌过来看，树榕握着头人的手，说：

“好了，再见了，八月十五我在成都等你和金花，罗老板！”

“八月十五我们一定到！再见，再见。”

29 大展宏图昙花现　树大招风恶人来

树榕一行回到了成都，行家们见树榕只用了十天八天时间，就采摘到了整整一车的珍草奇药，无不称奇赞叹，有了这些药，树榕就有了新主意，想办一间制药厂，专做膏丹丸散和冲剂，于是，又马不停蹄在骡马市找到一间旧房，筹划着采购些药厂的设备和招工事宜。中午饭市，树榕到了药膳坊，开了间厢房，把张得财、银娇、雪冰、有恒、梅西克、国良兄弟、刘霞、小小和老县长一起找来，开会研究发展大计。

大家都已知道有恒有个“老婆仔”了，都纷纷前来道贺，梅西克更是兴奋不已，对有恒说：“恭喜恭喜，明年生个大胖小子!”

雪冰说：“如果梅西克同去，说不定也可以娶个回来呢!”她一边笑一边将瑶寨那天挑女婿的事从头到尾说了一遍，大家都好似听阿婆讲“从前”的故事一样，总以为是编出来的。

“这是真的。”树榕笑着说，“刚才雪冰说了，如果梅西克同去，也肯定能娶一个回来。”树榕停了一下，“好了，言归正传了，现厂房已经定下来了，梅西克你的新药膳坊怎么样了?”

“我同国良哥在市区走了一遍，在春熙路找到间不错的铺面，主人急于出手，价钱不贵，我想趁便宜把它买下来，这铺有两层，每层有三百平方米，十分适合我们做酒店的。”

“那好，资金方面没问题吧?”

“没有，药膳坊这几个月赚到的钱可以将它买下来了。”梅西克说。

“这样，你们听我安排了，老药店从今天开始由张得财、银娇掌管，新药厂由雪冰掌管，旧药膳坊由梅西克和国良掌管，新的药膳坊由有恒、国宝掌管，米铺油店由老县长掌管，大家以后同心协力，创造辉煌……”

正说着，楼下传来了人群的呼喊口号声，声音由远而近，越来越大。

“反对内战!”

“反对饥饿!”

“我们要工作!”

“反对独裁统治!”

……

树榕听到后，觉得心烦，十分扫兴，他站起来，转身将窗门关上，回头对大家说：“我们继续谈吧，你们以后闲谈莫论国事，免得招惹是非。”

“师父，这几天的报纸，天天都在说打仗，看来国军在东北、中原都输定了!”梅西克说。

“我们只管做生意，治病救人，那些打仗的事是他们党派的事，与我们无关。”

正说着，楼下传来一阵嘈杂声，不一会儿，又听见急促的上楼梯的脚步声，一转眼，门口就来了十多个荷枪实弹的士兵，一个当官的走过来，望了树榕他们一眼，问：

"你们在开什么秘密会议？快说！"

"不不，老总，我们是在研究开药厂的事！"树榕说。

"开药厂？"当官的盯着树榕，"我看没有那么简单吧！"

"我们的确在开会研究办药厂的事！"他说完，又拿出64军军部的公函来，交给当官的看，当官的看完之后，交还给树榕，问："你们不知道不准三人以上的集会的吗？"

"这不是集会，只是家里人聚聚而已！"树榕还是十分客气地说。

"你们滚下楼，这房子我们用了！"当官的大声喝道。

树榕几个人被当官的赶下楼去，他们这时才发现，马路两边布满了军警和便衣警察，银娇和雪冰十分害怕，躲在树榕身后大气不敢喘，老县长也从未见过如此大阵仗，游行的人有工人、学生，也有教师、商人、农民，他们举着横额，边行进边高呼口号，而马路两边的军警则如临大敌，消防车的水枪正指向示威的人群。

突然，药膳坊二楼一声枪响，顿时，街上枪声同时大作，水枪也同时射出高压水龙，游行队伍顿时大乱，示威的人群四处奔跑，警察的警棍到处飞舞，马路被鲜血染红了，警笛声、叫骂声、搏斗声、射水声、口号声、枪声响过一阵之后，慢慢也沉静下来了……

时局不稳，社会秩序混乱，民不聊生，树榕天天耳闻目睹，但这毕竟还没有触及他的宏图大计。人们忙着示威，忙着打斗，忙着逃荒时，他却无声无息地发展起来，不但新的药膳坊开张了，药厂也开张了，而且用瑶寨头人送给他的大批草药加工提炼，制成各种疗效不错的膏、丹、丸、散，也着实赚了一大笔。他暗自以为自己是乱世英杰，以为是苍天对他的照顾，他想，如果这样发展下去，年底，他也有脸面回广州见自己的兄弟姐妹了。

转眼又到农历八月十五了，街上的商家也做了各种应节的灯笼、招牌和各式应节的月饼、礼品。树榕的药膳坊自然也不在话下，他交代有恒和梅西克在两个药膳坊挂起了几个大红灯笼，在这乱哄哄的世道，也算是张灯结彩了。

瑶寨的头人、罗老板和金花应约前来，还带来了几大车树榕急需的草药和几支硕大的象牙。头人从未来过成都，这回也算是开了眼界，尤其见到树榕的别墅是如此富丽堂皇，更是啧啧称赞，金花和有恒这回有说有笑，一回生，两回熟，没有上次那样拘束了。树榕又带他们参观了他的工厂，参观完又回到新药膳坊吃饭，尝尝有恒的药膳火锅，兴奋之情自不在话下。

正用餐之际，忽然抬头一看，原来是启泰和李杰来了，树榕立时兴奋至极，他们三人又握手又拥抱，寒暄毕，树榕请他们入座，说道：

"今日中秋佳节，能与两位故人同聚，真是不胜欣慰。"

启泰更是频频举杯，说道：

"想不到分别才几个月，树榕兄就事业有成，宏图大展，真是可喜可贺啊！"

"我们都无须这样文绉绉的了，说说看，你这次来成都，是来探望我还是另有贵干？"

"我一来是看望树榕兄和李杰兄你们，二来是受家父之托，到四川、云南办点事。"启泰道。

"办什么事？要我帮忙吗？如需要的话，不妨开口，小弟我一定尽力而为。"

“我这次回来，李杰兄已能解决，暂时还无须麻烦树榕兄你！”启泰说。

“他要找世叔伯刘文辉谈一笔香港的生意！”李杰说。

树榕听闻，也就不便问下去。

“有一件事，可能真的要麻烦老兄你呢！”启泰说。

“什么事?”树榕问。

“现云南那边打摆子（疟疾）特别多，军队里的士兵都传染开了，卢汉叔叫我出来时顺便访寻一下有没有既有效又便宜的成药，如有，就采购一点回去。”

“你这趟出来找人找对了，我的药厂正用青蒿和常山提炼出了治疗疟疾的口服药，试用效果还相当不错!”

“真的，那就太好了！”启泰说，“那我就不用到处钻了！”

“治疟疾，我们瑶寨有两个独步单方，十分灵验的！”头人说。

“是吗?大哥不妨说来听听！”树榕说道。

“可以，可以，一是口服的，一是外用的，两样加起来合用，百发百中，万应万灵呢！口服的是用香附一两，制草乌三钱，水煎分服，外用的是用甘草、甘遂等份研末备用，内服药时将这外用药外敷肚脐即可！”

“啊！有道理，有道理！”树榕大有茅塞顿开之感，“草乌有截疟化痰之功，甘遂有祛痰破积、治疟解毒之效，与甘草相配，两药相反，取相反相成意，妙极，妙极！大哥，你这秘方，能救多人，功德无量呢!”

“在军伍之中，难以煎药，这方好是好，但估计不能在军伍之中推广使用啊！”启泰说。

“不难！我可以做成行军散，你们发给士兵，冲水口服，这就解决了。”树榕胸有成竹地说。

“看来，这单生意，非树榕兄莫属了！”李杰哈哈大笑，“树榕兄，启泰一来，你又发了。”

“大家同发，大家同发。”树榕说，“药材由罗大哥提供，再由罗老板运来成都，再由我的药厂加工制造包装，最后由启泰兄批发销售，你说，是不是同发?”

“对，对！”大家齐说。

“那我呢?”李杰说。

“你也少不了一份好处！”树榕说，“如果你老爸和刘文辉主席要货，那我也可以一起提供!”

“好，一言为定!”李杰说，“那我们给药起个什么名字呢?”

“我看，就叫做‘行军孖宝散’吧！你们说呢?”树榕说。

“好，就叫行军孖宝散！”大家附和道。

席间，雪冰自然问候玉环可安好，启泰也问候老县长可安好，老县长说：

“老了，不中用了，你看，我头发都掉光了！”

大家望着老县长的秃头，都笑了，李杰说：

“老县长，人家说，十个光头九个富，你是大富大贵的有福之人呢!”

“可惜我排到第十呢!”老县长说。

大家又嬉笑一番。头人望着老县长的秃头若有所思，自言自语地说道：

“我们瑶寨就没有秃头的。”

“对了，对了，你不提我还不注意呢！”树榕也忽然醒悟了似的说，“我去过罗老板和你碧色两个瑶寨，真的没有发现有秃头的，难道你们有什么神方圣水，可以防治秃头的？”

“神方圣水倒没有，只是我们经常食芦笋，我们祖上传下来说的，多食芦笋可以防治秃头脱发的！”头人说，“如果有些人不幸脱发了，我们也有办法！”

“什么办法？”启泰下意识地摸摸自己的头说。

“我们用扁柏叶加老姜等量浸烧酒，浸一周就用来擦头皮，很快就能长出头发了！”

“真的？”大家惊喜地问道。

“那当然是真的！”头人说，“你见我们瑶寨哪个有秃头的？不过，防秃头，少吃油，多梳头，这是要记住的！”

“树榕兄！”李杰拍桌叫道，“你来制这个治秃头脱发的药，我来销售，怎么样？”

“好呀！这方原料易得，制作也不难，李杰兄肯一力承担推销，我哪有不制此药之理的！扁柏叶和老姜由罗大哥提供就是了。”

“好！一言为定，大家同发，干杯！”大家齐站起来，碰杯尽兴。

席间，金花频频给大家斟酒，人人都觉得这个小姑娘有教养，都说有恒娶了个好老婆。金花却想着树榕这位“家公”将来送给她的“脚表”会是怎样的。饭后，国宝、国良、刘霞、小小、有恒、金花都一起逛街去了，树榕几个大男人也回别墅继续谈他们的大事了。

回家路上，刚拐过春熙路，忽然不知从哪里飘来了一张传单，树榕抬头一看，只见天上的传单如雪花一样飘来，随风一吹，吹得马路上到处都有，路人忙捡起来看个究竟，树榕顺手捡起一张，在路灯下一看，见传单写着：“热烈祝贺解放东北”、“热烈祝贺解放军全歼东北敌军五十万人”、“热烈庆祝全歼徐州敌军六十五万人”。

树榕看完传单，又看看启泰和李杰，似信非信地问道：“这是真的吗？”启泰点点头，没有哼声，树榕见状，才相信是真的。他正想再多捡张传单看看，马路传来了急促的哨子声，不一会儿，警车的警笛由远而近地传来了，树榕正茫然站着，老县长说：

“是非之地，不宜久留，我们还是快回去吧！”

树榕的制药厂日夜加班，赶制“行军孖宝散”，交给了启泰，启泰也及时运回云南，李杰也接到父亲李迪和西南公署副长官邓锡侯的要货订单。生意兴隆自然不在话下。树榕踌躇满志，已近年关，本来决定回广州一趟，摆摆阔气的，也临时决定不回去了，多赚几桶金再说。不过，他有时也不明白，现在有饭吃，有钱赚，李杰、启泰他们还搞那么多动作干什么？

一日，来了几个大人物来找树榕，经他们自我介绍，原来是四川成都复利银号经理谭银山，还有一个是四川省林业部负责人王会云，其他几个看样子起码也是秘书之类的，他们一见树榕，就打鞠作揖，客气异常，只见王会云说：

“叶先生，你写给政府的关于用细胞培养法繁殖竹树的报告我们已经收到了，你字里行间处处反映出你关心国家、关心民众的高尚情怀，我们几个今天来，代表政府向你表示感谢，并给予表扬，叶先生，你忧国忧民，难能可贵呀！”

原来政府已经收到树榕的报告，特派人来找树榕共同研究这个项目的落实事宜。

“叶兄的报告，政府有关部门已经传阅过，并十分重视，现派我们几位前来，共同商议一下，怎样落实，怎样开发，并想听听兄弟的高见，今次来，连银号的当家也带来了！”

树榕真有点受宠若惊，想不到自己的科学发展计划能得到国民政府如此重视，不禁热血沸腾，激动不已，他满腔热情地说：

“要改变中国的落后贫穷，就必须科学救国，科学先行，各位试想想，如果那些贫穷的农民都富裕了，那中国的事情是不是好搞多了？历朝历代的更变，都是穷之过，穷则思变，变则乱。所以，富民为当政者的第一要务，想通过一个人的努力来改变整个中国的落后面貌是不可能的，如政府出头，那就不同了！”

“对，对！”谭银山说，“所以，政府决定，无偿给你一万亩荒山，让你大搞科学种竹，这回你满意了吧？如你财力有限，人力不足，可以先拿一百亩做试验嘛！”

“什么？给我一万亩？”树榕简直不敢相信自己的耳朵，这不是比头人和罗大哥的山地还多？谁说国民政府不关心民众的？他马上说：“那真是太感谢政府了！”

“对，你首先应感谢蒋委员长！”谭银山说，“现在，政府已经拿出一万亩地来了，不知叶兄拿出什么实际行动来实现自己的宏图大计呢？比如，你准备投入多少资金，或准备贷多少款项呢？你有什么困难不妨直说，我银号全力支持你呀！”

树榕想了想，政府这样重视自己的报告，又愿意拿出一万亩地来，无偿给自己搞科研，自己现在是出大力的时候了，他决心已定，就态度坚决地说：“我想初步拿一千个大洋出来，先办个科研基地……”

“不不，叶兄太小气了，一千个大洋干不了什么大事，你应加大投入，不够，银号可以给你嘛！”谭银山说，“敝号可以贷给你法币两亿，怎么样？要么不搞，要搞就搞大的！”谭银山说，“我贷两个亿给你，年利息嘛，只收你六厘，够朋友了吧？你搞出来的竹苗，政府包收购！”

“我怕贷多了，还不起！”树榕老实地说。

“不怕，你有药厂，还有两间药膳坊，还有药材铺、米铺、别墅和房产，就算差了多少，政府也不会跟你计较的！”

“好！既然政府这样支持我，我就下决心搞大它，搞好它，我一定要搞个名堂出来！”

“对，对，这才是大丈夫的英雄气概啊！”

他们越谈越投机，谈到最后，谭银山拿出贷款协议书出来，写明半年以后开始分期还息，一年之后本息还一半，三年之后还清，竹苗由政府包收购……给树榕填好后，就准备起身告辞了，临行前，王会云忽然问树榕：

“叶兄，听说你去过青海、西藏，是吗？”

“对呀，王兄怎会知道的？”树榕问。

“叶兄呀，你已经是大名鼎鼎的人物了，谁人不知？”

“哎，什么大名鼎鼎的，见笑了，见笑了！”

“听说你是64军军医出身，对吧？”

“是呀！”树榕说。

“你又怎会到贵阳办起麻风病康复中心的？”

“唉，中国老百姓惨呀，贵州很多麻风病人没有得到医治，这病真有蔓延之势啊！”

“叶兄忧国忧民，真是我等的楷模呀！好了，再见，再见！”

他们一行刚走出门口，李杰迎面走进来，李杰一见他们几个，先是怔了一下，后马上同他们打个招呼寒暄几句，之后谭银山他们就出门了。

树榕还沉浸在成功的喜悦之中，送走谭银山他们之后，忙迎李杰入屋，还未坐定，李杰就问：

“他们几个来干什么？”

“他们来找我，一是说政府收到我的科学种竹的报告，来表扬我的，二是说无偿给我一万亩山地给我搞科研的，三是贷款给我……”

“贷多少？”

“贷两个亿！”

“什么，两个亿，你快将协议书拿来给我看看！”

树榕将贷款协议书拿来给李杰看，李杰看后，大惊失色，问道：

“你知道王会云是干什么的吗？”

“他不是四川林业部的官员吗？”

“他是林业部的官员？你错了，大错了！他是军统重庆稽查处处长！他与谭银山同是‘黑色十人团’！”

“什么是‘黑色十人团’？”

所谓的‘黑色十人团’，就是国民党政权在大陆行将覆灭之前在四川成都成立的小团伙，这十人分别是川康地区武装贩烟运烟第一巨头姚可南，军统重庆稽查处处长王会云，成都警察局交警大队长于明辉，国民党陆军第三十四集团军驻蓉办事处处长蔡军炽，国民党陆军第二十九集团军副官长张济安，成都警察局稽查长周德光，军统雅安站站长徐伯威，成都复利银号经理谭银山，成都地区著名的会道门头子樊拙生，国民党成都警备局令部乡镇情报所所长康兆奎，这班人在新中国成立后很多成为四川当地的政治土匪，对当地为害甚烈，解放军在全国战场节节胜利，他们眼见全国形势急转直下，于是公开结拜为兄弟，名义上要在动乱之际互相帮助，实际上这是个集烟、匪、银号、会门、军警各界各种头目于一体，相互包庇，到处寻衅作恶的有势力和影响力的小集团。他们沆瀣一气，为非作歹，所有平民百姓，甚至连国民党四川省政府部门对其也只是敢怒而不敢言，这就是当时不仅在成都，而且在整个川康渝地区都令人闻之色变的有名的“黑色十人团”了。

树榕真的惊呆了，在惊愕之余，心里想，他们虽然是一班恶人，但也未必是想加害于我，我同他们远无冤，近无仇的，他们之所以来，都是冲着我写的报告而来，不过是例行公事，向政府有个交代而已，想了一下，对李杰说：

“李兄，他们虽是一班恶人，但也没必要无端加害于我，我父亲在广州做生意，也认识不少恶爷们，但河水不犯井水，在社会上做事，不认识几个三教九流的人是不行的，不过，不与他们同流合污就是了。”

李杰看到协议书上写着："折合大洋三万七千二百一十三元。"不停摇头，叹了一声，说："树榕兄，我真怕他们凭着这一张白纸就把你搞垮啊！"

"怎么会呢？我们刚才还说得好好的，明天我们就去看拨给我的一万亩山地，做试验场，政府马上派一批毕业的大学生前来，帮我搞起实验室和繁殖苗圃，还准备马上成立示范林场，我生产多少竹苗，他们就收购多少，并在全国推广，他要害我，目前还未看出有什么动机和必要，你说是吗？"树榕说。

"那你以后小心点就是了！"李杰说。

树榕的生意一天天做大，一帆风顺，真有如日中天之感。近来，连蔡军炽也来光顾他，原来三十四集团军也来采购树榕生产的行军孖宝散，生意一来一往，与蔡军炽还挺熟络的，树榕终于松了一口气，但愿李杰的忠告只是虚惊一场罢了！于是，他拿起笔，给广州家里写了一封长信，将在成都的发展概况告知父亲。

形势的发展也的确出乎树榕的意料，国民党政权大有风雨飘摇，危在旦夕之势，在成都，街上的兵丁警察虽然明显增多，但达官贵人们照样纸醉金迷，花天酒地，没有半点行将覆灭之感。大概，报纸、电台也是夸大其词，炒作炒作也未可知。直至一日，报纸宣布蒋介石下野，李宗仁出任代总统，树榕更觉和平有望。李宗仁是广西人，两广两广，自古以来就是兄弟，他上台比蒋介石可能更稳妥更贴心些。

"这是他们党派的事！"

树榕的宗旨始终未变：这两个月来，办他的实验室，招收技术人员和农场工人，建房子开荒苗圃，样样顺利，树榕有空就去农场指挥，一切按部就班。

一日，老县长前来报告：

"树榕呀，现在市场物价飞涨，我看买多一点材料回来为好啊！你看看，我们三个月前买一台显微镜才一万，现在已经升到一百万了，纸币缩水了！"

"什么，升得这么快？"

"还有呢，以前我买一台超净工作台是三万八，现在已经是一千万了！"

"糟了！"树榕突然感到莫名的恐惧，"那我两个亿的贷款只能当一百万花了？"

"还有呢！现在厨房的伙计来报，天天上街买菜买肉的价格也不同，米、油的价格升得更离谱了，再这样下去，一万元也买不到一斤米了，工人吃饭也成问题了。"

正说着，梅西克来了，他一入门就忙对树榕说：

"师父，现药膳坊不知怎么收钱才好了，今晚收的钱，明天又不见了一半，这样下去，只有关门了，这些钱一转眼又变成废纸……"

"那我们的米铺呢？"

"米铺，我想先关门再说，将里面库存的粮油先供应农场和自己的酒楼……"

正说着，有恒又来了。

"师父，大事不好了，昨晚我们的药膳坊被人抢劫一空了，凡是能吃的全被抢光了！"

"什么，被人抢了？"树榕像是被人重重一击，顿时晕头转向，不知所措，"你，你有没有报案？"

"报案有个屁用，那些警察来了，来看看就走了，还说这些事天天发生，多如牛毛，管不了，说没有死人就万幸了。"

四人坐在大厅上，立时空气像凝固了一样，沉默了一阵，树榕有气无力地说：

“我们现存还有多少大洋?”

“不多了，最多一千!”

“以后，我们的酒楼，米铺，只收大洋和美金，记住了!”树榕吩咐道，“你们先回去吧，今晚我们再详细研究研究！啊，对了，听说我们库存的面粉也不多了，是吧?”

“快用完了!”梅西克说。

“那市面还有面粉卖吗?”树榕问。

“不是没有，有一些好像发过霉的，颜色变了，有点发黄的，不知能不能用!”有恒说。

“估计没事吧!”老县长说，“我去批发市场问过那些老板，他们都说美国进口的面粉都是这个颜色的。”

“既然这样，买些回来试试吧!”树榕说。

他们三个临出门时，梅西克又回头，悄悄对树榕说：

“师父，这段时间，我见国良与刘霞的关系越来越好，好到……亲嘴呢!”

树榕轻轻地拍了一下梅西克的肩膀，说：“由她去吧！她有她的自由啊!”

“土司不是说送刘霞给你的吗?”梅西克问。

“以后不要再提土司这件事了，我既然能救她出苦海，就希望她有一个真正幸福的归宿，明白吗?”

30 纵有雄才报国志　魑魅魍魉岂容人

1949年的春节转眼又到了，今年成都的冬天显得特别寒冷，成都街头的节日气氛明显比往年冷清多了，百业萧条，民不聊生，物价飞涨，报纸天天刊登的不是这家人全家自杀就是那家人疯了跳楼，人人习以为常，新闻不成新闻。党国要员天天像走马灯一样换来换去，时局越来越不稳，偶有电台广播说国军在某地打了多少个胜仗，收复了多少失地，这些大捷和喜报连街边茶馆摆龙门阵的老头们也不相信了。

在“万家墨面没蒿莱”的年初八，树榕的“家”人气鼎盛，新老职工都来齐了，云南碧色瑶寨头人一家也来了，还有张得财两兄弟及女儿们、老县长和雪冰、启泰和李杰，连复利银号的谭银山、军统重庆稽查处处长王会云、三十四集团军驻蓉办事处的蔡军炽都来了，药膳坊异常热闹。

头人罗大哥和他的弟弟罗老板春节前拉来了几大车珍稀中草药，生产原材料不用发愁了。去年虽说物价飞涨，但树榕还是赚了不少钱，农场虽然起步艰难，但毕竟已经开始正常运作了，用细胞组织繁殖的巨龙竹已经培育出几千个广口瓶的胚芽，如以每瓶平均长八棵计算，也有几万棵了，再发展两三个月，就应培育出百万棵以上，以一棵卖五斤米计算也是个天文数字了。

“来，为新春快乐，为生意兴隆，为各人事事顺景，身体平安，干杯！”

树榕举起酒杯，与大家一齐干了，桌子上，摆满了各种山珍海味，加上有恒的药膳火锅，各人吃得津津有味，大汗淋漓，与楼外的寒冷天气形成鲜明的对比。酒席毕，水果又端上来，这时只见谭银山剔着牙缝的肉块对树榕说：

“叶兄，去年你业绩辉煌，令我等刮目相看呀！”

“还不是得到各位的大力支持，才有今天！”树榕客气道，“现春节过了，大地回春，我估计再过三个月，我培养出来的巨龙竹苗就可以出售了，到时，王兄想必能实践诺言，前来收购的吧！”

“那一定！”王会云拍拍胸口道：“我从来说一不二，一诺千金的！”

“那就拜托各位了！”树榕兴高采烈地说。

“那协议书上所写明的执行条款，这个月就要交第一期利息了，不知叶兄准备好了没有？”

“这个，应该不成问题，过几天，我派人去交就是了！”

“嗯，这样，我们就放心了。”

吃过开年饭后，职工们都各就各位上班去了，树榕陪罗大哥（头人）、金花、老县长和张得财两兄弟到成都各处的名胜古迹游览，他们到了武侯祠和汉昭烈庙参观。武侯祠位于成都市南郊，始建于西晋末年，是为了纪念三国时蜀国丞相诸葛亮而建的纪念祠堂，因诸葛亮生前被封为武乡侯而得名，现存建筑为清康熙十一年重建。汉昭烈庙是为纪念蜀主刘备而建，内有关羽、张飞和众多历史人物的塑像。看完之后，树榕对刘备白手起家而得三分天下，后不听孔明劝阻，兴兵伐吴，最后元气大伤，命丧白帝城，对孔明足智多谋、鞠躬尽瘁、死而后已的精神和他的战略不明，不顾国小力单，年年征战，六出祁山，不可为而为之，最后星落五丈原而感叹不已。有诗为证：

游成都武侯祠有感

一代奇才号卧龙，三国鼎立建奇功。
艰难创业走新野，赤壁大战借东风。
羽扇一挥取巴蜀，纶巾轻拂收汉中。
孟获已擒南方定，何不荷池观鲤红？
广袤不明只孔明，战略失策战术精。
空有良谋耗国力，休养生息是真经。
不可为而强为之，六出祁山空耗兵。
武侯祠内空凭吊，五丈原落一巨星。

游汉昭烈庙有感

征战一生卖席郎，马上杀出汉中王。
知人善用总大度，良臣猛将济一堂。
本无立锥容身地，晚成霸业到岷江。
可惜英雄终落败，仰天长叹白帝床。

树榕参观完武侯祠和汉昭烈庙后，不知怎的，心情一下子沉重起来，他想到刘备霸业如日中天时，兵伐吴国，后来却被火烧连营七百里而功败垂成，竟成了千古遗憾。又想想自己身处乱世，现也好似如日中天，会不会一个不小心，来一个兵败如山倒呢？唉，读书人多愁善感，不想那么多了。他又重新振作精神，带着众人又到望江楼、文殊院，再转到青羊宫参观，到了青羊宫门口，只见门口站满了卫兵，荷枪实弹，三步一岗，五步一哨的。

“怪了！”树榕说，“去年还不是这个样子的，几个月没有来，怎么变成兵营了呢？”他自言自语了一阵，见青羊宫门口不远处有一占卜算命的老道士摆地摊，就走上前去问道：

“道长，怎么青羊宫变成兵营了？去年还是好好的呀。”

“不要提了，我们全都被赶出来了，现在里面成了枪械、弹药仓库了！”道士一边说，一边抬头望了望树榕，连声说：

“老板，你目光呆滞，印堂发黑，小心有牢狱之灾啊！”

头人一听，吓了一跳，忙说：

“老道士，你不要信口开河啊！现是正月，说这些不吉利的话，小心你嘴巴生疮啊！”

“老板，我是依书直说，信不信由你，你可以不信我，但你应相信这些禾雀了吧？”

大家看他摊档前摆了一个雀笼，雀笼里装了几只不知名的雀鸟，雀笼的前边又放了一叠排列整齐的纸包，树榕在广州也见过这种以雀鸟占卜算命的，树榕心想：人会乱吹而不值一信，但雀鸟恐怕还是可信的，于是，他饶有兴趣地蹲下来，问那个老道士：

“道长，占一卦要多少钱?”

“随便施舍!”

“那好，你就叫禾雀给我占一卦吧!”

只见老道士打开雀笼，放了一只禾雀出来，给它喝了一口水，禾雀就跳到一排纸包上，用嘴叼了一个纸包出来，老道士给禾雀喂了几粒小米，又放它入笼子里。道士打开纸包，原来里面写了一首诗，他问树榕：

“老板，你想问什么呢？自身还是家宅，还是姻缘……”道士问。

“该说的你都给我说说吧!”树榕答道。

“那好，你看，这卦叫赤壁周瑜，诗云：赤壁周郎用火攻，更喜孔明借东风，小乔虽美难长伴，霸业泡影一场空。这一历史故事，人人皆知，不需老朽解释了。如问自身，则小心恶人暗害，如问事业，则有头无尾，空欢喜一场，如问姻缘，那就更复杂了。”

“此话怎解?”

“小乔是当时名噪一时的美女，可惜周瑜命短，不能长伴，让小乔年纪轻轻就守寡了，占得此卦之人，甚得女方疼爱，但却不能有始有终，除非弃尽功名，从此收山归隐啊……”

老县长听到这个老道士这样说，就火了，对道士说：

“我说道长，你说话可得有根据呀！不能睁着眼睛说瞎话，胡说八道。”

“老先生，我说话从来不用根据，这是天意，信不信由你了。”道士也生气地说。

“老县长，你不要生气。”树榕安慰道，“道长，你再给我看看，我父亲和我今年的运情吧。”

“你要我算还是禾雀算?”道士问。

“这回你来算吧!”树榕说。

于是，道士问了树榕和他父亲的出生年月日后，掐指一算，只见他说道：

“我写出算的结果给你吧!”

道士说完，就拿笔出来，在白纸上写了四句诗：

父子同途不同归，一个东来一个西，若然欲求生富贵，远走他乡把妻携。

下首的签字是四个字：铁板道人。

这道士说：“你父亲的牢狱之灾已了，这回可轮到你了，这是天命，你是大富大贵的人，受点灾难是在所难免的了，好了，我走了。”说完，钱也不收，收拾行当，就头也不回地走了。树榕觉得这人真神了，他怎么知道我父亲遭遇无妄之灾，牢狱之苦的呢？不，这人真有两下子，再一看这首诗下首签名为“铁板道人”，一时醒悟，忙追上去，给了这道士一个大洋，并说：

“晚生有眼不识泰山，得罪，得罪了。”

道士也不客气，接过大洋，并用手一指，说：

“我劝你不要贪图眼前的金银财宝，功名利禄，这些身外物都只是过眼云烟，你还是快快南行吧！这样，你才可以避过这场牢狱之劫，走得越远越好，记住了!”

老道士走远了，老县长还在旁边咕噜："这些装神弄鬼的，能骗就骗，你千万不要相信他的话，如果雪冰在这里，不把他骂个半死才怪呢！"

树榕将信将疑，但一想，自己的事业已初见成效，不可能现在就离开的，就是要走，也得把大竹苗卖了钱，还了贷款，才能走吧？正沉思着，忽见农场新请来的一个主管气呼呼地跑来对树榕说：

"老板，不好了，我们种在苗圃的那几万株巨龙竹苗全被偷光了！"

"什么？"

树榕眼前一黑，几乎跌倒在地，他终于定住了神，焦急地说："快，快到农场去！"于是，几个人忙开车到农场，一看，大家都傻了眼，原来早上还好好的巨龙竹苗，现竟被人偷了个精光，未偷走的也用刀砍成两截，整个苗圃如被野猪拱过一样。

"唉！"树榕一屁股坐在地上，半个钟头也没力气站起来，农场工人欲哭无泪，几个失业的大学生捶胸顿足，眼见几个月来的心血和科研成果全化为乌有，更是义愤填膺，骂声四起。老县长见此惨状，一时也受不了这打击，眼前一黑，竟跌倒在地，众人七手八脚扶他起身，只见他手足冰冷，额挂汗珠，有气无力地说：

"树榕啊！两亿元的利息啊！这个月就要交了，一千六百万，你到哪里找啊！"

"老县长，现在银纸贬值，不值钱，一千六百万还不是个大数，你放心好了，问题是我半年来的心血全没有了，而那些来偷竹苗的人也是盲牛，他们偷了回去也种不活，因为他们不懂配培养基。"

"我看他们是有计划来的，否则，哪有这么凑巧，我们全部去吃饭时他们就来了。"一个工人说。

"对呀，他们想搞死我们，搞到我们没有竹苗卖，又没有钱还本息，这才是他们的真正目的！"老县长气喘喘地说。

众人你一句我一句，树榕也慢慢理出头绪来，心想："万一政府前来催要竹苗，我们拿什么给？更不要说还本息的事了！"正想着，一个农场工人走过来说：

"老板，今天我们去药膳坊吃开年饭，有一个工人缺席，会不会是他搞的鬼，带人来捣乱呢？"

"他捣乱对他也没有好处，不会吧？"

树榕交代了一下善后工作，就同头人等回别墅了。

晚上，众人回到别墅，心里有说不出的愤怒和压抑，雪冰依偎在树榕身旁，抚摸着他的手，轻轻地安慰道：

"树榕哥，你不要烦了，所谓车到山前必有路，见一步行一步吧！我是女人家，又不能帮你什么……"

"你千万别再说帮我了，你有这份心，我已经很感激你了。"树榕反应之快和强烈是雪冰没料到的，她哪里明白，树榕想到的却是她上次为了救他，而被迫嫁给姓王的那个政训主任，这件事一提起，树榕心里就内疚不已，这时，下人进来倒茶，老县长在旁也安慰道：

"树榕，如果你怀疑有人搞鬼，要不要叫李杰出面帮忙查一下呢？"

“没用，我想过了，没用！”树榕说，“我刚才已经交代梅西克明天先去交利息，下一步培育出竹苗后再说吧！”

“如果真的像那个铁板道人说的那样，不如你们一家子就到我云南瑶寨来吧，我想……会不会是谭银山他们搞的鬼？”头人疑惑地问道。

“他们？”

树榕真的没有想过。

第二天，梅西克匆匆忙忙走来别墅，未坐定就叫道：

“师父，师父！”

树榕正在二楼同头人、罗老板研究采购药材一事，见梅西克走进来，忙问：

“梅西克，怎么啦？急得满头大汗的？”

“不好了，那个谭银山说不收纸币，要收白银或大洋！”

“什么？纸币不是钱吗？真是岂有此理！”树榕也有些发火了，“他借给我的也是纸币呀！”

“他们说，这是政府规定的，凡贷款都要还大洋、白银或黄金，还说是蒋大公子规定的。蒋经国已经在上海打老虎了，连他表弟也不放过，谁敢不从？他还叫你必须在这个月月底交清！”

“什么，这个月月底交清？”树榕说完一拳打在桌子上，“你叫他们把我杀了吧！”

“他倒没有说要杀你，说到时还不清就来封你的财产了。”

“什么？”树榕大叫道。

“啊，我明白了！”罗老板终于开口了，“他们支持你，贷款给你是假，要吞你的财产才是真的，他贷给你两个亿，不到一个星期就不见了两千万了，现在，两个亿算来连十万也没有。而他们却要你还白银或大洋，这不是明宰吗？你当初为什么这么笨，会签这样的协议书的？”

“唉，我当初只想我的科学救国梦尽早实现，同时，他们又给我一万亩山地，又贷给我两个亿，这样……我就签了。”

“你呀，不是我说你，书呆子！”老县长说道，“他说给你一万亩山地，你能搬得走吗？这是说来好听的骗局。我们的农场，可能也是他们派人来捣乱破坏的，使你的资金没法回笼；另一方面，你不提供竹苗给他们，他们说你毁约，要罚你款。再者，他们算过了，就算你有竹苗卖，他们给你的是纸币，他们收的本息可是大洋，两个亿折合成大洋要还三万七千个，这不是分明要你的命吗？”

梅西克在旁边听着听着，就低声地说：“如果只还这个月的利息，家里的存款还基本够交，但已经是挖空家底了，下个月就没有能力还了。”

“见一步行一步吧，熬过这个月再说吧，我马上找李杰，看看他有没有办法，只有这样了。”树榕说，“好了，我们到药膳坊吃饭吧！”

车子刚停到药膳坊的门口，就见里边乱哄哄，有人呕吐不止，有人傻笑，有人歇斯底里地乱叫，舞手弄脚，还有一个人从楼梯直跳下来，啪的一声，顿时跌断了脚，这个刚跳完，又有一个傻笑痴迷的食客也从二楼跳下来，头破血流不止。

“怎么会这样的，究竟出了什么事？”

树榕作为医生，明白这是中毒的反应，立刻叫人将这几个食客送到医院洗胃抢救。这时的药膳坊像炸开了锅，看热闹的人围得门口里三层外三层，后来，药膳坊的员工花了不少唇舌才把看热闹的人劝走，但药膳坊内的食客全走掉了，里面顿时变得死一样寂静。

“你们各位员工好好回想一下。”树榕集中了所有的员工在药膳坊二楼开了个紧急会议。“这明摆着是食物中毒了，要是上头追究起来，我们的责任是跑不掉的，你们想想，我们的食物中有没有腐烂变质的，有没有其他人进过我们的厨房下毒，你们都好好想想……”

“我们的菜、肉都挺新鲜的，送菜、肉来的那个老板已经送过几个月了，相信不会是菜、肉的问题的。”国良说。

“那油呢？会不会是卖油给我们的老板给了我们棉籽油呢？”树榕又问。

“那也不会，这一桶油我们已经用了一个星期了，要出事，一个星期前就应该出事了。”国宝说。

“那会不会是米、面中毒，食盐中毒的，大家快些想想吧！”树榕启发他们迅速思考道。

“啊，我想起了，可能是那包美国面粉有毒！”梅西克说，“买回来的时候我就对老县长说了，不要贪便宜，他说不怕，只是有一点黄色！”

“我不是这样说的吧？”老县长又内疚又不服气，“我说市场已经没有其他面粉供应了，只有美国倾销的过期面粉，有点发黄，你们说说，不买它还有其他可买吗？我还不是为药膳坊好！”

“啊……原来这样，这就对了！”树榕恍然大悟。

原来，过期发霉的面粉吃了也是有可能中毒的，有些变质的面粉内含有麦角菌，这种麦角菌产生的毒素会使人出现幻觉，或嬉笑不止，或恐惧奔跑，或轻生跳楼跳水，这种毒素所产生的作用与蟾蜍毒素、曼陀罗（洋金花）和大麻差不多，严重的还会造成食用者死亡和永久性的神经性损坏，比如痴呆，瘫痪或精神失常等。1948 年，法国一个村庄由于吃了变质的面粉而出现集体中毒的恐怖事件——集体跳河自杀了，后来，政府花了很大的力气才查清是发霉的带有麦角菌的面粉导致了这次中毒事件。

“唉，怎么一连串糟糕的事都轮到我的头上的，我并没有作孽啊！”树榕说完竟失声痛哭。

各人还在劝解树榕，要他想开些，一切都会过去的。这时警车来了，当官的快步走入药膳坊，问：

“这里哪位是老板？”

“我就是！”树榕知这回凶多吉少了。

“有几个食客在你药膳坊吃了饭之后中毒，你要跟我们走一趟，走吧！”

几个警察把树榕推上车，“呜呜”几声，树榕就被送去警察局了。老县长一抬头见日历印有 2 月 22 号几个血红大字，心里一惊：“凡是双二都是凶数，难道冥冥之中真有如此巧合？”

31 九千里路尘埃落　风雪惊魂一场空

树榕被警察抓进监狱已经一周了，没有人来提审，也没有人来探监，监狱内黑暗、潮湿、冰冷，他被捉进来时没有带衣服棉被，好在监狱内一个难友同情他，晚上给他身上盖上半边被角，才没有被冷僵。

第八天早上，监狱门大开，一个狱卒在门口大叫："出来，放风啦，三十分钟，快！"难友们一个跟一个走到一块空地上，强烈的阳光使树榕睁不开眼，突然，身后有人悄悄地叫了一声："叶军医，叶军医！"树榕回头一看，还未看清楚，只见这人走过来，对他说："我是曾连长呀，你不认识我啦？"

"啊，原来是你呢！"树榕眼前这个穿了警官服的人就是两年前认识的曾连长，"曾连长，怎么你调到这里来了？"

"是呀，我花钱买通了上级，不用上前线，就调到这里来了！"曾连长说，"叶军医，你怎么这么倒霉，会被他们捉到这里的？有句俗语，生不入衙门，死不入地狱，这里，比地狱更难熬呢！"

"唉，我今年真是太背了，药膳坊的员工不小心买了美国的变质面粉，造成几个人中毒，好在才开市就发现了，如果收了市以后才慢慢发作，那中毒的人就更多了。"树榕说，"我已经想过了，如果吃死了人，那就算倾家荡产也是要赔偿给人家的，其他中毒的人的医药费就不消说了。但是我不明白，为什么关了我一个星期了，还未派人来过堂的，不知他们葫芦里卖的是什么药？"

曾连长望了望左右，小声说："叶军医，你的案子复杂得很呢，不止食物中毒那么简单啊！"

"什么？我还有什么违法的？真是开玩笑！"

"叶军医，我告诉你，你自己心中有数就是了，你现在的罪状有好多条呢，食物中毒只是其中的一条。诈骗罪又是一条，说你诈骗过一个英国佬几万美金的；又有一条是危害国家安全罪，伪造军情罪，说你冒充64军军代表，说是先头部队入藏，搅到藏区的葛夏和藏军纷纷武力抗拒国军入藏；又有一条叫拐骗良家妇女、有夫之妇罪。叶军医，你要小心啊，这几条罪都不轻呢，炒在一起就是一大碟了。你知道吗？你叔父也不行了，他的64军被共军吃得只剩一千人，他还在南京坐牢呢！你那个叫什么……雪冰的，他老公告你拐骗他老婆，你知道他是谁吗？他是王会云的侄子，王会云又是'黑色十人团'的屠夫，他呀，杀人不眨眼，连这里当官的也不敢惹他。"曾连长又望望左右，"告诉你吧，你那个雪冰也被抓了进来，就关在你隔壁第三间房。"

"为什么也要把她捉来坐牢？她犯了什么罪？"树榕气愤地说。

"她呀，那罪叫什么来着，啊，叫通奸罪！"曾连长说。

"曾连长，你帮我做一件事，通知李杰，他是成都警备司令部副司令长官李迪的儿子，你叫他来一趟，顺便叫他帮我带些衣服用品来，我会报答你的。”

“哎，我能帮就帮，现在还说什么报答的，我还未报答你呢，你放心吧，今晚我值班，我叫他今晚来探监吧!”

成都惠慈堂街醉仙阁二楼的小厢房内，王会云、谭银山、蔡军炽，还有川康地区武装贩烟运烟第一巨头姚可南，吃饱喝足，又聊起他们的生意经来。

“怎么样？我的计划周到吧？我要叶树榕这个广东佬乖乖地将他所有的财产双手送给我们，现在，时机已到了，我们可以下手了。”说话的人是谭银山。

“这个广东佬连我侄子的老婆也敢拐骗，他今天落入我的手中，非要他死十回不可!”

“哎，对了，你那侄子不是在贵阳卫校政训处当了个政训主任的吗？怎么听说他患了麻风病呢?”

“还不是那个骚货胡雪冰传染的!”

“那又奇了，我看胡雪冰不像有麻风病，如果她有，叶树榕亦应会传染上的，是不是你侄子到外边乱搞呀……”蔡军炽下意识地笑着问。

“我不管她真有麻风还是假有麻风，总之，她与那个广东佬通奸就是事实!”

“这次我们一定要整死他，整不死他，他出来了，我们会有麻烦的，他的叔父的确是64军军长，我调查过了，我如果不是常跑西藏，还不知他竟敢冒充64军军代表呢，说64军要带三万人入藏，搞到我上次入藏几乎被藏兵的火绳枪打死，他妈的那个小子也实在大胆!”姚可南说。

“这叫什么大胆，他骗英国佬五万美金才是大胆呢!”谭银山说，“春秋两宝，一是和氏璧，一是随侯珠，他竟然敢将一颗夜明珠冒充国宝当成随侯珠卖给英国佬，现在英国佬受骗上当也不清楚，还被蒙在鼓里呢!”

“不过说真的，就算是夜明珠也相当值钱了，起码就值百万两白银，慈禧太后头顶上那颗夜明珠，孙殿英不是卖了过百万吗?”

“他不是交给老蒋了吗?”

“交个屁!”王会云说，“他交给老蒋的大舅爷，大舅爷批给他一百万军饷，这不是等于卖了？你们说是不是?”

“不过话又说回来，这次中毒也实在奇怪，全成都上千人中毒……”姚可南说，“也活该这广东佬倒霉!”

“那是美国的变质面粉惹的祸，医院的鉴定出来了，就是面粉中的麦角菌造成的，这回好在没有死人……”谭银山说。

“但是留下十多个傻子、疯子就够你头痛了。”蔡军炽说。

“广东佬的财产我算过了，有药厂一间，年利润起码有十五万个大洋，药膳坊两间，年利润起码有两万个大洋，药材铺一间、米铺一间，利润也可拿到五千个大洋，加上别墅、厂房、药膳坊两间，其他房产七间，总值应不少于二十万个大洋的，我们只需略施小计，给他些许湿柴（纸币）就全部拿到了，哈哈，人人说广东佬精明，哪比得上我们四川佬精明，一字之差，就大得很呢!”谭银山又说，“不过，如何将他的财产弄到手也要费些心思才是呀!”

“这还不容易，一方面判他无期徒刑，一方面催他连本带息还清贷款，他没有钱，就将他的财产拍卖，到时，我们全部照收就是了，哈哈哈哈！”王会云说。

“那个胡雪冰你还要不要？”姚可南问王会云。

“还要她？不怕染上麻风？”王会云道。

“那好，这是你说的，你不要我要，我真是从未见过如此美貌的女人，你看她的两只眼睛，你看她的腰段，真是勾引死人呢！”

“你就不怕得麻风？”谭银山和蔡军炽同时问。

“我才不怕呢！如果有，广东佬早就有了！”姚可南摸摸像烂牙刷一样的胡须道。

“对了，银子、女人我们谈完了，现在时局一天天对我们不利，看来我们要做好准备啊！”王会云说。

“你放心吧！他们再有本事也打不到我们四川来的，你不闻‘蜀道之难，难于上青天’吗？”蔡军炽说。

“那是两千年前的事了，什么难于上青天，如果抗战时美国佬和盟军不是全力支持我们，日本佬一样可以打来的。”王会云看来还是比较有分析力的。

“那我们应该怎么办？”谭银山问。

“过两天，我们约齐十兄弟在这里再聚一聚，想个法子，你们说怎样？”王会云说。

“那最好不过了。”大家齐说道。

李杰收到曾连长的信息后，马上连同启泰和有关人等，带齐各种生活用品、现金和食物，前往监狱探望树榕。他们见面后都伤心不已，梅西克说：

“师父，我们的药膳坊被他们封了，是卫生局来封的，药厂、药材铺、米铺也被封了，是银号伙同市政府、警察局来封的！”他说完就痛哭起来。

“师父，农场也被封了！”有恒说。

“这个结果，我早已料到了。”树榕叹了一口气，痛心疾首道，“李杰兄，启泰兄，我们还有其他办法吗？”他用一种绝望的眼光望着他，“我倒不要紧，你们无论如何也要救雪冰出来，她是无辜的受害者，她的命太苦了，我们无论如何也要救她。”

“树榕兄，你放心，我现在已经托人给你摆平这些案子了，启泰也找来了两个大律师，相信，你不日即可出狱，但是，破财已经是无可挽回了！”李杰说。

“就当作破财挡灾吧！”启泰说。

“唉，还是我的报告惹事啊，我在监狱内，反复冷静思考，当初写什么报告啊，兵荒马乱，民不聊生，还有心思去搞什么科研，真是不知天高地厚，以为在这乱世之中可以独善其身，如华佗一样，悬壶济世，现在想来，真是痴人说梦。”他自己苦笑了一下，“还是你们做得对，还是三哥做得对！”

李杰与启泰两人望了望，微微一笑，没有接着他的话题说下去。树榕没见老县长才八天，只见他迅速衰老，举止缓慢迟钝，手在轻微发抖，就心痛地说：

“老县长，你要保重啊！”

“树榕兄，你放心吧，我们分析过了，这些案子，从开始贷款起就是一个骗局，他们关心的只是你的财产，只要财产到手了，他们就会放人的。因现在风雨飘摇，国民党政权危在旦夕，这案子他们也不可能拖得太久，很多人都已变卖财产，准备开溜了。”李杰说。

从监狱回来之后，老县长日日坐在自己旧屋的小园子里发呆，面粉中毒一案使他感到无比内疚，承受着巨大的精神打击，他变得更衰老了。李杰早已觉得不妥，就交代有恒多点关照他，头人和罗老板两兄弟没有回云南，帮着打点一切，他两人也够义气的了。

这几天，只见老县长一人独自坐在园子的树下，喃喃自语，好像在跟谁说话，精神恍惚，目光呆滞，他女儿去问他，他也不应答。有一日，他不知从哪里找来了一大堆草绳，一边打草鞋，一边说："结实的呢，我卖了它就够钱去找你了。"他仿佛看到了什么，与谁在谈话似的。

一日，他又在园子里自言自语，有恒望前望后，并无一人，问他的女儿李梦兰，她说："他可能在同我母亲聊天了，这几天饭也少吃了。"有恒听后，毛骨悚然，想，他老婆不是已经死了十多年了吗？到了中午时分，叫他吃饭也不应，只顾自己"聊天"，看得出，他还挺开心的呢！聊到最后，又听他自己对空地说："你先回去吧，明天中午我就来了。"

第二天早上，老县长精神爽利，手脚灵敏，没有半点老态，还同李梦兰唠唠叨叨，谈着她小时候的故事，兴致很好，还要有恒上街买了一斤猪头肉回来，说同他喝两杯。有恒年轻，不知深浅，就上街买了酒菜回来，在园子中与老县长对饮起来，到了大约中午时分，只见他吃着喝着，自言自语地说："你不要催我嘛，我不是来了吗……"说完，合下双眼，面色发白，慢慢地倒在椅上，去世了。他去的时候，正好与他昨天"约好"的时间相同。

"爸，爸呀……"李梦兰痛不欲生，凄厉地哭嚎着，突然，也气绝倒地而亡。

形势急转直下，解放军已经解放南京，向着四川包抄而来。成都的大街上，不知从哪里涌来了很多中央军，包头包脚的伤兵到处都是，马路的店铺有一半已经关门，店主都到乡下避战火去了。青羊宫门口，到处都是枪支，而没有人管，一个卖草药的老伯捡了一支枪来当扁担，挑着草药就走。市民更传说云南的卢汉也叛变了，西康省主席刘文辉也在雅安叛变了，还听说刘文辉准备在成都捉拿蒋介石呢！

大街上有一群军人，还有一些穿黑纱、戴礼帽的人上街游行，大叫"保卫成都"、"保卫西南"、"永远跟着蒋委员长走"、"誓与共军血战到底"，马路两边的楼房，市民胆怯地打开窗口一条缝，探头出来看看左边，又看看右边，马上又把窗门关死。

经过李杰的努力，在律师的调解下，树榕终于出了狱，但是所有的财产全部被没收了，树榕在众人的陪同下，回到了老县长的老屋，一时之间，老屋坐满了人。雪冰还没有出狱，听说法院已经将她交还给她的老公王主任了。

树榕满脸胡须，头发蓬乱，衣衫早已臭不可闻了。入狱才短短几个月，外面真的是天翻地覆，面目全非，眼见老县长去世了，雪冰被押走了，他心如刀割，痛不欲生。李杰、启泰、有恒、梅西克还有头人、罗老板和金花一个劲地安慰他。正说着，国良、国宝和刘霞、小小打着背包进来了，他们一见树榕，就十分尴尬，树榕一看，也全明白了，还是他先开口问道：

“你们四个要走了?”

“树榕兄，我们要回广州了，树榕兄，对不住你呀!”国宝面有愧色地说。

“去吧！都去吧!”树榕慢慢地说，说完挥了挥手，“保重啊!”

“树榕大哥!”刘霞和小小跑上前，一把抱住树榕，在他的脸上吻了又吻：“我们走了，你要保重呀!”她们的眼睛都充满了离别的泪水。

众人望着国宝他们，又回头看了看树榕，只见树榕呆若木鸡。

国宝四人走后，有恒说：

“我们要想办法救出雪冰姐，我们一定要救出雪冰姐!”

“对，我们一定要救出雪冰姐!”梅西克也摩拳擦掌地说。

众人正研究着营救雪冰的计划，忽然门开了，进来的是曾连长，他一进门就气呼呼地说：“叶军医，我告诉你，雪冰并没有被押去王主任家，原来王主任早在一年前已经死了，姚可南那个土匪头子准备押她上车，听说要押她去康定，做他的小老婆呢!”

“什么?”

众人都一下子跳了起来，李杰觉得这是一个好机会，可以在途中救她，忙问：“现在，你想留在成都还是回广州?”

曾连长说：“我还是回老家广东吧，除此之外，还有哪里好去?”他又望了望大家，说：“我们监狱今天都没有几个人上班了，门口也没有人看守了，你要救人，就快些前去，现在市面乱得很呢!”曾连长焦急地说，“如果你们现在去监狱，我还可以帮你们一把!”

“那好办，我们马上去监狱，带上酒菜!”有恒说。

“带酒菜干什么?”众人问。

“我还有蒙汗药呢!”有恒说，“如果狱卒阻拦我，我就请他们喝酒!”

“我这里有金波旬花酒，要不要也带去?”头人问。

金波旬花，是一种长在原始森林的剧毒的花，放少许花汁到箭头，野兽只要破损皮肤即死；如用来害人，只要放极少花汁在酒水中，喝下去的人也即死，到目前为止还没有解药可解，所以，这种金波旬花有“毒王”之称，但它也有另一种功效，如用它来外治皮肤癌，疗效显著，所以，树榕也叫头人找它来，准备给金矿那些患皮肤癌的病人试用。

众人争着去营救雪冰，几经研究决定：众人穿上警服，由曾连长和李杰领头，开着汽车前往监狱，冒充成都警备司令部的人去提雪冰出来。他们的汽车到了监狱，才知雪冰刚被姚可南派人押去康定了。

“我们来迟一步了!”曾连长跺脚道。

树榕见雪冰已被押走，差点昏了过去，清醒之后，沮丧地说：

“康定之路，山高路遥，兵匪横行，如何救得了她啊?”

“树榕兄，你且宽心，这姚可南，他老窝在康定，他必经雅安回去，只要他路过雅安，我就有办法了。走！我们去追!”李杰说。

“对，我们追!”众人齐声道。

树榕一行一直追到雅安，李杰忙下车找西康省政府内的熟人了解，才知姚可南刚走，众人又一次叹息不已。这时，李杰和启泰由于身负重任，就对树榕说：

“树榕兄，现时局形势已经明朗了，新中国已经在北京诞生了，我们也不瞒你了，我们现在还要找刘文辉主席的秘书谈起义的具体事宜。你带着他们，一定能追上姚可南的，一定能救出雪冰姑娘的，现时的姚可南，已经成了惊弓之鸟，只顾逃命，为了保命，未必会为了一个女子而不要老命的。”启泰说。

“那我呢?”曾连长在旁边问。

“那你打算怎样?”启泰反问道，“现在就回广东?”

“我？我想跟叶军医一起去救雪冰姑娘，救出来之后就跟他回广东，在他身边混口饭食，不知叶军医是否能收留我?”

“曾连长，如你能留下来帮我，那就最好不过了！”树榕紧紧地握着曾连长的手说。

“我们在这里办完事后，还要马上赶回昆明，因国民党中央军调了三万人攻打昆明的卢汉，不去不行啊！你们到了康定之后，只可智取，不可力敌，见机行事，记住了！”启泰说。

“知道了!”

“我们在昆明等你，你救出雪冰之后，就前来昆明吧!”

“好！昆明见!”

树榕一行离开了雅安，日夜兼程，转眼就快到泸定了，如要去康定，就必须到泸定后过泸定桥继续西行。泸定桥，是一座吊桥，它横跨大渡河，为清朝康熙年间四川巡抚修建，康熙御笔题名。此桥由十三根铁链组成，铁链上铺上木板为桥面，当年红军两万五千里长征在泸定桥受阻，二十二勇士飞夺泸定桥的故事早已家喻户晓，在这里就不重提了。

他们沿河边走了几里地，刚到高升店，就见前边有几个身背长枪的人，似兵非兵，似匪非匪，他们的身旁，有百十多人在挖洞穴，为首一个远远望到他们，就高声喊：

“喂，你们是哪部分的?”

“我们是成都警备司令部的!”曾连长答道。

“你们到这里来干什么?”

“我们监狱走脱了几个要犯，上峰要我们到康定来把他们捉拿归案。”

他们走近后一看，原来这里有三个大的洞穴，百多人在这几个兵痞监工下拼命地挖石搬土。曾连长走过去递了一支香烟给那个为首的，问：

“喂，你们是哪部分的?”

“我们是姚可南大爷手下的。”

“现在共军都快打到来了，你们还挖什么嘛!”

“老兄你有所不知了!”为首的诡秘地笑了笑说，“如果能挖得出来，你我一百辈子也用不完享不尽!”

“是什么宝贝这么重要，让你们连命都不要而留在这里挖?”

“听姚大爷说，这是太平天国石达开的藏宝之地，如真能挖到……”

“你算了吧，还是逃命吧，如果真有这宝藏，为什么姚大爷他自己不留下来看着你们挖，他不怕你们挖到宝贝之后跑掉吗?”

“那你又错了，昨天他还在呢，只不过昨晚逃了一个女子，气得他呱呱叫，一早才带人走的!”

“他去了哪里?”

“他可能去康定追那个女子吧!”

树榕一听，心里马上又紧张起来，这个女子肯定是雪冰，她既然逃出来了，会跑向哪个方向呢?如果跑回头，不大可能，因为这里到处都是姚可南的手下，不，还是向前追一段路再说，想到这里，就大声对曾连长说:

“曾连长，我们有公务在身，还是快点上路吧!”

他们走到泸定镇，树榕要大家停一停，说:

“现在，我们要过泸定桥了，过了桥，有汽车也没有用，你们先回去，在昆明等我，我同曾连长、有恒和梅西克四人前往康定就可以了，人多也未必有用，只可智取，这是启泰他们说的。”

他说完，就安排了头人两兄弟、张得财和银娇回头。分手后，他们沿着河边，向着康定急速进发了。半路，有恒问树榕:

“师父，那班人挖什么宝藏?”

“他们不是说挖石达开埋藏的宝藏吗?”

“你看他们能挖到吗?”

“我看他们必定白挖，这些宝藏如果这么容易就被人挖到，那蒋介石和刘湘早就挖走了。”

原来，太平天国翼王石达开在覆灭之际，于大渡河高升店后山坡下某处，埋藏了军中大量的金银财宝，传闻，石达开当时还留有一张宝藏示意图，图上写有“面水靠山，宝藏其间”八字隐语。抗战初期，四川省主席刘湘秘密调一千名士兵前去挖宝，在大渡河高升店后山坡下，工兵们从山壁凿进十多丈，豁然见到三个大洞穴，每穴门均为石条砌成，以三合土封固，但是，挖开两穴，里面仅有零星金玉和残缺兵器，当挖到第三大穴时，为蒋介石得知，他速派古生物兼人类学家马长啸博士等率领“川康边区古生物考察团”潜入干涉，并以“故宫古物保护委员会”等电告禁止挖掘。不久，刘湘即奉命出川抗日，挖宝之事终于被迫中止了。

“那蒋介石有没有挖到宝藏?”梅西克十分感兴趣地问。

“如果蒋介石已经挖到，那姚可南就不会派人在这里挖了!”树榕说。

“其实，石达开既然已被围困在泸定一带，已是前无去路，后有追兵，他藏宝的地方已经十分狭小了，再加上他有‘面水靠山，宝藏其间’的隐语，按理找到这宝藏并不困难才是!”曾连长说。

“对呀!”有恒跟着说，“当年石达开又过不了河，能藏宝的只能是河岸这边，加上隐语，哼，有机会，我一定买把锄头来挖挖，梅西克，你来挖吗?”

“你来我就来。”梅西克说。

“不论以前的帝王将相藏宝，还是民间的巨富土匪藏宝，多喜欢传出一些隐语，藏宝人藏宝的目的是不让人知道，如他又传出隐语，就是暗示人们去偷去挖宝藏，这不是自相矛盾吗?天下哪有这样蠢的傻瓜会写下暗语叫人来偷来挖自己的宝藏的，你们说是吗?”树榕停了一下，又说，“你们看，石达开行将失败之时，如派那么多的人来挖藏宝的洞穴，而当时又大战正酣，试问，还有什么秘密可言，还需要什么隐语？”

“那你认为最有可能藏在哪里？”曾连长问。

“凡隐语者，虚中有实，实中有虚，真真假假，意在误导，这是最终目的。我认为应是离泸定不远的避开双方交战的地方前溪。前溪者，顾名思义，就是面临溪水，即前溪，而前溪的背后又是靠山的，所以，面水靠山的地方应跳出高升店这地方，而将思路转向前溪！”

“师父，以后我也要跟你学历史，学考古！”有恒说。

“我也是！”梅西克也说。

“你们这对活宝！”树榕笑了笑，“等以后革命成功了再研究吧！”

不知怎的，李杰常说的一句口头禅今天竟被树榕脱口而出地引用了。树榕一行过了中外闻名的泸定桥，在镇边租了几匹马，就继续向西追去了。

离康定不远有座山，叫跑马山，跑马山麓，是一望无际的大草原，绿草如茵，蓝天白云，牧民在天边悠然赶着牛马放牧。不远处，还传来动听的歌声。

“跑马溜溜的山上，云彩溜溜的好哟，有位溜溜的大哥，看上溜溜的她哟……”草原上，散落着几顶破旧的帐篷。有一个彪悍的男子，骑在马上，放牧着周围百多匹军马。在远处的高地上，站着一个穿着藏袍的姑娘，她目不转睛地远眺着西北方，有如一块不会移动的石头，天天站在那里，一站就是一年多。

原来，楚姆卓玛和贡布与树榕分手之后，就逃离西藏，按树榕回四川的路线，逃到回四川的必经之路康定等他。他们在跑马山边找到了一份放牧军马的差事，暂时栖身歇脚，并等候树榕的到来。

贡布十分喜欢楚姆卓玛，但楚姆卓玛并不喜欢他，她心里只有树榕一人。到跑马山后，贡布有几次都想“霸王硬上弓”，都被楚姆卓玛死力反抗，不论贡布使尽浑身解数，软硬兼施，楚姆卓玛就是不从。贡布后来也被楚姆卓玛的忠贞所感动，大概也是良心发现吧，只得由她了。并买回来一顶旧帐篷，与她分居，希望通过自已对她的真诚，慢慢打动她的心。

每天早上，楚姆卓玛给军马喂了马料，就一个人骑着马跑到老远的高地上，看着南来北往的人，生怕看漏了一个，她相信，树榕一定会回四川的，一定会经过这里的。高原的天气，说变就变，刚才还晴空万里，一转眼就大雪纷飞，天昏地暗。一日，一个寒风凛冽，雪花飞舞的早晨，楚姆卓玛像往常一样，站在高地上，她的眉毛和衣服全洒满了白雪，但还是像一尊玉石浮雕一样站着，一动不动。贡布从远处骑马跑过来，拿了一件衣服，披在她的身上，叹息道：

“你还是先回帐篷吧！我在这里替你看着，守着，这还不行吗？”

楚姆卓玛没有理会他，只是眼角里簌簌地流下痛苦的泪水。

突然，远处有一白点在爬动，这白点越来越大，越来越近，卓玛看清楚了，这是一个人在爬，一个姑娘在雪地里爬，她马上策马跑过去，当她跑到这姑娘面前时，这姑娘已经奄奄一息了。楚姆卓玛急忙扶她上马，背回帐篷。

帐篷外大雪不断，寒风刺骨。帐篷内，燃起干牛粪，温暖多了。楚姆卓玛给这姑娘倒了一碗热奶茶，这姑娘喝完奶茶之后，慢慢恢复了精神，问：

“姑娘，这是什么地方?”

“这是康定的跑马山!”楚姆卓玛回答说：“姑娘，你为什么一个人跑到这里来，是迷了路，还是被土匪抢来的?”

“我，我……”姑娘一下子“哇”的一声痛哭起来。

“姑娘，你叫什么名字？你家里人知道你跑出来吗？我能帮你什么?”

这姑娘以感激的眼光望着楚姆卓玛，止住了泪水，慢慢地说：

“我叫胡雪冰，是四川人，几天前被姚可南绑到泸定那边，要我做他的小老婆，我半夜乘人不备，就偷偷逃出来了。”她说完，抹了抹眼泪，“我还要走，雪停了，我还要走，我要离开这魔鬼的地方，回成都去。”

“你家住在成都?”

“对，我家住在四川成都!”

“你有丈夫吗?”

“我丈夫叫叶树榕，他是广东人，是个医生……”

雪冰下面说什么楚姆卓玛再也听不到了，她眼前一黑，摇摇晃晃地慢慢站起来，这时，帐篷外走进一个男人，他放下糌粑和咸羊肉又走出去了。雪冰见她有些神态反常，好像一下子陷入悲痛的回忆之中，又见这个男人送东西进来，就问：

“姑娘，你也是被抢来的吗？他是你的男人吗?”

“不是，他不是我的丈夫!”楚姆卓玛大声说。

楚姆卓玛脑袋炸开了，过了很长时间，才哇的一声哭了起来，雪冰不明白她哭什么，只以为是同病相怜，有所感触罢了，她轻轻地向楚姆卓玛说：

“姑娘，那你也是在这里等你的男人吗?”

楚姆卓玛点点头，没有作声，雪冰反过来安慰她道：“姑娘，你一定能等到你的爱人的，只要有决心就一定能等到!”

楚姆卓玛望着天真无邪的雪冰，心里真不知是什么滋味，这时，贡布又走入帐篷，轻轻地对她说：“你们刚才的谈话我已经听到了，你就死了这条心吧!”楚姆卓玛慢慢抬高头，冷冷地望着贡布，突然从腰间抽出一把弯刀，指着贡布说：“你马上给我滚出去，再不滚，看我杀了你!”

楚姆卓玛蹒跚地走出帐篷，对着天空大声叫道：“我要杀了她!”说完，蹲在雪地里，痛哭不止。

她痛苦地哭着，哭了很长时间，才慢慢地站起来，擦干眼泪，拿了几块牛粪干，又重新回到帐篷里。

两人围着火盘，慢慢聊着，聊着，楚姆卓玛终于了解到雪冰凄凉的身世，知道了树榕为救她而遭人暗害，而她自已又一次次地被坏人糟蹋，受尽凌辱，死里逃生。这次雪冰如不是遇到楚姆卓玛，可能亦命丧黄泉了。她万分感激楚姆卓玛的救命之恩，还说以后如见到树榕，一定将这次获救的经过告诉他。

楚姆卓玛听完雪冰的诉说之后，一把抱住雪冰，久久没有松手，她禁不住抽泣说道：“好姐姐，你遇到好心人啊!”

楚姆卓玛放开紧抱雪冰的双手，抬高头，望着雪冰，咬了咬牙，说：

“好姐姐，我一定要救你，让你离开这个魔鬼的地方！”

第二天一早，楚姆卓玛叫雪冰在帐篷里擦擦冻伤的手脚，并对她说：

“你的树榕大哥一定会来找你的，我一定要在高地里等到他。”

“你见过他？”雪冰疑惑地问道。

楚姆卓玛没有回答雪冰，牵着马，就走出帐篷了。

中午时分，她忽然发现远处有几个骑着马，穿着军服的人往高地这边走来，这些人的打扮不像是军马场的，当这几个人走近时，才发现走在前边的那个人就是她在这里等了一年多的树榕大哥，激动的心情使楚姆卓玛立即热泪盈眶，她再也按捺不住了，只见她一挥鞭，便策马飞骑过去，她高声喊道：

“树榕大哥，树榕大哥……”

树榕一行正骑着马，往这边走来，本想到高地问问站着的藏族姑娘，有否见到雪冰的踪影的，不想这个藏族姑娘飞马前来，还喊着自己的名字，树榕定睛细看：这不是楚姆卓玛吗？他连忙大声喊：

“楚姆卓玛！”

他们迎着风雪，越走越近，走到跟前，他们跳下马，冲向前，一把抱住就在雪地里打滚。楚姆卓玛狂吻着树榕，泪水像泉水一样涌了出来，一年多了，她终于等到树榕了，她泣不成声。

“树榕大哥，我知道你一定会来的，我等你等得好苦啊……”

树榕紧紧地抱住她，抚摸着她的头发，过了很长时间，才问道：

“我也十分想念你们啊！你和贡布过得好吗？”

没想到楚姆卓玛一把将树榕推开，她擦了擦眼泪，痛心地说：

“你好狠心啊！你怎么可以把一个我并不爱的人塞给我呢？你要我痛苦地过一辈子吗？”楚姆卓玛说完，呜呜地哭了起来。

“楚姆卓玛，”树榕忙解释说，“你错怪我了，如果当时我同你一起逃跑，那我们一个也跑不了，我们将永远变成奴隶了，我们再也不可能见面了，明白吗？而且，贡布他的确十分爱你……”

“我不！”楚姆卓玛大声说，“我不爱他，你怎能强迫我去爱他呢？我只爱你，我只爱你，我只爱你……”

树榕十分内疚，他替她擦干了泪水，抚摸着她的头发，说：

“既然这样，我再也不离开你了，好吗？我这次带你一同回成都吧！”

楚姆卓玛听树榕说后，才止住眼泪，说：

“树榕大哥，不管怎样，我也是你的人啊！”她指指不远的帐篷，“我告诉你，雪冰姐就在帐篷里，我们马上走吧，我救了她……”

楚姆卓玛还未说完，曾连长就跑过来，说：

“叶军医，前边有七八个黑点，好像是向这边来的马队，我们还是快些走吧！“

树榕忙站起来，对大家说：

“雪冰已经找到了，就在帐篷里，快去接她出来！”

他们急忙走入帐篷，见到雪冰，二话不说，就替雪冰换上军警的制服，正要上马，只见楚姆卓玛穿上了雪冰换下来的衣服，对大家说：

“他们人多，我们这样走是走不脱的，我现在出去先引开他们，你们马上向南走，我会追上你们的，我熟路！”

说完，就飞身上马，向着山坳的冰川方向奔去了。

后边姚可南派来的骑兵一个劲地追过去，还一边大声道：“就是她，就是她，不要让她跑了……”

“楚姆卓玛，不要慌，我来了！”

贡布拿着带弯叉的猎枪，一个飞身上马，就追楚姆卓玛去了。

曾连长一看，连忙拔出手枪，又一个飞身上马，他回头对树榕说：

“我去帮帮他，你们先走！”说完，就策马追上前去。

一转眼，他们都跑过了山坳，什么也看不到了。突然，山坳里枪声大作，过了很长时间，枪声终于停止了，山坳像死一般寂静，再也没有人跑出来了。树榕四人连忙骑马前去，当他们跑到山坳的冰川脚下，全惊呆了，只见所有的人都横七竖八地躺在地上，树榕立刻跳下马，一把抱起楚姆卓玛，只见她满身鲜血，倒卧在冰川上。

“楚姆卓玛，楚姆卓玛！”树榕悲痛地大叫道。

楚姆卓玛过了很长时间，才慢慢睁开眼睛，有气无力地对树榕说：

“树榕大哥，我终于等到你了……”说完，就永远合上了双眼。

“楚姆卓玛……”

众人的呼唤声划破了长空，震人心弦。远处的冰川轰然崩塌，向天空冲起巨大的雪浪。

尾声

树榕一行历尽艰险，终于到了云南昆明。围攻昆明的中央军早已跑到蒙自去了。这天，昆明喜气洋洋，国民党起义将领卢汉率领云南军政各界到东郊的菊花村迎接解放大军，在市内的拓东广场，又召开了有二十万人参加的欢迎大会。市面上，到处都飘扬着彩旗和横幅，横幅上写着“欢迎解放大军”、“中国共产党万岁”、“毛主席万岁”等标语。马路上，人山人海，欢声笑语。

树榕他们正在人群中转着，忽然后边有人高声喊道：

“树榕兄，你们来啦?”

“树榕兄，我们在这里呀!”

树榕他们回头一望，可高兴死了，原来是启泰和李杰，他们手臂上挂上了红袖套，正举高手向他打招呼，在他们身边，还有头人、罗老板、金花、张得财，他们一下子扑上去，紧紧拥抱着树榕，久久说不出话来。启泰望着雪冰，兴奋地说：

“你们能平安回来就好了，现在全中国都解放了。”

“中华人民共和国成立了，中国人民从此站起来了!”李杰抱住树榕双肩说，“你以后呀，可以安心研究你的学问，大展你的宏图了!”

“对，对!”树榕紧紧地拥抱着李杰，“等以后革命成功了，我要研究……”

“现在，革命不是成功了吗？你看看天空中飘扬的五星红旗!”

“对，对，是革命成功了!”

众人哈哈地欢笑起来，他们笑得那样开心，那样自信，他们憧憬着美好的将来，他们已经看到民族复兴的曙光了。

太阳当空照，照得人们暖烘烘的，树榕他们手拉着手，唱着“解放区的天，是明朗的天，解放区的人民好喜欢……”，汇入了欢乐的人流中。

几十年过去了，人呀，都老了，树榕和雪冰已经退休在家了。他们呀，早已经结婚了，还生了两个孩子。有恒和金花在广州读完书就一起回到云南工作了，跟着去的，还有徐大妹和徐二妹呢！头人和罗老板后来也做了当地的政协委员！张得财、张得贵和他们的子女后来到南宁安了家；梅西克 1953 年也回以色列了。前几年，树榕出差去英国做学术交流，在伦敦还见过在英国定居的梅西克和他的姐姐谢莉呢！谢莉已经是两个孩子的母亲了。当时兵荒马乱，音讯全无，她能不嫁人吗？最令树榕揪心的是谢莉在临别时，指着她的大女儿，哀伤地说了一句令他揪心一辈子的话：“她，像你吗？……”